© Michelle Maessen

Franzi Kopka wurde 1990 im bergischen Land als Tochter einer Buchhändlerin geboren. Dank der zahlreichen Romane im Haus ist sie mit der Frage »Was wäre wenn?« aufgewachsen und hat schon früh damit angefangen, sich selbst Geschichten für ihre drei jüngeren Geschwister auszudenken. Die meisten Inspirationen begegnen ihr auf Reisen, vor allem in London, dem ihre große Liebe gilt und das das Setting ihres Debüts »Gameshow – Der Preis der Gier« ist.

Weitere Informationen zum Kinder- und Jugendbuchprogramm der S. Fischer Verlage finden Sie unter www.fischerverlage.de

SAUERLÄNDER

FRANZI KOPKA

GAME SHOW

DER PREIS DER GIER

SAUERLÄNDER

Aus Verantwortung für die Umwelt hat sich der Fischer Kinder- und Jugendbuch Verlag zu einer nachhaltigen Buchproduktion verpflichtet. Der bewusste Umgang mit unseren Ressourcen, der Schutz unseres Klimas und der Natur gehören zu unseren obersten Unternehmenszielen.

Gemeinsam mit unseren Partnern und Lieferanten setzen wir uns für eine klimaneutrale Buchproduktion ein, die den Erwerb von Klimazertifikaten zur Kompensation des CO_2-Ausstoßes einschließt.

Weitere Informationen finden Sie unter:
www.klimaneutralerverlag.de

Zu diesem Buch ist beim Argon Verlag ein Hörbuch erschienen, das als Download und in Hörbuch-Streamingdiensten erhältlich ist.

Hinweis auf potenziell triggernde Inhalte auf Seite 429

FSC
www.fsc.org
MIX
Papier | Fördert gute Waldnutzung
FSC® C083411

Erschienen bei FISCHER Sauerländer

Dieses Werk wurde vermittelt durch die Literarische Agentur
Thomas Schlück GmbH, 30161 Hannover
Satz: Dörlemann Satz, Lemförde
Druck und Bindung: CPI books GmbH, Leck
Printed in Germany
ISBN 978-3-7373-5947-4

Für meine Mama Christiane,
die mir von Anfang an beibrachte,
wie mächtig Wörter sein können.

Wetteinsatz ein Lachen bringt,
Coin für Coin das Herze singt.
Spielst du viel und voller Fleiß,
trägst auch du schon bald das Weiß.

Horace Scott,
Mitbegründer von New London

PROLOG

Die Stille war jedes Mal ohrenbetäubend. In ihr hallten all die Geheimnisse nach, die Schreie, jedes gequälte Aufstöhnen und jedes Flehen, dass es endlich vorbei sein möge.

Sie ließ ihr Instrument sinken. Ein Kind hatte es einmal als *Zauberstab* bezeichnet, und es hatte recht gehabt. In gewisser Weise konnte die Frau zaubern. Sie konnte aus traumatisierten Seelen freie Geister machen, aus Geheimnishütenden ahnungslose Gestalten, und wenn man sie dazu zwang, konnte sie ganze Existenzen auslöschen.

In Wahrheit wusste sie natürlich, dass es keine Magie war, sondern Wissenschaft, in der sie ihre ganz besondere Begabung gefunden hatte. Manchmal wünschte sie sich, dieses Talent abstreifen zu können, doch sie wusste, dass es außer ihr niemanden gab, der zu solcher Präzision fähig war. Es war keine Arroganz, so zu denken, es waren nüchterne Fakten. Und sosehr sie ihre Gabe verabscheute, so wenig wollte sie riskieren, zu werden wie dieser Mann im OP-Stuhl.

Seine Augen waren noch immer geschlossen. Ein Speichelfaden hing aus seinem leicht geöffneten Mund, ein Überbleibsel des Gebrülls, mit dem er sie angefleht hatte, es schnell zu tun. Er hatte nicht wissen können, dass sie ihm mehr als eine einzelne Erinnerung nehmen würde. Sobald er erwachen würde, würde er sich nicht einmal an seinen Namen erinnern können, so sehr hatte sie sein Gedächtnisimplantat malträtiert.

Sie schüttelte den Gedanken ab. Sie musste aufhören, sich in dieser Routine jedes Mal zu quälen. Ohne den Gedächtnislosen noch einmal anzusehen, rollte sie mit ihrem Drehhocker zu dem metallenen Tisch. Sie wollte gerade den Knopf drücken, als die Tür aufgerissen wurde. Sein Anblick trieb ihr den Stich der Gewissheit ins Herz.

»Sie wissen es.«

Die Frau versuchte, den Kloß in ihrem Hals zu ignorieren. »Wie viel Zeit haben wir noch?«

»Er wird heute nach Dienstende vorbeikommen.«

Jeder ihrer Muskeln verkrampfte sich. »Gut. Du musst sie sofort herbringen.«

»Aber –«

»Du hast mir versprochen, dass wir nicht diskutieren, wenn es so weit ist.« Für einen Moment kehrte die Stille zurück, in der die Frau ihren Blick milde werden ließ. »Ich weiß, dass es eine schreckliche Bürde ist, aber wir haben keine Wahl.«

Obwohl der Mann hochgewachsen war, wirkte er jetzt wie ein verlorener Schuljunge.

»Bitte.«

»Wenn sie hier ist, kann es sein, dass sie alles mit ansehen wird. Sie wird für immer –«

»Nein.« Ihre Stimme war mit einem Mal schärfer als jede Klinge. »Du bist fast genauso gut wie ich, also wirst du dafür sorgen, dass sie sich an nichts davon erinnern wird. Nicht, bis es notwendig ist.«

Der Mann starrte sie an, als hätte sie eine fremde Sprache gesprochen. Sie kannte ihn lange genug, um das Wechselbad in seinen fast schwarzen Augen zu verstehen, den Wandel von Ablehnung über Bestürzung zum Widerspruch bis zur Resignation, die in einem Hauchen über seine dunklen Lippen kam: »Ich werde eine Stunde brauchen.«

»Danke. Vielleicht wird auch alles anders enden, als wir befürchten.«

»Vielleicht.«

Sie teilten noch ein trauriges Lächeln, als der Patient neben ihnen aufstöhnte. Ab jetzt war wieder Routine gefragt.

KAPITEL 1

»Zehntausend Pailletten, jede einzelne von Hand angenäht.« In der Stimme der Modeberatung schwingt Stolz, als hätte sie die Nadel selbst geführt. Sehr unwahrscheinlich. Sie trägt eins der leicht transparenten Handschuhmodelle, durch die man den Chip in ihrer rechten Handfläche hindurchschimmern sieht. Feinstes Platin, das beweist, wie gut der Laden auf der New Carnaby Street läuft. Kein Wunder, bei den Preisen.

»Was sagst du, Cass?« Eliza dreht sich auf dem Sockel von links nach rechts, so dass die purpurnen Pailletten glitzern wie ein Meer aus tausend Tautropfen in der Morgensonne. *Zehntausend*, korrigiere ich mich mit der Stimme der Beratung.

»Du siehst absolut umwerfend aus«, sage ich. Bei jeder anderen wäre ich neidisch, aber wenn es um Eliza oder Amanda geht, regt sich nur eine gewisse Bewunderung in mir. Wir kennen uns schon seit dem Kindergarten, und trotz aller Streitereien waren wir immer füreinander da. Selbst nach Mums *Ausstieg*. Schnell dränge ich den Gedanken beiseite.

»Findest du nicht, dass ich etwas blass aussehe?« Skeptisch dreht sich Eliza zu dem monströsen Spiegel, der die halbe Wand des Ankleidezimmers bedeckt.

Alles hier ist in warmen Cremetönen gehalten. Die Vorhänge der beiden Umkleiden, der Teppich, die Chaiselongue, neben der ein Tischchen mit Champagner und Pralinen steht, die beiden Podeste und selbst der Rahmen des Screens, der oben in der Ecke gerade ein Game live überträgt. Direkt darunter steht ein Terminal, damit die Kundschaft jederzeit eine Wette platzieren kann. Als hätte man beim Shoppen nichts anderes im Kopf!

»Quatsch!« Ich raffe den Saum meines Kleides und steige neben Eliza auf das Podest. »Du siehst aus wie eine Königin, die sich nächste Woche vom niederen Fußvolk verabschiedet.« Der Purpurton schmeichelt Elizas brauner Haut genauso wie ihren silbrig gefärbten Haaren und den ebenso hellen Augenbrauen. Darunter funkeln ihre dunkelgrünen Augen mit einer Mischung aus Lachen und Wehmut, die mir mitten ins Herz sticht.

Anstatt etwas zu sagen, dreht sie sich zu mir und schließt mich so fest in die Arme, dass ich die Tränen zurückhalten muss. Nur noch eine Woche. Ich weiß, dass ich mich freuen sollte. Elizas Eltern haben geschafft, wonach wir alle streben: Sie haben genug Coins erspielt, um sich ein Ticket für die weiße Zone kaufen zu können. In einer Woche wird Eliza das Leben als Gamblerin hinter sich lassen, alle blutigen Wetten, aber auch *mich*.

»Du bist kein Fußvolk, und sag das nie wieder«, wispert sie

dicht an meinem Ohr. »Außerdem ist dein Dad verdammt gut im Wetten. Ich bin mir sicher, dass es nicht mehr lange dauern wird, bis du auch zu den Neutrals kannst.«

Ich schiele auf meine Handschuhe, mit denen ich mich an Eliza festklammere. Die meisten tragen sie nur auf offener Straße oder Partys, auf denen man Angst haben muss, von einem talentierten Hacker überfallen zu werden. Ich muss sie außerhalb unserer Wohnung immer tragen. Blickdicht, dunkles Purpur, damit alle denken, ich wäre auch eine von *ihnen*. Ich hasse diese Dinger, aber wenn ich den Leuten zeigen würde, welche Farbe in meiner rechten Handfläche wirklich schimmert, würde man mich direkt aus dem Laden werfen. Ja, selbst wenn die Gewinnquote der kommenden Gameshow hoch genug wäre, müssten Dad und ich All-in gehen, um es zu schaffen. Und nicht einmal er wäre zu solch einem Risiko bereit.

»Ich werde dich vermissen«, raune ich heiser und weiß, dass es die Untertreibung des 22. Jahrhunderts ist. Als Am vor anderthalb Jahren zu den Neutrals gegangen ist, hat es mir das Herz gebrochen, aber damals war Eliza für mich da. Wenn sie geht, wird meine Welt in Scherben zerbrechen, und ich werde dastehen und lächeln müssen, als wäre es das Beste, was passieren kann.

Eliza löst sich von mir und wendet sich mit einem Räuspern an die Beratung. »Miss? Ich glaube, meine Freundin würde gerne noch ein paar andere Modelle anprobieren. Etwas mit weniger ... Tüll.« Sie schaut auf den bauschigen Rock, der meine Beine umspielt. »Oh, und bitte lassen Sie sich Zeit bei der Auswahl.«

»Natürlich.« Ohne zu zögern verschwindet die Beratung.

»Cass, ich –«

»Schon gut«, unterbreche ich Eliza mit einem Lächeln, hinter dem das Bedürfnis brennt, den Tränen freien Lauf zu lassen. »Hilfst du mir kurz?« Ich steige von dem Podest und deute auf die kleine Knopfreihe an der Rückseite des Kleides. Es hat eine halbe Ewigkeit gedauert, bis die Beratung den letzten Knopf geschlossen hatte.

Als sich Eliza hinter mich stellt, streiche ich meine Locken aus dem Nacken über die Schulter. Meine Haare haben fast denselben dunklen Braunton wie die von Mum. Früher habe ich es abgestritten, ihr ähnlich zu sehen, aber jetzt suche ich nach jeder kleinsten Gemeinsamkeit. Mit etwas Phantasie sind meine Lippen genauso voll wie ihre, meine Wangenknochen unter dem Highlighter ähnlich markant, und ich habe ihre sportliche Statur. Gut, Letzteres liegt eher an meinem Schwimmtraining und dem Tanzen, aber was ich definitiv von Mum habe, ist meine Haut. Makelloses Hellbraun, das im Sommer jeden Sonnenstrahl einfängt, um die goldenen Untertöne noch mehr herauszukitzeln. Hätte ich ihre Sommersprossen, wäre es perfekt.

»Wow, dieses Kleid hier ist besser als jeder Keuschheitsgürtel«, neckt Eliza, die immer noch auf Höhe meiner Schulterblätter ist. »Bis dir das jemand vom Leib gerissen hat, ist jede Lust vergangen.«

»Ich wette, Lucys Korsage beim Winterball war schlimmer«, stichle ich zurück.

»Die war echt der Horror!« Eliza stöhnt auf. »Zum Glück war der Rock nicht mit der Korsage vernäht …«

»Weshalb Lucy ihn einfach ausgezogen und dich in ihr seidenes Bettlaken geworfen hat«, beende ich die Geschichte, die Eliza jedes Mal ein Grinsen entlockt. »Ich wette, sie wird sich riesig freuen, dich wiederzusehen.«

»Und wenn nicht, lasse ich mir von Am irgendeinen fiesen Taekwondo-Tritt beibringen.«

Jetzt muss ich lachen. »Du und Taekwondo? Das möchte ich sehen!«

»Liebend gerne. Sobald du bei den Neutrals einziehst, werde ich zur Feier des Tages eine Flasche Chilendra mit einem gezielten Roundhouse Kick entkorken, und dann lassen wir uns auf die verschwenderisch große Couch in meinem Zimmer fallen und lästern über meine viel zu perfekte Nachbarin Loreley Lèvene.« Eliza grinst mich durch den Spiegel an, und für diesen einen Moment lasse ich die Vorstellung zu. Ich zusammen mit meinen beiden besten Freundinnen, unserem sauteuren Lieblingswein und ohne Zwangswetten im Nacken.

»Okay, aber muss es ausgerechnet Loreley Lèvene sein?«, sage ich und verdrehe die Augen. »Von allen Ex-Frauen von Gamemaster Lèvene ist sie mit Abstand die Unsympathischste.«

»Deshalb müssen wir ja auch über sie lästern. Oh, wenn man vom Teufel spricht.« Eliza nickt hoch zu dem Screen, auf dem das Game gerade in den Hintergrund gerückt ist. Es läuft der brandneue Werbetrailer für die 84. Gameshow, eingeleitet vom Countdown. Noch acht Tage, bis wieder eine Saison der Grausamkeiten zu Ende geht. Zum Glück kann niemand meine Gedanken lesen. Für das Wort *Grausamkeiten* würde man mich nicht nur aus dem Laden werfen, man würde mich direkt zu einem Mnestika bringen, um mein Implantat checken zu lassen. Wie hat Dad letztes Jahr gesagt?

Wer die Spiele nicht liebt, muss einen Defekt haben. Dann habe ich gerne einen Makel.

Hinter dem Countdown zeichnet sich das Ratszimmer des Casinums ab, dem Hauptsitz unserer Gamemaster. Das zwölfköpfige Tribunal sitzt an dem langen Tisch, in den mehrere Screens eingelassen wurden, dann zoomt die Kamera auf das Aushängeschild unserer Regierung: Youngsteen. Er ist vor fünf Jahren als jüngster Gamemaster aller Zeit eingestiegen und hat ein solch charmantes Lächeln, dass ich die Augen verdrehe.

Eliza unterbricht ihre Arbeit, um zweimal in die behandschuhten Hände zu klatschen. »Ankleide drei, Ton lauter.«

Sofort reagieren die Lautsprecher und lassen Youngsteens schmierige Stimme durch das Zimmer dröhnen. »... und wie Sie sehen können, laufen die Vorbereitungen auf Hochtouren!« Er steht auf und umrundet den Tisch, an dem die anderen konzentriert auf ihre Screens starren, sich wortlos miteinander abstimmen oder Anmerkungen machen.

Ich kenne jeden einzelnen Namen, jedes einzelne Gesicht. In der Schule haben so gut wie alle einen Gamemaster als Idol, und manche heften sich sogar eine Kopie der berühmten Anstecknadeln an ihre Uniform. Dabei ist es nicht mehr als eine elfenbeinfarbene Brosche in der Form eines Lorbeerkranzes. Darin die jeweiligen Initialen. AM für Adelia Marshall, GL für Gilleroy Lèvene, AS für Achamaz Sheripov oder natürlich der beliebteste Buchstabe: Y für Youngsteen. Jeder weiß, dass Youngsteen eigentlich anders heißt, aber er dachte wohl, er müsste sich einen besonders coolen Namen zulegen, wenn er schon in die Fußstapfen von Gamemaster Old Shad tritt. Ob Ams Dad immer noch mit Old Shad befreundet ist? Ich weiß, dass die beiden ein gutes Verhältnis hatten, bis Old Shad vor fünf Jahren zu den Neutrals gegangen ist. Vielleicht sitzt er gerade mit Ams Familie auf der Veranda, und sie stoßen im lauen Sommerwind mit Chilendra an.

Ich höre Youngsteen erst wieder zu, als das Bild von anderen Sequenzen überblendet wird. Flugzeuge werfen Bomben ab, solche, die ganze Stadtviertel mit einer Schallwelle zerlegen können. »Nach dem Vierten Weltkrieg lag unsere Welt in Schutt und Asche. England war nur noch ein blasser Schatten seiner selbst, begraben unter all dem Schrott und Unrat, dessen Bekämpfung die alte Regierung viel zu lange ignoriert hatte.« Aus Häusern werden Trümmerhaufen, umringt von Bergen aus Abfall, die mich unwillkürlich den Mund verziehen lassen. »Aber unser Gründervater Horace Scott hat sich von den Herausforderungen nicht abschrecken lassen.« Ein junger Mann läuft durch die zerstörten Straßen, aufrechter Gang, harter Blick. »Anstatt zu fliehen, hat er sich Unterstützung gesucht, mit deren Hilfe er unsere geliebte Nation erbauen konnte: New London.«

Im Zeitraffer entstehen aus den Ruinen neue Häuser, atemberaubend hohe Komplexe mit verspiegelten Glasfronten. Manche von ihnen drehen sich Richtung Himmel, andere haben eine bauchige oder spitze Form, und immer wieder blitzt zwischen den Fassaden das satte Grün von Parkanlagen auf. Die Purpurzone. Für viele Gambler ist sie der letzte Schritt, bevor sie zu den Neutrals gehen. Dann zoomt die Kamera heraus und gewährt einen flüchtigen Blick auf zwei weitere Zonen. Direkt an Purpur schließt Platin an, hier leben Dad und ich, seitdem Mum ausgestiegen ist. Die Häuser haben weniger außergewöhnliche Formen und sind ein paar Stockwerke niedriger. Doch auch bei uns gibt es noch ein paar grüne Flecken, die erst in der goldenen Zone ganz verschwinden. Bevor uns die Kamera Silber, Bronze oder gar den großen Zaun zeigt, der uns Gambler von den Gamern trennt, kehrt Youngsteen zurück auf den Bildschirm.

Er lehnt jetzt lässig an dem Tisch und setzt eine nahezu andächtige Miene auf. »Aber Horace Scott hat uns mehr geschenkt als nur eine Nation. Er hat uns etwas gegeben, für das es wieder zu leben lohnt, etwas, nach dem wir alle streben können. Denn egal, in welcher Zone Sie aktuell wohnen: Bei der 84. Gameshow haben Sie alle die Chance aufzusteigen. Mit nur einer Wette können Sie nicht nur Ihr Leben verbessern, sondern das Ihrer ganzen Familie!«

Er lässt es so leicht klingen. Als dürfte man seine Familie einfach so mitnehmen, wenn man genug Coins für die nächste Zone verdient hat. Dabei lernen wir die Regeln schon von klein auf: Für jedes Familienmitglied, das man mitnehmen möchte, erhöht sich der wöchentliche Pflichteinsatz. Bei Eheleuten und leiblichen Kindern sind es nur fünf Prozent, bei Geschwistern bereits zwanzig, weiter entfernte Verwandte sind unbezahlbar. Die einzige Ausnahme sind minderjährige Halbwaisen – wie ich. Nur deshalb konnte mich Dad nach Mums Ausstieg einfach so mit nach Platin nehmen.

Youngsteen setzt zum Finale seiner Rede an. Er streicht die Krawatte an seinem purpurnen Seidenanzug glatt und schaut geradewegs in die Kamera. »Also zögern Sie nicht, wenn Sie nächste Woche vor den Terminals stehen, sondern fragen Sie sich lieber: Wo könnte ich morgen sein? *Wer* könnte ich morgen sein?« Er lächelt noch einmal gewinnend, dann kehrt er zurück an die Arbeit. Während wir noch das Tribunal über seinen Screens brüten sehen, ergänzt eine sanfte Frauenstimme: »Denken Sie daran: Wenn Sie innerhalb der nächsten sechs Tage eine All-in Wette anmelden, laden wir Sie zum exklusiven Pre-Dinner ein.«

Nein danke.

»Uuuund der letzte Knopf!« Triumphierend lässt Eliza von mir ab.

Das Kleid gleitet von meinen Schultern. Ich trete mit einem Schritt aus dem riesigen Tüllhaufen raus und werfe mir den Morgenmantel über. Die Beratung lässt sich wirklich verdammt viel Zeit.

Als mir Eliza dabei hilft, das Ungetüm wieder auf den Kleiderbügel zu hängen, flackert bereits das nächste Spiel über den Monitor. Allein beim Erklingen der Startmelodie stellen sich die Härchen in meinem Nacken auf. Ich klatsche zweimal in die Hände, aber bevor ich den Ton abstellen kann, geht Eliza dazwischen.

»Warte noch kurz!« Sie greift nach meinem Handgelenk und zieht mich auf die Chaiselongue. »Jetzt kommt diese niedliche Gamerin mit den zweifarbigen Augen. Ich schwöre dir, wenn sie's in die Gameshow schafft und ein Ticket für die weiße Zone gewinnt, hat Lucy ernsthafte Konkurrenz.« Ohne den Blick vom Screen abzuwenden, schenkt uns Eliza Champagner ein und drückt mir das Glas in die behandschuhten Finger.

Ich schaue auf. Dank Dad kenne ich alle aktuellen Spiele, obwohl ich sie mir nie ansehe. Canyon Escape ist eins der besonders grausamen Games, in denen die Teilnehmenden einen Ausweg aus einer künstlich angelegten Schlucht finden müssen. Nur dass die Schlucht von Fallen übersät ist, es für jeden Kill Extrapunkte gibt und es absolut keinen Spaß macht, dabei zuzusehen, wie diese Menschen um ihr Leben ringen – leider bin ich eine der wenigen, die es so sieht. Gerade wird ein Junge, vielleicht siebzehn wie ich, von einer Speerspitze durchbohrt, die unvermittelt aus der Wand geschossen ist. Sein Schrei stellt mehr als nur die Härchen in meinem Nacken auf. Schnell stürze ich meinen Champagner herunter. Als Nächstes zoomt die Kamera auf eine Gamerin, und ich weiß sofort, dass sie Elizas Schwarm sein muss. Sie nennt sich *Golden Freckles*, ist locker zehn Jahre älter als wir und die schönste Frau, die ich je gesehen habe. Passend zu ihrem Gamertag leuchten etliche Sommersprossen auf ihrer kupferbraunen Haut, das dunkle Haar glänzt in dem geflochtenen Zopf, als wäre sie einer Shampoowerbung entsprungen, und dann sind da die Augen. Eins türkis, das andere braun, in beiden der ehrgeizige Ausdruck, der nach Sieg strebt.

Ich sehe weg. Während Eliza immer wieder zischend die Luft einsaugt oder erleichtert auflacht, fülle ich mein Glas nach. Dann knufft Eliza mich plötzlich in die Seite.

»Hey, Cass, dieser Jax wäre doch voll dein Typ, oder?« Neckend deutet sie nach oben. »Dreitagebart, dunkelbraune Haare und dann dieses enge Shirt, unter dem sich seine Muskeln abzeichnen. Sexy.«

Ich will nur einen flüchtigen Blick riskieren, damit Eliza Ruhe gibt. Als hätte Jax es geahnt, sieht er in genau diesem Moment in die Kamera, funkelndes Smaragdgrün, das unter den Strähnen hervorsticht, die ihm lässig in die Stirn fallen.

»Und?« Eliza schnappt sich eine Praline und steckt sie genüsslich in den Mund. »Komm schon, Cass, gib zu, dass er dir gefällt!«

»Ich …« Alle Worte bleiben mir im Hals stecken. Das, was jetzt zwischen den steinernen Wänden des Canyons passiert, macht selbst die attraktivsten Augen der Welt vergessen. Vor Jax stolpert eine Gamerin so unvermittelt, dass er ebenfalls aus dem Tritt kommt. Er stürzt über sie, und schon hat die Frau ein Messer gezückt, auf ihrem Gesicht ein siegessicheres Grinsen. Sie hat sich absichtlich fallen lassen. Reflexartig halte ich den Atem an. Wenn sie Jax tödlich trifft, kriegt sie 100 Extrapunkte für den Kill, doch er gibt nicht auf. Er wirft sich mit aller Kraft zur Seite, so dass ihre Klinge im Nichts landet, dann zückt er selbst ein Messer und treibt es der Fremden direkt in den Bauch. Die Entschlossenheit erlischt, das Smaragdgrün zieht sich zusammen, als würde Jax seine Tat *bereuen*. Ausgeschlossen. Wahrscheinlich habe ich es mir nur eingebildet, denn im nächsten Moment ist er wieder auf den Beinen und rennt mit eiskalter Miene weiter.

»Und er ist gut«, flötet Eliza neben mir, als hätte Jax gerade keine Frau umgebracht. »Vielleicht schafft er es ja nächstes Jahr in die Gameshow.«

Endlich klopft es an der Tür. Noch bevor die Beratung das Ankleidezimmer betritt, habe ich das Glas beiseitegestellt und in die Hände geklatscht. »Ankleide drei, Ton aus.«

»Eine unglaublich spannende Saison, nicht?«, säuselt die Dame, die einen ganzen Ständer hinter sich herzieht, auf dem etliche Kleider hängen. Alle in Purpur und eins schöner als das andere.

»Wow!« Eliza, die immer noch ihren Traum aus Pailletten trägt, springt begeistert auf. »Ich glaube, das hier würde mir noch besser stehen! Was sagst du, Cassie-Sparrow?« Sie nimmt ein tailliertes Modell aus Chiffon von der Stange und hält es sich an.

Dankbar für die Ablenkung, stehe ich auf. »Dir würde sogar ein Kartoffelsack stehen.«

»Mh, wenn er purpurn wäre, würde es garantiert für viel Aufmerksamkeit sorgen«, sagt Eliza mit solcher Ernsthaftigkeit, dass der Beratung kurz ihre Gesichtszüge entgleiten.

»Und Lucy könnte ihn dir innerhalb von Sekunden vom Leib reißen.«

»O ja, genauso hab ich mir das Wiedersehen vorgestellt! Sie als strahlende Schönheit im Weiß der Neutrals und ich in einem etwas besseren Kartoffelsack.«

Wir müssen beide lachen. Dann suchen wir für mich vier Kleider zum Anprobieren aus und besprechen währenddessen die letzten Details für Elizas Abschiedsparty. Am Ende habe ich das perfekte Purpur für meinen Hautton gefunden. Das Kleid ist bis zur Taille gerade geschnitten und geht dann in fließende Seide über, die meine Beine bei jedem Schritt umflattert.

»Damit wirst du mir garantiert die Show stehlen, aber es sei dir gegönnt«, sagt Eliza und hakt sich grinsend bei mir ein.

»Eine phantastische Auswahl«, beteuert die Dame, was sie wohl auch gesagt hätte, wenn Eliza wirklich den Kartoffelsack genommen hätte. »Ich werde die Kleider gleich zur Kasse bringen lassen.«

Eliza nimmt sich noch eine Praline, dann verlassen wir Arm in Arm das Ankleidezimmer. Auch der Rest des Geschäfts ist in Cremetönen gehalten, nur die Geländer der Galerien werden von purpurnen Fäden durchzogen. Wir stehen auf der obersten Galerie, die nur für erlesene Kundschaft wie Eliza vorgesehen ist – und für mich als ihre beste Freundin. Dann schlendern wir zu dem gläsernen Lift und lassen uns vier Etagen tiefer ins Erdgeschoss bringen. Überall hängen Kleider und Anzüge in den verschiedensten Farben, und mittendrin sitzt Brien. Mein Chauffeur. Als er uns sieht, springt er auf und versucht, die Langeweile aus seinem glattrasierten Gesicht zu vertreiben.

»Miss Cassandra, wie ich sehe, waren Sie und Miss Eliza erfolgreich?« Er mustert die Stange, die von einem jungen Mann zur Kasse geschoben wird. Da sich Eliza nicht entscheiden konnte, nimmt sie gleich drei Kleider, das Seidene ist für mich.

»Sehr erfolgreich«, erwidert Eliza und tänzelt zur Kasse. Als der Angestellte den Betrag nennt, streift Eliza galant den Handschuh von ihren Fingern. Sie legt ihre Rechte auf die Konsole und keinen Atemzug später gehören die Kleider ihr. Der Chip in ihrer Handfläche leuchtet trotzdem weiterhin purpurn.

Würde ich mein Kleid selbst bezahlen, wäre ich so gut wie pleite. Deshalb tritt wie gewohnt Brien vor, um zu übernehmen, und wie gewohnt stellt er sich so nah vor die Konsole, dass niemand die Farbe seines Chips sehen kann. Ich weiß nicht genau, wie die Übereinkunft zwischen ihm und Dad aussieht, ich weiß nur, dass meine Kleider von Mums Erbe bezahlt werden. Es sind saubere Coins, die sie ohne Blutwetten verdient hat.

»Vielen Dank, Sir.« Der Mann hinter der Theke lächelt

schmallippig. »Ich wünsche den Damen viel Freude mit den neuen Errungenschaften.«

Wir bedanken uns und wenden uns zum Gehen. Kurz vor dem Ausgang schaue ich noch einmal zu einem der vielen Monitore. Das Spiel neigt sich gerade dem Ende zu, und laut Liste sind sowohl Golden Freckles als auch Jax lebend ins Ziel gelangt. Obwohl es mich nicht interessieren sollte, entweicht mir ein erleichterter Seufzer.

»Alles in Ordnung, Miss Cassandra?« Brien mustert mich besorgt, während er mir die Tür aufhält.

»Cassie-Sparrow, kommst du?«, ruft Eliza von draußen. »Wir verpassen noch das Training!« Sie steht bereits vor unserem Wagen und winkt mir zu.

Scheiße, wie sehr ich das vermissen werde! Ich mime ein Lächeln und laufe raus. In mir tickt mein ganz persönlicher Countdown: Noch sieben Tage, bis die Welt zerbricht.

KAPITEL 2

Die Zeit mit Eliza verfliegt viel zu schnell. Es fühlt sich an wie ein Wimpernschlag, und wir spornen uns zum letzten Mal beim Training gegenseitig an. Ein Wimpernschlag, und sie sitzt zum letzten Mal neben mir im Stochastikkurs, wir treffen uns zum letzten Filmabend mit Ole, essen ein letztes Eis bei Lucianos, trinken ein letztes Bier im Connor's. Wieder ein Wimpernschlag, und der Tag ist da. Obwohl es noch einiges für die Party am Abend vorzubereiten gibt, treffen wir uns in Mums altem Lieblingscafé, dem Nonchalant. Angesichts der schwülen Hitze haben wir uns drinnen vor den Ventilator gesetzt, direkt am Fenster. Etliche Pflanzen ranken sich wild durch Madricks gesamten Laden. Dazwischen stehen zusammengewürfelte Tische und Stühle in verschiedenen Holztönen, nichts passt zusammen, und trotzdem strahlt es ein gemütliches Flair aus. Vor allem gibt es nur zwei Terminals, und auf dem Screen in der Nähe wird der Kanal mit den seichten Games gezeigt. Golf, Schwimmturniere oder Tanzwettbewerbe. Alles harmlose Spiele, die nur von

Newbies, Seniors oder für untauglich eingestuften Gamern bestritten werden. Früher waren Mum und ich jede Woche hier, um bei Torte und Kaffee unsere Pflichtwette zu leisten, nie einen Coin mehr, nie auf ein tödliches Game.

»Ein Frappuccino mit Haselnuss für Eliza und ein Eiskaffee mit besonders viel Karamell für meine treuste Kundin.« Madrick stellt die randvollen Gläser vor uns ab und schenkt uns ein Schmunzeln. Obwohl ich ihn seit meiner Kindheit kenne, hat er sich nie wirklich verändert. Er trägt wie immer einen dichten Bart, eine Fransenweste über einer viel zu großen Tunika mit Blumenprint, das passende Haarband drückt seine brustlangen Haare an der Stirn platt. »Geht zur Feier des Tages natürlich aufs Haus.«

Eliza nimmt einen Schluck und lehnt sich mit einem genussvollen Seufzer zurück. »Sorry, Cass, aber es wird schwer, dieses Abschiedsgeschenk zu toppen. Danke, Maddy.«

»Ist mir eine Freude«, sagt er, während der nächste Kunde nach ihm winkt. »Nur den Spitznamen werde ich nicht vermissen.« Dann klemmt er sich mit einem Zwinkern sein Tablett unter den Arm und schlendert seelenruhig ein paar Tische weiter.

»Okay, gehen wir noch mal alles durch.« Eliza zieht einen Zettel aus ihrer Tasche. Super altmodisch, aber sie ist der Meinung, dass man sich Dinge besser merken kann, wenn man sie auf Papier schreibt. »Kleid? Check. Haare und Make-up? Meine Stylistin kommt zwei Stunden vorher. Deko? Hängt. Alkohol? Ich hoffe, du hast kein Problem mit einem Kater. Essen? Genug, um nie wieder essen zu wollen. Blumen ... Fuck!« Eliza reißt die Augen auf.

Meinen Strohhalm zwischen den Lippen sehe ich sie an.

»Es tut mir so, so leid, Cass, aber ich muss gleich wieder los!« Hektisch faltet sie den Zettel zusammen und stopft ihn zurück in ihre Tasche. »Ich habe Mum versprochen, die Magnolien selbst zu überprüfen, bevor sie angebracht werden. Und du kennst meine Mum ja, sie …«

»Ist eine Perfektionistin. Ich weiß.« Normalerweise würde ich eine wegwerfende Geste machen und etwas sagen wie: *Kein Problem, sehen wir uns später im Connor's?* Aber heute ist es etwas anderes. Wir werden uns nie wieder in unserem Lieblingspub auf der Ecke treffen oder zusammen Madricks Eiskaffee trinken. Der letzte Schluck quält sich durch meine brennende Kehle, während ich mir verstohlen über die Augen wische.

Dann greift Eliza über den Tisch hinweg nach meiner Hand. »Hey, Cassie-Sparrow.« Anders als Madrick werde ich meinen Spitznamen vermissen. »Egal, wie viele heute Abend kommen, ich werde an meiner besten Freundin kleben wie Karamellsirup, nur weniger süß und viel nerviger.«

Mein Lachen ist heiser. »Ist das ein Versprechen oder eine Drohung?«

»Ich denke, beides.« Grinsend beugt sich Eliza über den Tisch, um mir einen Kuss auf die Wange zu drücken. »Ach, und Cass? Ich habe nachgedacht. Du hast mich doch gebeten, Am super viel von dir zu erzählen. Warum schreibst du ihr nicht einfach einen Brief und sagst es ihr so persönlich?«

»Einen Brief?« Irritiert mustere ich meine Freundin, die ihren Frappuccino in einem Schluck herunterstürzt und sich die Handtasche umhängt.

»Warum nicht?« Dann lehnt sie sich noch einmal zu mir,

um ihre Stimme zu senken. »Ich denke, wenn ich es geschickt anstelle, könnte ich ihn über die Grenze schmuggeln.« In ihren Augen funkelt Abenteuerlust.

»Du würdest für mich das Gesetz brechen?!«, zische ich und weiß nicht, ob ich es ihr ausreden oder ihr einfach um den Hals fallen soll.

»Viel zu harte Worte. Ich würde eher sagen, wir dehnen die Regeln ein bisschen. Unterschreib einfach mit meinem Namen, und bei der Grenzkontrolle behaupte ich, er wäre von mir.« Eliza zuckt lässig mit den Schultern. »Als ob sie das verbieten könnten.«

Auf einmal wird das Brennen in meiner Kehle milder. Es könnte tatsächlich klappen. Vielleicht kann ich Am nicht sehen, aber ich könnte ihr selbst schreiben, was in den letzten anderthalb Jahren passiert ist. Von diesem Arschloch Troy Danfort, dem letzten Schwimmturnier und meinem ersten siegreichen Schachspiel gegen Brien. Allein die Vorstellung, wie das Muttermal unter Ams Lippe tanzt, während sie über meine Geschichten lacht, lässt mein Herz aufgehen.

Ich drücke Eliza, so fest ich kann. »Danke!« Dann stürze ich meinen eigenen Eiskaffee herunter und folge ihr zurück in die Junihitze.

Stifte, Papier, mein Schreibtisch. Die ersten Worte fallen mir schwer, aber schon nach drei Sätzen möchte ich nicht mehr aufhören. Als ich gerade dabei bin, ihr von meinem letzten Date mit Troy zu erzählen, bevor er hintenrum mit Heriett rumgeknutscht hat, höre ich die Haustür. Überrascht halte ich inne und lausche. Brien hat heute seinen freien Nachmittag, also kann es nur Dad sein, den ich schon seit Tagen nicht mehr gesehen habe. Und vor der Parade habe ich auch nicht mehr mit ihm gerechnet.

Seinen schlurfenden Schritten nach ist er müde oder betrunken – oder beides. Erst als er an meinem Zimmer vorbeigelaufen ist, merke ich, dass ich den Atem anhalte, und muss innerlich lachen. Als ob Dad nach mir sehen würde. Kurz darauf fällt die Tür vom Badezimmer ins Schloss, und ich höre das Rauschen der Dusche. Ich schiele zu meinem leeren Wasserglas. Da ich Dad am liebsten nicht über den Weg laufen würde und nicht weiß, wie lange er bleiben wird, sollte ich *jetzt* für Nachschub sorgen.

Ich ziehe meine Schlappen über die nackten Füßen, um alle Geräusche zu dämpfen, nehme das Glas und schleiche über den Flur in unsere riesige Wohnküche. Obwohl wir schon drei Jahre hier wohnen, kann ich mich nicht an die Größe gewöhnen und auch nicht an das polierte Weiß der Fronten oder an die Kochinsel mit der Dunstabzugshaube, die gleichzeitig als Monitor fungiert. Gegenüber liegt unser Wohnzimmer, frei von jeder Gemütlichkeit, aber so modern, dass Dad vor seinen Freunden damit angeben kann. Das Highlight ist der gigantische Quantum-Dot-OLED-TV mit dem neusten Atmosphere-Soundsystem. Davor erstreckt sich eine helle Sofalandschaft mit purpurnen Kissen. Mum hätte nichts von alledem gemocht, aber Mum ist nicht hier.

Während ich das Glas an der integrierten Wasserbar des Kühlschranks fülle, fällt mein Blick auf einen purpurnen Umschlag. Seit wann kriegen wir klassische Post?

Ich lausche noch einmal Richtung Badezimmer, in dem die Dusche weiterhin plätschert. Dann nehme ich den Brief, der an *Familie Pierson* adressiert ist. An Dad und mich. Meine Fingerspitzen zucken nervös, als ich eine Karte aus dem Umschlag ziehe. Blütenweißes, dickes Papier, auf dem in purpurnen Lettern ein einziges Wort prangt: *Einladung.* Mein Magen tanzt in einer bitteren Vorahnung. *Du irrst dich, Cass. Dad würde niemals … Nicht ohne … Und wenn doch?* Meine Gedanken überschlagen sich, während ich die Karte umdrehe. Geschwungene Lettern, die handgeschrieben aussehen, obwohl sie mit Sicherheit gedruckt wurden.

Sehr geehrte Familie Pierson,

herzlichen Glückwunsch! Da Sie eine All-in Wette für die 84. Gameshow angemeldet haben, laden wir Sie hiermit herzlich zum Pre-Dinner ein. Bitte identifizieren Sie sich beim Grenzübertritt mittels Ihres Chips. Und vergessen Sie nie:

›Spielst du viel und voller Fleiß,
trägst auch du schon bald das Weiß.‹

Ihre Gamemaster

Darunter das heutige Datum, die Uhrzeit und die Adresse der nobelsten Wetthalle in der Purpurzone. Die Karte droht mir aus der Hand zu rutschen. Das muss ein Irrtum sein!

»Cassandra.«

Ich wirble auf dem Absatz herum zu Dad, der mit nassen Haaren auf dem Flur steht und mich ansieht. Obwohl er geduscht hat, sieht er nicht gut aus. Sein Gesicht ist aufgedunsen, die Augen wässrig, und selbst sein Bart, auf den er sonst so viel Wert legt, wirkt ungepflegt. Nur den Anzug hat er gewechselt, helles Flieder, am Revers eine dieser schrecklichen Anstecknadeln. Natürlich trägt er die von Youngsteen.

»Ich dachte, du wärst bei Eliza.« Nach drei Jahren mit seinem treuen Freund Alkohol gelingt es ihm, seine Worte ohne jegliches Lallen hervorzubringen. Obwohl er garantiert getrunken hat.

Ich schlucke schwer. »Sie musste noch die Blumen überprüfen.«

»Mhhhh.« Dad nickt vor sich hin. »Wie ich sehe, hast du meine kleine Überraschung schon gefunden.« Er kommt näher, ich weiche instinktiv zurück.

»Überraschung?«, wiederhole ich krächzend. »Du meinst, du hast wirklich –«

»Natürlich! Hast du dir die Gewinnquote mal angesehen, Cassie? Das ist unsere große Chance.«

Nach drei Schritten sitze ich in der Falle. Die Kante der Theke presst schmerzhaft in meinen Rücken, während Dad mir seine Hand entgegenstreckt. Unter seiner Haut zeichnen sich in einem Platinschimmer die Ziffern ab, siebenstellig, was er allein Mum zu verdanken hat. Und trotzdem müsste er seine Coins verdoppeln, um zu den Purpurnen zu kommen. Vervierfachen, um uns aus dem Leben als Gambler zu befreien.

»Wenn du mitziehst, könnten wir mit dieser einen Wette genug gewinnen. Genug, um uns endlich ein Ticket zu kaufen wie Rémy und Lucien und Gregor. Hörst du, Cassie? Das Ziel ist so verdammt *nah*!«

Bei jeder Silbe schlägt mir der strenge Geruch seines Atems entgegen. Als ich Dad in die Augen sehe, zucke ich zusammen. Früher sah das Blau meinem Saphirblau sehr ähnlich.

Jetzt ist es überschattet von Gier, aber das ist es nicht, was mir Angst macht. Es ist die Bereitschaft, uns beide in den Abgrund zu stürzen.

»Cassie.« Er nimmt mein Kinn zwischen seine Finger, so dass ich nicht mehr ausweichen kann. »Ich habe es immer wieder sehr genau ausgerechnet. Wenn ich All-in gehe, musst du nur 15 000 setzen. 15 000 Coins, und wir sind frei. Können den ganzen Scheiß hinter uns lassen.«

Am liebsten würde ich lachen, aber es bleibt mir im Hals stecken. Mein Chip verzeichnet magere 20 000 Coins, umgeben von einem Kupferschimmer. Wenn Dad verliert, würde man mich sofort in die bronzene Zone schicken. Ich war noch nie dort, allerdings reichen die Geschichten über Schlägereien, Diebstahl am helllichten Tag und Aufstände, um niemals einen Fuß dorthin setzen zu wollen.

Seufzend lässt mich Dad los. »Wenn du den Mund so verziehst, siehst du ihr noch ähnlicher, Spätzchen. Und wir wissen doch beide, dass sie –«

»Vergiss es.« Schnell schlucke ich den Kloß herunter. »Wenn du dir so sicher bist, dann mach es. Aber lass mich aus der Sache raus.« Als ich mich an ihm vorbei quetschen will, greift er nach meinem Handgelenk. Ruckartig reißt er mich zurück. Dann ist Dad so nah, dass mir sein Geruch den Magen umdreht.

»Ich musste deiner Mutter versprechen, dich nie zu einer Wette zu zwingen.« *Danke, Mum.* »Aber vielleicht solltest du noch mal unsere Chancen ausrechnen. Heute Abend. Beim Pre-Dinner.«

Er lässt mein Handgelenk so abrupt los, dass meine geschlossene Faust gegen mein Brustbein schlägt. »Heute

Abend?« Meine Stimme klingt schrill, während Dad seinen Anzug glattstreicht. »Das kannst du nicht machen! Du *weißt*, wie wichtig diese Party für mich ist! Das ist meine letzte Chance, Eliza noch mal zu sehen und mich richtig von ihr zu verabschieden! Bitte. *Dad.*«

»Verabschieden?« Argwöhnisch runzelt er die Stirn. Mein Schweigen reicht als Antwort, und kurz wird sein Ausdruck weich. »Weißt du, Spätzchen, was auch immer du Eliza heute Abend sagen möchtest, hat auch Zeit bis nächste Woche.« Fast schafft es das Lächeln bis in seine Augen. »Wenn wir bei den Neutrals sind. Also gib dir etwas Mühe.« Ein liebloses Klopfen auf die Schulter, bevor er sich umdreht. In der Haustür bleibt er noch einmal stehen. »Ach, und Cassandra? Zieh das Kleid an, das später geliefert wird, und mach keinen Scheiß. Brien ist dazu angehalten, dich pünktlich abzuholen und nicht von der vorgegebenen Route abzuweichen. Und vergiss nicht deine Handschuhe. Wir wollen uns ja nicht blamieren.«

Die Haustür fällt ins Schloss. Nach dem ersten Schock löse ich mich aus meiner Starre und schmeiße die Einladung in den Mülleimer. Wenn Dad denkt, er könnte mich davon abhalten, Eliza zu sehen, kennt er mich noch weniger, als ich dachte. Ich brauche nur einen guten Plan.

Als ich am Abend pünktlich im Fahrstuhl stehe, blinzelt mein Spiegelbild zweifelnd zurück. Die blutrote Farbe des Kleides schmeichelt meinem Teint, der Schnitt wirkt, als wäre es für jemanden entworfen worden, dessen Taille zehn Zentimeter tiefer sitzt. Typischer 1920er Stil. Ein plissierter Rockteil, roter Haarschmuck und eine lächerlich kleine

Handtasche. Zum Glück ist mein Abschiedsgeschenk für Eliza klein genug, um es neben dem Smartphone reinzukriegen. Den Brief für Am habe ich kurzerhand in meinen Ausschnitt gestopft.

Brien empfängt mich im Foyer. »Sie sind da.«

»Und wenn ich einfach abhaue?«

»Dann wissen wir beide, dass Sie nicht weit kommen würden.« Er öffnet die Tür, durch die gerade zwei unserer Nachbarn schlendern. »Nach Ihnen.«

Ich verdrehe die Augen, obwohl er recht hat. Da ich minderjährig bin, können Dad und er jederzeit die Koordinaten meines Chips ermitteln. Ansonsten wäre ich schon früher geflohen und hätte mir ein Taxi genommen.

In Dads Limousine wartet eine kleine Schachtel auf mich. Als ich sie öffne, kann ich mir ein sarkastisches Lachen nicht verkneifen. Es gibt nichts, was ich mir mehr wünschen würde. Wenn ich einen Brechreiz provozieren wollte.

»Glaubt er echt, dass ich die trage?«, frage ich und lasse die hässliche Anstecknadel wieder unter dem Deckel verschwinden. Es ist die gleiche wie Dads. Wahrscheinlich hofft er, ich würde bei diesem grauenhaften Dinner im Partnerlook mit ihm auftreten.

»Nun, wir könnten einen kleinen Unfall inszenieren.« Brien rückt den Spiegel zurecht, um mich auf der Rückbank zu mustern. »Vor der Wetthalle gibt es sicher ein Abflussgitter, über dem ich zufällig parken könnte.«

»Brien!« In gespieltem Entsetzen reiße ich die Augen auf. »Schlägst du ernsthaft vor, dieses überaus kostbare Schmuckstück im Abfluss zu versenken?«

»Nein, Miss Cassandra, natürlich nicht. Ich meine nur,

dass diese Handschuhe äußerst glatt aussehen, und wenn Sie die Nadel im falschen Moment anstecken möchten ... Unfälle passieren selbst den Besten unter uns, nicht wahr?« Sein Schmunzeln zeichnet Grübchen auf seine Wangen, bevor er den Motor startet.

Am liebsten würde ich ihn in meinen Plan einweihen, aber es ist eine Sache, eine hässliche Brosche loszuwerden. Sich den direkten Anweisungen meines Dads zu widersetzen eine ganz andere. Also beiße ich mir auf die Zunge und suche nach unverfänglichen Themen. »Ganz schön schwül heute, oder?«

»In der Tat.«

»Letztes Jahr im Juni war es nicht so heiß, oder?«

»Nun, es war ähnlich heiß, allerdings hat es das ganze Wochenende lang geregnet. Man hatte schon die Befürchtung, keiner würde am nächsten Tag zur Parade kommen.«

»Stimmt. Aber Dad wollte trotzdem hin, und du hast den Regenschirm immer so gehalten, dass mir das Wasser direkt in den Nacken gelaufen ist.«

»Oh, wenn ich mich recht entsinne, haben Sie sich über die kleine Abkühlung gefreut.«

»Gerüchte«, necke ich und schaue nach draußen. Das Restaurant zwei Straßen weiter ist wie immer gut besucht, genauso wie die kleine Boutique, in der ich mein erstes Shirt als Platin gekauft habe. Wenn Dad morgen verliert ... Ich darf nicht einmal dran denken. Fröstelnd schaue ich auf zu den digitalen Billboards, die hier und da an den Häusern kleben oder sie gar überragen. Es läuft wieder der Werbespot für morgen, groß untertitelt, damit man jedes Wort ohne Ton versteht.

Fünf Blocks liegen hinter uns. Mit jeder Straße, die an uns vorbeizieht, steigt meine Nervosität. Ich habe keine Ahnung, ob es funktionieren wird, aber es ist einen Versuch wert. Endlich erreichen wir die Grenze zwischen Platin zu Purpur. Die Grenzgarde liest meinen Chip aus und lässt die purpurne Barrikade im Boden versinken. Der Wagen rollt weiter. Ich bin jedes Mal fasziniert von den eigenwillig geformten Hochhäusern, die sich im Herzen von New London gen Himmel schieben. *Lass dich nicht ablenken, Cass.*

Nur noch drei Blocks. Meine Tasche fest umklammert, atme ich tief durch, die Hand auf dem Türhebel. Nur noch zwei, eins ...

»Scheiße, Brien, brems doch endlich, *VERDAMMT*!« Meine Stimme ist schrill genug, um Briens Reflexe zu aktivieren.

Der Gurt presst die Luft aus meinen Lungen. Kurz flattern meine Lider. Dann löse ich den Gurt, raffe mein Kleid zusammen und ziehe an dem Türhebel – verschlossen. Aus meinem Ziehen wird ein Zerren, dann ein wütendes Rütteln. »Lass mich raus, Brien! Du hast kein Recht, mich gegen meinen Willen festzuhalten!«

»Und Sie haben kein Recht, mir solch einen Schrecken einzujagen, Miss Cassandra!«, erwidert Brien, der mich im Rückspiegel mustert. Seine behandschuhten Finger hat er so fest in das Lenkrad gekrallt, als wäre er unfähig, es je wieder loszulassen. »Die Anweisungen Ihres Vaters waren eindeutig.«

Am liebsten würde ich ihm etwas Fieses an den Kopf werfen, aber seine verkrampfte Haltung weckt Schuldgefühle in mir. Also lasse ich schnaubend von dem Griff ab, der sich sowieso keinen Millimeter bewegen lässt. »Mein Vater und du habt ja keine Ahnung, wie wichtig diese Party ist!«

»Ich war auch mal ein junger Platin wie Sie, Miss, aber ich kann Ihnen sagen, dass es keine Party der Welt wert ist, einen Unfall zu riskieren.«

Bisher dachte ich, Brien wäre Bronze, höchstens Silber. Dass unter seinem Handschuh ein Platinchip schlummert, überrascht mich. Dennoch hat er keine Ahnung, wovon er redet. »Diese Party schon.«

Kommentarlos lässt Brien den Wagen wieder anrollen. Mit jedem Meter sehe ich meine Chance schwinden, Eliza noch einmal zu sehen.

»Seit Mum weg ist, bist du echt unausstehlich geworden«, füge ich hinzu und bereue es sofort, denn Brien zuckt sichtlich zusammen. Dann lenkt er den Wagen in eine Haltebucht.

»Ich sorge mich nur um Ihre Sicherheit, Miss Cassandra. Etwas, das Ihre Mutter genau so getan hätte«, erklärt er mit ruhiger Stimme. »Allerdings hätte sie auch gewollt, dass Sie sich von Miss Eliza verabschieden können. Also, wenn ich mich nicht täusche, hat der linke Vorderreifen auf den letzten Kilometern an Luft verloren, und ich werde ungefähr vierzig Minuten brauchen, um den Reifen zu wechseln.« Seine Hand zuckt zur Entriegelung. »Versprechen Sie mir nur, dass Sie pünktlich zurück sind. Und nächstes Mal fragen Sie mich einfach.«

»Versprochen!« Ich beuge mich über den Sitz, um Brien einen Kuss auf die glattrasierte Wange zu drücken. »Du bist der Beste, Brien, und hey, immerhin hab ich jetzt ein schlechtes Gewissen.« Meine Bemühung, schuldbewusst zu blinzeln, scheitert an dem Grinsen, das sich hartnäckig auf mein Gesicht stiehlt.

»Jetzt machen Sie, dass Sie hier rauskommen, bevor ich es mir anders überlege.« Kopfschüttelnd betätigt Brien den Hebel.

Klick.

»Bin gleich zurück.« Ich springe aus dem Auto und denke sogar an die Handschuhe. Wenn Dad das sehen könnte, wäre er stolz auf mich – bis er mir für den Rest meines Lebens Hausarrest gibt.

KAPITEL 3

Trotz der Handschuhe falle ich auf wie eine Rose unter tausend glitzernden Magnolien. Ich bin die Einzige, die sich nicht an den Dresscode *Goodbye Gambler – Ein letztes Mal Purpur* gehalten hat. Manche mustern mich argwöhnisch, andere fangen an zu tuscheln, und ein paar tun so, als würden sie mich nicht kennen. Ich verdrehe die Augen. Wenn sie wüssten, dass ich auf dem Weg zum Pre-Dinner bin, würde niemand so reagieren.

Eliza und ihre Familie haben sich selbst übertroffen. Jeder der ausladenden Räume ist mit purpurnen Magnolien geschmückt, jede einzelne so makellos, als hätte man sie gezeichnet. Sie hängen in den Türrahmen, schmiegen sich als Girlanden um die großen Säulen im Wohnzimmer und schwimmen in dem länglichen Brunnen, der den Flur säumt. Es ist alles noch eine Spur größer als bei uns, noch luxuriöser, noch moderner. Ich bewundere gerade die Blüten unter der Decke, als ich unsanft mit jemandem zusammenstoße.

»Pass doch auf, wo du hinläufst!«

Es ist Eliza, die mit verschränkten Armen vor mir steht und etwas säuerlich guckt. Ihre Wimpern wurden zu einem dichten, schwarzen Kranz verlängert, und ihr Schmollmund glänzt, als hätte sie Morgentau geküsst.

»Wow«, sage ich. »Du siehst phantastisch aus.«

»*Cass*?« Überraschung blitzt in ihren Augen auf. Dann zieht sie mich in eine feste Umarmung. »Sorry, dass ich dich nicht sofort erkannt habe! Was ist aus der purpurnen Seide geworden, die wir gekauft haben?«

Entschuldigend verziehe ich den Mund. »Ging leider nicht anders. Dad möchte, dass ich ihn heute Abend zum Pre-Dinner begleite.«

In nur einem Atemzug löst sich ihre Überraschung in Entsetzen auf. »Ach du Scheiße. Dann will er es wirklich versuchen?«

»Die eine große Wette.« Die Worte schmecken bitter.

Eliza greift nach meiner Hand und zieht mich zu einer abgelegenen Sitzecke, in der gerade ein Pärchen rumknutscht. »Widerlich«, kommentiert Eliza laut genug, um die beiden zu unterbrechen.

Als Ole aufsieht, bereue ich es, mir beim Reinkommen keinen Champagner genommen zu haben. Ansonsten könnte ich ihn jetzt demonstrativ in sein vertrautes Gesicht schütten.

»Schon wieder?«, frage ich stattdessen spöttisch, und als ich erkenne, wen Ole da gerade abgeleckt hat: »Mit *ihr*?!«

Herietts süffisantes Lächeln macht es nicht besser. Es gehören natürlich immer zwei dazu, aber es erinnert mich unangenehm an den letzten Schulball, auf dem ich sie mit Troy erwischt habe. Danach habe ich mir geschworen, nie wieder auf einen Macho wie ihn reinzufallen.

Die Leidenschaft ist so plötzlich aus Oles Gesicht gewichen, dass seine ohnehin helle Haut noch blasser wirkt. Purpur steht ihm nicht. »Der Alkohol«, versucht er sich zu rechtfertigen. »Sonst hätte ich sie niemals angerührt, ich schwöre!«

»Arschloch«, erwidern Eliza und ich zeitgleich.

Heriett's Lächeln verrutscht. Sie schließt eine noch wüstere Beschimpfung an, bevor sie ihre Handtasche schnappt und wutentbrannt davonstürmt.

»Spar dir deine lächerlichen Ausreden, Ole«, fügt Eliza hinzu. »Wenn du Am schon wieder betrügen musst, hättest du dir echt einen anderen Ort dafür aussuchen sollen.« Sie verpasst Ole einen Klaps auf den Hinterkopf.

»Hab's ja kapiert, es tut mir leid«, erwidert er zischend. »Du wirst es ihr sagen, richtig?«

Eliza und ich wechseln einen vielsagenden Blick. Seit wir uns kennen, haben Am, Eliza und ich noch nie etwas voreinander verheimlicht, und gerade Ole sollte das wissen.

»Fuck.« Stöhnend vergräbt er den Kopf zwischen den Händen. »Ich wette, Heriett hat sich nur an mich rangemacht, weil sie wusste, dass ihr hier seid. Sie konnte Amanda noch nie leiden.«

»Und du *Ärmster* bist darauf reingefallen.« Meine Stimme trieft vor Sarkasmus, während ich mich neben ihm auf die Couch fallen lasse. »Du weißt, dass ich dich mag, aber du bist und bleibst einer der größten Scheißkerle von ganz New London.«

»Ich weiß. Habt ihr eine Idee, wie ich es wiedergutmachen kann?«

»Gutmachen?«, höhnt Eliza, die sich auf seine andere

Seite setzt. »Versuch doch einfach mal, dich ein paar Monate lang von fremden Lippen fernzuhalten. Nur so ein Tipp unter Freunden.«

»Und ihr glaubt echt, Amanda hat sich da drüben noch keinen anderen Typ geangelt?«

Die Sache zwischen Am und Ole war schon früher kompliziert. Im Kindergarten haben sie ständig gegenseitig ihre Bilder zerstört und sich hinterher kichernd Wangenküsse gegeben. In den Jahren danach haben sie sich etliche Male getrennt, einander betrogen, verziehen, es mit einer offenen Beziehung versucht und sich schließlich ewige Treue geschworen, als Am zu den Neutrals gegangen ist. Und keiner hat geglaubt, dass es hält.

»Seht ihr! Wäre nett, wenn du erst mal den anderen Typ auscheckst, bevor du es ihr erzählst. Und sag ihr, dass mich Cassie-Sparrow künftig auf jede Party begleiten wird, um mich im Auge zu behalten.« Flüchtig mustert er mein rotes Kleid. »Wobei es echt nett wäre, wenn sich meine Begleitung an den *Dresscode* halten würde.«

»Ich befürchte, du musst dir eine andere Anstandsdame suchen«, erwidere ich nüchtern. »Mein Dad erwartet mich beim Pre-Dinner.«

»Ach du Scheiße!« Ole wählt dieselben Worte wie Eliza, wobei seine Augen begeistert funkeln. »Dein Dad auf dem Pre-Dinner? Das ist ja abgefahren! Weiß er denn von deinem *Vermögen*? Oder verheimlichst du etwa was vor uns?«

Seufzend ziehe ich meinen rechten Handschuh aus. »Leider nein.« Ich öffne die Faust so, dass die beiden meinen bronzenen Chip sehen können.

»Okay, Cass, du weißt, dass ich noch nie kapiert habe, warum du diese winzigen Wetten abschließt, aber was dein Dad vorhat, finde selbst ich zu riskant.« Eliza zeichnet mit seidigen Fingerspitzen die Nullen in meiner Handfläche nach. »Ich meine, wenn er gewinnt, können wir bald mit Am auf unserer neuen Veranda sitzen und ihr gemeinsam bei einem Gläschen Chilendra von Oles Eskapaden erzählen, aber sollte etwas schiefgehen ...«

»... muss ich zu den Bronzenen«, vervollständige ich den Satz. »Erst mal werden sie mich sicher in eins dieser Internate stecken, aber sobald ich volljährig bin, muss ich mir eine schäbige Wohnung suchen, und vielleicht lohnen sich dann endlich die vielen Tanzstunden, wenn ich mir als Stripperin ein paar Coins –«

»Jetzt hört mal auf, so pessimistisch zu sein! Cass, wann hat dein Dad zuletzt eine größere Wette verloren?« Ole schiebt Eliza beiseite, um mich auffordernd zu mustern.

»Nicht mehr seit Mums Ausstieg«, gebe ich zu.

»Und er verbringt wie viel Zeit in den Wetthallen?«

»Jede freie Minute.«

»Siehst du. Vielleicht solltet ihr ein klein bisschen Vertrauen in den alten Mann haben, bevor ihr euch vorstellt, wie Cassie-Sparrow dieses widerliche Viertel betreten muss. Und jetzt Hand her.« Ole hat seinen Handschuh so schnell von seiner Rechten gezogen und meine Finger umfasst, dass ich nur überrascht aufkeuchen kann, als ich die Anfrage in meinem Kopf spüre. »Nimm sie schon an«, fordert mich Ole auf. »Falls ich falsch liege, möchte ich nicht dafür verantwortlich sein, wenn Cassie-Sparrow den Dreck von den Wänden fressen muss. Bitte.«

»Lass mich sofort los!«, fauche ich eine Spur zu scharf,

während seine Anfrage aussteht. »100000 Coins, für die wie viele sterben mussten? Ich will das nicht, und das weißt du.«

»Sorry, dass wir nicht alle das Privileg haben, auf gewaltfreie Coins zurückgreifen zu können. Jetzt nimm es einfach an. Bitte.«

Autsch.

»100000 Coins«, wiederholt Eliza anerkennend. »Da hat jemand wirklich ein verdammt schlechtes Gewissen. Aber er hat recht, Cass. Wir wollen nur, dass du in Sicherheit bist.«

»Wie rührend von euch.« Alles in mir wehrt sich dagegen, Oles Coins anzunehmen. In dieser Sache war ich Mum schon immer sehr ähnlich, ihre *kleine Rebellin*, die blutigen Spielen nichts abgewinnen kann. Sie hat immer dafür gesorgt, dass nichts in meinem Leben mit Blutcoins bezahlt wird. Seit ihrem Ausstieg trägt Brien diese Verantwortung. Er führt genaustens Buch über meine Ausgaben, damit ich weiß, wann es Zeit ist, mir einen Job zu suchen. Noch ist von meinem Erbanteil genug übrig, um mit achtzehn nach Gold ziehen zu können – theoretisch. Wenn Dad verliert, ist mein Anteil auch weg. Dann war's das mit dem Privileg, das mir Ole gerade unter die Nase gerieben hat.

»Wenn du es nicht annehmen willst, versprich uns wenigstens, dass du vorsichtig bist.« Aus Elizas Hoffnung ist Sorge geworden. »Leiste deine Pflichtwette, und falls etwas schiefgeht, nimm Oles Coins an, damit du wenigstens zu den Silbernen kannst. Bei den Bronzenen gab es gerade erst wieder Ausschreitungen.«

Ich fröstle und muss an das Versprechen meiner Mum denken. Wie sie mir als Kind eine Strähne aus dem Gesicht gestrichen und zärtlich geflüstert hat: *Für dich wird es immer nur bergauf gehen, meine Kleine. Denn Spatzen sind zum Fliegen geboren.*

Manchmal frage ich mich, ob sie es wirklich nicht hat kommen sehen? Ob sie wirklich nicht wusste, dass Dads Verstand von Gier zerfressen wird, wenn sie geht?

»Also schön. Hiermit verspreche ich hoch und heilig, dass ich darüber nachdenken werde.« Mit diesen Worten lehne ich Oles Anfrage ab. Wenn es hart auf hart kommt, bleiben mir nach der Degradierung zu Bronze immer noch vierundzwanzig Stunden, um meine Sachen zu packen und bei Ole vorbeizuschauen. Vierundzwanzig Stunden, um all meine Prinzipien zu verraten.

Meine Freunde wechseln einen Blick, der zeigt, wie gut sie mich kennen. Und genau deshalb lassen sie das Thema fallen.

»Okay, wenn wir schon in trauter Dreisamkeit hier sind, brauche ich mal euren Sinn für Ästhetik.« Ole holt sein Smartphone raus. »Ich denke, ich habe das perfekte Motiv für mein nächstes Tattoo gefunden. Was sagt ihr?«

Er zeigt uns das Bild von einem muskulösen Unterarm. Tiefschwarze Tinte und unzählige Linien, die in kleinen Punkten enden. Jede Einzelne ist perfekt, ohne einem erkennbaren Muster zu folgen. Mal zweigen drei oder vier Linien von einer anderen ab, dann nur eine oder zwei. An ein paar Enden fehlen die Punkte, als wäre das Motiv noch nicht vollendet.

»Also, erst mal müsstest du dir noch mehr Muskeln wachsen lassen«, stichelt Eliza. »Aber du bist ja gerade in der Massephase, richtig?«

Ole verdreht die Augen. »Und jetzt ernsthaft?«

»Sieht ein bisschen aus wie das Innere eines Computers«, stelle ich fest. »Haben diese Linien denn irgendeine Bedeutung? Vielleicht eine für jede Flasche Chilendra, die du vernichtet hast?«

»Oder ein Punkt für jeden Seitensprung?«, fügt Eliza neckend hinzu. »Dann müsste Am einfach nur nachzählen.«

»Ach, jetzt kommt schon! Ich hab an euren Sinn für Ästhetik appelliert und nicht an eure moralische Seite. Würde mir so was stehen oder nicht?«

»Wenn du damit leben kannst, dass es im Alter aussieht wie ein Bild von Kubert Hicks: Warum nicht?« Eliza nickt zu dem Gemälde, das über der Anrichte hängt. Es sieht aus, als hätte jemand Wasser über einen Haufen von Linien gekippt, die jetzt verzerrt ineinanderlaufen.

Ich muss mir ein Lachen verkneifen.

»Von wem willst du dich überhaupt inspirieren lassen? Zeig mal her.« Eliza hat Ole das Smartphone schneller aus der Hand gerissen, als er widersprechen kann. »Ach, guck mal, Cass, ist das nicht dieser schnuckelige Gamer, gegen den Golden Freckles gespielt hat?«

Tatsächlich. Obwohl ich das Spiel in den letzten Tagen verdrängt habe, sind diese smaragdgrünen Augen unverkennbar. Und was auch immer ich mir eingebildet habe, während des Games in ihnen zu sehen: Ich habe mich getäuscht. Das hier ist der echte Jax. Sein Blick ist eisern, als würde er sich nicht dafür interessieren, wie viele durch seine Klinge sterben. Ob die Punkte am Ende der Linien dafür stehen? Einer für jedes seiner Opfer? Ein feiner Schauer gleitet über meinen Rücken.

»Okay, okay, ich hab's kapiert. Ihr findet es lächerlich.

Wenn ich jetzt also bitte mein Eigentum zurückhaben dürfte.« Ole hält Eliza grimmig seine Hand hin.

»Lass dich nicht ärgern, mein Lieber«, sagt sie noch, bevor sie Oles Aufforderung nachkommt. »Ich finde die Bilder von Kubert Hicks übrigens ganz ästhetisch. Ach, Cass? Hast du eigentlich ... Du weißt schon. Worüber wir heute Morgen gesprochen haben?«

Unwillkürlich geht mein Puls schneller. Ich nicke und ziehe den Umschlag aus meinem Dekolleté. Shit. Er ist so zerknittert, als hätte ich ihn jahrelang mit mir herumgetragen.

Ole beobachtet uns mit hochgezogener Augenbraue. »Ach, meine legal erworbenen Coins sind nicht gut genug, aber ein Gesetzesverstoß ist kein Problem?«, bemerkt er zynisch. »Und als ich dich gefragt hab, meintest du, du würdest nichts schmuggeln, zukünftige *Miss Neutral.*«

»Jedenfalls keins deiner verschwitzten T-Shirts.« Eliza lässt den Umschlag in ihrem eigenen Ausschnitt verschwinden.

»Danke«, forme ich mit den Lippen und lächle flüchtig. Mir bleibt nicht mehr viel Zeit. »Ole, besorgst du uns etwas zum Anstoßen?«

»Eigentlich sollte ich nein sagen, aber was tut man nicht alles für seine liebsten Freundinnen.« Er rafft sich auf und verschwindet in der Menge.

Ich rutsche näher zu Eliza. Obwohl sich alles in mir dagegen sträubt, öffne ich meine Tasche und hole das Abschiedsgeschenk heraus. Es ist ein kleines, flaches Päckchen, umwickelt mit Seidenpapier und einer Schleife. »Ist vielleicht nicht so gut wie Madricks Frappuccino, aber ich hoffe, du magst es trotzdem.« Mein Versuch, einen Scherz zu machen, treibt nicht nur mir die Tränen in die Augen.

Ich sehe das Zittern in Elizas Fingerspitzen, als sie das Papier abstreift. Der digitale Bilderrahmen zeigt gerade das Foto vom letzten Winterball mit Am. Eliza klammert sich grinsend an Lucy, Am steht in ihrem hellblauen Ballkleid direkt neben Ole, und ich lehne mich mit rausgestreckter Zunge vor die beiden. Troy habe ich unauffällig rausgeschnitten.

»Es ist ... perfekt«, wispert Eliza heiser, während das Motiv wechselt. Jetzt sind nur wir beide zu sehen, auf dem Treppchen bei unserem ersten Schwimmturnier. Es war das erste und einzige Mal, dass ich nicht ganz oben stand, sondern links unter Eliza.

Bevor das nächste Bild noch mehr Erinnerungen wecken kann, fällt mir Eliza um den Hals. Alles, was wir in den letzten Tagen zurückgehalten haben, stürzt jetzt über uns zusammen wie ein Kartenhaus in einem Herbststurm. Ich spüre ihre Tränen auf meiner nackten Schulter, den erstickten Schluchzer, der ihren Körper schüttelt. Meine Hände klammern sich an ihr fest, während mit jedem Atemzug Splitter von meinem Herz brechen.

Für dich wird es immer nur bergauf gehen, meine Kleine. Warum habe ich dann das Gefühl, geradewegs in den Abgrund zu sehen?

Weil er deine einzige Chance ist. Ich schiebe Eliza ein wenig von mir weg, um sie anzusehen. Mehr braucht es nicht. Unser Gelächter ist verklungen, jedes Necken erloschen. Meine beste Freundin droht genauso zu zerbrechen wie ich, und in diesem Moment weiß ich, dass ich keine andere Wahl habe. Wenn ich bei ihr bleiben möchte, muss ich in diesen Abgrund springen, den Dad geöffnet hat – in der Hoffnung, danach höher zu fliegen denn je.

»Ich liebe dich, Eliza Brisley.«
»Und ich liebe dich, Cassie-Sparrow.«

Das Foyer der Wetthalle ist atemberaubend schön und beängstigend zugleich. Gold, Platin und Purpur versuchen einander in Torbögen, Verzierungen und Bodenfliesen zu übertrumpfen, vervielfacht durch die Spiegel, die den Raum an drei Seiten säumen. Nur die gegenüberliegende Wand ist in Mahagoni gehalten, um die darauf angebrachten Porträts besser zur Geltung zu bringen. Zwölf Ölgemälde von unseren ersten Gamemastern. Angeführt von Horace Scott.

Unter ihren wachsamen Blicken husche ich durch das Tor, lasse meinen Chip auslesen und betrete die Galerie, unter der sich der große Saal erstreckt. Jazzmusik schlägt mir so dröhnend entgegen, dass ich zusammenzucke. Darunter mischen sich angeregte Gespräche und lautstarkes Gelächter. Da Brien draußen geblieben ist, bin ich auf mich gestellt. Ich gehe zum Geländer und sehe mich suchend nach Dad um. Es müssen mehrere hundert Menschen sein, die, gekleidet im Stil der 1920er, durch den Saal flanieren, sich am Buffet bedienen oder sich um den Monitor scharen, auf dem das aktuelle Spiel übertragen wird. Davor stehen mehrere Konsolen mit der Rangliste. Obwohl ich noch nie auf einem Pre-Dinner war, ahne ich, dass das der Ort ist, an dem die großen Entscheidungen getroffen werden. Der perfekte Platz für Dad.

Auf dem Weg nach unten fallen mir drei Dinge auf. Die vielen Wachleute in ihrem schlichten Grau, die vielen Anstecknadeln und die vielen nackten Hände. Als würde sich hier keiner darum Sorgen machen, von einem anderen Gast bestohlen zu werden. Alle gestikulieren leichtsinnig herum, halten Champagnergläser oder begrüßen einander mit direktem Hautkontakt.

Umso näher ich den Menschen am Tisch komme, desto mehr achte ich auf ihre Augen. Darin derselbe Schatten wie bei Dad, gierig nach dem großen Sieg. Wahrscheinlich werden über die Hälfte von ihnen morgen Abend zum Gamer, vielleicht noch mehr. Der Gedanke sollte mich beunruhigen, aber seit ich meine Entscheidung getroffen habe, fühle ich mich seltsam dumpf.

»Der Junge ist dem Tod öfter von der Schippe gesprungen als jeder andere! Er ist ein Ass!«, lallt jemand zu meiner Rechten.

»O ja, erinnert ihr euch noch an sein Ablenkungsmanöver im Labyrinth? Der Hex hat dieses Mädchen glatt durchtrennt. Herrlich!«

Die Umstehenden brechen in schallendes Gelächter aus. Darunter mein Dad. »O Spätzchen!«, ruft er, als er mich sieht. »Wie schön, dass du es geschafft hast!«

Entweder sind alle so besoffen, dass sie seine Fahne nicht riechen können, oder ich bin die Einzige, die es stört. Um nicht unhöflich zu sein, erwidere ich den flüchtigen Wangenkuss.

Manche stellen sich vor, andere konzentrieren sich längst wieder auf die Konsolen, auf denen gerade Bewegung in die Rangliste kommt. Das Bild eines Jungen, der ganz unten steht, wird durch ein Mädchen ersetzt, das uns streng anfunkelt. Schwarzer Afro, ebenso dunkle Augen.

»Rain hat es geschafft!«, brüllt irgendwo jemand.

Ein Aufschrei geht durch den Saal. Sofort kommen alle

herbeigeeilt, drängen sich dicht an dicht um den riesigen Monitor, den ich nicht länger ignorieren kann. Da sind Blut und Gewalt, ein Junge am Boden. Neben dem Auge trägt er ein Tattoo, eine kleine Schwalbe, die seine Zugehörigkeit zu irgendeinem Clan zeigt. Im nächsten Moment zuckt sein ganzer Körper. Jemand hat ruckartig den Dolch aus seiner schmalen Brust gezogen. Es ist das strenge Mädchen, Rain. Kaum, dass sie den Dolch an ihrem Oberteil abgewischt hat, springt sie auf, um sich auf ihr nächstes Opfer zu stürzen.

Mein Fluchtinstinkt meldet sich, doch Dads erwartungsvoller Blick lässt mich verharren. Worauf hofft er? Dass ich mit den anderen in Jubel ausbreche, als Rain den nächsten Typ absticht? Oder dass ich die Abscheu ignoriere, die in ihren Augen aufblitzt, als sie sich flüchtig der Kamera zuwendet? Sie hasst die Spiele genauso sehr wie ich. Nur bin ich die Einzige, die versteht, dass ihre Entschlossenheit nichts damit zu tun hat, andere Gamer zu töten. Sie möchte da raus. Und die Gameshow ist ihre einzige Chance.

»Spätzchen, ist das nicht großartig?« Dad legt mir einen Arm über die Schulter, um mich kurz an sich zu drücken. »Mit Rains Aufstieg ändert sich alles! Die meisten werden jetzt auf sie setzen!«

Ich bringe kein Lächeln zustande und auch keine andere Regung. Stattdessen lasse ich die Worte tonlos über meine Lippen schwappen, die meinen Sprung besiegeln. »Und auf wen setzen wir?«

KAPITEL 4

Für die Gameshow wurde der Monitor durch eine noch größere Leinwand ersetzt. Neben den Gamblern von gestern Abend sind mindestens vierhundert weitere gekommen, um das große Spiel zu verfolgen. Der Dresscode beruht auf den 2080er Jahren. Kurze, asymmetrische Kleider bei den Frauen, Anzüge mit bunten Hosenträgern und ausgefallenen Fliegen bei den Männern. Den einzigen Fauxpas, den ich sehe, ist ein so dunkles Kleid, dass es beinahe schwarz wirkt. Die Farbe der Toten und Trauernden.

Damit mir ein solcher Fauxpas nicht passiert, hat Dad ein besonders auffälliges Modell besorgen lassen. Platin mit purpurnem Blütendruck und nur einem kurzen Ärmel. Dafür gehen meine Handschuhe bis über die Ellenbogen.

Am Eingang bietet mir Dad seinen Arm an. Noch könnte ich mich umdrehen und zurück zu Brien rennen, doch jeder Fluchtinstinkt ist erloschen. Ich begleite ihn quer durch die feiernde Menge.

»Familie Pierson.« Wir werden von dem großen Terminal

sofort erkannt. »Wir haben bereits eine Wette von Ihnen registriert. Wie kann ich Ihnen behilflich sein?«

Dad nickt mir zu. Ich lasse seinen Arm los und trete einen Schritt vor. »Ich möchte ebenfalls eine Wette platzieren.« Meine Stimme klingt fast genauso mechanisch wie die des Terminals.

»Eine gute Entscheidung«, sagt es, als wäre es mehr als ein Kasten mit Chips und Drähten. »In welcher Höhe und auf welchen Gamer? Überleben in einem einzelnen Spiel oder Sieg?«

»Mick Merch.« Irgendwo tief in mir spüre ich Panik, die ich unsanft zur Seite dränge. »15 000 auf den Sieg von Mick Merch.« Auf der Konsole erscheint meine Eingabe, und dann fordert mich der Umriss einer Handfläche auf, meinen Einsatz zu leisten.

Ich ziehe meinen Handschuh aus, um meinen Chip auf das Terminal zu pressen. Nachdem ich die Anfrage akzeptiert habe, leuchtet die Konsole grün auf und bedankt sich für mein Vertrauen in die Gamemaster. 15 000 Coins auf einen Gamer, der als Außenseiter gilt. 15 000 auf einen Gamer, den Dad seit Monaten studiert hat und dem er die besten Gewinnchancen ausrechnet. Immerhin hat Dad vorausgesehen, dass Mick das Qualifying für sich entscheiden würde. Was, wenn er richtig liegt?

Dad sah noch nie so glücklich aus. Seit ich ihn gefragt habe, auf wen wir setzen, liegt ein ungeahnter Stolz in seinem Blick. Als hätte ich gerade einen perfekten Abschluss in Stochastik hingelegt und verkündet, mich für ein Amt im Casinum ausbilden zu lassen. Dann führt er mich zu seinen Freunden, die sich mit Champagner vor der Leinwand eingefunden haben. Darauf der Countdown, der noch dreißig Minuten zählt.

Kurz bevor der Timer auf null springt, flirrt die Luft vor Anspannung. Nur wenige stehen noch vor den Terminals und geben ihre letzten Wetten ab, die Tanzfläche ist wie leergefegt. Alle warten darauf, dass es endlich losgeht. Als es so weit ist, geht eine Begeisterungswelle durch die Menge, die ansteckend ist. Wie von selbst klatschen meine Hände ineinander, wobei sie nur einen gedämpften Laut von sich geben. Dann verschwinden die Zahlen, und Youngsteen taucht auf dem Bildschirm auf.

Mit seinem strahlend weißen Lächeln und dem eng anliegenden Anzug in Moosgrün ist er eine Erscheinung, die vergessen lassen könnte, dass die meisten Teilnehmenden dieses Spiels gleich sterben werden. Ich frage mich, welche Grausamkeiten man sich für dieses Jahr ausgedacht hat, und als hätte Youngsteen meine Gedanken gehört, beginnt er mit seiner Ansprache.

»Guten Morgen, New London! Ich freue mich, Sie im Namen aller Gamemaster bei der 84. Gameshow willkommen heißen zu dürfen.« Noch mehr Applaus, eine gerührte Verbeugung Richtung Kamera. Schlechter Schauspieler. »Danke, danke, liebe Zuschauende, aber heute gebührt der Applaus jemand anderem. Bitte begrüßen Sie mit mir unsere diesjährigen Finalgamer!« Youngsteen klatscht in die Hände, während die Kamera wegzoomt, um den Einzug von dreißig Gamern zu begleiten.

Ein paar winken uns zu, andere schauen sich nervös in dem Studio um. Es ist in demselben Farbton gehalten wie

Youngsteens Anzug, nur hier und da stechen weiße Akzente hervor: das riesige Emblem der 84. Gameshow, zwei Sessel, eine Vase mit Tulpen und natürlich Youngsteens berüchtigte Anstecknadel.

Die Teilnehmenden werden in fünf Reihen auf eine Tribüne gesetzt. Ihren Namensschildern nach ist Rain die Einzige, die keinem Clan zugeordnet ist. Wie immer gehören die meisten Finalgamer zu den Red Eagles, Bailish Blues oder den Sans Pitié. Von den Caribbean Shippers hat es dieses Jahr nur Dads Favorit Mick geschafft, der ganz außen sitzt. Mit grimmiger Entschlossenheit starrt er an Youngsteen vorbei in die Kamera, als könnte er uns sehen.

»Nun, Rain, Sie haben es in letzter Sekunde hierhergeschafft. Denken Sie denn auch, dass Sie die Show gewinnen können?« Bewaffnet mit Charisma ist Youngsteen vor der Tribüne stehen geblieben, um die Teilnehmenden zu interviewen. Allerdings hat keiner Lust, mehr als einen Satz zu sagen. Irgendwann gibt Youngsteen auf. »Vielen Dank für das gute Gespräch«, flötet er ironisch, um uns ein Lachen zu entlocken.

Ich bleibe still.

»Nun, werte Zuschauende da draußen«, Youngsteen wendet sich von den Gamern ab, »unseren Wettbüros zufolge haben sich noch nie so viele für einen All-in Einsatz entschieden wie in diesem Jahr! Für Sie geht es heute also um alles.«

Ich angle nach einem Glas Champagner, das Sekunden später leer ist. Hoffentlich zeigt es gleich Wirkung.

»Aber lassen Sie uns jetzt noch nicht an die rote Zone denken, sondern lieber darüber sprechen, was den Siegreichen winkt. Bitte begrüßen Sie mit mir einen äußerst geschätzten Gast, den Sie alle kennen. Caroline.« Die Kamera folgt Youngsteen zu der kleinen Sitzgruppe, in der sein Gast bereits Platz genommen hat.

Caroline war selbst einmal Gamerin, bis sie die Show vor vier Jahren gewonnen und Percival als Vorzeigeneutral abgelöst hat. Zum Glück, denn Percival war ein widerlicher Macho, bei dem Mum und ich jedes Mal die Nase rümpften, wenn er vor der Gameshow interviewt wurde oder den Parawagen bestiegen hat. Irgendwann hat er sogar ein eigenes Buch herausgebracht, dessen Promo-Tour auf allen Kanälen beworben wurde. Caroline hingegen ist bildschön wie ein Filmstar, hat die Show erstaunlich barmherzig gewonnen und trägt das Lächeln eines Engels. Dieses Jahr hat sie sich für ein knielanges Etuikleid entschieden, natürlich makellos weiß wie der leuchtende Chip in ihrer Hand. Sie wird nie wieder eine Wette abgeben müssen, geschweige denn spielen.

»Youngsteen, mein Lieber.« Obwohl sie gerade erst zwanzig geworden ist, wirkt sie so erwachsen. »Vielen Dank, dass ich heute wieder hier sein darf. Und Sie haben sogar meine Lieblingsblumen besorgt.« Während sie aufsteht, um Youngsteen mit Wangenküssen zu grüßen, wirft sie einen Blick auf die Tulpen. Daneben stehen jetzt Wassergläser und eine Ausgabe der diesjährigen Gamega. Dads Lieblingsmagazin, in dem sich alles um die Gameshow und ihre Teilnehmenden dreht.

»Caroline, die Freude ist ganz meinerseits. Wie fühlt es sich an, wieder hier zu sein? Bitte.« Youngsteen deutet zurück auf den Sessel, während er auf dem zweiten Platz nimmt.

»Es ist jedes Mal eine aufregende Abwechslung. All die neuen Teilnehmenden, die vielen Zuschauenden …«

»Oh, dabei habe ich mir sagen lassen, dass es bei Ihnen derzeit ganz und gar nicht langweilig ist. Wie ich hörte, planen die Neutrals dieses Jahr einen ganz besonderen Ball zum Herbst, und Sie sitzen höchstpersönlich im Planungskomitee.«

»Richtig.« Caroline verschluckt sich. Hustend greift sie zum Wasser, während Youngsteen einspringt: »Der Herbstball ist natürlich nur eins von vielen Highlights, welche die weiße Zone zu bieten hat. Vergessen wir nicht das große Nachbarschaftsbarbecue nächste Woche oder die Feiern anlässlich der Aufstiegsjubiläen. Feiern Sie Ihres nicht selbst morgen nach der Parade?«

Caroline wirkt noch etwas blass, hat ihr Lächeln jedoch wiedergefunden. »Mein viertes Aufstiegsjubiläum, richtig. Wenn ich ehrlich bin, fühlt es sich noch besser an als jeder Geburtstag.«

»Natürlich tut es das! Immerhin wurden Sie vor vier Jahren völlig neu geboren, und bald könnte es auch Ihnen so gehen, wertes Publikum. Caroline, warum verraten Sie uns nicht ein paar Ihrer Pläne? Keine Sorge, Ihre Freunde werden auch nicht zuhören.« Er lacht über seinen miesen Witz.

»Sehr gerne.«

Natürlich gibt es viele Gerüchte über die Neutrals, über ihre freistehenden Häuser, Gärten mit üppigem Rasen und über ihre Feste, bei denen niemand wetten muss. Aber einmal im Jahr hören wir diese Geschichten aus erster Hand, und während Caroline erzählt, ist es schwer, es sich nicht vorzustellen. Oder daran zu glauben, es selbst schaffen zu können.

Irgendwann verabschiedet Youngsteen Caroline, um noch

einige andere Gäste zu begrüßen. Nach endlosen Gesprächen ist es so weit, und er zückt einen Stapel Interviewkarten.

»Nun, liebe Zuschauende«, er geht zurück zur Tribüne, »es wird Zeit für das alljährliche Quiz, um festzulegen, wer auf den vorderen Plätzen starten darf. Gamer, bitte nehmen Sie jetzt Ihre Tablets auf.«

Die Gamer greifen unter ihre Stühle. Dann beginnt Youngsteen: »In welchem Jahr fand die erste Gameshow statt?«

Uns werden die vier Antwortmöglichkeiten gezeigt, die den Teilnehmenden zur Auswahl stehen. Nachdem alle ihre Eingabe bestätigt haben, leuchtet die Zahl grün auf. *2041.*

Es folgen weitere Fragen zur Geschichte von New London, zu den letzten Finalgamern und beliebtesten Spielen. Nach zehn Minuten steht fest, wer auf welchem Platz startet. Mick ist im vorderen Viertel dabei, Rain sogar auf Platz zwei. Einige jubeln, als wäre das Spiel damit entschieden.

»Während sich unsere Teilnehmenden umziehen, lassen Sie mich kurz ein paar Worte zum heutigen Ablauf verlieren.« Youngsteen legt die Karten beiseite. »Die diesjährige Gameshow besteht aus drei Herausforderungen. Wir starten mit einer Disziplin, die einigen von Ihnen ein müdes Gähnen entlocken wird, aber keine Sorge. Bislang kannten Sie Schwimmturniere nur als langweilige Unterhaltung für Lower, doch heute möchten wir Sie davon überzeugen, dass das kühle Nass seine ganz eigenen Tücken hat. Dafür haben wir einen brandneuen Kanal mit einer Länge von über vierhundert Metern angelegt, der von unseren tapferen Gamern durchschwommen werden muss. Ob es am Ende alle schaffen werden? Wer weiß.« Obwohl Youngsteen nur lächelt, steht ihm die Gehässigkeit ins Gesicht geschrieben. Würde mich nicht wundern, wenn er eigenhändig ein paar Piranhas ins Wasser schmeißt, um die Sache *tückischer* zu machen.

Ich bin die Einzige, die nicht in begeisterten Beifall ausbricht, pfeift und jubelt. Stattdessen spüle ich ein Glas Wasser hinunter, um morgen keinen Kater zu haben.

»Diejenigen, die unbeschadet die andere Seite erreicht haben, werden per Helikopter zu unserem neuen Labyrinth gebracht, gefolgt vom großen Finale im Kolosseum.«

Damit haben sie zwei der grausamsten Spiele gewählt. »Gameshow-würdig«, höre ich jemanden sagen. Andere pflichten lachend bei.

»Wie ich gerade höre, sind unsere Teilnehmenden bereits am ersten Schauplatz angekommen. Lassen Sie uns gleich zu unserem Kommentierenden schalten, und denken Sie stets daran: ›Spielst du viel und voller Fleiß, trägst auch du schon bald das Weiß!‹«

Ein letzter donnernder Applaus für Youngsteen, bevor er von Bildern der Arena überblendet wird. Es handelt sich um ein endlos langes Schwimmbecken, dessen Beckenrand in Stufen angelegt wurde, einige Bahnen sind deutlich länger als andere. Diejenigen, die bei dem Quiz am besten waren, dürfen sich am kürzeren Ende aufstellen. Mindestens acht Meter liegen zwischen dem Ersten und dem Letzten.

»Die Aufregung, die am Beckenrand herrscht, ist mit Worten nur schwer zu beschreiben«, ertönt die Stimme des Kommentierenden aus dem Off. »Wie es aussieht, gibt es auf den hinteren Plätzen Allianzen, oder war der Händedruck zwischen Warner und Bean doch nur ein Zeichen für ihren Konkurrenzkampf, den sie seit ihrem ersten gemeinsamen Spiel führen?«

Ich blende das unentwegte Geplapper aus, bis der Countdown in der Ecke des Bildschirms auftaucht. Zehn quälend lange Sekunden, in denen die Teilnehmenden gezeigt werden. Da ist ein junger Gamer, höchstens sechzehn, der nervös seine Hände knetet, Rain, auf deren zerbissenen Lippen Blut glänzt, und Mick, der jetzt weniger entschlossen vor sich hinstarrt.

Der Startschuss fällt. Neunundzwanzig Gamer stürzen sich in das Wasser, einer bleibt am Beckenrand stehen. Starr vor Angst, als hätte er geahnt, dass nur zehn Meter später der Tod auf ihn wartet. Eine Hai-ähnliche Maschine schnellt aus den Tiefen hervor, schnappt ins Leere, knapp vorbei an Rain, die jetzt noch schneller schwimmt.

Bisher mochte ich Schwimmwettkämpfe noch am ehesten, da sie ohne Gewalt auskamen. Das, was ich jetzt sehe, lässt die Taubheit in mir einer viel tieferen Übelkeit weichen. Würgend presse ich mir eine Hand auf den Mund, um mich nicht vor versammelter Mannschaft zu übergeben. Dad fordert mich mit strafendem Blick auf hinzusehen. *Du darfst ihn nicht blamieren.*

Es dauert nicht lange, bis die ersten Gesichter auf der Rangliste durchgestrichen werden, offiziell für tot erklärt. Und genauso schnell verfliegt der Höhenrausch bei einigen Anwesenden.

Zu meiner Rechten wird jemand unter lautem Protest abgeführt. Er wehrt sich mit Händen und Füßen, so dass ich kurz einen Blick auf seinen Chip erhaschen kann. Welche

Farbe auch immer dieser vorher hatte, jetzt leuchtet er rot, blutrot.

Ich reiße meinen Blick von ihm los und konzentriere mich allein auf Mick. Als er unbeschadet das andere Ufer erreicht, stößt Dad einen begeisterten Pfiff aus. Ich hingegen kann mich nicht rühren. Hätten wir allein auf Micks Überleben in dieser Runde gewettet, wäre alles einfacher. Und der Gewinn würde nicht ansatzweise für ein Ticket zu Am und Eliza reichen.

Zehn Minuten später erklärt Youngsteen die erste Herausforderung für beendet. Die Überlebenden stehen schwer atmend am Ufer und lassen ihre Blessuren behandeln. Micks Wunde am Unterschenkel sieht aus, als wäre er gebissen worden. Vielleicht lag ich mit den Piranhas gar nicht so falsch.

»Was für ein Nervenkitzel, was für ein Ergebnis!« Youngsteen strahlt euphorisch in die Menge. »Von fünf Teilnehmenden müssen wir uns an dieser Stelle trennen, aber kein Grund, sich zu grämen. Denn wie Sie bemerkt haben, sind unsere Favorisierten noch alle im Rennen!«

Ich wende mich von der Leinwand ab. Der Saal sieht genauso voll aus wie vorher. Insgesamt wurden zehn, vielleicht fünfzehn Gambler abgeführt. Die anderen haben entweder einen kleineren Betrag gesetzt oder auf die Spitzengamer gewettet.

»Während wir unsere Teilnehmenden zur nächsten Herausforderung bringen lassen, möchten wir uns in eine kurze Pause verabschieden. Nutzen Sie die Zeit für einen kleinen Snack oder bleiben Sie dran, um sich noch einmal an die denkwürdigsten Momente der vergangenen Saison zu erinnern.«

Obwohl ich keinen Hunger habe, ist das der beste Vorwand, um dem blutigen Zusammenschnitt zu entkommen. »Dad? Soll ich dir was vom Buffet mitbringen?«

Er ist vollkommen vertieft in die Aufzeichnungen. Erst als ich ihn am Arm berühre, schaut er mich an.

»Ob du auch etwas möchtest?«, wiederhole ich meine Frage.

Dad blinzelt kurz. »Nein, nein, schon gut, Spätzchen. Ich komme einfach mit.«

Am Buffet greife ich nach dem kleinsten Teller, mit dem ich lustlos an Dutzenden von Köstlichkeiten vorbeilaufe. Während Dad vergoldete Käsestangen neben Scones und Sandwichs stapelt, begnüge ich mich mit einem Obstspieß.

»Mehr nicht?«, fragt Dad zweifelnd.

»Später vielleicht.«

Wir stellen uns an einen freien Tisch, der eine gute Sicht auf die Leinwand bietet.

»Und, Cassie?« Dad mustert mich fragend, während er das erste Sandwich nimmt. »Denkst du immer noch, dass mir der Erfolg der letzten Jahre zu Kopf gestiegen ist?«

Beinahe verschlucke ich mich an einer Erdbeere. »Bitte was?«

»Ich hab deine Blicke doch gesehen. Du denkst, ich wäre ein alter Narr.«

Richtig. Aber das kann ich unmöglich sagen. »Ich denke einfach, dass wir uns mehr Zeit hätten lassen können«, erwidere ich. »Das ist alles.«

Dad zuckt mit den Schultern. »Schon. Aber wenn wir so weitergemacht hätten wie bisher, hätte es noch mindestens fünf, sechs Jahre gedauert. Und ich dachte, du würdest lieber bei den Neutrals zur Uni gehen als hier. Ohne erhöhte Pflichtwetten.«

Während er das nächste Sandwich nimmt, lasse ich meinen Obstspieß sinken. »Dann machst du das hier für *mich*?«

Als Dad nickt, muss ich mein Lächeln erzwingen, denn er lügt. Ich sehe es in dem Saphirblau seiner Augen, in den zuckenden Mundwinkeln und an seinen geröteten Ohren. Außerdem wäre er nie All-in gegangen, wenn es wirklich um meine Zukunft gehen würde. Die Erkenntnis schmeckt bitterer als das letzte Stück Grapefruit.

Bevor ich mich bedanken muss, stellen sich ein paar Leute zu uns, die Dad in ein Gespräch verwickeln. Er merkt es nicht einmal, als ich mich umdrehe und gehe.

Da ich den Saal mit einer aktiven Wette nicht verlassen darf, entscheide ich mich für einen Stehplatz auf der Galerie nahe dem Ausgang. Die Hände auf das Geländer gelegt, warte ich, bis der Startschuss zum Labyrinth fällt. Drei melodische Töne, welche die altvertraute Gänsehaut auf meinen Körper zeichnen.

Die erste Falle schnappt zu und reißt einen Jungen von den Beinen. Der Kommentierende versucht Spannung zu erzeugen, indem er von einer möglichen Rettung redet, aber jeder weiß, wie es ausgeht. Eine der Bestien im Labyrinth wittert das Blut, und der Junge wird von der Liste gestrichen. Ich versuche zu vergessen, dass das, was ich sehe, die Realität ist. *Es ist nur ein Film, Cass.* Irgendein morbider Actionstreifen, in dem mehr und mehr Protagonisten qualvoll ums Leben kommen. Bis das passiert, was nicht passieren darf: Mick stürzt.

Mein Puls schießt in die Höhe.

Mit zusammengebissenen Zähnen richtet er sich wieder auf und sprintet weiter, facht meine Hoffnung ein letztes Mal an. Dann schießt ein schwarzer Schatten aus der Hecke, und Mick Merch ist weg. Zwei Atemzüge später wird sein Name gestrichen. Tot. Was der Kommentierende dazu sagt, geht in einem monotonen Rauschen unter. Ich höre nur gedämpft, wie die Türen hinter mir aufgestoßen werden, wie schwere Schritte den Boden erzittern lassen. Sie kommen, um Dad zu holen.

KAPITEL 5

Sie finden Dad, bevor ich ihn in der Menge ausmachen kann. Sein verzweifelter Schrei schneidet mir tief ins Herz. Obwohl er wusste, was er riskiert, schlägt er zornig um sich, brüllt so laut, dass das Spiel kurz unwichtig scheint. Alle sehen dabei zu, wie mein Vater mit wutverzerrter Miene aus der Menge gerissen wird. »Das ... das ist nicht fair! Cassie? Cassie!« Seine Stimme droht vor Anspannung zu kippen, wird schriller.

Ich zittere am ganzen Körper. Ein Teil von mir möchte aufspringen und ihm zur Hilfe eilen, aber ich bin wie gelähmt. Kraftlos lasse ich mich auf den Boden sinken, halte die purpurnen Streben des Geländers fest und blinzle nach unten.

Schritt für Schritt zerren sie ihn in Richtung Ausgang. »Das ist nicht fair, das ist nicht fair«, ruft er immer wieder, den Blick hektisch durch die Menge jagend. »Mick hätte ... hätte ... er wollte, er musste!« Jede Klarheit ist aus seinem Verstand gewichen. Nichts an ihm erinnert noch an den

Dad, der mich früher jeden Abend mit einer Geschichte ins Bett gebracht hat. An den Dad, der sich über selbstgemalte Bilder gefreut und mehr Zeit mit mir verbracht hat als in den Wetthallen. Es ist Jahre her, und doch brechen die Erinnerungen über mich herein, als wäre es gestern gewesen.

Etwas Feuchtes rinnt über meine Wange. Verschwommen sehe ich, wie sie ihn die Treppe hochziehen. Stufe für Stufe droht er zu stolpern, wechselt zwischen unverständlichem Plappern und Schreien, die selbst den Kommentierenden übertönen. Als er mit mir auf einer Höhe ist, kauere ich mich zusammen und umklammere die Streben so fest, dass meine Finger schmerzen. Dann kreuzen sich unsere Blicke. Es ist eine Sekunde, die sich anfühlt wie eine qualvolle Ewigkeit. Eine Sekunde, in der sein zielloses Gebrabbel einer düsteren Erkenntnis weicht.

»Sie ... Sie ...!« Als hätte ihm dieser Moment Kraft verliehen, schafft er es, sich von den Wachen loszureißen. Er stürzt nach vorne, auf mich zu, Spucke klebt in seinen Bartstoppeln. »Du ... Du hast nicht alles gesetzt!« Ein Schlag ins Gesicht, der mir die Sicht raubt. Schmerz lässt goldene Funken vor meinen Augen tanzen, wirft alle Gedanken durcheinander. Durch den Tränenschleier erkenne ich Dad, der mein Handgelenk gepackt hat. Panik jagt Adrenalin durch meine Adern. »Lass mich los!«, presse ich hervor. »Luther, lass los!«

Dass ich ihn beim Namen nenne, bringt ihn aus dem Konzept.

Ich entwinde mich seinem Griff, krieche keinen Meter weiter, bis er nach meinem Fußgelenk schnappt. Er drückt zu, und ich schreie. Ich weiß nicht, wie er es schafft, aber plötzlich ist er über mir, flankiert von den Wachen, die versuchen, ihn aufzuhalten. »Cassie, Cassie-Spätzchen«, wispert er so schnell, dass sich seine Worte überschlagen. »Ich kann da nicht hin, ich kann nicht, und das weißt du. Ich ... Ich bin zu alt und würde es nicht ertragen. Bitte, Spätzchen, bitte tu mir das nicht an. Du bist noch so jung und so schlecht im Wetten, aber ich, ich könnte es immer noch schaffen, dich freikaufen, irgendwann freikaufen!«

Ich spiele alle Optionen durch, die ich habe, verwerfe sie wieder, suche nach neuen Auswegen. Dann jagt ein greller Blitz durch meinen Kopf. Es hat nichts mit der sanften Anfrage von Ole zu tun, sondern ist pure Gewalt, gegen die ich mich nicht wehren kann. Entsetzt sehe ich hinab auf meine Rechte, die Dad gerade loslässt. Mein Chip verfärbt sich blutrot. Darin die große Null.

»Es ... Es tut mir so leid, Spätzchen, so leid.« Sofort lassen die Wachen von ihm ab, um sich auf mich zu stürzen. »So leid«, wiederholt er immer wieder. Mein Vater, der kein Stück besser ist als Lower, die ihren Kindern am zwölften Geburtstag das Startguthaben stehlen. Ihren Kindern, die nie einen Chip bekommen und sofort in die rote Zone gebracht werden. »Du kommst da wieder raus, Spätzchen, das verspreche ich dir. Du kommst da wieder raus!«

Seine Worte schwappen über mich hinweg, während ich auf die Beine gezogen werde. Irgendwo in der Menge erkenne ich Brien. Achtlos schiebt er die Menschen beiseite, bis er die Delegation erreicht hat, die mich abführt. Er wird sie nicht aufhalten können, und das weiß er. Ich sehe es an dem tiefen Bedauern auf seinem Gesicht, als wäre es allein seine Schuld. Er angelt nach meiner Hand, erreicht sie jedoch nicht mehr, auf seinen Lippen Worte, die mich von dem kreischenden Schmerz in meinem Körper ablenken sollen. »Denken Sie an Ihre Mutter, Miss Cassandra, denken Sie an Melody Pierson.« Dann wird er von mir weggerissen.

Er meint die schönen Momente. Die Picknicks, die Partys, die Ausflüge. Aber alles, was sich durch meine trägen Gedanken quälen kann, ist die Erinnerung an ihr lebloses Gesicht. An die Version von Melody Pierson, die mich im Stich gelassen hat. Und bald werde ich sie vergessen haben. Genauso wie Am, Eliza und Ole. Meine Füße schleifen über den Boden. Ich verliere einen Schuh, doch sie zerren mich einfach weiter. Dabei leiste ich nicht einmal Widerstand. Ja, irgendwo in mir gibt es einen Kampfgeist, vielleicht sogar diesen Hauch von Rebellion, den Mum an mir geliebt hat, aber mein Kopf ist zu sehr mit etwas anderem beschäftigt. Was Luther getan hat, konnte er nur tun, weil ich noch keine achtzehn bin. Noch ein halbes Jahr, und er hätte seinen Anspruch auf meine Coins verloren. Hat er mich deshalb zur Gameshow mitgenommen? War ich nur seine Versicherung?

Er ist mir bis zu dem Wagen gefolgt. Als mich die Wachen auf die harte Bank drücken, sehe ich ihm noch einmal in die Augen und weiß, dass ich recht habe. Luther Pierson hat mich benutzt.

Sieben Degradierte und eine Wache. Mehr haben nicht in den Wagen gepasst, in dem die Luft immer stickiger wird. Ein alter Mann wimmert vor sich hin, ein anderer ergibt sich minutenlang in Schimpftiraden, bis ihm die Wache die Rückseite ihres Gewehrs in den Magen rammt. Ich starre vor mich hin, während der Schmerz in meinem Kiefer pulsiert. Das hier kann nicht real sein, das hier ist ein Albtraum. Wahrscheinlich hatte ich auf dem Pre-Dinner doch einen Champagner zu viel und liege noch verkatert in meinem Bett zwischen den Satinlaken. Deshalb auch der dröhnende Schmerz in meinem Kopf. Gleich wird mich Brien wecken, und es wird köstlich nach Pancakes duften. Nicht nach scharfem Aftershave und Verzweiflung, die mir langsam Tränen in die Augen treibt. Warum lässt sich Brien so viel Zeit?

Wir überqueren eine Grenze nach der anderen. Von Purpur zurück nach Platin, nach Gold, wo wir früher mit Mum gelebt haben. Dann erreichen wir Silber und schließlich Bronze. Bei jedem Übergang dröhnt eine monotone Stimme aus den kleinen Lautsprechern über uns. Es sind die immer selben Worte: »Ihr Status als Gambler wurde offiziell aufgehoben. Zur Beurteilung Ihrer weiteren Tauglichkeit werden Sie in das zuständige Grenzcenter gebracht. Bitte beachten Sie, dass Erinnerungen an ehemalige Beziehungen zu Ihrer eigenen Sicherheit gelöscht werden. Widerstand führt zur vollständigen Löschung. Ich wiederhole: Ihr Status als Gambler wurde offiziell aufgehoben.«

Während die Stimme fortfährt, erinnere ich mich an die Aufnahmen. Ich war erst sechs, als ich sie zum ersten Mal gesehen habe. Die Bilder von der Grenzrebellion, dem ersten und einzigen Aufstand in der Geschichte New Londons. Mehr als fünfhundert Gamer sind damals zum Zaun marschiert, um sich zurück auf die andere Seite zu kämpfen. Es waren unberechenbare Menschen, die mit solch roher Gewalt vorgegangen sind, dass den Gamemastern nichts anderes übrigblieb, als den Aufstand ebenso gewaltsam zu beenden. Mehr als dreihundert Menschen haben an diesem Tag ihr Leben verloren. Seit man den Gamern bei ihrer Ankunft einen Teil der Erinnerungen löscht, kommt keiner mehr zum Zaun. Nur hin und wieder gibt es kleinere Schlagzeilen über Desertierte, die geschnappt werden, bevor sie jemanden ernsthaft verletzen können.

Als der Wagen zum Stehen kommt, verflüchtigt sich die Erinnerung. Heute würde ich Brien sogar einen eiskalten Waschlappen verzeihen. Hauptsache er beeilt sich.

Im Grenzcenter nehmen sie mir alles weg, was an den Abend erinnert. Mein Kleid tauschen sie gegen nichtssagende Kleidung in Beige und Dunkelbraun, der übrig gebliebene Schuh wird durch ein Paar abgewetzte Sneaker ersetzt, die schon etliche getragen haben müssen. Am Ende nehmen sie mir die Handschuhe, damit jeder auf diesen Gängen den blutroten Chip sehen kann. Degradiert. *Gamerin.*

»Sie ist bereit für die Gesundheitsprüfung«, höre ich jemanden sagen. Ich werde auf die Beine gezogen und taumle in einen Raum, der mich entfernt an Mums altes Behandlungszimmer erinnert. Genauso steriles Weiß, darin ein hellblau gekleideter Pfleger, der mich einsilbig dem Gesundheitscheck unterzieht. Wenn ich schlecht abschneide, stufen sie mich vielleicht als untauglich für die gefährlichen Games ein.

Beim Sehtest fällt es mir nicht schwer, immer den falschen Punkt zu benennen. Da mir Luthers Schlag nachhängt, verschwimmt alles vor meinen Augen. Beim Hörtest geht der Pfeifton im Rauschen meiner eigenen Ohren unter, und spätestens als sie mich auf ein Laufband stellen, muss ich mir eingestehen: Niemand wird mich wecken. Das hier ist kein böser Traum. Es ist die nackte Realität.

In einem tonlosen Schluchzer lasse ich mich zurückfallen, bis mich der Boden mit seiner ganzen Härte empfängt. Tränen tropfen auf die weißen Fliesen. Ich möchte für immer hier liegenbleiben, aber dann schieben sich glänzende Lackschuhe in mein Blickfeld.

»Na, wer wird denn da gleich aufgeben? Hoch mit ihr.«

Ein Schnipsen und der Pfleger zerrt mich zurück auf die Beine. Vor mir steht ein Medi in weißem Kittel, die Haut aschfahl, als würde er diese Räumlichkeiten nie verlassen, sein Blick streng genug, um mich an mein Benehmen zu erinnern.

»Oliver, setz sie auf die Liege. Ich denke, wir haben vorerst genug gesehen.« Der strenge Medi dreht ab, um einige Utensilien zu holen. Darunter das schwarze Armband, das jeder Gamer bekommt, und ein Tablet. Als könne er nicht glauben, was auf dem Display steht, sieht er überrascht auf. »Sie sind also die Tochter von Melody Pierson. Mein Beileid.«

»Danke«, bringe ich kratzig hervor.

»Wissen Sie, ich kannte Ihre Mutter nicht besonders gut, aber ich habe einige ihrer Vorträge gehört. Mund auf.« Er drückt meine Zunge mit einem Holzstäbchen herunter. »Sie war in ihrem Fachgebiet eine wahrlich beeindruckende Medi. Schwer vorstellbar, dass sie eine so unkluge Tochter hat, die das ganze Erbe an einem Abend verschleudert.«

Röchelnd spucke ich den Holzstab aus. »Ich habe nicht –«

»Wissen Sie, Ihre Geschichte interessiert mich nicht. Ich arbeite seit mehr als zwanzig Jahren in dieser Einrichtung und habe schon alles gehört. Lügen, Verrat, Betrug. Die meisten suchen die Schuld bei jemand anderem, weil sie ihr eigenes Versagen nicht akzeptieren wollen. Aber Sie haben versagt, Miss Pierson. Also leben Sie damit.« Er greift nach meiner Rechten. Reflexartig möchte ich mich ihm entziehen, aber sein Griff ist genauso eisern wie Luthers. »Umso schneller Sie akzeptieren, dass es allein Ihre Schuld war, desto leichter wird es für Sie.«

Zwei Sprühstöße aus einem Fläschchen, und meine Handfläche fühlt sich taub an. Als der Medi ein Skalpell nimmt, setze ich erneut zur Gegenwehr an. Mit letzter Kraft balle ich die freie Hand zur Faust und ramme sie ihm gegen die Nase.

»Medi Parker! Soll ich –«

»Halt sie einfach fest!«, blafft Medi Parker seinen Pfleger an, der sofort Folge leistet.

Zwei Hände schließen sich um meine Oberarme, während meine Beine hilflos nach diesem Arschloch Parker treten, der mit einem Tuch die Blutung seiner Nase stoppt.

»Widerstand führt zur vollständigen Löschung«, erinnert er mich finster genug, um meinen kleinen Akt der Rebellion zu beenden. »Und jetzt her mit der Hand.«

Mit einem präzisen Schnitt öffnet er meine Innenfläche. Ein brennender Schmerz schießt durch meinen Körper. Von den Fingerspitzen in den Unterarm, die Schulter, bis tief in den Kopf. Mein eigener Schrei klingt fremd, als Parker mit einer Pinzette den Chip aus meinem Gewebe zieht. Blutrot mit dem hauchdünnen Draht, der sich tief in meinen Körper erstreckt hat.

»Sie hätten es verdient, dass ich Sie einfach so da rausschicke, aber leider gebietet es mir meine medizinische Pflicht,

Sie zu versorgen. Oliver, Nadel und Faden.« Mit der Tamponade in der Nase sieht Parker weniger gefährlich aus.

Der Pfleger lässt von meinen Armen ab, durch die immer noch das flüssige Feuer schießt, und holt das benötigte Material. Mum hätte diesen winzigen Schnitt höchstens geklebt, aber Parker sieht aus, als wolle er mir eine ganz besondere Narbe verpassen. Grob zerrt er die Haut übereinander.

»Nun, Cassandra Pierson, herzlichen Glückwunsch.« Er tauscht Nadel und Faden gegen das Armband, das er eine Spur zu eng um mein Handgelenk schließt. »Erstklassige Noten, darunter herausragende Ergebnisse in Sport, Schwimmunterricht, seit Sie laufen können, und ein tadellos gesunder Körper. Sie bringen alles mit, was wir von einer voll befähigten Gamerin erwarten. Ihre Mutter wäre stolz auf Sie.« Etwas an seinem schmalen Lächeln gefällt mir nicht. »Aber keine Angst. Da Sie die Tochter von Melody Pierson sind, werde ich persönlich dafür Sorge tragen, dass Ihre erste Herausforderung ganz und gar unvergesslich wird. Ihr Tracker wird Sie darüber informieren, wenn es so weit ist. Oliver? Gib Miss Pierson die Liste mit den Anlaufstellen und bereite alles für die Löschung vor. Miss Pierson? Es war mir eine ganz besondere Freude.« Er funkelt mich an wie ein Raubtier, das gerade seine Beute erlegt hat. Dann gibt er mich in die Hände von Oliver und verschwindet. Mit viel Pech ist er einer der wenigen, an die ich mich morgen früh noch erinnern kann.

KAPITEL 6

Mum hält mir drei Lutscher vor die Nase. »Hier mein Spatz, welche Sorte möchtest du zuerst probieren?«

Ihre Stimme klingt genauso sanft wie in meiner Erinnerung. Ich will sie ansehen, aber mein Blick bleibt starr auf die Lutscher gerichtet. Als hätte ich keine Kontrolle über meinen Körper, der sich für den gelben Lutscher entscheidet. Zitrone. Als ich das Papier unbeholfen abzupfe, bemerke ich die makellose Haut in meiner Handfläche. Darin weder eine Narbe noch ein Chip. Es ist ein Traum. Die Erkenntnis schält sich langsam aus meinem Unterbewusstsein, zusammen mit der Erinnerung an eins von Elizas Büchern über luzides Träumen. Angeblich soll man den Traum steuern können, sobald man kapiert hat, dass man in einem steckt. In diesem Fall trifft das nicht zu. Ich kann hier gar nichts steuern. Erst als mein Traum-Ich den Blick hebt, kann ich Mum ansehen. Sie sieht so hübsch aus. Und sie ist noch so jung. Sicher acht, neun Jahre jünger als bei ihrem ... Ausstieg. Bevor mich der bittere Gedanke wecken kann, schüttle ich ihn ab und versuche, mich fallen zu lassen. Jede Sekunde zu genießen, in der ich ihr Ge-

sicht wiedersehe. Auch wenn ich in diesem Traum kaum älter sein kann als vier.

»Und, wie schmeckt er?« Erwartungsvoll blinzelt Mum mich an.

Ich probiere den gelben Lutscher, der viel zu sauer ist. Eigentlich liebe ich diesen Geschmack, aber jetzt verziehe ich den Mund.

Mum lacht auf. »Das habe ich mir fast gedacht. In deinem Alter mochte ich so etwas auch noch nicht.« Sie stupst mit ihrem Finger gegen meine Nase, was mir ein albernes Kichern entlockt. »Also, meine Kleine, wie wäre es hiermit? Erdbeer-Sahne. Wenn du mich fragst, ist das viel zu süß, aber es soll ja eine Belohnung für brave Kinder sein. Und du bist das bravste Mädchen in ganz New London, habe ich recht?«

Mit einem eifrigen Nicken tausche ich Zitrone gegen den Erdbeer-Sahne-Lutscher. Mein erwachsenes Ich würde sich am liebsten wehren, aber da habe ich das pappsüße Zeug schon in meinen Mund geschoben. »Schmeckt lecker«, bestätige ich, während Mum zufrieden zu ihrem Schreibtisch geht.

Ich klettere von der Liege herunter, um Mum zu folgen.

»Komm her, meine Süße.« Sie hebt mich auf ihren Schoß, bevor sie sich wieder ihren Akten zuwendet. »Daddy lässt sich heute ziemlich viel Zeit. Aber ich bin mir sicher, er wird jeden Moment kommen.«

»Ist Rin auch da?«, frage ich.

»O nein, Brien hat heute seinen freien Tag. Daddy wird dich selbst abholen, und dann fahrt ihr zu der Geburtstagsfeier von deiner neuen Freundin Amanda. Sie wird drei. Fast so alt wie du.« Ein liebevolles Lächeln. »Ellen hat mir erzählt, dass sie sogar ein Trampolin besorgt haben. Und ganz viele bunte Ballons.«

»Kommst du mit?«

»Ich muss noch etwas arbeiten, aber ich komme später nach. Versprochen.« Sie drückt mir einen Kuss auf das Haar, bevor sie über ihr Tablet wischt und eine Akte mit einem digitalen, roten Stempel versieht.

Ich schaue ihr noch eine Weile dabei zu, wie sie ihre Dokumente durchgeht, bis mir langweilig wird und meine Aufmerksamkeit auf die Bilder fällt, die auf ihrem Schreibtisch stehen. In dem ersten befindet sich ein Foto von mir, auf dem ich keine zwei Jahre alt bin. Grinsend schiebe ich einen großen Sonnenhut aus meinem Gesicht. Daneben steht das Hochzeitsbild von ihr und Dad, dann kommt eine Fotografie, die ich nicht kenne. Es zeigt Mum an der Seite von zwei Teenagern, die aussehen wie Zwillinge. Beide haben schwarze, wilde Locken, und wer auch immer die Gruppe fotografiert hat, hat es nicht geschafft, sie zum Lächeln zu bringen.

Als Mum meinen Blick bemerkt, nimmt sie den Rahmen an sich, damit ich das Foto näher betrachten kann. »Das sind Geneva und Geraldine«, erklärt sie. »Es ist etwas kompliziert, aber die beiden waren wie Töchter für mich. Weißt du, meine Süße«, sie drückt mir einen weiteren Kuss auf den Kopf, »sollte jemals etwas schiefgehen und du kommst in die rote Zone, hoffe ich, dass du die beiden findest. Sie sind so gute, tapfere Mädchen, und irgendwann werden sie es schaffen, dieser Hölle zu entkommen. Und ich werde alles dafür tun, um ihnen ein neues Leben zu ermöglichen.«

Ihre Worte ergeben keinen Sinn. Weder für mein Traum-Ich noch für mein Bewusstsein. Ich schaue auf zu Mum, deren Blick noch immer an dem Foto haftet. Dann schüttelt sie abrupt den Kopf, stellt den Rahmen beiseite und streichelt über meinen Hinterkopf, bis ihre Finger in der Bewegung verharren.

»Ich wünschte, ich müsste das nicht tun, aber es ist zu gefähr-

lich.« Mum presst etwas Kaltes gegen mein Haar. »Verzeih mir, mein Schatz. Diese Erinnerung ist nur für eine Gamerin bestimmt, und ich hoffe, dass du sie niemals brauchen wirst.« Dann jagt ein Kribbeln durch meinen Kopf, der Lutscher fällt zu Boden, und ich reiße die Augen auf.

Eine dicke Ratte sitzt direkt vor mir. Ich will schreien, aber alles, was aus meinem Hals dringt, ist ein heiseres Husten, begleitet von Schmerzen. Mein Kiefer pocht, das Handgelenk, an dem das hässliche Armband sitzt, habe ich blutig gerieben, und die Narbe in meiner Handfläche sieht aus, als würde ich noch vor dem ersten Spiel an einer Infektion sterben. Parker ist ein erbärmlicher Medi. Selbst sechs Tage nach der Löschung erinnere ich mich an alles. An jedes Gesicht, jeden Namen, jedes Detail aus meinem Leben. Selbst an Mum, die ich nach dem viel zu realen Traum noch mehr vermisse. Genauso wie Am und Eliza. Ob Eliza es geschafft hat, Ams gebrochenes Herz zu flicken? Ob sie einander Halt geben wie mir damals nach der Sache mit Troy und Heriett?

Als mein Magen knurrt, huscht die Ratte davon. Meine letzte Mahlzeit ist einen Tag her und bestand aus einer scheußlichen Suppe. Bekommen habe ich sie von einem fremden Riesen, der sich hin und wieder mit seinem Suppenwagen in diesem Viertel herumtreibt. Heute habe ich ihn noch nicht gesehen.

Seufzend lehne ich mich gegen die Hauswand. Wenn ich hier sitzen bleibe, müssen sich Hunger und die Infektion bald darum streiten, wer mich umbringen darf. Aber es gibt keinen Ort, an den ich gehen könnte. Die Anlaufstellen von

Parker waren die größte Lüge, seitdem Ole Am geschworen hat, treu zu bleiben. *Sundown Hall, Hope's Home, Aubrey's Shelter*. Jede einzelne ist so überlaufen, dass man mich noch an der Tür abgewiesen hat. Oder die Leitenden haben meine Zähne gesehen. Meine perfekten, weißen Zähnen, die nur von einer Platin oder höheren Gamblerin stammen können. Und offenbar sind wir in der roten Zone nicht besonders beliebt.

Ich schaue zur Seite. Nur zwei Decken weiter liegt ein Mann Ende fünfzig, der sich seit Stunden nicht mehr bewegt hat. Auch er hat mit seinem akkurat tätowierten Bart in Dunkelviolett keinen gefunden, der ihn aufnehmen wollte. Gähnend sehe ich weg. Vor sechs Tagen war ich noch der Meinung, nie wieder ein Auge zutun zu können. Da waren die Hitze, die Härte des Bodens und der entsetzliche Gestank, der über der gesamten roten Zone liegt. Jetzt könnte ich den ganzen Tag nichts anderes tun, als zu schlafen. Wäre da nicht diese Angst, nie wieder aufzuwachen.

Ich ziehe mich auf die Beine. Ein altes Paar mustert mich flüchtig, als hätte es nicht mehr damit gerechnet. Dann wenden sie sich ihrer Beute zu, die sie über einem kleinen Feuer grillen. Neidisch beobachte ich, wie drei Ratten von etwas Widerlichem zum besten Essen in diesem Viertel werden. Wieder knurrt mein Magen. Dieses Mal so laut, dass mich die beiden grimmig anfunkeln, bevor sie dichter zusammenrücken. *Vielen Dank für nichts.* Es ist mühsam, die Tränen zurückzuhalten. Niemand hat gesagt, dass es so schlimm sein würde. Es hieß immer, die Clans wären wie *große Familien*, die zusammenhalten und Neuen dabei helfen, sich einzufinden. Doch das Einzige, was hier an Familie erinnert, ist das seltsame Paar mit seinen Ratten. Und wenn ich sie noch länger anstarre, hetzten sie mir sicher eins der Dinger auf den Hals.

Ich stoße mich von der Wand ab und steige über meine Decke. Die ersten Schritte sind unsicher. Fluchend halte ich mich an der kleinen Mauer fest, die früher einen Vorgarten eingezäunt haben muss und jetzt nur noch in Teilen steht. Der nächste Versuch klappt besser. Schritt für Schritt durchquere ich die Straße, die von mindestens drei Dutzend Menschen bewohnt wird. Manche haben sich ganze Zelte aus Decken und Kleidung gebaut, andere leben wie ich. Von den Häusern, die früher hier gestanden haben, sind nur noch meterhohe Ruinen übrig. Anscheinend hat Horace Scott die Motivation verlassen, bevor er in der roten Zone für genügend vernünftige Unterkünfte sorgen konnte. Oder er wollte die Coins lieber in noch mehr Prunk in den höheren Zonen investieren, anstatt in erbärmliche Gestalten, die sowieso nur dazu dienen, die Welt zu unterhalten.

Am Ende der Straße biege ich nach rechts. Vier Blocks weiter gibt es ein paar Gebäude, die komplett saniert wurden. Die Häuser hier haben nichts mit den modernen Komplexen in meiner alten Zone zu tun, doch sie sehen auch nicht so aus, als würden sie gleich in sich zusammenfallen. Die meisten haben zwei Etagen und strahlen in verwaschenen Farben. Seltsame Kleckse inmitten all der Ruinen und des Schutts. Das blaue Haus ist ein Medicenter, das laut Schaufensteraushang 50 Punkte für jede Behandlung nimmt, 300 Punkte, wenn es sich um Brüche oder kompliziertere Fälle handelt. Ich schiele zu meinem Tracker, auf dem mich die nächste Null verhöhnt. Ich weiß nicht, ob sie für die Anzahl meiner geleisteten Spiele oder meiner Punkte steht, aktuell läuft es auf dasselbe hinaus. Ich kann nur hoffen, dass Parker mit *unvergesslich* etwas meinte, was zu einem Newbie wie mir passt. Vielleicht ein Tanzturnier?

Neben dem Medicenter gibt es ein paar Geschäfte, in denen man Equipment für die Spiele kaufen kann. Ein Laden wirbt fett mit dem neuen Game *Arctic Race, invented by Adelia Marshall* und lässt einen kurzen Spot im Schaufenster laufen. Er zeigt längliche Kapseln, die als *Wegbereiter* betitelt werden. Es braucht nur einen Klick, um sie zu aktivieren. Dann zischen sie wie winzige U-Boote durchs Wasser und helfen einem dabei, Fallen frühzeitig aufzudecken. Sie sind sauteuer, genauso wie der Neoprenanzug, der als Nächstes gezeigt wird.

Einen Laden weiter soll es Gamertags zu einem *unschlagbaren* Preis geben. Ich überfliege das durchlaufende Leuchtbanner:

Rain, Percival, Blue Hawk – *mächtige Namen für siegreiche Gamer! Sichere dir jetzt dein exklusives Gamertag für nur 8 000 Punkte! Registration inklusive.*

8 000 Punkte dafür, dass ich in den Spielen mit einem anderen Namen auftauche? In den Games, die Mum und ich im Nonchalant verfolgt haben, hat selten jemand mehr als 100 Punkte in einer Partie gemacht. Nein, danke.

Ich strauchle weiter, bis ich vor einem Café zum Stehen komme, vor dem einige zwielichtige Gestalten herumlungern. Als ich mein Spiegelbild im Fenster bemerke, muss ich feststellen, dass ich ihnen erschreckend ähnlich sehe. Der Glanz meiner Locken hat sich in Knoten versteckt, die an meiner verschwitzten Haut kleben. Dann der Bluterguss an meinem Kiefer, das lädierte Handgelenk und der Dreck, der in einer feinen Schicht meine Haut überzieht. Die Kleidung vervollständigt den Look als gescheiterte Gamblerin. Ich schlucke die Tränen herunter, während ich durch mein Spiegelbild ins Café schaue. Die Gamer, die an den Tischen sitzen, Gebäck essen und Kaffee trinken, sehen ganz anders aus. Gepflegt, ordentlich gekleidet, und wenn ich es nicht besser wüsste, würde ich sagen: *glücklich*.

Jemand tippt mir auf die Schulter. Erschrocken wirble ich herum, was den Schwindel zurück in meinen Kopf katapultiert. Ich halte mich an dem Fremden fest, in dem ich den Riesen vom Suppenwagen erkenne. Wie immer haftet ihm ein süßlicher Duft an, eine Mischung aus Karamell und etwas, das nicht mehr gut ist.

»Scheiße, hast du mich erschreckt«, bringe ich hervor, während ich mich von ihm löse. »Was willst du? Und hast du …?«

»Komm.« Es ist ein kehliger Laut, als hätte er nach einer langen Partynacht seine Stimme verloren. Dann kehrt sein Lächeln zurück, dieses Mal auffordernd.

Erst nachdem er zehn Schritte entfernt ist, kann ich meine Beine dazu motivieren, ihm zu folgen. Entweder hat der Riese Suppe für mich, die mich am Leben hält, oder er lockt mich in eine Falle, um mir … *was* zu nehmen? Das Armband? Mein Leben? So wie er aussieht, könnte er mir problemlos das Genick brechen. Er überragt mich um fast zwei Köpfe, seine Arme wirken muskulös, und durch die kurz geschorenen Haare hat er etwas von diesem Gamer Ricky G., den vor einigen Jahren alle angehimmelt haben. Nur ist dieser Mann deutlich älter, trägt einen dichten Bart und ist hoffentlich nicht ganz so geschickt mit dem Messer. Und wenn doch? Ich versuche, die Vorstellung zu verdrängen. Immerhin wäre es nicht schlimm, wenn ich heute sterben würde, richtig? Ein kurzer Stich ins Herz anstatt qualvollem Verhungern, das sich über Tage zieht. Mit dem wenig tröstenden Gedanken schließe ich zu ihm auf.

»Wohin gehen wir?«

Wie erwartet gibt er keine Antwort. Stattdessen führt er mich durch verschiedene Gassen. Manchmal erkenne ich alte Straßenschilder zwischen dem Schutt, kann sie jedoch nicht einordnen. In der Schule hat man mir nur die Stadtteile beigebracht, die von Gamblern bewohnt werden. Keine Ahnung, wohin man mich nach dem Besuch bei Parker gebracht hat.

Wir biegen ein weiteres Mal ab – Sackgasse. Und nirgendwo ein Suppenwagen. Ob Luther eine Auszeichnung dafür bekommt, dass seine Tochter es geschafft hat, in Rekordzeit draufzugehen? Als sich der Fremde von mir abwendet, überlege ich zu fliehen. Dank des Adrenalins könnte ich es ein paar Blocks weit schaffen, aber was dann? Eine neue Decke suchen und hoffen, dass mir jemand anderes Suppe ausgibt?

Ein Quietschen lenkt meine Aufmerksamkeit zurück auf den Riesen. Er hat eine rostige Luke geöffnet, die aussieht, als wäre sie Teil des Schrotthaufens. Darunter befindet sich ein Gang, aus dem Licht schimmert. Ich nicke vor mich hin und wäge meine Optionen ab. Allesamt bescheiden.

Am Ende des Gangs erwarten mich weder ein Suppenwagen noch der Tod. Stattdessen finde ich mich in einem einfachen, mit Holz verkleideten Kellerraum wieder. Petroleumlampen spenden Licht, ein Ventilator treibt kühle Luft durch das Zimmer. Neben der Tür steht eine alte Anrichte mit einer Vase, in der Mitte scharen sich vier Stühle um einen Tisch, darauf etliche Mappen und Bücher. An einer der Wände befindet sich ein Kamin, neben dem sich Feuerholz stapelt, davor ein abgewetztes Sofa in Dunkelgrün und ein Schaukelstuhl, auf dem Wolle und Strickzeug liegen.

Der Riese bedeutet mir, mich an den Tisch zu setzen, und lässt mich alleine. Angestrengt lausche ich in die Stille. Ich versuche zu hören, ob er mit jemandem redet, aber da ist nur das Rattern des Ventilators und natürlich mein Magen. Allmählich nervt es. Ich ziehe die Beine dicht an meinen Körper, um meinen Kopf auf die Knie zu betten. Hätte ich noch Kraft, würde ich mir eins der Bücher nehmen, aber jetzt will ich nur noch schlafen. Direkt hier auf diesem bequemen Stuhl, umhüllt von der kühlen Brise. Ich blinzle träge. Kurz bevor mich die Müdigkeit übermannen kann, werde ich von einem Geräusch aufgeschreckt. Es klingt wie ein fernes Klopfen aus der Richtung, in die der Riese verschwunden ist. Kurz darauf kehrt er zurück, begleitet von einer alten Frau, die sich auf einen Gehstock stützt. Etwas an ihr kommt mir bekannt vor, wie ein Charakter aus einem Film, den ich schon lange nicht mehr gesehen habe.

Mit grimmiger Miene bleibt sie vor mir stehen, um mich von oben bis unten zu mustern. »*Mince alors*, Christoph, sieh sie dir nur an. So ein junges Ding und so dünn.« Kopfschüttelnd humpelt sie zum Stuhl mir gegenüber. »Nun, willkommen in unserem bescheidenen Heim. Ich bin Yuna, und meinen guten Freund Christoph hast du ja bereits kennengelernt.« Sie deutet auf den Riesen, der wieder herzlich lächelt. »Verzeih ihm, wenn er nicht viel sagt, aber seit ihm dieses Schwein Carl die Stimmbänder verätzt hat, ist er nicht mehr der Gesprächigste.«

»Bitte was?«, bringe ich krächzend hervor.

»Hörst du das, Christoph? Klingt ganz so, als bräuchte unser Gast erst mal etwas zu trinken. Nun, Liebes, ich nehme an, ein frisch gepresster Orangensaft über einer Kugel Vanilleeis wäre jetzt genau das Richtige?« Sie wischt die Hoffnung mit einem Abwinken weg. »War nur ein Scherz. Zwei Limonaden bitte, und lass die Limette weg. So, wie die vorhin aussah, ist sie kurz davor, Beine zu bekommen und selbst wegzulaufen.«

Ein Schmunzeln auf den Lippen verlässt Christoph das Zimmer.

»Also gut, fangen wir mit etwas Einfachem an. Wie heißt du?« In ihre getrübten Augen stiehlt sich ein freundlicher Ausdruck, ganz anders als bei den Heimleitenden, die mich weggejagt haben.

»Cassandra.«

»Es freut mich, deine Bekanntschaft zu machen, Cassandra«, sagt sie, als Christoph mit einem Tablett zurückkehrt. »Bitte nimm so viel, wie du willst.«

Christoph hält mir das Tablett hin, darauf drei Gläser mit Limonade, in der Eiswürfel klimpern, sowie eine Schale mit matschigen Erdbeeren. Obwohl alles in mir danach schreit, eine Handvoll zu nehmen, zögere ich.

»*Mince alors*, warum denken immer alle, wir wollten sie vergiften?« Kopfschüttelnd nimmt Yuna eine der Erdbeeren, dann trinkt sie einen Schluck von dem Glas ab, das sie mir anschließend hinhält. »Mit Sicherheit nicht das Beste, was du je getrunken hast, aber garantiert ungiftig.«

Ich nehme das Glas entgegen. Die Limonade schmeckt nicht halb so übel wie befürchtet, und vor allem ist sie kalt. Mit jedem Schluck beruhigt sie meinen kratzenden Hals und meine Nerven.

»Also, Cassandra.« Yuna faltet ihre Hände auf der Tischplatte. »Was ist deine Geschichte?«

»Meine Geschichte?« Etwas sagt mir, dass sie nicht an den letzten Tagen interessiert ist, die ich in der dreckigen Gasse verbracht habe.

»Nun, erst mal sind da deine weißen Zähne.«

Reflexartig schließe ich die Lippen um den Glasrand.

»Deine Fingernägel mit den Resten von purpurnem Nagellack. Und natürlich deine Haare, die zwar ungekämmt sind, aber einen ordentlichen Schnitt aufweisen. Dann deine Körperhaltung, die klugen blauen Augen, und nur die wenigsten haben von Natur aus solch dichte, perfekt geformte Augenbrauen. Habe ich noch etwas vergessen?«

Abgesehen davon, dass ich dachte, ihre Sehkraft wäre nicht mehr die beste, macht es mir bewusst, wie viel ich von der alten Cassandra ausstrahle. Der Gedanke erfüllt mich mit einer unangenehmen Mischung aus Stolz und Scham. »Ich weiß es nicht.«

»Also, Cassandra, warum landet ein Mädchen wie du bei den Gamern?« Sie beugt sich vor, als würde es sie ernsthaft interessieren.

»Ist das wichtig?«

»Nimm es mir nicht übel, Kind, aber du bist wie alt? Sechzehn, vielleicht siebzehn? Wenn man in deinem Alter zu den Purpurnen gehört, muss man reiche Eltern haben. Und reiche Eltern lassen es nicht einfach so zu, dass ihre Kinder degradiert werden.«

Trotz der Limonade fällt mir das Schlucken schwer. »Platin«, sage ich nur. Also ist es in hohen Kreisen nicht üblich, dass Väter ihre minderjährigen Töchter bestehlen. Wer hätte das gedacht.

»Auch dann gibt es nur zwei Erklärungen für deine Degradierung. Entweder bist du auf einen Betrug reingefallen, oder du hast ein Verbrechen begangen. Und ich finde, wir sollten wissen, wenn wir eine Verbrecherin bei uns aufnehmen. Nicht, dass wir es sind, die morgen Gift in ihrer Limonade finden.« Ihre grauen Augenbrauen wandern auffordernd nach oben.

»Ihr wollt mich aufnehmen?«, erwidere ich überrascht. »Hier?«

»Es ist vielleicht nicht der Purple Palace, aber es ist auch keine olle Kaschemme wie die Anlaufstellen, und wir sind nicht wie diese abscheulichen Clans. Das bedeutet, wir nehmen dir weder deine Punkte weg, noch zwingen wir dich zu irgendwelchen Aufgaben oder verstümmeln dich, wenn du gegen absurde Regeln verstößt.«

»Warte, das mit Christophs Stimmbändern war ein *Clan*?«

»Ohne einen Funken von Reue, ja«, antwortet sie schonungslos. »Und das nur, weil er einer Freundin einen Donut gekauft hat, anstatt jeden Punkt für dieses Schwein von Clanleitung zu opfern. Es tut mir leid, dir das sagen zu müssen, Liebes, aber diese *familienähnlichen Clans*, von denen sich Gambler erzählen, um ihr Gewissen zu beruhigen, gibt es nicht. Hin und wieder tauchen zwar Gerüchte über eine

Gruppe auf, deren Regeln nicht ganz so streng sein sollen, aber soweit wir wissen, sind es genau das. Gerüchte. Also überleg es dir gut. Deine Geschichte gegen ein richtiges Bett, eine ordentliche Wundversorgung und hin und wieder frische Erdbeeren.« Bevor ich mir eine Lügengeschichte ausdenken kann, hebt sie mahnend den Zeigefinger. »Und erzähl mir nicht, du würdest dich nicht erinnern. Christoph hat gehört, wie du im Schlaf etwas von deinem Vater gefaselt hast, also sei froh, dass wir dich vor den Catchern gefunden haben.«

Zum ersten Mal, seit der Sommer angebrochen ist, fröstle ich. Ich kenne viele Gerüchte über Catcher aus meiner Kindheit, Horrorgeschichten, die ich mir mit Eliza, Am und Ole unter der Bettdecke zugeflüstert habe. Am Ende haben wir alle gekichert, und es gab diesen wohligen Schauer, der einen ein paar Nächte verfolgt hat. An diesen Abenden saß Mum besonders lange an meinem Bett, um die Schatten mit weicher Stimme zu vertreiben. Catcher gäbe es nur in der roten Zone, und selbst dort würden sie sich nur um die bösen Menschen kümmern. Was genau das bedeutet, hat sie mir nicht erzählt. »Was würden diese Catcher mit mir machen?«

»Jedenfalls keine Gespräche führen«, erwidert Yuna knapp. »Und da wir jetzt wissen, dass du dich wirklich erinnern kannst, solltest du uns lieber die Wahrheit sagen. Wir sind ganz Ohr.«

Die alte Dame hat geblufft, und ich bin darauf reingefallen. Kein Wunder, dass ich eine miserable Gamblerin war. Um einen letzten Funken Würde zu bewahren, bemühe ich mich um einen sachlichen Tonfall: »Okay. Aber nur, weil ich dringend ein Bett brauche. Und etwas zu essen.«

Ich nehme noch einen Schluck Limonade, während ich

meine Gedanken neu sortiere. Dann erzähle ich von Luthers großen Plänen, wie er mich überzeugen konnte und von meiner eigenen Wette. Bei der Erwähnung von Mick Merchs Tod droht meine Selbstsicherheit zu schwinden. Zwei Sätze später bricht meine Stimme. Sofort hat Christoph ein Taschentuch parat. Als ich es nehme, fällt mein Blick auf seine Handfläche, die bis auf ein paar raue Stellen makellos scheint. Christoph ist ein Red. Seine Eltern müssen ihm direkt an seinem zwölften Geburtstag das Startguthaben gestohlen haben, weshalb er nie einen Chip hatte. Kein Chip, keine Coins, kein glamouröses Leben wie ich, und trotzdem zeigt er so viel Mitgefühl, dass es weh tut. »Danke.« Ich wische mir die verräterischen Mistdinger von den Wangen. Die restliche Geschichte kürze ich ab. Luther verliert, sie schleifen ihn weg, er befreit sich, und am Ende bin ich es, die bei Kotzbrocken Parker auf der Liege sitzt.

»Godfrey Parker?« Yuna lacht schnaubend auf. »Lass mich raten. *Sundown Hall, Hope's Home* und *Aubrey's Shelter*? Gute Medis kennen die Belegungspläne, aber Parker war schon immer ein Arschloch mit einer Standardliste. Dreckig, überfüllt, kein Platz für Neulinge – oder Platins. Kein Wunder, dass du auf der Straße gelandet bist, Liebes.«

»Dann kennen Sie ihn?«

»Sagen wir, ich habe genug über ihn gehört, um zu wissen, dass er niemals eine Löschung versauen würde. Medis wie er neigen eher dazu, es zu übertreiben. Manche Gamer vergessen sogar ihren eigenen Namen, den sie erst wiedererkennen, wenn er in der Rangliste auftaucht. Nein, dein Implantat hatte schon vorher einen Defekt, weshalb es umso wichtiger ist, dass du keinem davon erzählst.«

»Sie meinen so wie Ihnen?«, stichle ich, gefolgt von einem inbrünstigen Magenknurren, das meinen Worten jede Schärfe nimmt.

»Christoph, sei so lieb, und bring uns etwas Vernünftiges zu essen. Nicht dass unsere neue Gamerin noch vor ihrem ersten Spiel verhungert.« In Yunas Mundwinkeln zeichnet sich ein Schmunzeln ab, das sich noch wärmer auf Christophs Gesicht spiegelt. Dann sammelt er unsere leeren Gläser ein, schiebt sich die letzten Erdbeeren in den Mund und verschwindet erneut. »Ach, wäre ich nicht so alt, dass ich seine Mutter sein könnte, wäre Christoph der Mann meines Lebens«, schickt Yuna ihm seufzend nach. »Und wie sieht es bei dir aus, Liebes? Hast du jemanden mit gebrochenem Herzen zurückgelassen?«

Von dem abrupten Themenwechsel überrumpelt, gleitet die Antwort über meine Lippen: »Nein. Also, ich meine, es gab früher ein paar, aber ich denke nicht, dass Sie das etwas angeht.«

Yuna lacht ein raues Lachen. »Es geht mich absolut nichts an, stimmt. Aber es ist erfrischend, mal über etwas anderes zu sprechen als über Spiele und Gamer, Ranglisten und wässrige Suppen. Wobei sich Christoph wirklich Mühe gibt, es nicht ganz so scheußlich schmecken zu lassen. Hätte er mehr Möglichkeiten, wäre er ein begnadeter Koch.«

»Warum tun Sie das alles? Sie kennen mich doch gar nicht.«

»Das ist wahr.« Ohne mich aus den Augen zu lassen nickt Yuna vor sich hin. »Allerdings weiß ich, wie es ist, wenn man mit diesem Defekt leben muss. Wenn man verbannt wird und keinen Ort hat, an dem man sich sicher fühlen kann.«

Mit einer Mischung aus Zweifel und Überraschung erwidere ich ihren Blick. »Dann sind Sie wie ich?«

»Das würde ich nicht sagen. In deinem Alter habe ich einer ganzen Reihe von jungen Männern den Kopf verdreht; aber was das andere angeht: ja. Natürlich geht die Zeit nicht spurlos an mir vorbei, und nach acht Jahren in dieser Hölle hat man ein paar Gesichter vergessen. Doch alles in allem ist hier oben noch eine Menge los.« Sie tippt sich gegen die runzlige Stirn. »Jede noch so kleine Romanze eingeschlossen.«

Angewidert verziehe ich den Mund.

»Weißt du, es gibt nicht viele, die so sind wie wir. Und wenn wir erwischt werden, nimmt es nie ein gutes Ende. Also denke ich, es ist am besten, wenn wir zusammenhalten.«

»Die Catcher?«, schlussfolgere ich.

»Die Catcher«, bestätigt Yuna. »Ich weiß nicht, ob man sich bei euch immer noch diese Horrorgeschichten von dunkel gekleideten Gestalten erzählt, die nachts kommen und Kinder holen, die ungezogen waren. Das ist natürlich kompletter Humbug. Catcher arbeiten vor allem in der roten Zone, um Regelbrechende zu finden, und würden nie einen Fuß in die höheren Viertel setzen. Oh, riechst du das? Sieht ganz so aus, als wäre Christoph fertig.«

Yunas Worte könnten mir den Appetit verderben, wäre da nicht der Duft, der mit jedem Pulsschlag intensiver wird. Als Christoph mit einem randvoll gefüllten Tablett zurückkommt, vergesse ich alles, was Yuna gesagt oder Luther getan hat. Ich war noch nie im Leben so ausgehungert.

»Das duftet ja hervorragend«, spricht Yuna meine Gedanken aus, während Christoph den Tisch deckt.

Es ist keine trübe Suppe dabei. Stattdessen gibt es für jeden zwei Scheiben Brot mit Rührei, Käse und ein paar Kräutern, ein Glas Wasser und Schälchen mit Pudding. An meinem Teller klebt außerdem ein gelber Zettel, auf dem *Guten Appetit* steht. Ich schaffe es, meine Mundwinkel flüchtig zu einem Lächeln zu bewegen, das Christoph sichtlich freut.

Ich weiß, dass es kein besonderes Essen ist, aber nach den letzten Tagen ist es das Beste, was ich mir vorstellen kann. Gemeinsam genießen wir die Stille. Keine quiekenden Ratten oder heiseres Husten. Nur das Klappern von Besteck und das Brummen des Ventilators. Von meinem Leben in Platin ist es dennoch Welten entfernt. Kaum, dass der größte Hunger gestillt ist, kehren die quälenden Erinnerungen zurück, die Sehnsucht nach meinem weichen Bett, den vielen Veranstaltungen und meinen Freunden. Ich frage mich, ob Eliza es geschafft hat, Am meinen Brief zu geben. Ein Stück Papier, auf dem belanglose Sachen stehen, die seit ihrem Aufstieg passiert sind. Dass ich zu den Gamern gekommen bin, werden Am und Eliza erst erfahren, wenn Oles Familie genug Coins für ein Ticket hat.

»Woran denkst du gerade, Liebes?«, fragt Yuna, die ihre Gabel beiseitegelegt hat.

»Nur an meine alten Freunde.«

»Verstehe. Wenn du dabei immer so ein Gesicht machst, wirst du schneller auffliegen, als du das Wort *Freundschaft* buchstabieren kannst. Du brauchst dringend eine bessere Ausrede für dieses Gestarre.«

»Gestarre?« Empört kratze ich das Rührei zusammen. »Ich starre nie.«

»Nenn es, wie du willst, aber man kann deine Erinnerungen förmlich sehen. Vielleicht ist noch nicht deutlich geworden, was Catcher mit Menschen wie uns anstellen. Sie nehmen uns nicht einfach in Gewahrsam, sie löschen uns aus, endgültig.«

Ich möchte den Mund öffnen, aber Yuna ist schneller: »Und jetzt komm mir bitte nicht mit diesem *Aber-wir-haben-doch-Rechte*-Quatsch. In der roten Zone laufen die Dinge anders. Menschen kommen, Menschen gehen, die meisten von ihnen sterben, wenige schaffen es lebend hier raus. So etwas wie ein gerechtes Verfahren gibt es für keinen von uns. Oder hast du schon mal von einem Prozess um einen Gamer gehört?«

Der Protest auf meiner Zunge löst sich in ein frustriertes »Nein« auf. »Ich werde also aufhören zu starren und mir eine ganz phantastische Ausrede ausdenken, kapiert. Verraten Sie mir auch, woher Sie so viel über diese Catcher wissen, wenn Sie ihnen seit acht Jahren erfolgreich aus dem Weg gehen?«

Yuna und Christoph wechseln einen Blick in fremder Sprache, ein Kopfschütteln, ein Nicken, dann ein Seufzer, nach dem Yuna das Wort ergreift: »Wenn es nach mir ginge, würde ich dir raten, deine Neugierde zu zügeln, aber mein lieber Christoph ist der Meinung, du vertraust uns noch nicht genug.«

Christoph runzelt die Stirn, als hätte er das nicht mit seinem Blick gemeint, und trotzdem macht er keine Anstalten, Yuna zu unterbrechen.

»Also machen wir es kurz und knapp. Ich war schon bei meiner Degradierung alt, aber leider nicht weise genug, um da draußen meine Klappe zu halten. Es hat keinen Tag gedauert, bis mich die Catcher aufgespürt haben. Und wäre Christoph nicht gewesen, hätten sie mich noch an Ort und

Stelle umgelegt. Genauso wie eine deiner Vorgängerinnen. Kayla.«

Ich versuche zu erkennen, ob Yuna lügt. Bei Luther war es immer einfach, solange es nicht um die Spiele ging. Rote Ohren, ein unruhiges Trommeln mit den Fingerspitzen, hin und wieder sind seine Worte gestolpert. Yuna hingegen wirkt vollkommen ernst. »Vorgängerinnen?«, hake ich nach, ohne zu wissen, ob ich die Antwort hören möchte.

»Glaubst du wirklich, du wärst in acht Jahren die Erste, die wir bei uns aufnehmen?«, erwidert Yuna. »Nein, Schätzchen, wir machen das hier schon eine ganze Weile, und leider haben nicht alle unsere Ratschläge befolgt. Kayla dachte, sie hätte da draußen einen alten Freund erkannt, und war tot, noch bevor sie ihren Fehler bemerken konnte. Vielleicht verstehst du jetzt, warum du dir nichts anmerken lassen solltest.«

»Kein Wunder, dass mir Mum nichts davon erzählt hat«, murmle ich vor mich hin.

»Was war das?«

»Nichts. Sie meinten, Sie würden mich hier aufnehmen. Wie lange kann ich bleiben?«

»Wie lange bist du schon hier?«

»Sechs Tage«, erwidere ich.

Yunas Blick wandert von meinen Augen zu meinem infizierten Handgelenk. Ob sie abwägt, wie lange ich noch durchhalte? »Sechs Tage«, wiederholt sie langsam, bis sie einen schnalzenden Laut von sich gibt. »Dann wird es nicht mehr lange dauern, bis du zum ersten Spiel gerufen wirst. Bis dahin kannst du bei uns bleiben, alles andere sehen wir später. Und jetzt entschuldigt mich bitte, aber ich habe noch eine kleine Verabredung und bin müde. Christoph wird dir dein Zimmer zeigen.«

Einerseits habe ich noch viele Fragen, andererseits ist mein Körper zu ausgelaugt, um zu widersprechen. Stattdessen stürze ich das Wasser herunter und lasse mich von Christoph in ein Nebenzimmer führen. Darin einige Bücherregale, ein mit Blättern übersäter Sekretär sowie ein einfaches Bett. Mit richtiger Decke, Matratze und Kissen. Sofort ist die Müdigkeit zurück, die größer ist als sämtliche Neugier.

KAPITEL 7

»Scheiße!« Den Fluch noch auf den Lippen, sitze ich senkrecht im Bett. Gleißender Schmerz schießt durch mein Handgelenk, das jemand verbunden hat. Es fühlt sich anders an als der Wundschmerz der letzten Tage. Eher ein Stechen, das mich an Stromschläge erinnert und jetzt mit jedem Pulsschlag abebbt. Dann bemerke ich, dass das Display meines Trackers rot leuchtet. Blinkend formen Buchstaben ein Wort, das die letzten Tage wie einen schlechten Witz aussehen lässt. *Labyrinth.* Darunter ein Countdown, der mir noch zwei Stunden gibt, bis ich sterbe. Ein kleiner Teil von mir behauptet, ich könnte es schaffen, doch er ist zu leise, um den spitzen Schrei zu übertönen, der jetzt aus meiner Kehle dringt.

Die Tür wird aufgerissen. Christoph stürzt, gefolgt von Yuna, ins Zimmer, in der Hand einige flüchtig zusammengeraffte Gegenstände. Er sieht erst auf mein Handgelenk, dann sucht er meinen Blick. Sofort lässt er die Sachen fallen, eilt zu mir und schließt seine kräftigen Arme um meinen Oberkörper.

Aus meinem anhaltenden Schrei wird ein Schluchzer. In ihm liegt mein ganzer Atem, bis ich das Gefühl habe, keine Luft mehr zu kriegen. *Labyrinth*. Wie oft haben neue Gamer dieses morbide Spiel schon überlebt? *Nie*, hat Luther immer gesagt. *Setze niemals auf einen Neuling, Spätzchen. Sonst bist du bald selbst einer.* Dieser Parker muss mich wirklich hassen. Hoffentlich habe ich ihm die Nase gebrochen.

Ich höre, wie Yuna Christoph anweist, mich loszulassen, aber dieses Mal gehorcht er nicht. Er hält mich so lange fest, bis mein Schluchzen in ein leises Wimmern übergeht. »Ich werde sterben«, flüstere ich heiser, oder vielleicht denke ich es auch nur, denn keiner reagiert. »Ich werde sterben«, wiederhole ich. »Ich werde sterben.« Immer wieder gleitet der Satz über meine Lippen, um den Worten ihre Macht zu nehmen. Zusammen mit Mum hat es funktioniert. Jetzt bewirkt es das genaue Gegenteil. Ich weiß nicht viel über Labyrinthe, und trotzdem fallen mir genug Szenen ein, um mindestens zwanzig Todesarten vor mir zu sehen. Stacheldraht, der sich plötzlich zurückzieht, genmanipulierte Ranken, die aus dem Nichts sprießen, und geisterhafte Schatten wie die, die Mick Merch geholt haben … »Ich werde st-«

»Schluss jetzt mit dem Geschwätz.« Zielstrebig humpelt Yuna zu mir und schnappt mein Handgelenk. Ihr Griff ist eisern.

»Ein Labyrinth in knapp zwei Stunden. Das ist ungewöhnlich für einen Newbie, aber nicht weiter besorgniserregend.«

»Nicht besorgniserregend?«, frage ich, während aus meiner Verzweiflung Wut wird. »So wie Sie aussehen, haben Sie doch keine Ahnung vom Labyrinth! Sie durften wahrscheinlich golfen oder ein paar gemütliche Runden um den Platz reiten!« Die Spiele, die ich früher am meisten mochte, spucke ich jetzt voller Verachtung aus.

Christoph drückt mich noch einmal fest an sich. »Vertrau ihr«, murmelt er, und dieses Mal höre ich den Schmerz, den ihn diese Worte kosten.

Yuna hingegen verzieht keine Miene. »Wollen wir dann anfangen?«, fragt sie nüchtern. »Oder willst du weiter im Selbstmitleid versinken?«

»Anfangen womit?«

»Christoph? Zeig es ihr.«

Sowohl Christoph als auch Yuna lassen mich los. Während Christoph auf die Regale zusteuert, rafft Yuna die Papiere auf dem Sekretär zusammen. Christoph scheint gefunden zu haben, wonach er sucht. Es ist eine dicke Ledermappe, aus der hier und da Ecken von Papier hervorschauen.

Als ich versuche aufzustehen, möchte mich der Schwindel sofort zurück ins Bett drücken. Blinzelnd versuche ich, die Schwärze zu vertreiben und mir vorzustellen, wie ich in zwei Stunden aufrecht durch ein Labyrinth laufen soll.

»Komm her«, fordert mich Yuna auf, ohne mich anzusehen. Stattdessen zieht sie eine Brille aus ihrer Tunika. Als sie das feine Drahtgestell aufsetzt, rutscht ihr Ärmel ein Stück zurück. Was darunter liegt, gibt mir genug Kraft, um aufzustehen.

»Sie haben keinen Tracker!« Taumelnd erreiche ich den Sekretär, auf dem Christoph die Ledermappe durchblättert, während mich Yuna über den Rand der Brille hinweg mustert.

»Glaubst du, ich wäre den Catchern entkommen, wenn ich noch mit so einem Ding rumlaufen würde?« Kopfschüttelnd umrundet sie den Tisch, bis sie neben Christoph stehen bleibt. »Wir machen diesen Mist schon lange nicht mehr mit.« Sie streift Christophs Ärmel nach oben, so dass sein Handgelenk zum Vorschein kommt. Nackt.

»Wartet, nur damit ich es richtig verstehe. Ihr wisst also, wie man dieses Ding loswird? Dann hättet ihr mich retten können?« Mit jedem Wort wird meine Stimme schriller. »Ihr … Ihr hättet mich retten können!«

»Was denkst du eigentlich, was wir hier tun?«, kontert Yuna scharf. »Entweder akzeptierst du endlich, dass wir nicht der Feind sind, oder du verschwindest.« Mit einer abrupten Geste deutet sie auf die Tür, vor der die Sachen liegen, die Christoph hat fallen lassen. Es sind Tuben und Tiegel, Verbandszeug und eine Schere. Wahrscheinlich dachte er, ich hätte wegen meiner Wunden geschrien.

Als ich ihn ansehe, schüttelt er kaum merklich den Kopf. Auch ohne Worte verstehe ich, was er mir sagen will. *Geh nicht.* Mein Brustkorb hebt und senkt sich schwer mit jedem Atemzug. Auf den Sekretär gestützt schaue ich von Christoph zur Tür und zurück zu Yuna, die immer noch mit ausgestrecktem Arm dasteht. Wenn ich ihre Hilfe annehme, schulde ich ihnen etwas. Aber wenn ich gehe, bin ich praktisch tot. »Ich bleibe.«

Yuna lässt ihre Hand sinken, in den Augen ein Funkeln, das sich auf einem schmalen Grat zwischen Zufriedenheit und Enttäuschung bewegt. »Dann lass uns anfangen.« Sie tritt einen Schritt zurück, so dass ich die Seiten sehen kann, die Christoph aufgeschlagen hat. Dutzende Markierungen, Namen, skizzierte Gänge. Betitelt mit einem tiefschwarzen Wort: *Labyrinth*.

»Eine Karte?«, frage ich überrascht. »Woher haben Sie …?«

»In jeder Sekunde, die wir mit solchen Fragen verschwenden, steigen deine Chancen, vom nächstbesten Hex zerfleischt zu werden«, unterbricht Yuna mich. »Du hast weniger als zwei Stunden, um zu lernen, wofür selbst Rain Wochen gebraucht hat. Hier.« Sie schiebt mir einen Holzstuhl hin, Christoph dreht die Ledermappe in meine Richtung.

»Rain«, wiederhole ich, während ich mich setze. »Die Rain, die es in die Gameshow geschafft hat?«

»Die Rain, die die Gameshow gewonnen hat«, korrigiert mich Yuna. Obwohl sie sich Mühe gibt, ihr Lächeln zu verbergen, schimmert es durch die kühle Fassade hindurch. »Sie war drei Jahre lang unsere Schülerin, und jetzt ist sie bei den Neutrals. Zugegeben, sie hatte bessere Voraussetzungen als du. Aber vielleicht überraschst du uns noch.« Offenbar glaubt Yuna genauso wenig daran wie ich, dass ich das Labyrinth überlebe. Christoph wirft ihr einen finsteren Blick zu, bevor er das Zimmer verlässt.

Kurz darauf kommt er mit Haferschleim, Obst und einer Tinktur zurück, die mich stärken soll. Ich schlucke das Frühstück zusammen mit meinen Fragen herunter, während Yuna mich anhand von Karte und Fotos durch das Labyrinth führt. Durch Gänge, die sich jedes Mal verschieben, vorbei an Fallen, die nie an derselben Stelle sind und sich dennoch durch winzige Details verraten. Ein rötliches Blatt in den sonst tiefgrünen Hecken, ein versteckter Pflock, an dem ein Drahtseil hängt, oder eine Aussparung über dem Boden für Pfeile, die einem die Sehnen durchschneiden sollen.

Nach über einer Stunde dröhnt mein Kopf, Bleistiftskizzen werden zu realen Bildern. Dann vibriert der Tracker.

»Noch zwanzig Minuten.« Yuna klappt die Karte zu. »Zeit, dich zur Arena zu bringen.«

Christoph begleitet mich durch die Gassen. Hin und wieder überqueren wir Straßen und Plätze, an denen riesige Monitore die Dächer überragen. Sie zeigen die aktuelle Rangliste, die kommenden Spiele und den Countdown bis zur nächsten Gameshow: *358 Tage*. Selbst wenn ich heute überlebe, kann es noch Jahre dauern, bis ich so weit bin.

Christoph bleibt stehen. Als ich fragend die Stirn runzle, deutet er zu einem Haus gegenüber. Sofort erkenne ich die kleinen Kameras, die jeden Winkel der vor uns liegenden Straße abdecken. Hier endet der Weg für Christoph.

»An der Ecke links, dann die dritte Kreuzung rechts. Ab da nur noch geradeaus, bis ich die Arena sehe«, fasse ich Yunas Wegbeschreibung zusammen. »Richtig?«

Christoph blinzelt mich an. Sekunden verstreichen, in denen ich versuche, seine Sprache zu verstehen, bis er nach meiner Hand greift, um etwas zwischen meine Finger zu drücken.

Als ich die Faust öffne, liegt darin eine der Anstecknadeln. Zwei elfenbeinfarbene Buchstaben umringt von einem Lorbeerkranz. *OS*. Es gibt nur einen Gamemaster, zu dem diese Initialen passen. »Old Shad«, beende ich meinen Gedanken laut. »Aber warum …?«

Christoph schüttelt den Kopf. »Erst überleben, dann die Antworten.« Mit einem traurigen Lächeln umschließt er meine Faust, so dass sich die Nadel in meine Hand bohrt. Gefolgt von einem weiteren Vibrieren. Noch fünf Minuten.

»Antworten«, sage ich mehr zu mir selbst als zu Christoph.

»Dann haben wir einen Deal.« Ich entziehe mich seinem Griff, um die Anstecknadel unter meinem Hosenbund zu verstecken. Wenn man später meine Leiche aus einer Hecke zieht, wird sie immerhin eine Menge Fragen aufwerfen. »Danke, Christoph.« Nach Lächeln ist mir nicht zumute. Stattdessen nicke ich ihm zu, bevor ich den toten Winkel verlasse.

Der Zutritt zur Arena besteht aus einem eisernen Drehkreuz inmitten einer fünf Meter hohen Holzbarrikade. Darüber prangt die Aufschrift *Zone 3*, davor steht die wartende Menge, die von zwei bewaffneten Typen bewacht wird. Definitiv keine Gamer.

Ich reihe mich in die Schlange ein, direkt hinter einem Mädchen, das am ganzen Körper zittert. Anders als ich scheint sie nicht verdrängen zu können, wo sie gerade ist und was ihr in wenigen Minuten bevorsteht. Und sie hatte kein Frühstück von Christoph. Was auch immer in dieser Tinktur war, hilft mir, einen halbwegs kühlen Kopf zu bewahren.

Schritt für Schritt schiebt sich die Reihe durch das Drehtor. Als ich dran bin, tippt eine der Wachen mit ihrer Gewehrspitze auf einen Sensor neben dem Tor. »Tracker«, blafft er mich an. »Wird's bald?«

Seine ganze Art erinnert mich an den Cop, der Ams letzte Party sprengen wollte. Allerdings bezweifle ich, dass sich dieser Mann auch davon beeindrucken lassen würde, wenn ich ihm von Luthers angeblichen Beziehungen zur Wachaufsicht erzähle. Eher würde er mich erschießen oder dafür sorgen, dass ich meine Erinnerungen doch noch verliere.

Stattdessen murmle ich nur ein »Das geht auch freundlicher« und halte meinen Tracker vor den Sensor. Ein grünes Lämpchen leuchtet auf, gibt den Weg in die Hölle frei. Mit einem tiefen Atemzug strecke ich den Rücken durch, hebe das Kinn und betrete den dunklen Gang. Zwei Schritte weiter stoße ich beinahe gegen das zitternde Mädchen. »Sorry«, sage ich im Vorbeigehen. Ich habe keine Ahnung, ob sie es gehört hat, denn einen Moment später befinde ich mich inmitten von Menschen.

Die meisten sind so alt wie ich, reden durcheinander oder stopfen Klamotten in Spinde. Es ist die Umkleide, von der Yuna erzählt hat. Jetzt bleibt mir nur zu hoffen, dass Rains Sachen noch da sind, wo sie sein sollten.

Ich versuche, die vielen halbnackten Körper zu ignorieren, Männer und Frauen, den Geruch von Schweiß, Alkohol und billigem Deodorant. Sie alle wirken so angespannt, dass das Lachen zu meiner Rechten heraussticht wie eine vergessene Nadel in neuen Kleidern.

Unauffällig spähe ich zur Seite. Das Lachen gehört zu einem Typ, bei dessen Anblick ich zusammenzucke. Das markante, leicht gebräunte Gesicht, das dunkle Haar, das ihm verwegen in die Stirn fällt. Er ist es wirklich. Seinen Klamotten nach hat er schon viele Games gewonnen oder einen deutlich reicheren Sponsor als ich. Schmale Sportschuhe, fast schwarzer Trainingsanzug, fingerlose Handschuhe. Auf dem nackten Streifen zwischen Handschuh und Jacke leuchtet ein Tracker rot wie meiner, auf dem anderen Arm erkenne ich die schwarze Farbe seines seltsamen Tattoos.

Als hätte er meine Gedanken gehört, sieht er auf. Smaragdgrüne Augen, durchdringend, unnahbar und anziehend zugleich.

Schnell wende ich mich wieder den Spindnummern zu. *257, 258 …*

»Du bist neu, oder?« Seine Stimme hat einen rauen Klang, der zu seinem Lachen passt.

266. Das ist Rains Spind. Jax ignorierend, mache ich mich an dem Zahlenschloss zu schaffen.

»Kleiner Tipp, Newbie«, mit verschränkten Armen lehnt er sich gegen den benachbarten Spind, »verschlossen bedeutet *vergeben*. Such dir einen, der noch frei ist.«

Das neckende Funkeln bringt mich kurz aus dem Konzept. *Verdammt!* Das war eine Zahl zu weit. »Wie wär's, du zischst einfach ab?«, gebe ich eine Version der Cassandra Pierson zum Besten, die keinen Bock auf belanglose Flirts hat.

»Und wenn ich gerne dabei zusehe, wie du dir deine weißen Zähnchen an Rains Spind ausbeißt?«

Dieses Mal lasse ich mich nicht ablenken. Vier weitere Drehungen, und ein leises Klicken ertönt. Ich verziehe den Mund zu einem spöttischen Lächeln, während Jax seine Arme sinken lässt. Zwei wohltuende Sekunden lang genieße ich seine Überraschung, bis ihm jemand eine Hand auf die Schulter legt.

»Nicht schlecht«, kommentiert der Neuankömmling. »Pass bloß auf, dass sie dich nicht ablenkt, Kumpel. Könnte gefährlich werden.« Ein feixendes Grinsen stiehlt sich auf sein helles, hageres Gesicht. Die dunklen Haare hat er an den Spitzen silbern gefärbt und mit genug Gel bearbeitet, um sie wie kleine Stacheln vom Kopf abstehen zu lassen, in der Augenbraue blitzt ein Piercing auf. Und anders als Jax scheint er sich nicht für die Tatsache zu interessieren, dass ich Rains Code kenne, sondern nur für mein Äußeres. Widerling.

»Ich lasse mich nie ablenken«, erwidert Jax eine Spur kälter. »Also, Newbie, wie auch immer du an Rains Code gekommen bist: Viel Spaß mit den Klamotten einer Toten. Und lass dich nicht von den Hex fressen.«

Anscheinend hat er die Gameshow nicht bis zum Ende verfolgt.

Als die beiden weg sind, ziehe ich den Spind auf. Rain mag eine gute Gamerin sein, aber Ordnung ist nicht ihr Ding. Immerhin fällt der Gestank aus ihren Klamotten neben meinem eigenen kaum auf. Ich zerre die Stoffbündel auseinander, bis ich ein Outfit gefunden habe, das beinahe passt. Rain ist kleiner als ich, so dass mir die Sporthose nur knapp über die Knie reicht. Das Shirt spannt über meiner Brust, und die Weste bekomme ich gar nicht erst zu. Das größte Problem sind jedoch die Schuhe. Keine Ahnung, wie ein kleiner Mensch so riesige Füße haben kann, aber sie sind sicher zwei Nummern zu groß. Ich stopfe sie notdürftig mit Socken aus, löse die Anstecknadel von meiner alten Hose und schiebe sie unter den Saum der Weste. Schwer vorstellbar, dass jemand wie Christoph ein Fan des alten Gamemasters ist.

Ein Gong ertönt, gefolgt von einer monoton schnarrenden Stimme: »Gamer, das heutige Labyrinth steht jetzt zum Wettkampf bereit. Bitte begeben Sie sich zu Ausgang C. Gamer, das heutige Labyrinth ...«

Mit einem Mal scheint die Wirkung von Christophs Tinktur nachzulassen. Der Klang der Stimme treibt meinen Puls zu einem wilden Rasen an, lässt den Gedanken von heute Morgen mit voller Wucht zurückkehren: *Ich werde sterben.*

Als würde mein Körper nicht länger mir gehören, sehe ich dabei zu, wie er den Spind verschließt, sich abwendet und der Menge folgt. Wieder laufe ich hinter dem wimmernden Mädchen von vorhin her. Sehe ich auch so aus? Tränenspuren auf den dreckigen Wangen, Panik in den gläsernen Augen? Etwas an ihrem Anblick hilft mir, tief Luft zu holen. *Ich bin nicht wie sie. Ich bin immer noch die Cassandra, die nie einen Wettkampf verloren hat.* Dass es dabei nur ums Tanzen oder Schwimmen ging, spielt jetzt keine Rolle.

KAPITEL 8

Ich stehe auf einem von dreißig Startblöcken, die ringsum von Hecken umgeben sind. So hoch, dass Klettern als letzter Ausweg wegfällt.

»Herzlich willkommen zum heutigen Spiel. Im Labyrinth gibt es für Sie nur ein Ziel: überleben. Schaffen Sie es unbeschadet auf die andere Seite, erhalten Sie Punkte gemäß Ihrer Platzierung, der Anzahl der Überlebenden sowie der Coins, die auf Sie gesetzt wurden. Machen Sie sich bereit. Zehn, neun …«

Mein Blick flieht von den anderen Teilnehmenden weg zu einer schmalen Lücke in der Hecke vor mir. Bestenfalls passen zwei gleichzeitig durch den ersten Gang. Was hat Yuna gesagt? Ich darf weder die Erste noch die Letzte sein. Als Erste kann ich Fallen zu leicht übersehen, als Letzte holen mich die Hex. Überleben im Mittelfeld. Das ist alles, was ich heute schaffen muss.

Ich scanne die ersten Meter nach verräterischen Details ab. Kurz nach dem Start erkenne ich ein rötliches Schimmern zwischen den Blättern. Funkenschlag – unbedingt meiden. Dann folgt die erste Abzweigung. Auch hier hatte Yuna einen Rat für mich, einen Tipp, in welche Richtung es geht, wenn das Labyrinth mit einem Funkenschlag beginnt. Fieberhaft berge ich die frische Erinnerung aus dem Gedankenchaos. Nach einem Funkenschlag immer rechts. Außer am Anfang.

»... zwei, eins ...«

Die Startmelodie ertönt, ein Herzschlag lässt Adrenalin durch meine Adern schießen. Die Ersten laufen los. Ich erkenne Jax, der direkt nach dem Funkenschlag nach links läuft, befreie mich aus meiner Starre. Meine Füße trommeln gehetzt über den Erdboden, mein Atem geht stoßweise. Ich ducke mich unter dem roten Leuchten hinweg, schlage einen Bogen nach links. Hinter mir hat jemand die Falle nicht gesehen. Ein qualvoller Schrei begleitet meine nächste Entscheidung. Über einen Stolperdraht hinweg nach rechts.

Ich sehe nicht nach hinten. *Funken sind nicht tödlich, außer sie haben die Augen erwischt.* Yunas Worte. Ohne weiter daran zu denken, kämpfe ich mich ins Mittelfeld. Dieses Mal geht jemand vor mir zu Boden, durchbohrt von einem Pfeil auf Brusthöhe. Es ist das Mädchen, das zitternd vor mir stand. Unsere Blicke treffen sich, und sie weiß, dass sie tot ist. Ihre Lippen öffnen sich noch einmal, als wollte sie etwas sagen, aber sie schafft es nicht mehr, bevor ein langgezogenes Dröhnen die Arena erzittern lässt. Sie haben die Hex freigelassen. Bringt es der Pfeil nicht zu Ende, wird das Mädchen in spätestens zwei Minuten zerfleischt. Als hätte sie gerade dieselbe Erkenntnis gehabt, greift sie nach dem Pfeil in ihrer Brust, um ihn sich noch tiefer zwischen die Rippen zu schieben. Es sind bestenfalls Millimeter, angetrieben von einer Verzweiflung, die größer ist als die Angst vor dem Tod.

Ich zwinge mich, das Frühstück bei mir zu behalten, und setze mich wieder in Bewegung. Laufen. Rennen. Sprinten. Um die Falle kein zweites Mal auszulösen, halte ich mich dicht an der Hecke, achte auf alles, was Yuna mir eingetrichtert hat. Schnell sein, Fallen prüfen, weiter. Ich bin zu langsam, dabei brennen meine Lungen wie Feuer. *Du warst schon immer nur eine durchschnittliche Läuferin,* wispert die Angst in mir. *Daran hat sich nichts geändert, also gib einfach auf.*

Für einen winzigen Moment ist es verlockend, mir einfach eine Falle zu suchen, die allem ein schnelles Ende macht, nur mein Überlebenswille ist lauter. Unwillkürlich halte ich Ausschau nach Jax und seinem Freund. Die beiden sind längst mit den anderen Spitzengamern verschwunden. Selbst drei Jahre würden nicht reichen, um so gut zu werden wie sie! *Mittelfeld, überleben.* Was soll man sonst von einer Platin erwarten? Ich verfluche Luther innerlich dafür, dass er mich nie zum Lauftraining gezwungen hat. Und ich verfluche mich selbst, dass ich es nie ernster genommen habe. Dann würde ich jetzt nicht japsen wie eine jämmerliche –

Etwas durchschneidet die Luft neben meinem Ohr. Reflexartig ducke ich mich, während sich ein Typ hinter mir die Kugel einfängt, die für mich bestimmt war. Atemlos schaue ich zur gegenüberliegenden Hecke. Helles Grün schimmert durch die dunklen Blätter. Eine Nesselkapsel. Ich renne einfach weiter. Erst als ich den gequälten Schrei hinter mir höre, sehe ich noch einmal zurück. Ein Fehler. Yuna hat zwar erwähnt, dass Nesselkapseln fies sind, allerdings hat sie nicht gesagt, dass sie einem das ganze Gesicht zerfressen. Ich weiß nicht einmal, ob es wirklich Punkte sind, die das Gesicht des Opfers überziehen, oder eine einzige wogend schwarze Masse, gegen die er sich zu wehren versucht. Er kratzt, bohrt die Nägel in seine Haut, bis ein unnatürlich hohes Zirpen ertönt.

Die Hex.

»Tut mir leid«, wispere ich vor mich hin und reiße den Blick los. Schreie werden zu einem langgezogenen Laut, einem Vorwurf, der kein Ende nimmt. Er verfolgt mich, er jagt mich. *Besser ein anderer als du,* erinnere ich mich an Yunas Mantra. *Besser der Junge als ich.*

Ich beiße mir auf die Lippen, bis ich Blut schmecke. Der Schmerz hilft mir, mich nicht in der Angst zu verlieren, die an meinem Inneren kratzt. Die mir immer wieder einflüstern will, dass ich es nicht schaffen kann, dass ich sterben werde.

Abzweigung. Dieses Mal gibt es weder einen Gamer noch eine Falle – nichts, an dem ich mich orientieren kann. Atemlos bremse ich ab, wende mich gehetzt von einer Seite zur anderen. Blut rauscht in meinen Ohren, ich kann nichts mehr hören außer meinem eigenen Körper. Vielleicht ist es auch das Surren der Drohnen, die jeden unserer Schritte aufzeichnen. Wahrscheinlich umkreisen sie mich in der Hoffnung, gleich das nächste Opfer zeigen zu können. »Fuck!« Wütende Tränen verschleiern mein Sichtfeld. »Denk nach, Cass, denk verflucht nochmal nach«, zische ich vor mich hin, während die Hex immer näher kommen. Wie viele Abzweigungen habe ich genommen und welche? Ich muss immer nach Norden, das weiß ich, aber welcher der Gänge führt nach Norden? »Fuck!« Während ich mit geballter Faust gegen die Hecke schlage, höre ich einen entfernten Schrei. Jemand aus dem Spitzenfeld – vielleicht, hoffentlich, scheiß drauf!

Meine Beine rennen los, überwinden zahlreiche Fallen, schlagen Bögen, weichen aus, holen auf. Vor mir sehe ich einen Gamer um eine Kurve sprinten und kann einen erleichterten Aufschrei nicht unterdrücken. Angetrieben von Euphorie, ziehe ich das Tempo an und folge dem Fremden nach rechts. Da sind noch mehr von ihnen. Ich war noch nie so schnell, hatte noch nie solche Schmerzen. Jeder Schritt bringt mich den anderen näher. Rein in das Mittelfeld und immer weiter. Die nächste Nessel ohne Opfer, noch ein Draht, dann sehe ich braune Haare. Jax? Als würde er spüren, dass ihm ein Newbie auf den Fersen ist, wird er schneller. Ich dachte, er wäre weiter vorne. Viel weiter.

Plötzlich ertönt das erste Glockenspiel. Jemand hat das Ziel erreicht, kurz darauf ein zweiter und dritter. Ich bleibe an Jax dran. Immer wieder lässt er sich zurückfallen, nur um dann wieder Abstand zwischen uns zu bringen. Keine Ahnung, ob er mich herausfordern oder verspotten will, ich weiß nur, dass es meinen alten Ehrgeiz weckt.

Ein Glockenklang nach dem anderen verkündet, wie weit wir zurückliegen. Jax biegt um die Ecke, ich bin ihm dicht auf den Fersen.

Zielgerade.

Er verschwimmt zu einem Schatten von vielen, während ich mich auf die schnörkellose Anzeige konzentriere. Grüne Lämpchen auf schwarzer Fläche, mein Hoffnungsschimmer. Es müssen weniger als zehn Meter sein. Ich springe über den letzten Pfeil hinweg, weiche der letzten Nesselkapsel aus.

Fünf Meter.

Nur noch grüne Hecken.

Sprinte, Cass, sprinte. Etwas schlingt sich um mein Fußgelenk. Mit einem erstickten Schrei schlage ich der Länge nach auf den Boden. Schmerz explodiert in meinem Körper und presst die letzte Luft aus meinen Lungen. Ich trete nach dem Angreifer, versuche, mich auf den Rücken zu kämpfen. Ich schaffe es, mich so weit zu drehen, dass ich es sehen kann: dunkelgrüne Ranken. Ein grelles Lachen drängt aus meiner Kehle. Ich habe es so weit geschafft und scheitere an einer verdammten Pflanze?! Mit jedem erfolglosen Tritt, jedem Zischen und Fluchen, kehrt die Verzweiflung zurück, die meinen Blick verschleiern lässt. Habe ich echt gedacht, ich würde das hier packen? Meine Lunge brennt, mein Herz brennt, jede Faser meines Körpers steht in Flammen.

»Schon aufgegeben, Newbie?«

Über mir taucht ein vertrautes Gesicht auf, smaragdgrüne Augen, die mich neckend anfunkeln. Meine nackte Angst will ihn anfauchen, sich zu verpissen, aber dann streckt er mir seine Hand hin. Ich kann nicht denken. Meine Finger klammern sich um seine, dann zieht er mich mit einem kraftvollen Ruck nach oben. Heißer Atem auf meiner schweißnassen Haut, ein feiner Schauer, der durch meinen Körper schießt.

Schnell konzentriere ich mich wieder auf die Ranke. Sie sitzt fest. Und mit jedem Versuch, sie zu lösen, zieht sie sich nur noch enger zu. Während ich trete und zerre, spüre ich Jax' Blick auf mir. Ob er überlegt, wie er mich am besten aus dem Weg räumt? Immerhin bekommt er Punkte für meinen Tod – wenn er selbst dafür verantwortlich ist.

Das unnatürliche Zirpen hallt viel zu laut durch das Labyrinth. Da sind sie. Der erste Hex biegt auf unseren Gang, wetzt seine rasiermesserscharfen Klingen wie eine gigantische Gottesanbeterin. Ich hasse Insekten. Und das hier ist eine tödliche Version, an der alles nach dem Ende schreit.

»Funkenschlag rechts, Newbie. Und los!«, ruft Jax knapp.

Ohne seine Worte zu kapieren, lasse ich mich zu der Hecke zerren, in der ich erst jetzt das rötliche Schimmern bemerke. Dicht über dem Boden und viel zu dicht an meinem Körper.

»Nein!«, kreische ich los. »Du kannst doch nicht –« Der restliche Satz bleibt mir im Hals stecken, denn Jax hat bereits einen Ast aus der Hecke gerissen, um ihn zielsicher vor den Auslöser zu schmeißen. Kaum, dass dieser die Bewegung wahrnimmt, schießen Funken aus der Hecke. Panisch springe ich zurück, aber Jax hält mich fest.

»Sieh hin!«, fährt er mich an, die Finger eisern um meine Oberarme gelegt.

Jeder Funke, der sich nicht brennend in meine Haut frisst, trifft die Ranke, die sich zurückzieht. Ich befreie meinen Fuß aus der Fessel. *Geschafft!* Ich habe keine Zeit, mich zu bedanken oder darüber nachzudenken, warum er den Kill nicht mitgenommen hat, denn die Hex sind da. Mit ihren riesigen Facettenaugen glotzen sie mich an und lassen ihre Klingen durch die Luft schneiden.

Jax hingegen lässt sich von den Hex nicht beeindrucken. Wortlos wirft er meinen Arm über seine Schulter, um mich die letzten zwei Meter bis ins Ziel zu stützen.

Zwei disharmonische Glockenklänge geben unser Überleben bekannt, gefolgt vom Schlusspfiff. Viel zu wenige haben es über die Ziellinie geschafft.

Schweigend lasse ich mich zu der großen Tafel ziehen, vor der die Überlebenden auf ihre Platzierung warten.

Zur Begrüßung lässt Jax' Kumpel seinen Blick von meinem verbrannten Bein über das Shirt bis zu meinem Arm wandern, der immer noch über Jax' Schulter hängt. »Wow.« Als würde er den ganzen Dreck nicht sehen, hebt er anerkennend die Augenbraue. »So viel zum Thema Ablenkung. Also, was hast du ihm für deine Rettung versprochen, Süße?«

Sofort ziehe ich meinen Arm zurück und versuche, nicht zu viel Gewicht auf mein verletztes Bein zu legen. »Nichts«, bringe ich zischend hervor. »Rein gar nichts.«

»Stimmt«, pflichtet Jax mir bei. »Dachte nur, es könnte noch ganz interessant mit ihr werden.« Mit einem spöttischen Lächeln schaut er an mir hinab zu der Stelle, an der ich die Anstecknadel versteckt habe. Versteckt *hatte*. Irgendwo im Labyrinth muss die Weste verrutscht sein, so dass ein Stück von dem elfenbeinfarbenen Lorbeerkranz unten rausguckt. Schnell ziehe ich den Stoff wieder glatt.

»Interessant?«, wiederholt der Fremde grinsend. »Und ich dachte, mein Kumpel kennt keine Ab-«

»Klappe, Enzo«, unterbricht Jax ihn grimmig. »Schau dir lieber diese Scheiße da an.« Er nickt zu der Tafel, auf der unsere Ergebnisse aufleuchten.

Enzos Augen weiten sich. »Fuck!« Er tritt in den Staub. »150 Punkte für diese Länge?! Ist das euer verfickter Ernst!«

Anscheinend hat er ein anderes Gamertag, denn in der Liste gibt es keinen Enzo. Nur einen *Wild Sonic*, der 150 Punkte für den ersten Platz bekommen hat.

Während er den Drohnen seinen Mittelfinger zeigt, suche ich nach meinem Namen. *Cassandra Pierson, clanlos:*

15 Punkte. Ich bin Vorletzte. Darunter steht nur noch Jax, dessen Hände zu Fäusten geballt sind.

»Jetzt schuldest du mir doch was, Newbie«, sagt er, ohne mich anzusehen. Dann dreht er sich um und haut ab.

KAPITEL 9

Schweigend lasse ich von Christoph meine Wunden versorgen. Erst als ich Yuna sehe, die strickend in ihrem Schaukelstuhl sitzt, kommt alles in mir hoch. Ich befreie mich aus Christophs Griff und stolpere auf sie zu: »Sie sind tot, Yuna! Sie sind alle tot! Die Nesselkapseln? Die Funkenschläge? Was für ein verfluchter Scheiß! Nichts, aber auch gar nichts davon ist *harmlos* oder *ganz erträglich*«, zitiere ich sie, ohne Luft zu holen. »Alles ist grausam, tödlich, sie sind tot! Ich habe es gesehen, Yuna: den Typ, der sich meine Nesselkapsel gefangen hat und gestorben ist … Hören Sie mir überhaupt zu? Er ist …«

»Nicht im Ziel angekommen«, unterbricht sie mich. »Schon verstanden.« Sie legt die Stricksachen beiseite, als hätten sie sie bisher davon abgehalten, mir in die Augen zu sehen. »Keiner hat je behauptet, dass es leicht werden würde. Aber du bist hier. Über mehr solltest du nicht nachdenken.«

»Nicht nachdenken?«, wiederhole ich schrill. Bei jedem Atemzug blitzen die Bilder vor meinen Augen auf, Blut, Nesseln, Pfeile. Alles, was ich siebzehn Jahre lang erfolgreich gemieden habe, ist jetzt realer denn je. »Wie zur Hölle soll ich irgendetwas davon vergessen?« Mein Bein knickt so plötzlich weg, dass ich taumelnd gegen Christoph stoße, der mich auffängt.

»Keiner vergisst sein erstes Mal, Liebes. Setz dich.«

Protestieren hat keinen Zweck. Mit Christophs Hilfe lasse ich mich auf die Couch sinken. Meine Erleichterung, nicht länger auf meinem schmerzenden Bein stehen zu müssen, lässt das Adrenalin schwinden, bis ich blinzeln muss, um den Schwindel aus meinem Kopf zu vertreiben.

»Christoph, wir haben noch Suppe.«

Der Aufforderung nachkommend, verlässt Christoph das Zimmer.

»Nun, Cassandra, Christoph hat mir von eurem kleinen Deal erzählt.« Yuna faltet die Hände über ihrem Schoß. »Wo ist sie?«

»Von welchem Deal?«, frage ich, um sicherzugehen, dass Yuna nicht wieder blufft.

»Überleben gegen Antworten. Und ich kenne den alten Narren gut genug, um zu wissen, dass ich meine Brosche nicht *verlegt* habe. Also, Mädchen?«

»Sie meinen die Anstecknadel von Old Shad«, korrigiere ich, während ich den Stecker aus meinem Hosenbund löse. »Hätte Sie nie für einen Fan von ihm gehalten.«

»Fan?« Schnaubend nimmt mir Yuna die Nadel ab. »*Old Shad*, wie du ihn nennst, hat dieses Ding genauso wenig verdient wie sein sorgloses Leben bei den Neutrals. Wahrscheinlich sitzt er jetzt gerade mit dieser Caroline auf seiner Veranda und lässt sich zuprosten. Dieser widerliche Heuchler.« Sie dreht den Anstecker so, dass sich das Licht der Petroleumlampen in dem Elfenbein bricht. Rot, orange, wie die Funken, die mich vor dem Tod gerettet haben.

»Moment, Sie kennen Old Shad?« Die Bilder aus dem Labyrinth verflüchtigen sich, bis nur noch das Brennen in meinem bandagierten Bein zurückbleibt.

»Oh, das sollte ich wohl. Immerhin war ich mit diesem Schwein fast vierzig Jahre lang verheiratet.«

»Nein!« Ich sauge scharf den Atem ein. Die hageren Züge, die hellgrünen Augen. Obwohl ich keine zehn Jahre alt war, erinnere ich mich genau an die Verabschiedungszeremonie. An diesem Tag stand sie auf dem Paradewagen der Neutrals und hat mir zugewunken, als sie an uns vorbeigefahren sind. Es war die einzige Parade, die Mum je vorzeitig verlassen musste, und die einzige, bei der sich Luther geradezu rührend um mich gekümmert hat. Am Tag darauf waren die Schlagzeilen überall: *Ein Akt der Liebe oder der Trennung? Old Shads Frau geht zu den Neutrals.*

Ich weiß noch, wie Ams Eltern über die Trennung von ihrem guten Freund Shad und dessen Frau gesprochen haben, flüsterleise im Nebenzimmer, aber Am und ich waren schon immer gut im Schleichen und Lauschen.

»Das hast du nicht erwartet, nein«, nimmt mir Yuna weitere Worte ab. »Keiner hat das, also mach dir nichts daraus, wenn du mich nicht sofort erkannt hast. Bei Rain hat es mehr als drei Monate gedauert.« Ein flüchtiges Schmunzeln huscht über ihr Gesicht.

»Aber warum sind Sie überhaupt hier? Sie sollten doch bei den Neutrals sein!«

»Oh, wenn wir wirklich darüber reden wollen, solltest du

anfangen, mich zu duzen.« Sie legt den Anstecker beiseite. »Einfach nur Yuna.«

»Cass.«

»Kurz, knackig, gefällt mir. Sollten wir uns für dein Gamertag merken.«

Ich bewundere sie dafür, dass sie glaubt, ich könnte irgendwann 8000 Punkte für eine Namensänderung übrig haben.

»Nun, falls du eine große Geschichte erwartest, muss ich dich leider enttäuschen, Cass. Shadrick Simons war nicht nur einer der grausamsten Gamemaster, er war auch ein grauenhafter Ehemann. Sadistisch, ignorant, doch stets darauf bedacht, den Schein zu wahren. Der allseits beliebte Gamemaster und seine treue Seele von Frau.« Sie schüttelt kaum merklich den Kopf. »Wann immer ich konnte, habe ich gegen diesen Mann gearbeitet. Kleine Korrekturen an seinen Entwürfen, vergessene Rückrufe, entwendete Pläne. Es waren nur Tropfen auf dem heißen Stein, bis Shadrick dahintergekommen ist. Er war nicht wütend oder aufbrausend, hat mich nicht angeschrien oder gar geschlagen. Stattdessen hat er es auf seine Art geregelt. Ein Anruf, ein schwarzer Wagen und ein imposanter Abschied. *Yunara Simons zieht sich aus der Öffentlichkeit zurück, um die Gesellschaft der Neutrals zu bereichern.*« Erst ein höhnisches Schnauben schafft es, ihre ruhige Stimme aufzuwühlen. »In Wahrheit sollte mir einer seiner Vertrauten gleich nach der Parade genug Wunden zufügen, um mich zu entstellen, mir die Erinnerungen rauben und mich dorthin werfen, wo der ganze Dreck unserer Gesellschaft landet.«

»Rot«, krächzt Christoph dazwischen.

Ich weiß nicht, wie lange er schon dasteht. Erst als wir ihn ansehen, tritt er über die Schwelle, in der Hand ein Tablett mit drei dampfenden Schüsseln.

»In die rote Zone, richtig. Danke, mein Lieber.« Yuna steht auf, um ihm eine der Schalen abzunehmen. »Vorsicht, heiß«, warnt sie mich, als ich es ihr gleichtue.

Mein Gesicht weigert sich noch zu lächeln, so dass ich nur die Mundwinkel verziehe. Ich kannte Old Shad nicht, nur den Schein des charmanten Manns, der hin und wieder bei Ams Eltern ein- und ausgegangen ist. »Danke, Christoph, das riecht –«

»Scheußlich«, beendet Yuna meinen Satz. »Wir alle wissen, dass ich eine miserable Köchin bin. Setzen wir uns.«

Als ich den ersten Löffel nehme, muss ich aufpassen, ihn nicht direkt auszuspucken. Andere wurden schon für kleinere Verbrechen degradiert. »Wie ging es dann weiter?«, frage ich und würge den nächsten Löffel herunter.

»Nun, Shadrick war zu sehr mit sich selbst beschäftigt, um zu merken, dass seine Vertrauten nicht mehr alle auf seiner Seite waren. Keiner hatte es gewagt, Hand an mich anzulegen, geschweige denn mir ein Messer durchs Gesicht zu ziehen.« Ein süffisantes Lächeln auf den Lippen, schlürft sie Suppe von ihrem Löffel. »Stattdessen brachte man mich zu einer Medi, die bereit war, einige Anpassungen an mir vorzunehmen und auf die übliche Gedächtnislöschung zu verzichten. Nach ihrer Behandlung war mein Implantat defekt, ich hatte einen Tracker mit einer falschen Identität und war frei – mehr oder weniger.«

»Dann ist das da also keine billige Kopie, oder?«, frage ich und nicke zu der Anstecknadel, die immer noch im Schaukelstuhl liegt.

»Ganz und gar nicht. Dieses kleine Souvenir ist mir zufällig in den Ausschnitt gefallen, bevor Shadrick mich zur Parade hat bringen lassen. So werde ich jeden Tag aufs Neue daran erinnert, wem ich diese Umstände zu verdanken habe. Und wen ich eigenhändig umbringen werde, sollte er mir je wieder über den Weg laufen.«

»Unwahrscheinlich«, erwidere ich. »Aber warum hast du ihn überhaupt geheiratet, wenn er so ein *Schwein* war?«

»*Mince alors*, Cass, was ist denn das für eine Frage? Hast du etwa keine der Reportagen über ihn gesehen? Shadrick war der attraktivste Mann in ganz New London, und absolut alle sind auf dieses Lächeln hereingefallen. Es hat Jahre gedauert, bis ich seine Maske durchschaut habe.« Sie zieht den Ärmel ihrer Tunika hoch, bis eine längliche Narbe zum Vorschein kommt. »Hier ist er zum ersten Mal ausgerastet, weil ich ein Glas Rotwein über unseren neuen Teppich gekippt habe. Er hat es am Tisch zerschlagen, die schönste Scherbe genommen und dem Rot am Boden eine weitere Nuance hinzugefügt.«

Es sollte mich überraschen, womöglich schockieren, aber alles, was ich fühle, ist eine dumpfe Bestätigung. »Es sind Gamemaster«, sage ich monoton. »Wer andere zur Gewalt zwingt, ist auch selbst dazu fähig. Hat meine Mum immer gesagt.«

»Deine Mum ist eine wirklich kluge Frau.«

»War«, korrigiere ich und versuch die mitleidigen Blicke der beiden wegzuwischen. Es ist ein fahriger Handwink, bevor ich wieder nach dem Löffel greife. »Woher wusstet ihr eigentlich, dass Old Shad inzwischen bei den Neutrals ist?«

Erst zögert Yuna, als würde sie überlegen, ob sie mich weiter über meine Mum ausquetschen soll. Zum Glück scheint sie eine der wenigen zu sein, die ihre Fragen für sich behalten können. »Nun, denkst du wirklich, wir hätten die aktuellen Pläne und könnten da draußen Suppe verteilen, wenn wir keinen Kontakt zur Außenwelt hätten?«, fragt sie stattdessen.

»Verstehe.« Ich schürze die Lippen, an denen eine widerliche Süße haftet. »Ihr beide seid hier unten nicht so alleine, wie es aussieht. Richtig?«

»Sagen wir einfach, es gibt jenseits des Zauns einen kleinen Club von außergewöhnlichen Ladys, die uns mit Freuden unterstützen.«

»Wer sind diese Ladys?«

Yuna funkelt mich an, dann schüttelt sie den Kopf. »Tut mir leid, aber das Geheimnis werde ich mit ins Grab nehmen. Christoph? Haben wir noch Nachschlag?«

Kurz überlege ich, Yuna meine Portion anzubieten. Wäre da nicht der Hunger, der hartnäckig gegen den Ekel ankämpft. Tapfer würge ich einen schleimigen Brocken herunter. Als Christoph mich fragend mustert, schüttle ich trotzdem den Kopf. »Für mich nicht, danke.«

Nachdem er aufgestanden ist, lehnt sich Yuna zurück. »Weißt du, Cass, ich könnte dir noch viel über Shadrick und seine widerwärtigen Pläne erzählen oder dir die anderen Narben zeigen, aber ich bin auch neugierig.«

»Ich werde nicht über meine Mum reden«, erwidere ich schnell. »Und auch nicht über Luther, außer du hast einen Plan, wie wir ohne Gameshow hier rauskommen und ich mir meine Coins zurückholen kann.«

»Leider nein, Liebes, aber du glaubst gar nicht, wie sehr ich solch einen Plan begrüßen würde.« Sehnsüchtig blinzelt sie zu dem Anstecker ihres Ex-Manns, und ich habe eine dumpfe

Ahnung, was sich in ihrem Kopf abspielt. »Sollten meine Kontakte und ich je einen Weg finden, werden es Christoph und du als Erstes erfahren. Versprochen. Bis dahin kannst du mir erst mal von diesem Jungen erzählen.«

»Welcher Junge? Ich habe doch schon gesagt, dass ich –«

»Nicht deine alten Liebschaften. Ich meine deinen Ritter in nicht ganz so schillernder Rüstung. *Jax*.«

Bei dem Namen ballt sich etwas in meinem Magen zusammen, und ich schätze, es ist die Suppe. »Du kennst ihn?«

»Beleidige mich nicht«, erwidert Yuna eine Spur schärfer. »Glaubst du, man könnte eine Gameshow gewinnen, ohne die Konkurrenz zu kennen?«

»Aber Jax –«

»Ist ein Sprinter. Auf die muss man besonders aufpassen.«

Grandios. Egal, was Yuna damit sagen möchte: Es kann nicht Gutes bedeuten. »Was ist ein Sprinter?«

»Du hast mir erzählt, dass du auf Mick Merch gesetzt hast.«

Danke für die Erinnerung.

»Mick war auch ein Sprinter. Jahrelang weit hinten, um über Nacht zum aufstrebenden Star zu werden, der genügend Punkte für die nächste Gameshow sammelt. Leute wie er zeigen nie ihr wahres Gesicht, bis sie sicher sind, es ganz an die Spitze schaffen zu können. Das macht sie zu einer solch unberechenbaren Gefahr.«

»Und wie kommst du darauf, Jax wäre genauso?«

»Drei Jahre im guten Mittelfeld, jetzt mit seinem Freund Wild Sonic voller Ehrgeiz auf dem Weg an die Spitze. Bis du dazwischengefunkt bist.« Als hätte ich den miesen Wortwitz nicht verstanden, tritt sie sanft gegen meine Bandage.

Zischend ziehe ich das Bein zurück. Die Frage, ob Yuna das

Spiel gesehen hat, spare ich mir also. Stattdessen erwidere ich ihr Funkeln, weniger neckend als sauer. »*Wild Sonic* heißt eigentlich Enzo. Und was kann ich dafür, wenn mich dieser *Jax* unbedingt retten will?«

»Dann hattet ihr keinen Deal?«

»Einen was?« Ungläubig blinzle ich Yuna an. »Du denkst, ich hätte in dieser stickigen Umkleide Zeit gehabt, mich nicht nur in Rains Sachen zu zwängen, sondern einen Sprinter zu bestechen, damit er mir den Arsch rettet?«

Yuna greift nach ihrem Stock. »Du hast ja keine Ahnung. Manchmal reichen zwei Sätze, um seine Seele zu verkaufen.«

Während sie aufsteht, atme ich tief durch. »Ich glaube, er hat die Brosche von Old Shad gesehen. Deshalb hat er mich gerettet.«

Anstatt auf mich loszugehen, nickt Yuna vor sich hin. »Versprich mir einfach, dass du dich von ihm und diesem Enzo fernhältst, bis wir mehr über die beiden wissen. Und jetzt solltest du dein neues Zuhause richtig kennenlernen.«

»Dann kann ich bleiben?«

»So lange, bis du gewonnen hast.«

Ich finde mich in den dunklen Gängen schnell zurecht. Morgens begleitet mich Christoph in das provisorische Badezimmer, um meine Wunden zu versorgen. Anschließend bereitet er das Frühstück vor, während ich mich wasche, anziehe und nebenbei die Skizzen studiere, mit denen ich quasi jede zweite Wand tapeziert habe.

Beim Frühstück gehe ich mit Yuna die Liste der kommenden Spiele durch, notiere erste Hinweise und die Startzeiten. Manchmal geht es direkt danach los. Dann folge ich Christoph in die Küche, in der der einzige Monitor in diesem alten Bunker steht. Siebzehn Zoll, eingezwängt zwischen Schränken und Schrott, der ein Betreten der Küche kaum möglich macht. Während sich Christoph zum Waschbecken schlängelt, sitze ich also mit einem Uralt-Tablet in der Tür, um alles aufzuschreiben, was mir auffällt. Besonders gute Konkurrenz, fiese Fallen, Muster, die immer gleich sind. Heute wird eine Hunt gespielt.

»Und vergiss nicht das Gift!«, ruft Yuna im Vorbeigehen aus dem Flur.

»Gift?«

Sie humpelt zurück. »In jeder Hunt gibt es Giftpfeile, die demjenigen, den sie treffen, ein minutenlanges, qualvolles Ende bereiten.«

»Wie nett.«

»Und in jeder Hunt gibt es ein Gegengift. Zu gut versteckt, um es schnell genug zu finden, aber es steigert die Spannung, wenn das Opfer zuckend durch die Gegend kriecht. Mein Ratschlag: Solltest du getroffen werden, gib dir nicht die Blöße. Beende es lieber schnell und sauber.« Dem Klang ihres Stocks nach hat sie sich schon wieder abgewendet, als sie noch etwas nachsetzt: »Ich empfehle eine Klinge ins Herz!«

»Ist notiert«, murmle ich schaudernd. Und wieder etwas für ein Game gelernt, das nie hätte erfunden werden dürfen.

Mit jedem Spiel sammle ich mehr Notizen, und mein Kopf, der sich noch nie so viel merken musste, wird immer voller. Auch Jax stiehlt sich zu oft in meine Gedanken, mal erinnert er mich in meinen Albträumen daran, dass ich ihm etwas schulde, mal sehe ich ihm bei seinen Spielen zu. Ohne

Störfaktor ist er verflucht gut, weit entfernt vom Mittelfeld, in dem er mich gerettet hat. Ob er sich absichtlich hat zurückfallen lassen?

Ablenkung finde ich vor allem an den Abenden, die wir gemeinsam in dem Raum mit dem Ventilator verbringen. Meistens lese ich, lasse mir von Yuna Stricken beibringen oder spiele mit Christoph Hangman. Alle Abende enden mit ein paar Anekdoten aus unserem Leben. Christoph erzählt mit Hilfe seines Tablets von Rain, Kayla und seiner Zeit nach dem Clan, ich revanchiere mich mit Geschichten über Am und Ole, Eliza oder meine Mum. Manchmal muss ich weinen, weil ich sie so schrecklich vermisse, manchmal habe ich keine Tränen mehr übrig. Yuna setzt sich immer wieder zu uns, und bald wird klar, dass wir alle wissen, wie sich Verlust anfühlt. Vielleicht fällt es mir deshalb so leicht, ihnen zu vertrauen.

Die übrige Zeit stehen Trainingseinheiten an. Christoph jagt mich durch die Gassen der roten Zone, die ohne Kameras auskommen, Yuna lässt mich Besonderheiten von Arenen, Namen und Punktzahlen herunterbeten. So bringen sie mich durch drei weitere Spiele, die nicht annähernd so schlimm sind wie das Labyrinth. Eine Hunt Light, bei der man sich nicht gegenseitig töten muss, sondern hinter einem schillernden Fasan herjagt; 5 mickrige Punkte für meinen erfolglosen Versuch, das Tier mit Pfeil und Bogen zu erwischen; eine Runde Paintball und ein Wettrennen, bei dem es keinerlei Fallen gibt. Nur viel zu hohe Hürden, von denen ich zwei umreiße. *Typische Newbie-Games*, wie Yuna sie nennt. Offenbar hat Parkers Einfluss nur für die erste Herausforderung gereicht.

Meine Blessuren werden dennoch immer zahlreicher. Schrammen, Kratzer und Flecken, die sich zwischen einem grünlichen Gelb und Dunkelviolett bewegen. Die meisten habe ich von dem Paintball-Match, in dem ich dank Rains riesiger Schuhe mehrmals gestolpert bin. Seitdem versucht Yuna, passende Kleidung für mich zu besorgen. Das meiste sieht weder gut aus, noch ist es bequem, aber immerhin hat Yuna so keine Zeit, noch mal zu kochen. Diesen Part übernimmt Christoph. Haferschleim am Morgen, Suppe oder Brot am Mittag, Haferschleim am Abend. Wenn Yunas *außergewöhnliche Ladys* richtig großzügig sind, geraten auch mal Früchte oder Nüsse dazwischen.

»Bananen?«, frage ich, während ich den morgendlichen Brei löffle, der eigentlich nach nichts schmeckt.

Christoph schüttelt den Kopf.

»Äpfel? Birnen? Ach, vielleicht will ich es gar nicht –«

»Mandelsplitter«, unterbricht mich Yuna. »Eindeutig Mandelsplitter.«

Zweifelnd schaue ich zu Christoph, der nickt. Bisher kannte ich Mandelsplitter nur von Sahnetorten, in Schokolade getauchten Keksen, sündhaft süßen Desserts ... ein sehnsüchtiger Seufzer gleitet mir über die Lippen. Selbst nach einem Monat in Yunas Bunker will ich mir nicht eingestehen, hier zu leben. Es ist nur ein Zwischenhalt auf meinem Weg zu den Neutrals. Zu Amanda, Eliza und allen Freunden, die es ohne Umweg geschafft haben.

»Nun mach nicht so ein angewidertes Gesicht und iss auf«, tadelt mich Yuna.

Immerhin habe ich sie und Christoph. Entschuldigend lächle ich den Riesen an, der mir sofort verzeiht. Dann esse ich den Rest, der auf keinen Fall aus Mandeln besteht, und nehme einen Schluck Tee. »Was steht heute auf dem Plan?«

»Nur ein Labyrinth.«

»Nur ein Game?«, wiederhole ich skeptisch, während ich versuche, ihr das Tablet wegzunehmen. »Seit wann interessieren wir uns denn nur für ein einziges Spiel?«

»Seit ich mir überlegt habe, dir heute die Grundlagen der Westlands beizubringen. Wenn du uns entschuldigen würdest, Christoph? Cass und ich haben viel Arbeit vor uns.« Yuna tupft sich den Mund mit der rauen Serviette ab, bevor sie aufsteht.

Nachdem ich die Schalen zusammengestellt und mich bei Christoph für die Mahlzeit bedankt habe, folge ich ihr in mein Zimmer. Irgendwie ist es mir gelungen, dem kleinen Raum eine persönliche Note zu verleihen. An den Wänden stechen zwischen meinen angepinnten Skizzen und Notizen ein paar alte Blechschilder hervor, die ich draußen gefunden habe, auf meinem Bett liegt ein buntes Plaid, das Yuna gestrickt hat.

»Okay, verrätst du mir jetzt, was du wirklich vorhast?«, frage ich. »Du meintest, die Westlands wären erst ab achtzehn, und mein Geburtstag ist noch Monate hin. *Massig Zeit für so wenige Regeln*, um es mit deinen eigenen Worten zu sagen.«

»*Dein* Geburtstag schon.« Yuna humpelt zu dem Sekretär, auf dem weitere Notizen liegen. »Unser lieber Christoph hingegen hat morgen. Wenn ich könnte, würde ich ihm eine Torte backen, aber bei meinem Talent käme das eher einem Mordanschlag gleich. Deshalb habe ich mir etwas anderes überlegt.« Sie schließt eine der unteren Schubladen auf.

Empört starre ich sie an. »Christoph hat morgen Geburtstag? Warum hast du nicht früher Bescheid gesagt! Dann hätte ich das letzte Blechschild versteckt und es nicht sofort aufgehängt.«

»*No Wifi here. Talk to each other* – ja, das wäre wirklich ein passendes Geschenk für einen Mann gewesen, dem man die Stimmbänder verätzt hat«, spöttelt Yuna, während sie eine Box aus der Schublade zieht. »Aber keine Sorge, ich habe etwas, worüber er sich mindestens zwölf Stunden lang freuen wird. Und ich fürchte, wir werden uns mit ihm durch jede einzelne Minute quälen müssen. Also sag nicht, ich hätte dich nicht gewarnt.«

Auf dem Weg zum Sekretär zupfe ich zwei Skizzen eines Labyrinths ab, um damit das Blechschild zu verdecken, dessen Geschmacklosigkeit ich bisher gekonnt übersehen habe. Hoffentlich hat Christoph es heute Morgen nicht bemerkt. »Also schön, und was ist dieses grandiose Geschenk?«

Zur Antwort hält sie mir die Box hin. Ich erkenne den Schriftzug sofort. »Herr der Ringe?« Es fällt mir schwer, nicht zu lachen. »Und dann sprichst du von quälen?«

»Hast du nicht richtig gelesen? Extended!«, erwidert Yuna schnaubend. »Über siebenhundert Minuten unrealistisches Geplänkel, mit dem mir Christoph seit Jahren in den Ohren liegt. Sofern du morgen nicht auf der Liste stehst, werden wir also den uralten Beamer rauskramen, uns auf der Couch den Magen mit ungesundem Zeug verrenken und zusehen, wie jemand drei Filme lang versucht, einen magischen Ring in irgendeinen brennenden See zu schmeißen.«

Wäre Ole hier, würde er Yuna einen seiner bitterbösen Blicke schenken. »Schicksalsberg«, entgegne ich wehmütig.

»Schicksalsberg?«

»So heißt der Vulkan, zu dem der Ring gebracht werden muss, und ehrlich gesagt finde ich, dass das nach einem ganz phantastischen Plan klingt.« Als ich die Filme zum ersten Mal gesehen habe, habe ich nur durchgehalten, weil wir eine Wette mit Ole am Laufen hatten. Aber mit den Jahren ist es zu einer Tradition geworden, uns jeden Winter einmal in Oles Zimmer einzuquartieren, bewaffnet mit Karamellpopcorn, der App für den besten Lieferdienst und viel zu vielen Decken.

»Sieht ganz so aus, als hätte ich dich falsch eingeschätzt«, holt mich Yuna zurück in die Gegenwart, in der es weder Karamellpopcorn noch Pizza geben wird. »Dann wird es dich sicher nicht stören, wenn du dich zwischen uns setzt und dafür sorgst, dass Christoph nichts von meinen kleinen Nickerchen mitbekommt. Immerhin bin ich eine alte Frau, die ihren Schlaf braucht.«

»Damit du den ganzen Spaß verpasst? Vergiss es, alte Frau. Außerdem schnarchst du laut genug, um absolut jede Szene zu übertönen.«

»Jetzt wirst du frech, junge Dame.« Obwohl sich Yuna um einen tadelnden Blick bemüht, kann sie ihr Schmunzeln nicht verbergen. »Na schön, ich werde mein Bestes geben, aber ich brauche trotzdem deine Hilfe. Die Filme konnte ich mit der letzten Lieferung an Christoph vorbeischmuggeln, aber einen Karton voller ungesundem Süßkram und Bier würde ihm sofort auffallen.«

»Ach, deshalb hast du letztes Mal so bereitwillig beim Auspacken geholfen. Ich war schon verwundert«, necke ich und ernte dafür ein vollendetes Augenrollen, mit dem sie mir die Blu-ray-Box aus der Hand schnappt.

»Heb dir deine Schlagfertigkeit lieber für später auf. Du wirst sie brauchen, wenn dich da draußen jemand erwischt. Immerhin wirst du eine Lieferung dabeihaben, die sich ein Newbie auf gar keinen Fall leisten kann.«

Mein Grinsen schwindet in einem Atemzug. »Warte, was?«

»Glaubst du etwa, das mit dem Süßkram und Bier war nur ein Scherz? Wenn mein Christoph zweiundvierzig wird, lohnt es sich auf jeden Fall, ein bisschen was zu riskieren. Ich werde ihm sagen, dass ich dich zu einem längeren Trainingslauf verdonnert habe. Hier.« Sie drückt mir einen Zettel mit einer flüchtig gekritzelten Wegbeschreibung in die Hand. »Unter der Motorhaube des alten Cadillacs. Ich weiß nicht genau, was sich meine außergewöhnlichen Ladys haben einfallen lassen, aber es sollte nicht zu lange in der Hitze liegen.«

»Wirst du mir je verraten, wer diese *Ladys* wirklich sind?«, frage ich mit zweifelndem Blick auf die Adresse.

»Ich wünschte, ich könnte, aber ich habe ein Versprechen gegeben. Wichtig ist nur, dass sie mich noch nie im Stich gelassen haben.« Wieder greift Yuna in die Schublade. »Das hier ist ein Pager, altmodisches Gerät, aber garantiert nicht aufzuspüren oder gar zu hacken. Schreib mir kurz, damit ich Christoph ablenken kann, wenn du zurückkommst. Und sollte dir wirklich jemand in die Quere kommen, ist das hier sicher nützlich.«

Noch während sie redet, drückt sie mir eine rostige Klinge und ein schwarzes Gerät in die Hand, für das die Bezeichnung *altmodisch* untertrieben ist. *Antik* trifft es besser.

»Meine Nummer ist eingespeichert.«

KAPITEL 10

»Das ist ein Geschenk für ein großes Mädchen.« Tante Karen drückt mir grinsend eine Holzschachtel in die Hände.

Dieses Mal weiß ich sofort, dass es ein Traum ist, und wieder stecke ich in einer jüngeren Version von mir selbst fest. Offensichtlich weiß diese Cass noch nicht, dass sich Tante Karen in Wahrheit einen Dreck um uns schert, wie sie uns nach Mums Tod eindrücklich zeigen wird. Statt Trost oder Blumen wird sie nur Glückwünsche zu unserem Aufstieg spenden. Und leider habe ich wieder keine Chance, in diesem verqueren Traum die Kontrolle zu übernehmen.

Neugierig nestle ich an der Schleife herum, die Tante Karen mit einem Doppelknoten befestigt hat. »Ist schon gut«, höre ich sie sagen. »Tante Karen hilft dir ja.« Und schon hat sie mir die Schachtel wieder abgenommen.

»Mum sagt immer, du kannst keine Handschuhe tragen, weil du zu spitze Fingernägel hast«, sage ich, während sie eine ihrer roten Krallen in den Knoten schiebt.

Tante Karen lacht schrill auf. »Oh, sagt sie das, ja? Schau mal,

Cassie, Handschuhe sind nur was für Arme und besorgte Reiche. Aber hier bin ich doch bei meiner Familie, und es wäre viel zu schade, das hier zu verstecken. Findest du nicht?« Nachdem sie den Knoten gelöst hat, hält sie mir ihre Hand hin. Darin ein purpurner Chip. »Wenn du groß bist, wirst du auch so einen haben, und wenn du immer brav wettest, kannst du deine Tante Karen irgendwann bei den Neutrals besuchen. Und jetzt mach schon auf, Cassie-Spätzchen.«

Ich nehme die Schachtel zurück, deren Aufdruck mir damals nichts gesagt hat. Kaum habe ich den Deckel angehoben, schlägt mir ein solch strenger Geruch entgegen, dass ich die Nase rümpfe. »Was ist das?«, will ich wissen, als Mum angelaufen kommt.

»Karen!« Sichtlich wütend nimmt sie mir das stinkende Geschenk ab. »Eine Zigarrenschachtel für eine Sechsjährige? War dir unser Wunschzettel etwa zu kurz?«, zischt sie leise, aber ich verstehe trotzdem jedes Wort.

»Ach, Melody, jetzt stell dich nicht so an. Hast du die Gravur in dem Deckel gesehen? Meine erste Schachtel hatte kein vergoldetes Monogramm. Und es lag auch keine Kubanische drin.«

»Und du warst mit Sicherheit nicht erst sechs«, gibt Mum schnaubend zurück. »Es tut mir leid, meine Kleine, aber Tante Karen scheint etwas verwechselt zu haben.«

»Wo steckt eigentlich mein Bruder?«, fragt Tante Karen. »Ach, da drüben ist er ja, ein strahlendes Juwel – wie immer! Weißt du, Melody, wenn du für deine Coins nicht so viel arbeiten, sondern mehr wetten würdest, könntet ihr bald auch Purpur sein. Ich wollte es ja nur gesagt haben.« Dann wendet sie sich ab und taucht in der feiernden Menge unter: »Oh, Luther, mein Herz, wie schön, dich zu sehen!«

Mit verschleiertem Blick sehe ich von ihr zu der Schachtel, die

Mum immer noch festhält. Die andere Hand hat Mum zur Faust geballt. »Deine Tante Karen bringt die Dinge manchmal etwas durcheinander, aber das hat nichts mit dir zu tun. Sei ihr nicht böse, ja?«

»Ist schon okay«, entgegne ich, obwohl mein kleines Herz vor Enttäuschung sticht. Schnell wische ich mir mit dem Ärmel über die Augen.

»Ach, mein Spatz.« Mum legt die Schachtel hinter sich auf den Tisch, auf dem eine Torte mit einer goldenen Sechs darauf steht. Die Hälfte wurde bereits gegessen, die Wunderkerzen liegen abgebrannt daneben. »Deine Tante Cassandra hat immer gesagt, wir können die Menschen nicht ändern. Manchmal ist es schwierig, damit umzugehen, aber am Ende bestimmen wir ganz allein, wen wir hier reinlassen.« Sie ist vor mir in die Knie gegangen, um mir eine Hand aufs Herz zu legen. »Also, meine Kleine, was hältst du davon, wenn wir –«

»Melody!« Brien tritt aus der Menge hervor, sein Gesicht von solcher Sorge überschattet, dass selbst mein junges Ich überrascht aufsieht. »Melody, du musst mitkommen, sofort«, raunt er ihr zu.

Mums Lächeln schwindet. »Was ist passiert?«

»Es ist … kompliziert«, erwidert Brien.

»Okay. Hol unsere Mäntel, wir treffen uns in fünf Minuten unten im Foyer. Und nimm meine Tasche mit.«

»Schon im Auto. Aber hältst du es wirklich für eine gute Idee, ein Kind –«

»Hast du gesehen, was Karen ihr geschenkt hat?« Sie nickt zum Tisch, während sie mich auf ihren Arm hebt. »Wer weiß, was sich Luthers schräge Familie noch alles ausdenkt, wenn ich weg bin. Sie kommt mit.«

»Aber es ist wirklich kein schöner Anblick.«

»Die Mäntel, Brien«, erwidert Mum mit einer Stimme, die einem Peitschenhieb gleichkommt. Dann wendet sie sich ab, schnappt sich die Zigarrenschachtel und trägt mich durch die Menge.

Ich kenne kaum jemanden. Von einigen Leuten weiß ich, dass es entfernte Verwandte sind, bei anderen bin ich mir sicher, dass sie nicht einmal zur Familie gehören.

Es war ein echt langer Tag. Müde lege ich meinen Kopf an Mums Schulter und blinzle nach unten. Auf dem Boden liegt überall Konfetti in Form von goldenen Sechsen, an der Wand über dem Sofa prangt der Schriftzug: Happy Birthday, Cass. *Wenn es bei dieser Party wirklich um mich geht, warum sind meine Freunde dann nicht dabei?*

»Luther.« Mum bemüht sich hörbar, die Schärfe aus ihrer Stimme zu verbannen. »Kannst du mal kurz mitkommen?«

Tante Karen verzieht pikiert den Mund, lässt ihr strahlendes Juwel jedoch gehen. Als wir draußen auf dem schmalen Flur stehen, senkt Mum die Stimme: »Weißt du, was deine reizende Schwester unserer kleinen Tochter geschenkt hat?« Sie presst Luther die Schachtel gegen die Brust.

»Das wusste ich nicht, nein.« Für einen kurzen Moment flackert Reue in Luthers Blick auf, der damals noch nicht von Gier zerfressen war. »Es tut mir leid, Liebling. Du kennst meine Schwester ja. Sie ist manchmal ... « Er sieht zu mir und verkneift sich alle weiteren Kommentare.

»... schwierig«, beendet Mum den Satz diplomatisch. »Ich werde jetzt erst mal mit Cass eine Weile an die frische Luft gehen. Ihr geht es nicht besonders gut. Entweder war es der Geruch dieser scheußlichen Zigarren, oder sie hat sich doch bei Amanda angesteckt.«

»Meine arme Cassie.« Luther streicht mir eine Strähne aus dem Gesicht. »Wenn es dir morgen besser geht, fahren wir zu Lucianos

und ich gebe dir einen großen Eisbecher mit Zitrone aus, in Ordnung?«

Bei der Aussicht auf Eis von Lucianos horche ich auf. Ich will etwas sagen, aber Mum kommt mir zuvor.

»Bis morgen wird es dir sicher gut genug gehen. Du wirst schon sehen.« Dann beugt sie sich vor und gibt Luther einen flüchtigen Kuss. »Behalte Karen im Auge, ja? Ich habe eben gesehen, dass der neue Whiskey schon halb leer ist.«

Luther seufzt. »Danke für den Hinweis, Liebling.« Er macht auf dem Absatz kehrt und strebt zurück Richtung Wohnzimmer.

Für Mum und mich geht es raus aus der Wohnung. Erst nachdem sich die Türen im Fahrstuhl geschlossen haben, setzt sie mich ab und atmet hörbar laut aus.

Unten erwartet uns Brien mit zwei dicken Mänteln. Keiner sagt etwas, als wir in den Wagen steigen, Brien und Mum vorne, ich in dem Kindersitz auf der Rückbank. Mir entgleitet ein Gähnen, und das ist das Letzte, was ich von der Fahrt mitbekomme.

Als ich wach werde, liege ich auf einer samtroten Chaiselongue in einem fremden Wohnzimmer. Ich bin immer noch müde, aber da ist ein gequältes Stöhnen, das mich aufsehen lässt. Jemand sitzt auf einem Stuhl, Hände und Füße sind mit weißen Bandagen fixiert. Nur sein Kopf zuckt wild von einer Seite zur anderen, das Gesicht von Blut überströmt.

Vor ihm kniet Brien, der versucht, die Wunden mit einem Tuch zu reinigen, Mum hingegen hält einen weißen Stab in der Hand, den sie an den Hinterkopf des Fremden drückt. »Es ist gleich vorbei, Jimmy, hören Sie? Sie haben es gleich geschafft, Sie müssen nur kurz stillhalten!« Über ihrem schillernden Abendkleid trägt Mum einen Kittel, der weiß gewesen sein muss, bevor er mit Blut befleckt wurde. Ihre ganze Aufmerksamkeit gilt dem Fremden, der jetzt so laut brüllt, dass ich unweigerlich anfange zu weinen. Das hier ist kein einfacher Traum, das ist ein echter Albtraum. Wie gerne würde ich aufwachen oder etwas verändern, zurück zu der Party fliehen, besser noch in den schönen Traum mit dem Lutscher. Keine Chance. Mein Körper presst sich in die Ecke der Chaiselongue, um sich so klein wie möglich zu machen. Ich kneife die Augen zusammen, und anders als in anderen Träumen versinkt meine Umgebung wirklich in Dunkelheit.

»Cass, ich bin sofort bei dir!«, höre ich Mum rufen. »Jimmy, was auch immer Sie gerade sehen, ist nicht real. Sie müssen endlich stillhalten, sonst verlieren wir Sie!« Verzweiflung verzerrt ihre Stimme. »Brien, du musst ihn festhalten.«

Mein eigenes Schluchzen wird lauter, schwillt zusammen mit den fremden Schreien an, bis meine Ohren schmerzen.

»Gut so, nur noch zwanzig Sekunden.« Mum klingt angestrengt. »Zehn. Brien, sein Kopf! Und noch fünf.«

Ein greller Piepton mischt sich in die Tonkulisse. Sofort ersterben die Schreie, und aus meinem Schluchzen wird ein Wimmern. Ich wage es hinzusehen, nur ein Blinzeln. Jimmy ist auf dem Stuhl erschlafft, Brien hält ihn immer noch fest.

»Oh, meine Kleine«, Mum legt das Gerät beiseite, um zu mir zu eilen, »es tut mir so unendlich leid, dass du das mit ansehen musstest. Komm her.« Sie zieht mich in ihre Arme, die sich trotz all des Blutes tröstend um mich legen. »Jimmy war sehr, sehr krank, und ich habe ihn gesund gemacht. Denn das tut deine Mum, sie macht die Menschen wieder gesund.« Einer ihrer zärtlichen Küsse auf die Stirn, dabei ein Streicheln über meinen Rücken. Leider sieht Jimmy alles andere als gesund aus.

Es klopft an der Tür. Brien stellt sicher, dass Jimmy nicht vom

Stuhl rutscht, bevor er dem Neuankömmling öffnet. Es ist ein beeindruckender Mann mit fast schwarzer Haut, ein scharfer Kontrast zu seinem weißen Mantel. Hinter dem dünnen Brillengestell machen sich strenge Augen ein Bild von der Lage. »Ich bin so schnell gekommen, wie ich konnte«, sagt er. »Wie geht es dem Patienten?«

»Das Gröbste hat er überstanden«, antwortet Mum. »Aber wie es aussieht, ist er bei dem Anfall gestürzt und mit dem ganzen Gesicht auf den Marmortisch gefallen. Soweit ich sehen konnte, haben wir gleich zwei Platzwunden, die genäht werden müssen.«

»Und eine gebrochene Nase«, fügt Brien hinzu, der jetzt ein Tuch über einer Schüssel auswringt. Rotes Wasser.

Der Mann nickt knapp. »Verstehe. Ich frage lieber gar nicht, warum ihr Cassandra dabeihabt, aber ab hier übernehme ich. Julischka wird auch jeden Moment hier sein.«

»Sicher, dass ich euch nicht fahren soll?«, fragt Brien, bevor er von dem Bewusstlosen ablässt.

»Nein, Melody sollte ihr nächstes Gehalt nicht schon wieder für neue Sitzbezüge ausgeben müssen. Wir werden Jimmy ganz offiziell im Krankenwagen wegbringen, und falls jemand fragt, werden wir nur den Sturz erwähnen.« Der Medi läuft an Brien vorbei, um den Patienten einer kurzen Untersuchung zu unterziehen. »Wisst ihr, wie lange es ungefähr her ist?«

»Sein Anruf kam vor einer Stunde«, erwidert Brien. »Anscheinend hat ihn jemand zu Medi Cheverton gebracht. So viel konnten wir noch herausfinden, bevor er abgedriftet ist.«

»Medi Cheverton.« Der Mann verzieht angewidert das Gesicht, so dass seine Brille auf der schmalen Nase tanzt. »Wenn der Mistkerl so weitermacht, dauert es nicht mehr lange, bis sie Untersuchungen einleiten und er seine Lizenz verliert.«

»Hoffen wir, das Problem erledigt sich bald.« Mum hebt mich hoch, so dass ich mich fest an sie klammern kann. »Danke, Maxim. Wir sehen uns morgen auf der Arbeit.« Sie nickt ihrem Kollegen zu, dann werfen wir die Mäntel über und verlassen mit Brien das fremde Apartment. Aus dem Aufzug kommt uns eine junge Frau entgegen, die eine leere Krankenliege schiebt. Ein kurzes Nicken, als würde man sich nicht kennen, dann schließen sich die Türen, und ich spüre etwas Kaltes an meinem Hinterkopf. »Morgen gehen wir zu Lucianos, meine Kleine. Versprochen.«

Den Geschmack von Zitroneneis auf der Zunge, reiße ich die Augen auf. Dieses Mal sehe ich nicht in das Gesicht einer Ratte, sondern in Yunas. Über mich gebeugt steht sie da und lässt abrupt von mir ab, als ich sie anstarre. »*Mince alors*, ich dachte schon, du lägst im Koma. Raus aus den Federn oder möchtest du, dass sich Christoph an seinem Geburtstag das Frühstück selbst ans Bett bringt?«

»Wie spät ist es?«

»Spät genug, meine Liebe, also zieh dir etwas über und komm in die Küche. Ich werde schon mal anfangen.«

Nicht einmal vor dem Labyrinth saß ich so schnell senkrecht in meinem Bett. »Finger weg vom Eiskaffee, das mache ich!«

Schmunzelnd dreht Yuna ab, um mit ihrem Stock davonzuhumpeln.

»Und fass die Backmischung nicht an!« Als sie die Tür erreicht hat, stecken meine Füße bereits in Schlappen, und ich habe mir einen Morgenmantel von Rain übergezogen. »Und auch nicht die Eier! Warte am besten einfach, bis ich ... Vergiss es.« Seufzend raffe ich mich auf und fahre mit den

Fingern durch mein Haar. Christoph und Yuna haben mich schon in einem weitaus schlimmeren Zustand gesehen. Trotzdem würde ich am liebsten erst meine Zähne putzen, um diesen Geschmack loszuwerden, der mich immer noch an den widerlichen Traum erinnert. Aber Yuna allein in der Küche zu lassen, ist keine gute Idee. Außerdem erinnert mich der Geschmack auch an Lucianos und den Tag nach meinem sechsten Geburtstag. Es war Ende Januar, frostig kalt, aber Mum und Luther haben sich nicht davon abhalten lassen. Zusammen sind wir zu der Eisdiele gefahren, die das ganze Jahr geöffnet hat, für Mum gab es eine heiße Waffel, für Luther Sandwichs, und ich habe mir den Eisbecher bestellt, mit dem meine Liebe für Zitrone angefangen hat.

Auf dem schmalen Tisch in der Küche hat Yuna den gesamten Inhalt der Kiste ausgebreitet, die ich gestern aus dem alten Cadillac geborgen habe.

»Was dagegen, wenn ich das Bier kaltstelle?« Yuna hebt fragend die Augenbraue, ihre Art des Vorwurfs.

»Ich habe zwar etwas Angst, dass es schal wird, sobald du es berührst, aber ich würde es darauf ankommen lassen«, erwidere ich feixend und wende mich den übrigen Zutaten zu. Gestern konnte ich nur einen kurzen Blick in den Karton werfen, den wir in der kühlsten Ecke des Bunkers versteckt haben. Neben der Mischung für Pancakes, H-Milch und einem Pulver für Eiskaffee gibt es Marmelade, Ahornsirup, fast frisches Obst, einige Tüten Chips, Marshmallows und zwei Tafeln Schokolade. Für mittags haben sie Nudeln, passierte Tomaten und einige Gewürze eingepackt, die noch wochenlang reichen werden.

»Ich wusste gar nicht, dass du hier die Meisterköchin bist«, gibt Yuna sarkastisch zurück, während sie das Bier in den winzigen Kühlschrank zwängt.

»Habe ich auch nie behauptet. Meistens hat Brien für uns gekocht, aber ich habe ihm hin und wieder über die Schulter geschaut – und Zucker noch nie mit Salz verwechselt.«

»Das ist mir genau einmal passiert, und ihr habt die Suppe trotzdem gegessen.«

»Runtergewürgt«, korrigiere ich wenig charmant. »Also, wir brauchen zwei Schüsseln, etwas zum Umrühren, Gläser, und vielleicht benötige ich deine Hilfe, um diesen alten Herd in Gang zu kriegen. Falls man das Ding überhaupt so nennen kann.«

Zur Antwort schüttelt Yuna eine Schachtel Streichhölzer, die sie neben die antiquierten Kochplatten legt. »Dann wollen wir mal hoffen, dass dieser Geburtstag besser wird als letztes Jahr. Christoph konnte sich keine Sekunde lang entspannen, da Rain in einen Hochseilparcours musste.«

»Und wenn ich auf der Liste stehe?«, frage ich, während ich mich an Yuna vorbeiquetsche und die improvisierten Regale nach Schüsseln durchforste.

»Nein, keine Sorge, ich habe die Liste schon gecheckt, und es sieht ganz so aus, als hätten wir zwölf Stunden der besonderen Folter vor uns. Und jetzt sag mir, was ich machen soll, oder ich schlafe jetzt schon ein.«

Wir teilen uns die Arbeit und verwandeln die winzige Küche in ein Schlachtfeld. Yuna geht eine Schüssel zu Bruch, ich verschütte den ersten Eiskaffee, und es wird schnell klar, warum es eigentlich Christophs Küche ist. Als ich den ersten Pancake aus der Pfanne manövriere, der keinerlei verbrannte Stellen aufweist, lache ich erleichtert auf. »Goldgelb«, verkünde ich stolz, während mir Yuna ihren nächsten Versuch eines Eiskaffees hinhält. Ein Schluck, und ich sehe sie vor mir: meine Mum mit Milchschaum im Mundwinkel, lächelnd, neben ihr Brien, der wie immer nur schwarzen Tee und Shortbread hatte. »Schmeckt fast genauso wie im Nonchalant.«

»Nonchalant?« Mit hochgezogener Augenbraue gießt Yuna das nächste Glas auf. »Du meinst dieses winzige Café mit den grässlich rosa Wänden, in dem man sich vorkommt wie in einem Gewächshaus?«

»Du kennst es?«

»Mein letzter Besuch ist zwar gute acht Jahre her, aber Madrick war ein wirklich guter Freund. Vielleicht hast du ihn schon mal gesehen. Immer zottelige Haare, etwa schulterlang, eine riesige Brille …«

»… und ein Stirnband mit Blumen, als käme er geradewegs aus den 1960ern«, vervollständige ich lachend die Beschreibung. »Inzwischen hat er sich immerhin ein paar einfarbige Westen zugelegt und die Kletterpflanzen so um das Treppengeländer geschlungen, dass sie einem nicht mehr den Weg versperren, wenn man oben sitzen will. Am legendärsten ist und bleibt allerdings sein Eiskaffee.«

»Der mit Karamellsirup?«

»Der mit Karamellsirup«, bestätige ich, während der nächste goldgelbe Pancake seinen Weg auf Christophs Teller findet. »Meine Lieblingssorte. Nach Mums Ausstieg hat Madrick allerdings versucht, mich mit einem extra Schuss Sirup aufzuheitern. Das Zeug war so süß, dass ich es wochenlang wie Brien gehalten und nur schwarzen Tee bestellt habe – ohne Milch und ohne Zucker. Er hatte fast etwas von Mums Hustensaft.«

»Oh, der war wirklich widerlich«, pflichtet mir Yuna bei.

Zweifelnd sehe ich sie über meine Schulter hinweg an. »Glaub mir, egal was man *dir* gegeben hat, der Hustensaft *meiner* Mum war wirklich nicht zu toppen. Irgendwas mit Bitterwurz und Kümmel, und bevor ich mir den Appetit endgültig verderbe – Scheiße!« Als mir ein angebrannter Geruch in die Nase strömt, fahre ich herum zu der Pfanne. »Wie können diese Mistdinger so schnell schwarz werden? Das waren doch höchstens fünf Sekunden!«

»Und ich bin also eine miserable Köchin?«, neckt Yuna. »Ertränk die Pancakes einfach in Ahornsirup, und er wird es kaum schmecken. Wäre mein Sirup damals nicht leer gewesen, hätte Shadrick die Extrazutat sicher nie bemerkt, und ich säße noch heute Eiskaffee schlürfend im Nonchalant.«

»Du hast versucht, ihn zu vergiften?!«

»Ach, jetzt sieh mich nicht so an, als wärst du schockiert. Nach allem, was er mir angetan hat, wäre es doch eher schockierend, wenn ich es nicht versucht hätte.« Mit einem gezielten Messerhieb durchtrennt sie einen der Äpfel. Auf ihren Fingerknöcheln schimmern weiße Linien, von denen ich inzwischen weiß, dass es Narben sind. Ein Schnitt mit einer stumpfen Klinge, langsam und bedächtig geführt von ihrem eigenen Ehemann.

»Schade, dass es nicht funktioniert hat«, sage ich schließlich, während ich die verbrannten Stellen mit Ahornsirup kaschiere. Zum Schluss stellen Yuna und ich alles auf das Tablett und betrachten zufrieden unser Werk. Bis ich das Chaos realisiere, das wir in der Küche angerichtet haben. »Aber ich weiß, wer *uns* definitiv umbringen wird.«

»Oder wir schließen einfach die Tür ab, und ich verstecke

den Schlüssel in meinem Dekolleté. Da würde sich Christoph nicht einmal heranwagen, wenn seine Küche in Flammen stünde.«

»Klingt auch nach einem Plan.« Ich nehme ihr das Tablett ab. Während ich es Richtung Flur balanciere, drängt sich der vertraute Geschmack nach Zitrone zurück auf meine Zunge.

»Ach, Yuna?«

»Mh?«

»Kennst du eigentlich einen Medi Cheverton?«

»Cheverton?« Neben mir hält sie inne, die Stirn in Falten gelegt, als müsse sie tief in ihren Erinnerungen graben. »Nein, ich kannte ihn nicht, aber ich erinnere mich an den Prozess gegen ihn. Ein großes Drama mit etlichen Befragten, von denen die Hälfte nach seiner Behandlung ein neues Implantat brauchte. Du kannst damals keine acht gewesen sein, also wie kommst du darauf?«

Unwillkürlich breitet sich Kälte in mir aus, ein Schauer, der alles andere als wohlig ist. »Nur ein Albtraum«, entgegne ich in dem Versuch, es herunterzuspielen, und möchte weiterlaufen.

Yuna stellt sich erstaunlich flink in meinen Weg. »Du träumst also von einem Mann, der vor über neun Jahren degradiert wurde? Was war da noch?«

»Kleiner Tipp: Wenn du mich so ansiehst, könnte man das Gefühl bekommen, ich hätte etwas verbrochen, also lass das«, schnappe ich zurück. »Bitte.«

»*Mince alors*, Cass, ich möchte nur dein Bestes, und gerade siehst du aus, als hätte dieser Medi Cheverton persönlich an deinem Implantat herumgepfuscht.«

Seufzend gebe ich nach und erzähle ihr, was ich noch von

meinem Traum weiß. Die Kälte begleitet jedes meiner Worte, bis mir Yuna eine Hand auf die Schulter legt.

»Hör mir zu, Liebes, vielleicht war es nur ein Traum, aber manchmal halten defekte Implantate Erinnerungen bereit, die wir längst vergessen haben.«

»Du denkst also, es könnte wirklich so passiert sein?«, frage ich, obwohl mir die Kälte längst eine Antwort gegeben hat. Dieser Traum war anders als sonst. Genauso real wie der mit dem Zitronenlutscher und genauso wenig kontrollierbar.

»Es wäre möglich, ja, aber es bringt nichts, dir jetzt den Kopf darüber zu zerbrechen.« Aufmunternd drückt Yuna meine Schulter. »Wenn so etwas noch mal passiert, erzählst du mir gleich davon, okay? Vielleicht finden wir dann gemeinsam heraus, was diese Träume zu bedeuten haben. Aber jetzt lass uns endlich das Geburtstagskind wecken, bevor diese Pancakes kalt geworden sind.«

Obwohl es an ein Wunder grenzt, dass Christoph nichts von unserer Aktion mitbekommen hat, gelingt die Überraschung. Den Schlaf noch in den Augen, ist er so überwältigt, dass er ein paar Tränen verdrückt und uns mit etlichen Wangenküssen bedeckt.

Während sich Yuna dem Beamer widmet und an den Kabeln herumnestelt, schreibt Christopher ein paar Zeilen auf seinem Tablet: *»Das ist der beste Geburtstag seit Jahren, und ich muss mich schon jetzt für die kommenden Stunden entschuldigen.«*

»Machst du Witze?«, frage ich. »Die nächsten Stunden werden der Knaller!«

»Du kennst die Filme?«

»So gut wie auswendig. Und jetzt guck nicht so überrascht.«

»Faselt nicht herum, sondern helft mir lieber mal mit diesem verdammten Gerät, ihr Feen-Fanatiker!«, mischt Yuna sich ein.

»Elben«, erwidern Christoph und ich wie aus einem Mund.

»*Mince alors*, was habe ich mir da nur angetan?«

»*Wenn du durchhältst, sind wir endlich quitt, Yuna*«, schreibt Christoph.

»O bitte, du nimmst mir immer noch die Jane-Austen-Filme übel? Das ist doch fast zwei Jahre her.«

»*Fünf Filme*«, ergänzt Christoph. »*Am Stück.*«

»Und schon hat sich auch mein restliches Mitleid erledigt.« Ich angle nach dem Stromkabel, das nur lose in der Steckdose hängt. »Sorry, Yuna.«

Kurz darauf flackern vertraute Szenen über das Laken an der Wand. Sogar Yuna hält zwei Stunden durch, bevor ich ihr eine eiskalte Flasche Bier in den Nacken halte, um sie zu wecken. Empört wirft sie mich mit einem Marshmallow ab, den Christoph geschickt fängt. Es ist nicht Platin, aber auf eine absurde Weise ist es trotzdem mein Zuhause.

KAPITEL 11

Gähnend lasse ich mich an den Frühstückstisch sinken. Keine Ahnung, wo Christoph die Energie hernimmt, so früh am Morgen gut gelaunt durch die Gänge zu tanzen. Yuna hat sich immer noch nicht blicken lassen, und ich bin nur aus dem Bett gekrochen, weil ich wissen wollte, ob ich heute auf der Liste stehe. Andererseits durfte Christoph nach dem letzten Film sofort ins Bett gehen, während Yuna und ich unser Küchenmassaker bereinigt haben.

Christoph stellt mir einen Teller mit Pancakes hin, die nicht verbrannt sind. »Der Rest der Mischung?«, frage ich.

Er nickt grinsend und setzt sich mir gegenüber. Anscheinend will er Yuna genauso wenig wecken wie ich.

Der erste Bissen zergeht ganz ohne Ahornsirup auf meiner Zunge. »Okay, beim nächsten Geburtstag musst du dein Frühstück leider selbst machen«, necke ich, und Christoph gibt ein heiseres Lachen von sich. Er will gerade nach seinem Tablet angeln, als wir Yunas Zimmertür hören.

Heute sieht sie aus, als würde der Stock ihr ganzes Gewicht

tragen. Das Gesicht ist noch runzeliger als sonst, die Augen winzig klein, und trotzdem scheint sie entschlossen, sich uns anzuschließen. Ein »Guten Morgen« murmelnd, setzt sie sich zu uns und schiebt mir ihr eigenes Tablet rüber.

Ich überfliege das geöffnete Dokument mit dem Titel *Antrag auf Gamertag*. Da steht mein eigener Name, bei Clan ist ein Strich, dafür wurde das Feld *Barzahlung* angekreuzt.

»Du weißt schon, dass ich meilenweit von 8000 Punkten entfernt bin?«, frage ich zweifelnd und präsentiere meinen Tracker, mit dem ich uns vielleicht drei Tassen Kaffee kaufen könnte. »Ich brauche kein Gamertag.«

»Das sehen einige Leute anders«, widerspricht Yuna. »Es ist statistisch schon lange bewiesen, dass auf Teilnehmende mit Tags rund dreißig Prozent höhere Wetten abgeschlossen werden.«

»*Mächtige Namen für siegreiche Gamer*«, zitiere ich murmelnd die Werbung, die ich in meiner ersten Woche gesehen habe.

»Ach, verbreiten sie diesen Bullshit etwa immer noch?« Yuna rümpft schnaubend die Nase. »Spätestens seit Leute wie *Twinkling Star*, *Cookie Dough* oder unsere süße *Caroline* die Gameshow gewonnen haben, spielt es keine Rolle mehr, ob ein Tag *mächtig* ist. Was auch immer das heißen mag. Wie so oft geht es in dieser oberflächlichen Gesellschaft nur darum zu zeigen, dass man sich eins leisten kann.«

»Und ich bin noch genauso pleite wie vor einer Minute.«

»Glaubst du etwa, Kadejah Brooks hätte genug Punkte gehabt, um zu Rain zu werden? Christoph, gib mal einen dieser Pancakes her.« Yuna hält Christoph ihren Teller hin, während ich den Bogen genauer studiere.

Im Kleingedruckten finde ich den Hinweis, dass Gamertags

auch von Gamblern gesponsort werden können. Zu einem unfassbaren Preis von 50000 Coins. Das ist mehr, als ich je hatte. »Warte«, ich setze die Teile zusammen, »deine Ladys wollen einen Haufen Coins für einen *Namen* rauswerfen?!«

»Sie werfen die Coins nicht *raus*, sie investieren in deine Zukunft«, korrigiert Yuna. »Die Rechnung ist ganz simpel: Hast du ein Gamertag, werden mehr Gambler auf dich setzen. Höhere Einsätze, mehr Punkte, bessere Chancen, es nicht erst in zwanzig Jahren in die Gameshow zu schaffen.«

»Und lass mich raten: Diese 50000 Coins wurden sicher nicht mit harmlosen Wetten erspielt?«

»Deine Moralvorstellungen in allen Ehren, aber wenn es danach ginge, dürftest du weder hier schlafen noch diese Pancakes essen, etwas trinken oder deine Wunden versorgen lassen. Also, möchtest du unsere Vorschläge nun hören?«

Ich mustere meinen Teller. Ole hatte recht. Nicht jeder hat das Privileg, auf gewaltfreie Coins zurückgreifen zu können. Warum weiß man die Dinge immer erst richtig zu schätzen, wenn man sie verloren hat?

Widerwillig schlucke ich weitere Einwände herunter. »Schieß los.«

»Sehr vernünftig. Fangen wir mit den Top Drei meiner Ladys an: *Fortune* wie das Glück, *Sapphire*, passend zu deinen Augen, und besonders hoch im Kurs steht *Kassandra.* Wie die schöne Königstochter aus der griechischen Mythologie.«

»Die die Gabe der Weissagung hatte und der keiner geglaubt hat«, erwidere ich wenig begeistert. Nach der entsprechenden Schulstunde durfte ich mich wochenlang nach irgendwelchem Mist befragen lassen. Dabei hat mein Name nichts mit irgendwelchen griechischen Prinzessinnen zu tun, sondern mit meiner Tante, die genau zwei Tage vor meiner Geburt verunfallt ist.

»Und dann wäre da noch mein eigener Vorschlag«, fährt Yuna fort. »Warum nehmen wir nicht einfach *Cass*? Wie ich damals schon sagte: Er ist kurz, knackig, und allein die Tatsache, dass du jemandem da draußen ein Sponsoring wert bist, dürfte deinen Spielwert ausreichend steigern.«

50 000 Coins für meine eigene Kurzform. Ich weiß, dass Yuna es gut meint, allerdings fühlt es sich an wie ... Verschwendung. Wenn schon jemand so viele Blutcoins in mich investiert, sollte es auch eine Bedeutung haben.

»Nein.« Ich schüttle nachdenklich den Kopf. »Eure Ideen sind nicht schlecht, aber ... ist *Sparrow* noch frei?«

»Sparrow?« Überraschung blitzt in Yunas Augen auf. »Wie dieser eine Pirat aus den uralten Filmen? Jetzt sag bitte nicht, dass es davon auch eine Extended Version gibt.«

»Wie der Spatz, der zum Fliegen geboren wurde.«

»Puh.« Yuna seufzt erleichtert. »Ich habe mich schon weitere hundert Stunden mit euch dasitzen sehen«, sagt sie, während sie mir bedeutet, ihr das Tablet zu geben. »Sparrow wie der Spatz. Kurz, bündig, hat eine gewisse Kraft und die Bedeutung gefällt mir. Dann lasst uns mal einen Blick ins öffentliche Register werfen.« Sie macht einige Wischbewegungen auf dem Display, tippt etwas ein, und keine Minute später gibt sie mir das Tablet zurück. »Sieht aus, als würden wir künftig mit einer Sparrow dinieren. Du musst es nur noch eintragen.«

Ein Fleck in meinem Herz leuchtet auf. Vielleicht werden Am und Eliza es niemals sehen, aber da ist immer noch Ole, der sicher grinsend eine Flasche Chilendra öffnen und auf mein neues Tag anstoßen wird. Und mit etwas Glück versteht er die versteckte Botschaft. Den bittersüßen Gruß, der beweist, dass ich mich an ihn erinnere.

»Worauf wartest du noch, *Sparrow*?«, reißt mich Yuna aus den Gedanken.

»Oh, ihr könnt mich weiter Cass nennen«, erwidere ich. »Das Gamertag ist nur für ... da draußen.« Mit einem tiefen Atemzug klicke ich in das entsprechende Feld. Sobald die offizielle Registration abgeschlossen ist, wird Cassandra Pierson von allen Screens verschwinden. Dann gibt es keine Verbindung mehr zu Luther Pierson, nur noch das Tag, das meinen Herzensmenschen gewidmet ist.

Die Ladys sind schnell. Nur einen Tag später tauche ich mit meinem neuen Tag in der Liste auf – *Sparrow. 15.30 Uhr, Schwimmhalle 5, Arctic Race*. Fuck. Es war leicht, den ängstlichen Teil von mir zu vergessen, während ich irgendwelche Newbie-Games spielen und Herr der Ringe gucken durfte. Nach acht Wochen will man mich wohl daran erinnern, welche Hölle die rote Zone wirklich ist.

Angesichts der Herausforderung rüttelt mein altes Ich hartnäckig an seinem Gefängnis, kratzt, beißt, zerrt, bis mein ganzer Körper zittert. Auch Christoph sieht aus, als müsse er sich gleich für immer von mir verabschieden.

»*Mince alors*, jetzt macht doch nicht solche Gesichter!«, knurrt Yuna. »Cass, du hast erzählt, du wärst eine gute Schwimmerin.«

Ich habe Yuna in den letzten Wochen viel erzählt. Über meine Schwächen und meine Stärken, wobei sie *Trinkfestigkeit* nicht gerade überzeugend fand. »Bin ich«, bestätige ich.

»Gut.« Yuna stellt die Schüsseln vom Frühstück zusammen. »Dann komm bloß nicht auf die Idee, wieder mit diesem Gejammer anzufangen. Dieses Mal sind wir vorbereitet, und wir haben genug Zeit, die letzten Lektionen noch mal aufzufrischen.«

»Ich suche sofort alles zusammen«, schreibt Christoph. *»Weißt du, wo unsere letzten Wegbereiter sind?«*

»Küche, roter Schrank, dritte Schublade von unten. Bring am besten alle mit, und ich flicke so lange Kaylas alten Neoprenanzug zusammen.« Flüchtig lässt Yuna ihren Blick über mich gleiten. »Der wird besser passen als Rains.«

»Was würde ich nur ohne euch tun?«

»Nichts, worüber du jetzt nachdenken solltest.« Yuna tätschelt meine Hand, bevor sie sich aufrafft. »Sieh lieber zu, dass du deine Notizen vom letzten Arctic Race findest.«

Während Christoph und sie routiniert ihrer Arbeit nachgehen, werfe ich einen Blick auf meinen Tracker. 20 magere Punkte. Vielleicht schaffe ich es, bei diesem Game genug zu gewinnen, um mich bei meinen neuen Freunden bedanken zu können. Am besten mit etwas, was keine schleimige Suppe ist.

Neopren, Schwimmflossen und Jax. Zwei Startblöcke weiter steht er in dem hautengen Anzug, unter dem sich seine Muskeln abzeichnen. Immer noch attraktiv, wenn ich nicht sofort an Yuna denken müsste, die mich vor Typen wie ihm gewarnt hat. *Sprinter*. Rücksichtslose Arschlöcher, die für den schnellen Sieg über Leichen gehen – oder schwimmen. Es ist genau das, was ich in seinen smaragdgrünen Augen auf dem Foto gesehen habe. Ein Gamer ohne Gnade.

Als würde Jax meinen Blick bemerken, sieht er mich unverwandt an. Ob er echt glaubt, ich würde ihm etwas schulden? Nur weil er mich *einmal* gerettet hat? Kopfschüttelnd reiße ich mich los und schaue nach vorne.

Zweihundert Meter Eiswasser liegen vor uns, dann verengen sich die Bahnen zu einem Kanal, der wenige Grad wärmer und dennoch tödlich ist. Wenn ich es lebend da durch schaffen will, muss ich aufhören, über Jax nachzudenken – oder wann er seinen Gefallen einfordern wird.

Der Startschuss fällt. *Konzentrier dich, Cass.* Anstatt einen Kopfsprung hinzulegen, lasse ich die Flossen zuerst eintauchen. Trotz des Neoprenanzugs, den Yuna in Eile angepasst hat, raubt mir die eisige Kälte den Atem. Einmal nach Luft geschnappt, und der Rand des Beckens fängt an zu kristallisieren. Yuna hat die unbarmherzige Eisfläche mit den Hex verglichen, die jeden fressen, der zu langsam ist.

Widerwillig tauche ich unter, um mich am Beckenrand abzustoßen. Zwei Flossenschläge weiter habe ich aufgeholt und finde mich in einem Meer von Flossen, die unbeholfen auf die Oberfläche klatschen. Wasser spritzt in alle Richtungen, Arme und Beine paddeln wild herum. Es ist genauso wie letztes Jahr in dem Kinderkurs, zu dem mich Luther verdonnert hat, um mich an meine eigenen Schwimmanfänge zu erinnern. *Damit dir der Erfolg nicht zu Kopf steigt, junge Dame*, sagte der Mann, der sich ein Jahr später selbst maßlos überschätzt hat. Das wird mir nicht passieren. Ich weiß, was ich kann, und deshalb wird es Zeit, das Mittelfeld zu verlassen.

Mit jeder Bewegung weiche ich aus, tauche unter, schlage Haken. Ich entkomme einem letzten Hieb, bevor ich meine Gedanken in dem Eiswasser ertränke. Kraulen links, rechts,

Luft holen, Flossen unter Wasser halten, links, rechts, Luft holen. Der erste Schrei geht zwischen meinen routinierten Zügen unter. Vielleicht hat das Eis sein erstes Opfer gefunden, vielleicht hat jemand den schmalen Kanal erreicht, in dem die ersten Fallen warten. Ich erreiche ihn nur wenige Sekunden später, Arme und Beine brennen bei jeder Bewegung. Früher habe ich länger durchgehalten, und dennoch spüre ich vertrauten Ehrgeiz in mir aufsteigen.

Ich hole alles aus meinem Gedächtnis hervor, was ich über diesen Wettkampf gelernt habe. Eiskanal: *check*. Niemand hat bezweifelt, dass ich diesen Teil schaffen werde. Alles danach: *herausfordernd*. Feiner Draht, der einem dicht über der Wasseroberfläche die Kehle zerschneiden kann, Seetang, der sich von den Schwimmenden ernährt, elektronische Piranhas. Wie im Labyrinth gibt es für alle Fallen Hinweise oder Tricks, um sie zu überwinden.

Während ich mit einer Hand weiterpaddle, taste ich mit der anderen nach der Falte an meinem Kragen. Ich ziehe einen der winzigen Wegbereiter heraus. Christoph hat versucht, mir den Mechanismus zu erklären. Hängengeblieben ist nur das, was ich aus diesem einen Schaufenster bereits kannte: Winzige U-Boote, die durch das Wasser zischen und mir den Arsch retten können.

Die kleine Kapsel fest zwischen zwei Finger gepresst, nehme ich die Verfolgung der Gamerin vor mir auf. Solange ich in ihrer Bahn schwimme, ist die Gefahr zu sterben genauso gering wie meine Chance, unter die Besten zu kommen. Ich taste den Beckenrand mit Blicken ab. Keine Spur von Fallen. Wäre ich vernünftig, würde ich so weitermachen und hoffen, dass die junge Frau bis zum Schluss mein Schutzschild spielt. Und was dann? Kriege ich wieder 5, vielleicht 10 Punkte? 45 brauche ich für drei Burger mit Pommes. Oder irgendwas anderes, das wenigstens keine schleimigen Brocken enthält.

Mit einem tiefen Atemzug tauche ich unter. Alles ist gedämpft, Schreie sind nur noch fernes Gemurmel. Jeder Zug bringt mich der Fremden näher. Ob sie spürt, dass etwas unter ihr ist? Den lädierten roten Flossen nach spielt sie noch nicht lange, aber da ist eine gewisse Vertrautheit in ihren Bewegungen. Etwas an der Art, wie sie die Hände durch das Wasser schneiden lässt, präzise und elegant zugleich, erinnert mich an Eliza, die immer meine stärkste Konkurrenz war.

Ich will tiefer tauchen, als mich etwas am Kopf trifft. Sofort greife ich an meine Stirn, in der etwas Spitzes steckt. Adrenalin drängt meine Angst beiseite, als ich den Fremdkörper aus meiner Haut ziehe. Es ist eine kleine Kugel, so groß wie meine, aber mit feinen Stacheln umhüllt. Wäre das eisige Wasser nicht, würde es sicher höllisch weh tun. Ein wütender Schrei gleitet in Blasen aus meinem Mund. So schnell ich kann, folge ich ihnen an die Oberfläche, um meine Lungen mit Luft zu füllen. *Verdammtes Miststück*! Die roten Flossen tauchen meterweit vor mir auf, zwischen uns zwei weitere Gamer.

Wäre Yuna hier, würde sie mit den Schultern zucken und ein gelangweiltes »Selbst schuld« von sich geben. Warum muss ich bei einer Gamerin auch an eine Freundin denken? Ich werde schneller. Mit jedem Atemzug finde ich in meinen alten Rhythmus zurück, der mich der kleinen Gruppe näherbringt. Der erste Gamer ist kein Hindernis, und auch der zweite scheint viel zu konzentriert auf mögliche Fallen, um zu bemerken, dass ich seine Seite streife.

Da ist sie. Mit widerlicher Eleganz versucht die Fremde, ihren Vorsprung auszubauen. Aber dieses Mal bin ich vorbereitet. Am Beckenrand schimmern zwei rötliche Streifen. Dazwischen ein feiner Draht, bei dessen Berührung die künstlichen Piranhas losgelassen werden. Also müssen wir tauchen.

Ich gleite in die Tiefe und verlasse den Schutz der Fremden. Es ist Zeit für den Wegbereiter. In einer Wurfbewegung öffne ich meine Finger. Millisekunden verstreichen, in denen die Kugel einfach zu Boden sinkt. Mein Herzschlag stolpert, mein Gedächtnis katapultiert eine Erinnerung aus Christophs Kurs zurück: *Fehlerquote: fünfzig Prozent.* Um keine Zeit zu verlieren, schwimme ich weiter, während ich nach der nächsten Kugel angle.

Bei jedem Flossenschlag scanne ich die Wände, den Boden, die Oberfläche. Ich suche nach allen Anzeichen, farbigen Streifen, verräterischem Glitzern. Dann schießt der Wegbereiter doch noch an mir vorbei. Zitternd saust er von links nach rechts, um meine Bahn zu sichern. Er ist schneller, als ich dachte.

Ich ignoriere die Erschöpfung in meinen Gliedern, spanne den Körper zu einer geraden Linie an und folge dem silbrigen Ding. Kurz spüre ich die alte Euphorie, mit der ich früher durchs Wasser geschossen bin. Ein Kribbeln, Adrenalin, Leichtigkeit. Nur meine Luft wird knapp. Bald drängt alles danach zu atmen, aber ich kann durchhalten, ich muss, wenn ich das Miststück mit den roten Flossen überholen will.

Sie ist schräg über mir. Als ich ihr näherkomme, scheint

sie den Sog zu spüren und sieht zu mir herunter. Rote Taucherbrille auf dunkelbrauner Haut, die Augen überrascht geweitet. Der Moment hält nicht lange an. In der nächsten Sekunde öffnet sie ihre Hand. Wieder schießt etwas Spitzes auf mich zu, begleitet von einem gehässigen Grinsen, das ich ihr gerne aus dem Gesicht schlagen würde. Später. Zuerst weiche ich aus, so dass ich die sichere Bahn meines Wegbereiters verlassen muss. Jetzt schwimme ich direkt unter der Gamerin, die sich wieder ganz darauf konzentriert, schneller zu sein als ich. Keine Chance. Erst sind es nur meine Fingerspitzen, dann meine Hände, Arme und der Kopf. Ich widerstehe dem Drang, sie noch einmal anzusehen, und fixiere stattdessen die Wasseroberfläche. Luft. Wann habe ich das letzte Mal so lange den Atem angehalten?

So schnell ich kann, drücke ich das Wasser beiseite. Es sind nur noch zwei Züge, bis ich wiederauftauchen kann, als ich etwas an meinem Rücken spüre. Flossen, dann ein Tritt von oben. Obwohl es nur Zentimeter sind, fühlt es sich an, als würde ich endlos sinken. Meine Lungen schmerzen, mein Herz rast vor Wut. Mit einer Drehung fange ich mich, rote Flossen schneiden an mir vorbei durchs Wasser. Es sieht fast aus, als wollte sie, dass ich für immer hier unten bleibe. *Ich werde nicht ertrinken!* Bevor sie mich noch einmal treffen kann, fange ich eins ihrer strampelnden Beine und schiebe sie mit aller Kraft nach oben. Es reicht, um mir ein paar Sekunden Freiheit zu erkaufen. Mit zwei kräftigen Zügen bin ich an ihr vorbei und kann mich nach oben kämpfen. Als ich die Oberfläche durchbreche, schnappe ich keuchend nach Luft. *Wie viel Vorsprung hab ich wohl eingebüßt und wo* – jeder Gedanke erstirbt in einem spitzen Schrei. Er ist so laut, dass ich instinktiv nach hinten sehe. Bei dem Anblick, der sich mir bietet, dreht sich mir der Magen um. Da, wo eben noch der feine Draht über der Wasseroberfläche war, paddelt jetzt die junge Gamerin wild umher, umzingelt von einem Schwarm grün-silbriger Piranhas, die mit mechanischen Zähnchen auf sie zustürzen. Es können keine zwei Atemzüge sein, bis einer ihren Hals zerbeißt und sich das Wasser blutrot färbt. *Fuck*! *Hab ich sie etwa ... ? War das die Stelle, an der ich ... ?* Mit einem erstickten Wimmern gibt sie den Kampf auf, leblos starrende Augen hinter der Taucherbrille. *Verfluchte ... Scheiße!* Ich fahre mir mit den Händen übers Gesicht. *Es war ein Unfall, nur ein Unfall*, rede ich mir ein. Hätte ich gewusst, dass genau an dieser Stelle die Falle lauert, hätte ich ... was getan? Zugelassen, dass sie mich ertränkt?

Die Piranhas scheinen registriert zu haben, dass ihr Opfer tot ist. Sie sollten sich in die Wände zurückziehen, stattdessen steuern sie auf *mich* zu. Träge, als wären sie eigentlich satt, aber ich will nicht herausfinden, ob ich recht habe. Warum kann ich meinen Blick dann nicht von der Gamerin lösen, die bald im Eiswasser versinken wird?

Es. War. Nur. Ein. Unfall.

Mein Magen will sich nicht davon überzeugen lassen, genauso wenig wie mein Herz. Nur mein Verstand schreit: *Hau endlich ab!*

Ich wende mich ab, auf den Lippen ein zitterndes »Nur ein Unfall«, und versuche, in meinen Rhythmus zurückzufinden. Links, rechts, Luft holen, Wände scannen, links, rechts, Kugel zünden. Bisher hat kein Piranha nach mir geschnappt. Vielleicht haben sie wirklich aufgegeben. Links, rechts, nicht nachdenken.

Nachdem ich eine weitere Gamerin überholt habe, kann ich es sehen: das Ziel. Ein großes Leuchtbanner kennzeichnet das Ende, vor dem das Becken von Fallen übersät ist. Darunter Eisplatten, die einen dazu zwingen, zu tauchen oder zu klettern. Ob man eine Falle auslöst, weiß man nur, wenn es zu spät ist – oder man jemanden wie Yuna hat. Zeitgleich ziehen sich zwei Gamer auf die erste Scholle. Während einer mit einem Kopfsprung zur zweiten taucht, entscheidet sich der andere für den direkten Weg. Bevor ich ihm eine Warnung zurufen kann, schießen eisige Zacken durch seinen Körper, dann zieht die Scholle ihn mit sich in die Tiefe. Einige Sekunden herrscht Stille, sieht man von den Wellen ab, die rot gefärbt gegen den Beckenrand klatschen. Noch mehr Blut.

Weiter, Cass, weiter. Ich mache alles genau so, wie Yuna und Christoph erklärt haben. Bei der schimmernden Giftlache tief untertauchen, den Seetang mit einer Kugel auslösen, wachsam sein. Mit jedem Schwimmzug kehrt mein Ehrgeiz zurück, der mich antreibt, bis nur noch ein Gamer mit unverkennbar gelben Flossen vor mir ist. Jax. Etwas blitzt im Wasser auf. Eine silbrige Linie an der linken Wand, die unter der nächsten Welle verschwindet. Ich könnte wirklich *gewinnen.*

Die Vorstellung reicht, um ein letztes Mal schneller zu werden. Genauso wie … »Jax!« Der Schrei gleitet über meine Lippen, bevor ich darüber nachdenken kann. »Jax, vor dir!« Meine Stimme klingt gedämpft im Rauschen meiner Ohren, zu leise, um ihn zu erreichen. In wenigen Sekunden wird die kleine Harpune ihre Widerhaken in seinen Körper schlagen und ihn in die Tiefe zerren. Ich würde gewinnen und noch eine Leiche mehr in Kauf nehmen. Was für ein beschissener Tausch. Entschlossen tauche ich unter. Mit Flossenschlägen, die mich alle Kraft kosten, schieße ich nach vorne. Da ich keine Zeit für einen ausgefeilten Plan habe, greife ich nach Jax' Flosse. Der erste Versuch scheitert, weil er nach mir tritt. Dann bekomme ich seinen Knöchel zu fassen. Sofort taucht er unter, um seinen Fuß aus der Falle zu befreien.

Als er mich erkennt, weiten sich seine Augen vor Überraschung. Bevor sein Erstaunen in Wut umschlagen kann, zeige ich nach links. Fast rechne ich damit, dass er sich trotzdem losreißt, aber er folgt meinem Blick. Dann nickt er mir zu.

Ich lasse ihn los. Im selben Moment schneidet eine Flosse meine Wange. Ich muss zurück an die Oberfläche, um zu atmen. Wer auch immer mich überholt hat, kommt nicht weit. Die Harpune schießt aus der Tiefe, um sich von unten durch seinen Bauch zu bohren. Noch mehr Blut trübt das Wasser rot. Wenn ich schnell genug bei ihm bin, könnte ich ihm helfen oder – Jax greift nach meiner Schulter. Ein Kopfschütteln und seine Lippen formen die Worte: »Zu spät.«

Ich versuche, das Rot zu ignorieren und auch die Tatsache, dass der Fremde nach unten gezogen wird. *Besser er als ich.* Kurz glaube ich, etwas Metallisches schmecken zu können, dann haben wir die letzte Falle hinter uns gelassen. Als ich den Beckenrand im Ziel berühre, schmerzt jede Faser meines Körpers. Mit letzter Kraft ziehe ich mich aus dem Wasser, um mich einfach auf den Rücken zu legen. *Geschafft.* Ein heiseres Lachen dringt aus meiner Kehle, das irgendwo zwischen Erleichterung und Tränen liegt. Ich bin durchnässt, komplett erschöpft, aber ich bin Erste. Oder Zweite. Hauptsache ...

nicht von Piranhas gefressen. Ich presse eine Hand auf meinen Bauch, in dem die Übelkeit wütet. Es war nur ein Unfall. Unfälle passieren. Vor allem an Orten wie diesem. *Richtig?* Mein Lachen droht, in ein Schluchzen umzuschlagen, das ich nur mit einem Biss auf meine Wange zurückhalten kann.

»Nicht schlecht.« Jax' Gesicht taucht über meinem auf. »Sind wir damit quitt?« Ungewohnt ernst hält er mir seine Hand hin.

Am liebsten würde ich für immer hier liegen bleiben. Aber das würde die Gamerin auch nicht zurückbringen. Ich erlaube mir noch ein paar tiefe Atemzüge, bis ich sicher bin, Jax nicht direkt auf die Füße kotzen zu müssen, dann nehme ich das Angebot an. »Quitt«, wiederhole ich knapp.

»Also, Newbie«, Jax bleibt an meiner Seite, während ich den anderen zum Board folge, »verrate mir dein Geheimnis.«

Entweder überrascht es ihn genauso wie mich, dass ich erhobenen Hauptes laufe, anstatt wimmernd zu kriechen. Oder er hat wirklich Old Shads Brosche gesehen.

»Verrätst du mir deins?«, kontere ich.

»Touché.« Er lächelt flüchtig, wir sehen uns kurz in die Augen, und für einen bittersüßen Moment vergesse ich, was gerade passiert ist.

Erst die Ergebnisse auf dem Board machen mich wieder zur Gamerin. *Sparrow, clanlos: 340 Punkte.* Würde mich Jax nicht ansehen, würde ich vor Erleichterung heulen.

Er stößt pfeifend die Luft aus. »Respekt, Newbie. Früher schon geschwommen oder –«

»Cass«, falle ich ihm ins Wort. »Mein Name ist Cass.«

»Und ich dachte, du würdest dich jetzt *Sparrow* nennen.« Er nickt zu der Tafel, ohne den Blick von mir zu lösen.

»Wäre mir neu, dass Gamertags und Namen dasselbe sind.«

»Für manche schon«, murmelt er so leise, dass ich nicht sicher bin, ob ich ihn richtig verstanden habe. Dann räuspert er sich. »Ist auch egal. Wie kommt es, dass ein Newbie wie du so schnell einen Clan gefunden hat? Und dazu einen so großzügigen?«

»Ein Newbie wie ich? Wow, ganz schön überheblich für jemanden, dem ich gerade den Arsch retten musste«, erwidere ich. *340 Punkte.* Wenn Christoph schon bei verbrannten Pancakes Tränen in den Augen hatte, wie wird er dann auf Essen aus einem richtigen Diner reagieren? Und was wird er sagen, wenn er erfährt, dass ich dafür meine Konkurrenz in den Draht gestoßen habe? Ich blinzle das Bild weg, um mich auf Jax zu konzentrieren. Jede Ablenkung ist gut.

»Ich weiß, wie wenige Punkte du in den letzten Games bekommen hast. Wenn du also keine geschickte Diebin bist, die sich über Nacht 8000 Punkte ergaunert hat, musst du Anwärterin in irgendeinem Clan sein. Zu neu, um offiziell ihren Titel zu tragen, aber interessant genug für ein eigenes Gamertag, *Cassandra Pierson.*« Er funkelt mich an, als hätte er das große Geheimnis um mich gelüftet.

»Wow, du erinnerst dich also an meinen ganzen Namen«, entgegne ich spöttisch. »Und hast jedes meiner Spiele verfolgt. Willst du mir Angst machen oder soll ich mich geehrt fühlen?«

Jax' Lächeln schwindet. »Du willst es also nicht erzählen, kapiert. Aber vielleicht interessiert dich mein Angebot trotzdem.«

Bevor ich etwas erwidern kann, beugt er sich vor, um über meine Schläfe zu streichen. Die Berührung jagt feine Funken durch meinen Körper, begleitet von einem Brennen. »Finger weg!«, fauche ich. Als er seine Hand zurückzieht, klebt Blut daran.

»Heute Abend, 20 Uhr, Whitchers Place. Du musst nur zuhören, versprochen«, fährt er fort.

Wäre ich Jax in meiner Welt begegnet, hätte ich seine Aufmerksamkeit genossen, das Funkeln in seinen grünen Augen provoziert und ihm später meine Nummer zusteckt. Aber hier schreit alles danach, diese verdammten Burger für meine Freunde zu kaufen, zurück in unseren Bunker zu kriechen und meine Wunden zu lecken.

»Bye, Jax«, ist alles, was ich noch sage. Ich drehe auf dem Absatz um und haue ab. Meinen Mageninhalt behalte ich noch genau zwei Blocks bei mir. Dann entleere ich ihn in einen Haufen Schutt und frage mich, wann ich anfangen werde, an mein Mantra zu glauben.

Es. War. Nur. Ein. Unfall.

KAPITEL 12

Drei Burger mit Pommes, zwei Donuts. Ich muss meine Bestellung viermal wiederholen, bis der Angestellte aufhört, mich wortlos anzustarren. Anscheinend hat er noch nie eine Gamerin gesehen, die ihre Punkte dermaßen verschwendet. Mein Tracker berührt das Zahlungsfeld, zwei Papiertüten wandern über die Theke. Es könnte sich anfühlen wie früher, wenn ich das Essen für unseren Mädelsabend besorgt habe. Wären da nicht die brennenden Schmerzen bei jeder Bewegung. Oder das Wissen, dass für dieses Festmahl jemand sterben musste.

Zurück im Bunker lasse ich mich auf den Stuhl fallen. »Ihr habt es gesehen, oder?«, murmle ich, bevor ich die Lippen fest zusammenpresse. An meiner Zunge klebt immer noch der Geschmack von meinem Zwischenhalt an dem Schutthaufen.

»Jede einzelne Sekunde«, erwidert Yuna und hievt die Tasche mit dem Verbandszeug auf den Tisch. »Willst du darüber reden?«

Will ich? Während ich darüber nachdenke, fängt Christoph an, meine Wunden zu versorgen. Jede Bewegung voller Vorsicht und einer Sanftheit, die schwer zu verkraften ist, wenn man selbst alles andere als *sanft* zu jemandem war. »Ich habe sie gestoßen. Die Gamerin mit den roten Flossen. Die mit den ... *Piranhas*.« Es auszusprechen macht es nicht besser.

»Ach, Liebes.« Yuna streckt ihre Hand aus, um nach meiner zu greifen. »Du weißt, dass es nicht deine Schuld war, oder? Alles, was in diesem Eiswasser passiert ist, geht allein auf Adelia Marshall zurück, die dieses perfide Spiel erfunden hat.« Sie hält meinen Blick fest, kein Vorwurf, keine Zweifel. »Ich kenne dich, Cass. Du bist niemand, der andere mutwillig in Fallen stößt. Jeder konnte mit ansehen, wie sie dich unter Wasser gehalten hat, die Panik in deinen Augen, als du glaubtest, du müsstest ertrinken. Und du warst wohlgemerkt nicht die Einzige, die so dachte.«

Christoph zuckt kaum merklich zusammen, während er ein Pflaster auf meine Stirn klebt. Dann schenkt er mir ein zerbrechliches Lächeln, in dem immer noch etwas von seiner Angst um mich schimmert. Es ist nur eine Ahnung dessen, was man fühlen muss, wenn man jemandem beim Spielen zusieht, den man wirklich mag.

»*Mince alors*, ich kann nicht mit ansehen, wie du dich von diesen Schuldgefühlen zerfressen lässt. Du hast dich gewehrt, Cass. Wie sich jeder andere Mensch gewehrt hätte, dessen Überlebensinstinkt noch intakt ist.« Yuna tätschelt mit liebevoller Entschlossenheit meinen Handrücken. »Hör auf, dir Vorwürfe zu machen, und erzähl uns lieber, was außerhalb der Kameras passiert ist.«

Du hast dich gewehrt, verinnerliche ich mir ihre Worte. *Es war nur ein Unfall*. Auch wenn die Bilder nicht so schnell verblassen werden, hilft mir das Verständnis meiner Freunde, einen Teil der Schuld abzustreifen. Ich sperre die Erinnerung tief in mir ein, irgendwo zusammen mit der alten, ängstlichen Cassandra, und konzentriere mich auf alles, was nichts mit Piranhas oder roten Flossen zu tun hat.

Während ich Jax' Angebot in einem Nebensatz erwähne, rafft Christoph das Verbandszeug zusammen und schafft Platz für das teuer erkaufte Festmahl. Auch wenn sich mein Appetit in Grenzen hält, läuft mir das Wasser im Mund zusammen, als Christoph die Tüten auspackt. Der Geruch erinnert mich an so viel *Gutes*. An die Abende allein mit Am, Eliza und den besten Burgern des Viertels, an ausgelassenes Gelächter, tiefgehende Gespräche, Selfies mit herausgestreckter Zunge, wildem Tanzen im Pyjama zu laut aufgedrehter Musik.

»Guten Appetit«, wünscht uns Yuna.

Ich nicke nur und nehme einen Bissen. Es schmeckt phantastisch. Vielleicht nicht ganz so gut wie der Platinburger, aber hundertmal besser als das Essen an Christophs Geburtstag. Mindestens.

»20 Uhr, Whitchers Place also«, greift Yuna unvermittelt das am wenigsten wichtige Detail aus meiner Erzählung auf. Dann mustert sie Christoph, der mit den Schultern zuckt, bevor er sich ein Stück Donut in den Mund schiebt.

»Ich gehe natürlich nicht hin«, erwidere ich, während ich Christoph verstohlen beobachte. Jeden anderen würde ich für das laute Schmatzen anfahren, aber mit dem Zuckerguss im bärtigen Mundwinkel wirkt Christoph viel zu glücklich. Stattdessen ermuntere ich ihn mit einem unterdrückten Lachen zum nächsten Bissen, und nehme mir eine Pommes.

Yuna räuspert sich. »Hast du gehört, Liebes? Du solltest hingehen.«

»Warte, war das irgendeine Art von Ironie, die absolut keiner versteht?«, erwidere ich irritiert. »Denn du weißt schon, dass wir hier von Jax reden. Dem Sprinter, dem ich auf keinen Fall vertrauen soll.«

»Von Vertrauen war auch nie die Rede. Natürlich nimmst du deinen Pager mit, den alten Messergurt von Rain, und Christoph wird dir unauffällig folgen.« Ohne eine Miene zu verziehen schnappt sie mir die Pommes aus der Hand, um sie in Ketchup zu tauchen. »Ein Pfiff, und er greift ein, ein Handzeichen, und er zieht sich zurück. Klingt gar nicht so kompliziert, oder?«

Im ersten Moment blinzle ich Yuna sprachlos an. Sie sieht nicht aus wie jemand, der ironisch ist, und trotzdem ergeben die Worte keinen Sinn. »Hast du gerade mein Essen geklaut und gesagt, dass ich Jax treffen soll? Wer bist du und was hast du mit *Yuna-halte-dich-fern-Simons* gemacht?«

»Ich dachte, ich rette die Pommes, bevor sie kalt wird. Und was das andere angeht: Erinnerst du dich an diese Gerüchte über eine Gruppe, deren Regeln lockerer sein sollen?«

»Dunkel.«

»Nun, auch wenn ich es nicht für möglich gehalten habe, deutet immer mehr darauf hin, dass es diese Gruppe wirklich gibt«, erklärt Yuna. »Eine Art Clan ohne Symbole, ohne Eintrag ins Register, ohne widerliche Bestrafungen.«

Unwillkürlich schaue ich zu Christoph, der seinen Donut

beiseitegelegt hat. Er sieht mich erwartungsvoll an. Ob er schon länger davon weiß?

»Okay, nehmen wir mal an, ihr habt recht. Was hat Jax dann damit zu tun? Ihr glaubt doch nicht wirklich, er wäre einer von ihnen?«

Zur Antwort zieht Yuna ihr Tablet heran. »Nun, während du shoppen warst, habe ich mit meinen Ladys gesprochen und ein paar interessante Dinge über unsere beiden Sprinter erfahren.« Mit einem Klick hat sie zwei Dateien geöffnet. »Darf ich vorstellen? Jaxon Nicholas Henderson und Enzo Byron.«

Yuna weiß genau, wie sie mich von allem anderen ablenken kann. Obwohl Jax um einiges jünger aussieht, erkenne ich ihn sofort an den zerzausten Haaren. Mein jüngeres Ich hätte ihn schon damals attraktiv gefunden. Enzo hingegen ist ein blasser Junge mit braunen Haaren und ohne Piercing. Alles, was ihn verrät, ist dieser selbstsichere Ausdruck.

»Und diese Akten hast du woher?«, frage ich skeptisch.

»Mein Club ist in das Casinum eingebrochen«, antwortet Yuna unerwartet direkt.

»Er ist *was*?!«

»Keine Sorge, es war nicht das erste Mal, und keiner hat etwas bemerkt. Rein, Akten kopieren, raus, wie furchtlose Schatten in der Nacht. Nichts wird auf uns hindeuten.«

»Aber man bricht nicht *einfach so* in das Casinum ein!«, protestiere ich in Erinnerung an die vielen Reportagen, die ich gesehen habe. Über die mit Mahagoni getäfelten Gänge, den Bankettsaal, das opulente Billardzimmer und über das Herzstück des Casinums: den Ratssaal, in dem die wichtigsten Entscheidungen getroffen werden. All das wird von

Kameras oder einem guten Dutzend Sicherheitsleute überwacht.

»Wäre es *einfach*, hätte mein Club keine zwei Monate gebraucht und weitaus mehr entwendet als ein paar Lebensläufe«, kontert Yuna. »Also, wenn ich dann zum Wesentlichen kommen dürfte?«

Widerwillig schlucke ich weiteren Protest herunter, den Blick auf das Foto gerichtet, von dem mich Jax mit unbewegter Miene ansieht. Wann auch immer dieses Bild entstanden ist, gab es wohl nicht viel zu lachen.

»Jaxon Nicholas Henderson, geboren als sportlicher Goldjunge, der mit zarten fünfzehn Jahren sein Vermögen an einen Betrüger verloren hat«, fängt Yuna an, den Typ zu skizzieren, über den ich kaum etwas weiß. »Seine Eltern waren zu der Zeit auf Geschäftsreise in Frankreich, seine kleine Schwester haben sie bei ihm gelassen, wobei es auch noch eine Nanny gab. Als seine Familie von Jaxons Niederlage erfahren hat, war es zu spät, um ihn zu retten. Es gab zwar einen Antrag auf seine Rückholung zu den Gamblern, doch für eine erfolgreiche Durchsetzung wäre weitaus mehr nötig gewesen, als seine Familie hätte erübrigen können. Also ist Jaxon in der roten Zone geblieben und hat erstaunlich schnell Anschluss gefunden. Nach gerade einmal zwei Spielen hat er den Großteil seines Namens aus den Listen verschwinden lassen und sein Gamertag gekauft. Oder vielmehr *kaufen lassen*. Jemand hat die Summe in Coins von einem geheimen Konto aus überwiesen und alle relevanten Daten in seiner Akte unkenntlich gemacht.« Yuna öffnet ein weiteres Dokument, auf dem ich nur schwarze Balken und Zahlen erkenne. Die gleiche absurd hohe Zahl wie bei mir. »Sein Freund Enzo Byron scheint auch nicht gerade der Cleverste zu sein. Ein Bronzener, der es zu Silber hätte schaffen können, hätte er nicht sein ganzes Guthaben auf einmal verwettet. Er kam im selben Jahr her wie Jax, damals sechzehn, zwei Spiele, eine anonyme Spende und ein neues Gamertag.«

»Wild Sonic«, murmle ich.

»Richtig. Doch die beiden haben noch etwas gemeinsam.« Mit einem Wisch verschwindet das geschwärzte Dokument, um uns erneut die Lebensläufe zu präsentieren. »Offiziell sind beide clanlos. Entweder handelt es sich also um einen riesengroßen Zufall, dass unsere beiden Glückspilze zur selben Zeit eine anonyme Spende erhalten und bis heute jedes Game überstanden haben, oder sie wurden von denselben Leuten rekrutiert. Wer auch immer dahintersteckt, weiß genau, wie man junge Gamer trainiert, und hat genug Einfluss, um Coins aus der Außenwelt zu beschaffen.«

»*Dann könnte das unsere Chance sein?*«, fragt Christoph in geschriebenen Worten. Seine Hoffnung leuchtet so hell, dass sich etwas in mir zusammenzieht. Es ist der Teil, der sich nicht wehren wird, egal, um was sie mich bitten.

»Nun, nachdem unsere tapfere Cass dem Goldjungen den Arsch gerettet hat, sollten wir zumindest die Möglichkeit in Betracht ziehen, dass er ihr bei dem Treffen die Eintrittskarte zu diesem Clan präsentieren wird.«

»Oder«, ich hebe den Zeigefinger, »wir ziehen die Möglichkeit in Betracht, dass mich ein – eure Worte – *unberechenbarer Mistkerl* in einen Hinterhalt lockt, weil er erkannt hat, dass ich eine verdammt harte Konkurrenz bin.«

Yuna drückt meinen Finger herunter, während sie mir in

die Augen sieht. »Oder wir bleiben realistisch und vergessen nicht, dass du erst sieben Spiele überlebt hast, dein Tracker noch 300 magere Punkte zählt, für die nicht einmal ein Sprinter töten würde, und es Tausende Teilnehmende gibt, die näher an der nächsten Gameshow sind als du.«

»Danke für die Zusammenfassung«, knurre ich, während der rebellische Teil in mir erlischt. »Und wie geht es in deiner Version weiter?«

»Geh hin, hör dir an, was er zu sagen hat, und triff deine eigene Entscheidung. Wenn er zu diesem geheimen Clan gehört, spiel mit, schließ dich ihnen an, und finde so viel heraus wie möglich. Über ihre wahren Absichten, mögliche Kontakte zur Außenwelt, und wie sie es schaffen, sich fernab des Clanregisters zu bewegen. Aber wenn du glaubst, dass er dich hintergeht, jag ihm ein Messer zwischen die Rippen.«

»Das klingt nicht gerade nach freier Entscheidung«, erwidere ich nüchtern. Abgesehen davon bezweifle ich, dass sich jemand wie Jax so leicht von einem *Newbie* killen lassen würde.

»Ich kann und werde dir niemals vorschreiben, was du tun sollst, Liebes, aber bitte überlege es dir gut. Wenn es stimmt, was man über diesen Clan erzählt, ist er möglicherweise der einzige, der Gamer ohne Tracker aufnimmt. Und ohne Stimme.« Ein bitteres Lächeln huscht von ihrem Gesicht auf Christophs.

Natürlich. Es geht nicht um Jax oder mich oder die Spiele. »Ihr wollt euch diesem Clan anschließen. Warum?«

»Weil wir nicht ewig so weitermachen können.« Auf ihren Stock gestützt, steht Yuna auf. »Ich bin alt und werde irgendwann sterben. Eine lästige Tatsache, die ich akzeptieren kann, aber was wird dann aus Christoph? Vielleicht kann ich meine Kontakte überzeugen, ihm zu vertrauen, und er kann das Ganze hier noch ein paar Jahre weiterführen. Aber wenn er keinen findet, der sich im Alter um ihn kümmert und seine Arbeit übernimmt, wird er irgendwann einsam und alleine sterben. Etwas, das ich unter keinen Umständen zulassen kann.« Sie humpelt zu der Anrichte, auf der Christoph ein Tablett mit Tee abgestellt hat. »Natürlich könnten wir hoffen, dass uns vorher ein Plan in den Schoß fällt, wie wir der roten Zone entkommen können. Aber da sich die Anzahl an Wundern bislang in Grenzen gehalten hat, wäre es am einfachsten, uns Verbündete zu suchen, die ähnlich denken wie wir.« Die Tasse scheppert auf dem Untersetzer, als Yuna sie mit zitternder Hand zum Tisch trägt. »Hier, Liebes. Es passt nicht ganz zu deinem Burger, aber es wird deine aufgewühlten Gedanken beruhigen. Also, was sagst du?«

Vielleicht ist es die Erinnerung an Jax' smaragdgrüne Augen oder nur ein Anflug von Todessehnsucht, aber meine Entscheidung steht fest. Als das widerliche Gebräu meine Zunge berührt, spucke ich es röchelnd zurück in die Tasse. »Ich hoffe echt, der Tee bei diesem Clan ist besser.«

»Wunderbar. Dann lass uns jetzt darüber reden, was du ihnen erzählen wirst.«

Whitchers Place. Im fahlen Mondlicht sieht die Sackgasse aus wie jede andere. Schrott und Müll stapeln sich zu beiden Seiten, hin und wieder kann man Ruinen von Häusern erkennen, die Stein und Schutt auf die Straße gekotzt haben. Übertroffen wird das Chaos nur von dem Geruch nach Verwesung und Müll. Ich presse meinen Ärmel auf die Nase, in der anderen Hand eins von Rains Messern. Was, wenn mich Jax nur verarschen wollte? Lock den Newbie in eine gruselige Gasse, jag ihm einen Schrecken ein und erzähl es all deinen Freunden. *So lustig.*

»Ich bin hier, Jax!«, rufe ich in die Stille. »Lass es uns einfach hinter uns bringen.«

Die Antwort ist ein Quieken zu meiner Rechten, gefolgt von einem Rascheln. Ich beiße mir auf die Zunge, um nicht zu schreien. Ratten. Das Pärchen aus meinem ersten Quartier würde sich über die Viecher freuen, die mir über die Füße huschen. »Jax!« Mit einem tiefen Atemzug, den ich sofort bereue, laufe ich weiter. Obwohl der Gestank in jeder Straße hängt, bilde ich mir ein, dass er hier stärker ist. Wie weit würden Sprinter wohl gehen, um einem Newbie Angst einzujagen? Dafür, dass ich erst ein paar Monate hier bin, fallen mir viel zu viele widerwärtige Ideen ein.

»Reiß dich zusammen, Cass«, murmle ich vor mich hin. Am liebsten würde ich Christoph aus seinem Versteck zerren und ihn bitten, dicht an meiner Seite zu bleiben. Aber dann müsste ich Yuna beichten, dass ich den ganzen Plan wegen ein paar Ratten gefährdet habe. Um mich abzulenken, konzentriere ich mich auf alles, was nicht quiekt.

Da ist eine rostige Platte, vielleicht eine Motorhaube, dahinter ein Torbogen, der längst eingestürzt wäre, wenn er nicht von Dutzenden Müllsäcken gestützt werden würde. Noch mehr Müllsäcke, mehr Steine, Kupferrohre und alte Felgen. Der einzige echte Blickfang ist die Ruine eines alten Hochhauses. Ich zähle fünf Stockwerke, wobei es aussieht, als wären es früher mehr gewesen. Zumindest behaupten ein paar matt in den Himmel ragende Stahlträger und Betonsäulen, dass sie früher einen Zweck hatten.

Ich trete ein Steinchen in den Schrotthaufen. Nichts sieht so aus, als wäre vor kurzem jemand hier gewesen, bis auf ... Ich bleibe stehen. Stirnrunzelnd greife ich in den Schutt. Dunkles Display, aufgebrochener Verschluss. Das Ding, in dem sich das Mondlicht spiegelt, ist ein Tracker. Entweder sind Yuna und Christoph nicht die Einzigen, die sich unter dem Radar bewegen, oder der Besitzer lebt nicht mehr. Ich drehe das Ding von einer Seite zur anderen. Es ist das erste Mal, dass ich einen Tracker sehe, der nicht mit dem Handgelenk eines Gamers verwachsen ist. Einfaches schwarzes Plastik, ohne offensichtliche Möglichkeiten, ihn abzuschalten. Wer auch immer es geschafft hat, muss keine Angst mehr vor dem nächsten Countdown haben, vor Ranglisten und anderen Gamern.

»Fallen lassen«, zischt jemand nah an meinem Ohr. Das Messer fest umklammert möchte ich herumwirbeln, doch die Fremde ist schneller. Mit eisernem Griff dreht sie mir den Arm auf den Rücken, während sie mit der anderen Hand etwas Kühles an meinen Hals drückt. Eine Klinge, schärfer als meine.

»Schon gut«, bringe ich heiser hervor und lasse den Tracker fallen. »Kannst ihn gerne wiederhaben.«

Mit der Fußspitze zieht die Fremde den Tracker zu sich. »Was willst du hier, Newbie?«

Als ich schlucke, drückt sich die Klinge sanft in meine Haut. »Wenn du das Ding da wegnimmst, können wir gerne reden«, sage ich in dem Versuch, dic Angst in meiner Stimme zu verstecken.

»Damit du mich mit deinem rostigen Spielzeug abstechen kannst? Nein, danke«, erwidert sie schnaubend. »Also, sag schon, Newbie. Woher kennst du Jax?«

»War das hier etwa seine Idee?«, sage ich, ohne mich zu bewegen. »Lock den Newbie in eine gruselige Gasse, hetz ihm eine Wilde auf den Hals, und erzähl es hinterher all deinen Freunden. Echt originell.«

»Willst du mich verarschen?« Das Miststück dreht meinen Arm so weit herum, bis er schmerzt. Kurz flammt Angst in mir auf. Was, wenn das hier kein Scherz ist, sondern ein Hinterhalt? Wenn mich Jax wirklich loswerden will? Mein Puls geht schneller, mein Atem flacher. Ein Pfiff, und Christoph jagt dieser Fremden ein Messer in den Rücken.

»Jetzt sprich endlich, Newbie! Oder soll ich –«

»Lass sie sofort los, Val!«

Diese Stimme würde ich überall erkennen. »Jax«, raune ich, als Val abrupt von mir ablässt. »Schön, dass du es noch einrichten konntest.« Ich wische mir über den Hals. Es sieht nicht so aus, als hätte sie mich schlimm erwischt. Trotzdem hebe ich mein Messer auf und halte es in ihre Richtung. Das Mondlicht zeichnet ihren violetten Zopf silbrig nach, den engen Lederanzug mit Waffengurt, Boots und ihre beige Haut. Das Brillengestell auf ihrer Nase ist breiter als die hageren Gesichtszüge, die mich an Amanda erinnern. Fehlen nur das verräterische Muttermal unter der Lippe, die kurvige Figur und das neckende Lächeln – oder irgendetwas anderes Sympathisches.

»Wie ich sehe, habt ihr euch bereits kennengelernt.« Mit hochgezogener Augenbraue bleibt Jax zwischen uns stehen. »Dann bleibt mir der Teil wenigstens erspart.«

Val mustert mich von oben bis unten und sieht dabei nicht so aus, als hätte sie etwas für mich übrig. »Du kennst diesen Newbie also wirklich? Sieht dir gar nicht ähnlich.«

Es wundert mich, dass sich bei dieser frostigen Stimme keine Eisschicht um sie herum bildet. Ohne mich aus den Augen zu lassen, schlendert sie zu Jax, der alles andere als begeistert aussieht. Ob er mich umbringen würde, wenn ich Val ein Bein stelle oder mich direkt mit meinem *rostigen Spielzeug* für den Schnitt am Hals revanchiere? Rot passt sicher super zu Violett. Jedenfalls besser als dieser hässliche Choker, den Val um den schmalen Hals trägt.

Im Gehen klemmt sie den Tracker an ihren Gürtel. »Willst du ihr nicht endlich sagen, dass sie verschwinden soll?«, fragt sie und legt ihre freie Hand von hinten auf Jax' Schulter. In der anderen hält sie das Messer, das sie geschickt hochwirft und wieder auffängt. Offensichtlicher geht es nicht.

Ich verdrehe die Augen. »Wisst ihr was? Wenn das alles war, gehe ich sogar freiwillig.«

»Warte.« Jax tritt einen Schritt vor, so dass Vals Hand ins Leere fällt. »Lass uns alleine, Val.«

Eine Sekunde lang starrt sie ihn einfach nur an. Dann murmelte sie gut hörbar: »Wichser«, und jagt mir noch einen bitterbösen Blick entgegen. Sie kehrt auf dem Absatz um und verschwindet in der Sackgasse.

»Seid ihr Geschwister, oder warum habt ihr euch so lieb?«, spotte ich, bevor ich mich Jax zuwende.

Er zuckt mit den Schultern. »Denke nicht.« Dann läuft er an mir vorbei, springt auf die Motorhaube eines alten Autos und zieht sich auf den Torbogen.

Ich beiße mir auf die Unterlippe. Klar. Wer bei seiner Degradierung nicht an einen Pfuscher wie Parker gerät, verliert alle Erinnerungen an alte Beziehungen. Ob Jax überhaupt weiß, dass er eine kleine Schwester hat? Es sollte mir egal sein, aber ein Teil von mir beneidet ihn für die süße Unwissenheit. Er hat sicher keine Albträume davon, wie sich seine Mum umbringt. Oder wie ihm sein Dad mitten ins Gesicht schlägt, um ihm die letzten Coins zu klauen.

»Ich will dir was zeigen!«, ruft Jax von oben. »Worauf wartest du, Newbie?«

Ich versuche, das wehmütige Stechen in meinem Herz zu ignorieren. Will er wirklich, dass ich da hochkomme? Meine Höhenangst jault begeistert auf, aber vom Rumstehen bekomme ich leider keine Antworten. Ich nehme Anlauf. Genauso habe ich mich früher in Sport gefühlt, Hochsprung und Parkour, beides komplett unnötig. Jetzt bereue ich es, diese Kurse nicht ernster genommen zu haben. Ich renne los. Auf die Motorhaube schaffe ich es ohne Probleme, laufe zwei Schritte, springe ab und erwische nur knapp den Rand des Bogens. Flüssiges Feuer schießt durch meine Arme, die sich noch zu gut an das Arctic Race erinnern. »Fuck!«, fluche ich, während ich mit den Beinen festen Halt suche.

»Kann man dir helfen?«, fragt Jax amüsiert.

Am liebsten würde ich ihn mit Blicken töten, aber ich bin zu sehr damit beschäftigt, meinen Absturz zu verhindern. Endlich finde ich eine Kerbe zwischen den Steinen. Dann ziehe ich mich neben ihn auf die Mauer. Elegant wie eine Kartoffel, aber geschafft. »Also, diese Val und du«, ich richte mich auf und klopfe den Staub von meinen Händen, »dann seid ihr …?«

»Verbündete.« Ohne mich anzusehen, klettert er weiter.

Bei ihm sieht es so leicht aus. Als hätte er schon tausend Mal die Ruine des Hochhauses erklommen, das ich eben noch von unten bewundert habe. Die kahlen Betonplatten, die Stahlträger, aufgerissen wie das Maul eines Monsters.

Nervös sehe ich zurück zur Straße. Irgendwo da unten steht Christoph und wartet auf mich. Wenn ich wissen will, ob es diesen Geheimclan wirklich gibt, habe ich keine andere Wahl, als Jax zu folgen. Auch wenn das heißt, meine Angst noch tiefer einsperren zu müssen.

Während mir Jax den Rücken zugewandt hat, hebe ich meine Hand zu dem vereinbarten Zeichen. Es ist dasselbe, das Tauchende verwenden, um zu signalisieren, dass alles okay ist. Hoffentlich kann Christoph es sehen.

»Kommst du, Newbie?«

Schnell lasse ich die Hand sinken und scanne die Straße ein letztes Mal ab. Kein Schatten bewegt sich, kein vertrautes Lächeln, kein Christoph weit und breit. Ich vermisse ihn jetzt schon.

KAPITEL 13

Ich ziehe mich auf die letzte Ebene. Der Wind hier oben ist eisig. Als ich meine Arme um den Oberkörper schlingen will, mache ich den Fehler, nach unten zu sehen. *Verfluchte Scheiße!* Ich erinnere mich sofort an die vielen Werbespots, die uns vor Orten wie diesem gewarnt haben. Einsturzgefährdete Ruinen, bei denen jeder falsche Schritt den Tod bedeuten könnte. Ich flüchte zum nächsten Stahlträger, um mich daran festzuklammern.

Als wäre das hier der sicherste Ort auf Erden, sitzt Jax lässig an der Kante und lässt ein Bein nach unten baumeln. Entweder hat er die Spots vergessen, oder er gehört zu diesen Adrenalinjunkies, die freiwillig über Halden klettern. Offensichtlich. Sonst wären wir wohl kaum hier.

»Jax!« Kurz sieht es aus, als würde er mich gegen den Wind nicht hören. Dann gibt er mir ein Zeichen, näher zu kommen. Warum habe ich mich nicht einfach von ein paar Eiszapfen aufspießen lassen, wenn ich sowieso vorhabe, zu sterben? Und wie hat es die ängstliche Cassandra geschafft, ihrem Gefängnis zu entkommen? Hartnäckig versuche ich sie wieder einzusperren, während ich mich vortaste. Schritt für Schritt weiche ich Löchern im Boden aus, steige über Spalten und trete Zementstücke beiseite, die in die Tiefe fallen. Auf welcher Etage war unsere Wohnung noch mal? Siebte? Achte? Dank meines Chips musste ich im Lift nie einen Knopf drücken, aber es war höher als das hier. Umgeben von massivem Stahl und bruchsicherem Glas.

Ich klammere mich an den letzten Betonpfeiler vor dem Abgrund. Sollte Jax wirklich vorgehabt haben, mich zu seinem Clan einzuladen, hat er den Plan sicher gerade verworfen.

»Keine Sorge«, sagt Jax, als hätte er meine Gedanken gehört, »das Gebäude hat sich schon seit Jahren nicht mehr bewegt.«

»Wie beruhigend«, murmle ich. »Also, soll ich weiter hier rumstehen oder gibst du mir deine Hand?« Es ist die Angst, die die Worte an meinem Stolz vorbeischmuggelt.

Jax' Mundwinkel zucken verräterisch. Ohne etwas zu sagen steht er auf und kommt meiner Bitte nach. Seine Finger sind wärmer als in meiner Erinnerung, rauer. Ich hefte meinen Blick an ihm fest, während ich versuche, gegen den aufkommenden Schwindel anzukämpfen. Jax sieht gut aus. Das dunkle Haar wird vom Wind noch mehr zerzaust, der Dreitagebart scheint frisch getrimmt. Er trägt ein schwarzes Shirt, Jeans, Sneaker, etwas zu kalt für diese Nacht, aber leider genau mein Fall. Das Einzige, was stört, ist dieser feine Spott in seinen Augen, dieser Blick, mit dem er jeden meiner Schritte verfolgt.

»Stopp«, sage ich, bevor er mich bis an die Kante führen kann. »Das reicht.« Ich ziehe meine Hand zurück, und Jax macht keine Anstalten, mich aufzuhalten. Stattdessen lässt er sich mit mir zusammen einen halben Meter vom Abgrund entfernt zu Boden sinken. Ich ziehe die Beine an den Körper und warte, dass sich mein Puls irgendwie beruhigt.

Jax scheint es nicht eilig zu haben, das Schweigen zu brechen. Ich folge seinem Blick in die Ferne. Von hier oben kann man meilenweit in die Nacht sehen. Lichter, große Leuchtbanner mit den aktuellen Spielständen, Countdowns und davor die Scheinwerfer, unter denen gewaltige Zäune stehen. Das muss die Grenze zu der Welt sein, in der ich gelebt habe. Ein einfacher Zaun, tief in der Erde verankert, durchflutet von genug Strom, um jede weitere Rebellion im Keim zu ersticken. Manchmal haben Mum und ich uns bei Kaffee und Kuchen ausgemalt, wie es wäre, wenn die Grenzrebellion nicht gescheitert wäre. In ihrer Version wäre es das Ende für das New Londoner Modell gewesen, das Ende von Zwangswetten und unfreiwilligen Gamern. Und dann hätten wir an diesem Tag nicht im Nonchalant gesessen, sondern in dem kleinen Café am Rand der Alpen, in dem Mum einmal nach einem Kongress war. Ich konnte es mir nicht vorstellen, aber ich mochte ihr Lächeln, wenn sie davon erzählt hat.

»Weißt du eigentlich, wie viele Clans es gibt?«, fragt Jax in das Säuseln des Windes herein.

Ich lasse den Gedanken an Mums Lächeln mit der nächsten Böe weiterziehen. »Keine Ahnung«, erwidere ich. »Aber ich vermute, du wirst es mir gleich verraten?«

»Dreihundertzwanzig.« Ich spüre Jax' Blick von der Seite. »Und ich bin mir immer noch nicht sicher, zu welchem du gehörst.«

»Vielleicht, weil ich keinen Clan habe?«

»Die Caribbean Shippers können es nicht sein, denn sie würden eine Anwärterin nie ohne das kratzige dunkelbraune Armband herumlaufen lassen«, fährt er fort, als hätte er mich nicht gehört. »Bei den Sans Pitié hättest du einen französischen Namen bekommen, und für die Red Eagles bist du zu ... weiblich.«

»Gar nicht sexistisch.«

»Nicht so sexistisch wie die Bailish Blues, also bleibt von den großen Clans nur noch einer übrig. Mit einem Faible für Newbies mit reicher Herkunft und seit der letzten Qualifikation sicher auf Suche. Du bist eine Anwärterin der Old Nemesis.«

»Von diesen ominösen Kapuzenleuten?«, gebe ich lachend zurück. »Du kannst gerne alle Clans von New London aufzählen, aber ich bleibe dabei. Ich bin keine *Anwärterin.*«

Das Mondlicht zeichnet Zweifel auf Jax' Stirn nach. »Und dein Gamertag ist dir einfach so zugeflogen?«

»Du meinst, genauso wie dir deins?«, provoziere ich das smaragdgrüne Funkeln. »Ich vertrau dir nicht, du mir nicht, und bisher sieht es nicht so aus, als würde sich daran etwas ändern. Also, sagst du mir, warum ich hier bin, oder wollen wir dieses Spiel noch länger spielen?«

Da ist es wieder. Dieses Zucken in seinen Mundwinkeln, eine Gratwanderung zwischen Necken und Spott. »Wir spielen?«, erwidert er mit einem Unterton, in dem das Necken gewinnt. »Und ich dachte, wir lernen uns gerade erst kennen.«

Etwas an der Art, wie er es sagt, lässt mein Herz einen Schlag lang taumeln. *Vergiss nicht, warum du hier bist*, mahne ich mich innerlich.

»Zum Kennenlernen gehört normalerweise eine Vorstellung.« Ich halte seinem Blick stand, auch wenn es die Sache mit dem taumelnden Herzschlag nicht besser macht. »Oder hat man in der roten Zone keine Manieren?«

»Sagen wir einfach, man hat selten Gelegenheit, sie zu zeigen.« Er hält mir seine Hand hin. Dieses Mal bemerke ich die feine Narbe seines alten Chips. »Jaxon Henderson, geboren und aufgewachsen als Goldener, seit vier Jahren Gamer. Offiziell clanlos, inoffizieller NoClan und Recruiter. Sehr erfreut, Eure Bekanntschaft zu machen, Miss.«

Warum glaubt mein Gesicht, das wäre ein Lächeln wert? Jax hat mir seinen Zweitnamen verschwiegen, und abgesehen davon ist er immer noch ein Sprinter. »Cass. Inoffiziell genauso clanlos wie offiziell, weiterhin skeptisch, aber interessiert genug, um mein Messer stecken zu lassen.« Ein Händedruck, ein geteilter Blick, ein nervöses Ziehen im Magen. Ich war eindeutig zu lange nicht mehr unter gleichaltrigen Typen.

»Mehr habe ich gar nicht erwartet«, gibt Jax zurück. »Also, da ich leider keinen Zylinder vor dir ziehen kann, bestehst du noch auf einem Handkuss oder war das förmlich genug?«

»Reicht«, sage ich, bevor ich mir seine Lippen genauer ansehen kann. »Erzähl mir lieber, warum ich hier bin, *NoClan*.«

»Weil ich dir ein Angebot machen will.« Endlich keine Ausflüchte mehr, aber auch kein Necken. »Damit du es verstehst, sollte ich wohl vorne anfangen. Es ist fünf Jahre her, seit die NoClans gegründet wurden. Unser Leitender Flannery hatte die Schnauze voll von Clans, in denen sich irgendwelche Arschlöcher zum König ernennen, um die

Punkte anderer Gamer für ein bisschen privaten Luxus rauszuschmeißen. Flannery hatte die Vision von einer Gruppe, die sich wirklich unterstützt – egal, ob man es in eine Gameshow schaffen oder dieses verfluchte Ding hier loswerden möchte.« Jax hebt seinen Arm, an dem der Tracker aufblitzt. »Ich weiß, dass es da draußen einige Gerüchte über uns gibt. Über einen Clan, der niemanden abzockt, dessen Mitglieder untereinander eine NoKill-Regel pflegen und der von Catchern gänzlich in Ruhe gelassen wird. Letzteres ist leider echt nur ein Gerücht, aber der Rest ist wahr. Wir passen aufeinander auf, sind in keinem Clanregister zu finden, was heißt, dass wir keine Clansteuer zahlen müssen, und so wie du mich anguckst, glaubst du mir kein einziges Wort.«

»Ich vertraue dir nicht«, erinnere ich ihn.

»Dann sollte ich wohl besser aufhören zu reden und es dir zeigen.«

»Sekunde«, ich muss aufpassen, ihn nicht mit offenem Mund anzustarren, »du willst mich einfach so zu den No-Clans bringen?! Jetzt und hier?«

»Fast. Erstens will Flannery alle Newbie persönlich kennenlernen, bevor sie unsere heiligen Hallen betreten, und zweitens: *Einfach so* ist wohl etwas übertrieben. Ich habe dich spielen sehen, Cass. Du bist zwar eine miserable Läuferin, eine noch schlechtere Schützin, aber du bist echt ehrgeizig. Und wir brauchen ehrgeizige Leute.«

Autsch. Seine Worte treffen wie ein Pfeil direkt in meinen Stolz. Da es hier nicht um mich geht, bemühe ich mich um die Fassade, hinter der ich schon weitaus schlimmere Kränkungen versteckt habe. »Dann kann ich mich wohl glücklich schätzen, dass ihr weder Läuferinnen noch Schützinnen sucht«, säusle ich gepresst. »Ich nehme mal an, euer Flannery lebt nicht auf diesem Dach?«

»Nicht ganz.« Mit einem gekonnten Sprung schwingt sich Jax auf die Beine. »Brauchst du Hilfe, oder –«

»Nein, danke.« Ich raffe mich selbst auf. *So verflucht nah an der Kante.* Ob ihm mal jemand gesagt hat, dass es ein echt beschissener Ort für ein erstes Treffen ist?

»Okay, Newbie.« Jax lächelt mich herausfordernd an. »Wer zuerst unten ist.« Ohne auf meine Reaktion zu warten, lässt er mich stehen und rennt los. *Elender Angeber.* Noch während ich versuche, meine Beine zum Laufen zu überreden, hat Jax die halbe Etage überquert und – fällt.

Ach du Scheiße! Mein Herz rast so schnell hinab in meinen Magen, dass mir flau wird. Ohne zu zögern, renne ich zu Jax' Absturzstelle. Ein kreisrundes Loch, das inmitten des bröckeligen Betons klafft.

»Fuck!« Begleitet von dem egoistischen Gedanken, wie ich es ohne ihn lebend nach unten schaffen soll, gehe ich in die Knie und krieche auf die Öffnung zu. Vorsichtig recke ich den Kopf, um in die Dunkelheit zu spähen. »Jax?«, rufe ich zögernd. Anstatt einer Antwort flammt Licht in der Tiefe auf. Es ist gerade hell genug, um zu erahnen, dass mehr als fünf Ebenen zwischen mir und dem Boden liegen. Eine Art Keller? Mit einem ... riesigen Auffangnetz? Für Details ist der Boden viel zu weit weg, ich weiß nur, dass ich Jax den Hals umdrehen werde, falls er der Typ ist, der gerade im Lampenschein zu mir hochwinkt.

»Spring!«, höre ich ihn rufen. Eindeutig Jax.

»Uncool, Jax! Scheiße uncool!« Blindlings greife ich eine Hand voll Sand und Kiesel und werfe sie in das Loch.

Jax' Fluchen verschafft mir einen Hauch von Genugtuung. »Voll in die Augen!«, hallt es zu mir hoch.

»Voll verdient!«, kontere ich. »Keine Ahnung, für wie lebensmüde du mich hältst, aber ich werde definitiv nicht springen! Scheißkerl.« Das letzte Wort geht im rauschenden Wind unter, der an meiner Kleidung zerrt. Und wenn das eine Art perfides Aufnahmeritual ist? »Hast du gehört, Jaxon Henderson? Ich werde nicht springen!«, brülle ich noch mal – während ich mich aufsetze und die Beine über den Rand schwinge. Nichts bröckelt oder gibt nach. Nur mein Herz droht mit jedem Schlag, meine Rippen zu zertrümmern. »Dann mal los, Cass«, flüstere ich mir Mut zu. Beim Hochseilparcours müssen Gamer so etwas ständig machen. Nur ist es da taghell, und man sieht genau, wohin die Reise geht. Ich halte mich am Beton fest, während ich meinen Körper kontrolliert in das Loch sinken lasse. Von Ebene zu Ebene schwingen, langsam und bedächtig. So weit zu meinem Plan, in der Realität brennen meine Arme viel zu sehr, um auch nur eine Ebene schaffen zu können.

Das Licht flackert.

»Lass los, Cass! Die Löcher unter dir sind groß genug! Vertrau mir.«

Ich würde lachen, wäre da nicht diese Panik in mir. Sonst sind ein paar Klimmzüge kein Problem, jetzt weigern sich meine Arme beharrlich, mich wieder nach oben zu ziehen.

Ich werde fallen.

Der Gedanke kreiselt durch meinen Kopf, als der erste Finger abrutscht. Dann die ganze Hand, ein letzter Rettungsversuch, erfolglos. Mit einem Schrei stürze ich in die Tiefe, bis mir die Landung auch die Luft aus den Lungen presst. *Ich lebe*. Ohne mich aufzusetzen, taste ich nach links und rechts, fühle grobe Maschen, die meinen Fall gebremst haben. Es ist wirklich ein Netz. In einem Seufzer schließe ich die Augen und erlaube mir eine Träne. Eine Mischung aus der kalten Zugluft, Erleichterung und meinem rasenden Puls, der nur langsam zur Ruhe kommt.

»War gar nicht so schwer, oder?«, höre ich ein Sticheln zu meiner Rechten. »Leider hast du trotzdem verloren.«

Meine Schlagfertigkeit braucht wohl noch einen Moment, um hinterherzukommen. »Miesester Recruiter auf Erden«, murmle ich nur und öffne die Augen. Durch das Licht hier unten wirkt die Nacht über uns noch dunkler. Kein Stern, kein Mondlicht. Andererseits bin ich auch mindestens sechs Stockwerke in die Tiefe gefallen, vielleicht sogar sieben? Ich wische die Träne weg, drehe mich auf den Bauch, und kämpfe mich zum Rand des Netzes vor.

Keine Ahnung, was ich erwartet habe, aber das hier ist ... ein wortwörtliches Loch. Wir befinden uns in einem kreisrunden Raum, in dem es nach feuchter Erde riecht. Kein Wunder, denn die Wände sehen aus, als hätte man diesen Ort mitten ins Erdreich gegraben – und dann notdürftig mit Blech ausgekleidet. Hier und da gibt es zwischen den Platten Lücken, aus denen Erde auf den Boden gerieselt ist, Holzbalken halten das seltsame Konstrukt zusammen. In acht von ihnen wurden Ketten verankert, die dafür sorgen, dass sich das Netz straff durch den halben Raum spannt. In der anderen Hälfte gibt es eine Öllampe und eine rostige Stahltür.

Ich habe gerade wieder festen Boden unter den Füßen, als es erbärmlich laut quietscht. Jemand hat in der Tür ein schmales Sichtfenster geöffnet.

»Alter, sie ist wirklich gesprungen?« Hinter dem Spalt blitzt ein Piercing auf. Enzo.

»Hab's dir ja gesagt«, erwidert Jax schulterzuckend. »Also, lässt du uns rein, oder sollen wir wieder hochklettern?«

Enzo sieht mich an, als wäre ich eine Trophäe. Wahrscheinlich denkt er, dass ich Jax etwas für meine Rettung versprochen habe.

Das Fenster wird geschlossen, gefolgt von einem Klackern im Schloss. Die Tür schwingt erstaunlich leise auf, gerade so weit, dass ich hinter Jax ins Innere des spärlich beleuchteten Raums huschen kann. Wow. Mit verzogenem Mund mustere ich die von Rost zerfressenen Wände, an denen undefinierbarer Dreck klebt. Dem Geruch zufolge eine Mischung aus Alkohol, Erbrochenem und etwas, das ich gar nicht näher definieren möchte. In der Mitte sammeln sich Unmengen von Bierflaschen, vermutlich stehen sie auf einem Tisch, von dem man nur die hölzernen Beine erkennen kann, gesäumt von Stühlen, die schon bessere Tage gesehen haben. Es erinnert an das Lager von einem Bronzenen, der jede Bemühung aufgegeben hat, ein Neutral zu werden – oder auch nur regelmäßig seine Zähne zu putzen.

Auf der Suche nach einem Lichtblick umrunde ich den Tisch. Ich zucke zusammen, als meine Füße gegen etwas Weiches stoßen. Ein Typ liegt reglos auf dem Boden, in der einen Hand eine Flasche, in der anderen roter Spitzenstoff, der verdächtig nach einem Slip aussieht. Sollte das hier die Zentrale der NoClans sein, kann Christoph froh sein, wenn er in unserem Bunker sterben darf.

»Sieht ganz so aus, als hätte ich die Wette gewonnen«, höre ich Jax hinter mir sagen.

»Netter Versuch, Kumpel«, erwidert Enzo. »Aber so leicht gebe ich mich nicht geschlagen. Hey, Newbie! Warum genau bist du gesprungen?«

Mit zweifelnder Miene sehe ich über die Schulter. »Ich bin nicht gesprungen. Ich bin abgerutscht.«

»Ha!« Lachend knufft Enzo Jax gegen die Schulter. »Hast du das gehört, Kumpel? Von wegen Wette gewonnen. Lass die Punkte rüberwandern.«

Erst nachdem Jax versucht hat, mich mit einem vorwurfsvollen Seitenblick zu strafen, zieht er ein kleines Kabel aus seiner Hosentasche. Kurz darauf hat er seinen Tracker mit dem von Enzo verbunden. Ich kann nicht erkennen, was genau auf den Displays steht, ich sehe nur ein helles Leuchten, das ein paarmal pulsiert. Dann hat Jax das Kabel wieder gelöst, und Enzo grinst, als hätte er die Wette seines Lebens gewonnen.

»Nicht euer verdammter Ernst?«, unterbreche ich seinen Siegesrausch. »Ihr habt darauf *gewettet*, ob ich springe? Wow. Und, wie viel hast du verloren, Jax? Deinen nächsten Burger? Ein paar Pommes?«

»Schön wär's«, feixt Enzo. »Aber wenn ich die süße Kellnerin wieder um den Finger wickle, reicht es vielleicht für einen Kaffee. Ohne Milch und Zucker.«

»Einen Kaffee!« Fassungslos sehe ich von Enzo zu Jax, der sich verlegen durchs Haar fährt. »Ich hoffe, der Koffeinmangel hinterlässt keine bleibenden Schäden.« Die Ironie könnte so süß schmecken, wäre es nicht so bitter. Das war bisher das einzig Gute als Gamerin. Keine beschissenen Wetten mehr.

Enzo kommt grinsend auf mich zu, um mir seinen Arm über die Schulter zu legen. »Ich mag dich, Newbie. Du bist nicht so leichtgläubig wie die anderen, die unser Kumpel normalerweise hier anschleppt.«

»Ich heiße Cass. Und danke, aber kein Interesse«, entgegne ich, während ich Enzos Arm mit einer Bewegung abstreife. Nur seine Worte bleiben an mir kleben, als wollten sie den Pfeil tiefer in meinen Stolz bohren. Natürlich bin ich nicht Jax' erste Rekrutin. Und sicher bin ich auch nicht die Erste, mit der er da oben geflirtet hat, um ihr Vertrauen zu gewinnen. Ich hätte es mir denken können, aber ich war zu sehr damit beschäftigt, auf seine Masche reinzufallen.

»Verratet ihr mir, was es mit dem Typ auf sich hat, der da hinten schläft wie ein Baby?«, frage ich, bevor meine Fassade bröckeln kann. »Und mit dem Spitzenhöschen in seiner Hand?«

Enzo und Jax tauschen einen vielsagenden Blick. Als wäre es nicht das erste Mal, umrunden sie gemeinsam den Tisch und gehen auf Tauchstation. Enzo birgt triumphierend den roten Slip, Jax den reglosen Körper, den er auf einen Stuhl hievt.

Kurz flattern die Lider des Schlafenden, gefolgt von einem unverständlichen Murmeln. Dann fällt sein Kopf auf die Brust und er gibt ein Schnarchen von sich, dem nur Yuna Konkurrenz machen könnte.

»Peinlich«, bemerkt Enzo.

»Und völlig unangemessen«, fügt Jax entschuldigend hinzu.

Ich starre die kleine Gruppe an, das schnarchende Sägewerk, die rote Spitze und erkenne, dass es einer dieser Momente ist, in denen man besser keine weiteren Fragen stellt. »Immerhin ist er nicht tot«, sage ich nur.

»Wer die Westlands übersteht, überlebt auch eine Schicht mit Kendra und zwei Bierchen zu viel. Stimmt's, Kumpel?« Enzo klopft dem Sägewerk auf den Rücken. Als keine Reaktion kommt, lässt Enzo schulterzuckend den Slip in seiner eigenen Hosentasche verschwinden. »Ich würde ja gerne noch länger plaudern, aber die Pflicht ruft. Süße?«, sagt er und grinst mich süffisant an, »war mir ein Vergnügen, dich kennenzulernen. Jax? Versau es nicht.« Dann greift er dem Betrunkenen unter die Arme und schleift diesen weg vom Tisch.

Jax folgt ihnen, um eine Tür zu öffnen, die sich zwischen den rostigen Platten tarnt. »Sagst du Flannery Bescheid, dass wir hier sind?«

»Immer wieder gerne. Ich wünsche den Herrschaften viel Vergnügen – und schön artig bleiben.« Enzo deutet eine Verbeugung an, begleitet von einem vielsagenden Zwinkern. Die Tür fällt ins Schloss.

Jax verdreht die Augen, sagt jedoch nichts. Wie oft war er wohl schon hier unten und hat diesen Ablauf mit einer anderen geprobt? Ich schüttle kaum merklich den Kopf. Und wenn es Hunderte waren, es spielt keine Rolle. Noch kann mich Jax einfach rausschmeißen, und ich bezweifle, dass ich eine zweite Chance bekommen würde, mehr über die NoClans herauszufinden.

»Enzo gehört also auch zu euch«, wähle ich ein möglichst unverfängliches Thema, während ich nach weiteren Türen und Alkoholleichen Ausschau halte.

»Ein Fluch und Segen zugleich. Willst du dich setzen?« Jax rückt einen Stuhl zurecht, der von ähnlich vielen Flecken übersät ist wie die Wände. »Sehen instabiler aus, als sie sind. Und bis Flannery hier ist, kann es dauern.«

Flüchtig sehe ich an mir runter. Ich trage eine beige Baggy von Kayla, dazu ein Top und die blau schimmernde Bomberjacke von Rain. Die Ärmel sind zu kurz, der Saum ausgefranst, und der einzige Vorteil sind die großen Innentaschen, in denen Old Shads Anstecknadel und mein Pager bequem Platz gefunden haben. Oder anders gesagt: Ein paar Flecken können die Sache kaum schlimmer machen.

»Danke.« Fünf Buchstaben, die Überwindung kosten. Ich setze mich, ohne Jax aus den Augen zu lassen. »Wenn ich dir einen kleinen Tipp geben darf: Bei deiner nächsten Rekrutin solltest du die Alkoholleichen vorher wegschaffen und es da oben nicht so klingen lassen, als würde hier unten der Purple Palace warten. Sie könnte sonst bitter enttäuscht sein.« Etwas Sarkasmus, eine Prise Necken, ein Hauch Arroganz. Es ist genau die Mischung, mit der ich früher Typen habe abblitzen lassen, deren Familien zu einflussreich waren, um es mir mit ihnen verscherzen zu dürfen.

»Echt? Und ich hätte gedacht, es wäre gerade angemessen für eine ehemalige Platin.« Da ist wieder dieses Funkeln, mit dem sich Jax rittlings auf den Stuhl neben mir setzt. »Immerhin bist du noch hier, richtig?«

»Ich warte nur auf einen Weg, der ohne Kletterpartie auskommt.«

»Du dachtest echt, du kommst hier wieder raus, ohne mindestens zwei Etagen zu erklimmen?!« Mit gespieltem Entsetzen nimmt Jax aus der Flaschensammlung zwei volle Bierflaschen, die schneller geöffnet sind, als ich protestieren kann. Dem Label nach alkoholfrei. »Auf so viel Naivität sollten wir trinken.«

»Ein verlockender Anlass, aber ich trinke lieber auf die Gewissheit, dass ich mich nicht verarschen lasse. Cheers.« Ich lasse die Flasche gegen seine stoßen. Nachdem er den ersten Schluck genommen hat, schnappe ich ihm sein Bier aus der Hand und tausche es gegen mein eigenes.

»Was zur ...?!«

»Wie gesagt, ich lasse mich nicht verarschen«, unterbreche ich seinen Protest. »Vorsicht ist besser, als vergiftet in einer Ecke zu enden. Alte Weisheit von einer Freundin.«

»Vertrauen ist echt nicht dein Ding, oder?«

Schulterzuckend setze ich das Bier an. Ein warmer Schluck, bei dem es mich schüttelt. »Als ich das letzte Mal jemandem vertraut habe, bin ich in der roten Zone gelandet«, erwidere ich nur.

»Warte, du bist auch auf einen Betrüger reingefallen?« Jax hat es wirklich drauf. Sein Lachen klingt super echt und super sexy. »Wow, und ich dachte immer, ich wäre der Einzige, der so leichtgläubig war. Also, wie ich bereits sagte: Auf die Naivität. Und dass sie uns beide hierhergeführt hat.« Dieses Mal deutet Jax einen Toast an.

»Nicht übertreiben«, warne ich ihn.

»Keine Sorge, Übertreibungen sind eher Enzos Ding.«

Ich lächle flüchtig, bevor wir zeitgleich die Flaschen ansetzen. Mit jedem Schluck schmeckt es weniger widerlich. Und mit jedem Schluck verändert sich etwas in mir. Erst ist es nur ein Kribbeln im Hinterkopf, dann ein Stechen, die kurze Panik, das Bier könnte doch vergiftet sein. Jax' Gesicht verschwimmt vor meinen Augen, und dann bin ich woanders.

Ich sitze auf der Ledercouch in Luthers altem Büro. In der Mitte des Raums steht der Roulettetisch, auf dem fünf Männer ihre Wetten platziert haben. Ihre Whiskeygläser stehen auf dem Rahmen, während sich Luther gerade an seiner Anrichte etwas von der bernsteinfarbenen Flüssigkeit nachschenkt. »Und dann hat er den großen Trumpf ausgespielt«, höre ich Luther sagen, gefolgt von allgemeinem Gelächter. In dem Ledersessel neben mir sitzt einer seiner ältesten Freunde. Und der Einzige, den ich wirklich mag – mochte, korrigiert mein Bewusstsein, das irgendwie hellwach ist, aber keine Kontrolle über meinen Körper hat. Trotzdem weiß ich genau: Zwei Monate nach dieser Erinnerung wird Rémy zu den Neutrals gehen, genau einen Tag nach meiner Einschulung. Ich werde sein Lachen vermissen, mit dem er mich jetzt zum Kichern bringt. Er ist in der Runde der Einzige mit einer Flasche Bier. Als er meinen neugierigen Blick bemerkt, beugt er sich zu mir rüber.

»Hier, mein kleiner moineau, aber nur ein winziger Schluck«, flüstert er mit französischem Akzent.

Die Flasche ist lauwarm. Meine Neugierde stirbt mit der Sekunde, in der ich den schalen Geschmack auf der Zunge habe. »Ekelig!«

»Ganz genau.« Schmunzelnd nimmt mir Rémy das Bier ab. »Deshalb solltest du es nie wieder probieren. Sonst endest du noch an einem Roulettetisch mit sechs traurigen nullités, die nicht wissen, wann Schluss sein sollte. Sacrément, wer hat sich gerade eine Kubanische angesteckt!« Er reißt seinem Gegenüber die Zigarre aus der Hand. »Hier sind immer noch Kinder im Raum, also reiß dich zusammen. Vaurien!« Schnaubend ertränkt er die Zigarre in einem Glas Whiskey.

»Rémy hat recht. Keine Zigarren, solange Cassie hier ist. Das *war der Deal.« Luther ist zum Tisch zurückgekehrt, um den verdorbenen Whiskey durch ein neues Glas zu ersetzen. »Trinken wir auf die nächste Runde.« Sein Blick bleibt liebevoll an mir hängen, als mir Rémy durch das Haar wuschelt. In diesem Moment glaube ich, es nach all den Jahren zu verstehen. Die Wirkung von Rémy, die jede Gier und jeden Abgrund aus Luthers Augen verschwinden lässt. Was wohl gewesen wäre, wenn Rémy nicht zu den Neutrals gegangen wäre?*

»Auf die nächste Runde.« Gläser klirren aneinander, Gelächter erfüllt das stickige Zimmer in der Old Thornton Road. Nach einem Schluck entschuldigt sich Rémy, um das Badezimmer aufzusuchen. Die anderen fahren unbeirrt mit ihren Anekdoten fort, bis man das Knallen unserer Haustür hört. Ist Rémy etwa gegangen? Oder hat Mum früher Feierabend gemacht?

Stirnrunzelnd stellt Luther sein Glas beiseite und steht auf. »Gentleman, ich bin gleich zurück.«

Es scheint niemanden zu kümmern, dass Luther den Raum verlässt. Die anderen machen ihre Einsätze, und meine Anwesenheit wird ein weiteres Mal vergessen. Vaurien steckt sich sogar eine Zigarre an, und dieses Mal gibt es niemanden, der ihn davon abhalten könnte. Also rutsche ich von der Couch und stehle mich raus auf den Flur.

Hier ist keiner. Dafür sehe ich Mums Handtasche, die sie auf die Sitzbank geworfen hat, daneben ihr Mantel, der sonst immer am Haken neben der Tür hängt. Meine Beine laufen wie von selbst los, bis ich eine gedämpfte Stimme aus der Küche höre. Umso näher ich komme, desto langsamer werde ich.

»Hast du nicht verstanden, sie ist tot!« Mums Worten folgt ein Schluchzer, der mich innehalten lässt.

»Komm her, Liebling.« So viel Zärtlichkeit habe ich in Luthers

Stimme selten gehört. »Es war nicht deine Schuld. Sie kannte das Risiko und war bereit, es in Kauf zu nehmen.«

»Aber ... aber sie ist tot, Luther.« Und nie habe ich Mum so verzweifelt erlebt. »Sie ist wegen mir gestorben!«

»Unsinn. Der Einzige, den irgendeine Schuld trifft, ist dieser Cheverton«, mischt sich eine weitere Stimme ein: Brien. »Keiner von uns weiß, was dieser Stümper mit ihrem Implantat angestellt hat, bevor er festgenommen wurde. Also hör auf, dir solche Vorwürfe zu machen, Melody.«

»Sie meinte, er hätte nicht einmal angefangen«, widerspricht Mum wimmernd. »Ich wollte ihr doch nur diesen schrecklichen Schmerz nehmen. Ihr helfen.«

»Sie meinte auch, dass Cheverton jedes Wort gesungen hätte und ihre verstorbene Großmutter hin und wieder zum Kaffee vorbeikommen würde.« Brien stößt einen leisen Seufzer aus. »Sie war ein psychisches Wrack, lange bevor sie an deine Tür geklopft hat, Melody. Keiner weiß, wie viele Behandlungen sie über sich hat ergehen lassen, aber nach allem, was wir über dieses Arschloch von Ehemann wissen, werden es einige gewesen sein. Möge sie in Frieden ruhen.«

»Brien hat recht. Und auch wenn es ihr nicht mehr hilft, kann ich versprechen, dass Cheverton bald nicht mehr der Einzige sein wird, den man zur Rechenschaft gezogen hat«, erklärt Luther gedämpft. »Möglicherweise gab es bei der Wachaufsicht einen anonymen Tipp über ihren gewalttätigen Ehemann.«

Mums Wimmern verklingt prompt. »Warte, was soll das heißen? Du hast doch nicht etwa der Aufsicht von ...?«

»Na, wen haben wir denn da?«

Erschrocken sehe ich auf zu Rémy, der mit seinem warmen Lächeln vor mir steht.

»Hat mein kleiner moineau etwa heimlich gelauscht? Komm her.« Er hebt mich hoch und klopft an die Küchentür, die unter seiner Berührung aufschwingt.

In der Küche steht Brien an der Theke und gießt Tee auf. Luther hält Mum am Ellenbogen fest, während sie ihn anfunkelt, auf den Lippen ein Zittern, das in dem Moment erstirbt, in dem sie mich bemerkt. »Cass!« Mit einem Schniefen reißt sie sich von Luther los und wischt die schwarzen Spuren unter ihren Augen weg. »Was machst du denn hier, mein Spatz? Du solltest doch längst schlafen.«

»Sie wollte noch bei uns bleiben und muss aus dem Zimmer gehuscht sein, während ich auf Toilette war«, verrät mich Rémy, und doch scheint niemand böse auf mich zu sein.

Anstatt mich zu rügen, nimmt mich Mum auf ihren Arm. Sie riecht nach Desinfektionsmittel, und an ihrem Haar klebt etwas Rötliches.

»Warum bist du traurig?«, frage ich.

»Weil ich mich von jemandem verabschieden musste«, erklärt sie mit brüchiger Stimme, bevor sie lächelt. »Aber habe ich richtig gesehen, dass ihr heute wieder Limonade gemacht habt? Mit ganz vielen Zitronen?«

Sie lenkt ab. Und mein jüngeres Ich fällt darauf rein. Begeistert schaue ich zu der Glaskaraffe, die noch auf der Theke steht. »Mit Zitronen und Limetten!«, ereifere ich mich. »Willst du probieren?«

Mum nickt Brien zu, der ein Glas aus dem Schrank holt und ihr etwas einschenkt. Sie nimmt einen Schluck und schließt die Augen für einen viel zu langen Moment. Ihr Schmerz fällt nur meinem erwachsenen Bewusstsein auf, mein junges Ich hört nur ihren wohligen Seufzer. »Die ist sehr lecker geworden. Vielen Dank, Rémy.«

»War mir wie immer ein Vergnügen. Aber es ist wohl besser, wenn du ab jetzt übernimmst«, entgegnet Rémy mit einem Blick, den nur Mum zu verstehen scheint. »Luther, mon meilleur ami, *lass uns zurückgehen, bevor wir noch die nächste Runde verpassen. Und du, mein kleiner* moineau, *denk immer daran, was ich dir gesagt habe. Finger weg vom Alkohol.« Dann stupst er gegen meine Nase und schenkt mir noch einmal dieses ansteckende Lachen.*

Nachdem Luther und er verschwunden sind, schließt Brien die Küchentür. Als er den Schlüssel umdreht, sehe ich fragend zu Mum, die mich auf den Hocker an der Theke setzt. »Gleich ist wieder alles gut, kleiner Spatz«, sagt sie und lässt sich von Brien ihre Meditasche reichen.

»Du weißt, was Luther damit gemeint hat, oder?«, fragt Brien, während sie die Schnallen aufspringen lässt. »Vielleicht hätten wir ihm nicht erzählen sollen, was wir wirklich tun.«

»Er hat es selbst herausgefunden.« Mums Stimme ist wieder so fest, als wäre nichts geschehen. Sie breitet ihre Instrumente auf der Theke aus, darunter den Stab mit dem Metallplättchen. »Weil wir bei Jimmy unvorsichtig waren. Und jetzt müssen wir damit leben, was nicht heißt, dass ich es gut finde.«

»Damit leben?« Mit zweifelnder Miene schiebt Brien ihr eine Teetasse zu. »Du bist die beste Mnestika, die ich kenne. Es wäre nur gnädig, ihm Unwissenheit zu schenken. Bevor er uns alle mit seinen anonymen Tipps auffliegen lässt.«

Mum desinfiziert die silberne Spitze des Stabs, bevor sie auf dem Display Einstellungen vornimmt. »Wenn er zur Gefahr wird, tue ich, was nötig ist. Aber bis dahin versuche ich es zu genießen, keine Geheimnisse vor meinem Ehemann zu haben. Cass?« Mit der freien Hand streichelt sie mir über den Kopf. »Warum erzählst du mir nicht etwas von deinem Tag? Es hat doch sicher lange gedauert, so viele Zitronen zu pressen?«

Dieses Mal lasse ich mich nicht so leicht ablenken. Fasziniert betrachte ich das Gerät, das einen leisen Piepton von sich gibt. »Ist das ein Zauberstab?«, will ich wissen.

»So könnte man es nennen, ja.« Mum lächelt mich an und weiß genau, wie sie ihre Traurigkeit vor meinem jungen Ich verstecken kann. »Was hältst du davon, wenn du mir von deinem Tag erzählst und ich dir danach einen Zauberspruch verrate?«

»O ja!« Ich nicke eifrig, als Mum den Stab aus meinem Sichtfeld verschwinden lässt. Kurz darauf jagt ein frostiges Kribbeln durch meinen Kopf. Dann ertönt ein Piepen und es ist vorbei.

»Okay, du siehst aus, als wäre das das mieseste Bier, das du je getrunken hast«, empfängt mich Jax zurück in der Realität. »Komm schon, den Blick hat es echt nicht verdient.«

Wie lange war ich weg? Unwillkürlich sehe ich zu Jax' Flasche. Fast voll. Er sitzt immer noch in derselben Position, und wenn es nach meinem Tracker geht, kann nicht viel Zeit vergangen sein. Trotzdem hängt mir die Erinnerung nach, als hätte ich gerade erst dort gesessen, in der Küche mit Mum und Brien. »Es ist halt keine Limonade«, entgegne ich fahrig.

»Limonade? Und ich hätte gewettet, eine ehemalige Platin steht eher auf Chilendra.«

»So kann man sich irren.« Insgeheim trauere ich dem Wein hinterher, den ich mir oft mit meinen Freunden geteilt habe. Ob Eliza und Am gerade eine Flasche geöffnet haben, um auf die Nacht anzustoßen? Schnell spüle ich die stechende Sehnsucht runter, zusammen mit der Erinnerung. »Und du stehst also auf lauwarmes Billigbier?«

»Knapp daneben. Siehst du den Eimer da hinten?« Mit einem Kronkorken zwischen den Fingern deutet Jax auf den ramponierten Blechhaufen nahe der Wand. »Wie wär's mit einem kleinen Spiel? Für jeden Treffer eine ehrliche Antwort. Keine Ausreden, keine Fragen zu gelöschten Erinnerungen. Nach einem Fehlwurf ist der andere dran. Du dürftest sogar anfangen.«

Welch großzügige Geste. Angesichts der vielen herumliegenden Kronkorken bin ich auch in diesem Spiel nicht die Erste. Aber es ist zu verlockend, Jax dieses selbstgefällige Schmunzeln aus dem Gesicht zu wischen. »Na gut. Wenn du bereit bist, dich vollkommen nackt zu machen, Jaxon Henderson.« Auffordernd halte ich ihm meine Hand hin. Früher haben meine Freunde und ich stundenlang auf Oles Dachterrasse gesessen und Kronkorken geschnipst. Bei Dämmerlicht und Seitenwind. »Her mit dem Ding.«

Jax lässt den Kronkorken dicht über der Narbe in meiner Handfläche schweben. Viel zu dicht, um seine Wärme nicht spüren zu können.

»Nur eine kleine Warnung, Newbie. Bisher hat keiner mehr als eine Frage geschafft.«

»Du bist ziemlich überzeugt von dir.« Ich reiße ihm den Korken weg, bevor mein Körper die Nähe falsch interpretieren kann. Scheppernd trifft das Geschoss sein Ziel. »Also, wer von euch ist der größere Mistkerl? Enzo oder du?«

Leider bleibt mir Jax die Antwort vorerst schuldig, denn in diesem Moment wird die Tür geöffnet.

»Guten Abend.«

KAPITEL 14

Flannery hat ein Gesicht wie eine alte Filmlegende. Hagere Züge, deren Wangenknochen sich unter einem gestutzten, weißen Bart verstecken. Darüber durchdringende Augen, dasselbe Eisblau wie sein Anzug, der die schmale Silhouette betont. Die Krawatte ist seidenweiß, wie ein Geflecht aus Spinnweben, das seinen Haaren entstammen könnte, die wild und unberechenbar abstehen. Auf seiner dunkelbraunen Haut zeichnen sich Altersflecken ab. Ich weiß nicht, ob er in einem Film den Helden oder den Schurken spielen würde.

»Guten Abend«, entgegne ich.

»Flannery, sehr erfreut.« Sein Lächeln ist warm wie ein Sommerabend, sein Blick kalt wie der erste Frost. »Dein heutiger Auftritt war wirklich beeindruckend. Ich habe selten einen Newbie so schwimmen sehen – *Cassandra*, richtig? Nur die wenigsten verwenden hier unten ihre Gamertags.«

»Cass reicht«, gebe ich zurück, während ich seine Hand schüttle. Sein Händedruck ist eisern. »Schwimmen liegt mir seit meiner Kindheit.«

»Also erinnerst du dich an deine alten Talente. Das ist sehr erfreulich«, entgegnet er, meine Hand immer noch fest in seiner. »Manche vergessen selbst das nach ihrer Degradierung.«

Zum ersten Mal spüre ich, warum mir Yuna eingetrichtert hat, niemandem die Wahrheit zu sagen. Menschen wie sie und ich sind selten. Und mächtige Männer wie Flannery lassen Seltenes nicht einfach so los.

»Ich erinnere mich an ein paar«, sage ich und bemühe mich um ein offenes Lächeln.

Luther hatte viele solcher Freunde. Vor Selbstsicherheit strotzende Männer, die genau wissen, wie man andere dazu bringt, bestimmte Dinge zu tun. Zum Glück habe ich gelernt, wie man in dieses Spiel einsteigt, ohne sich selbst zu verlieren. Etwas Honig ums Maul schmieren, neckend Grenzen setzen, sie manchmal überschreiten, wachsam bleiben. Rechtzeitig aussteigen. Etwas, das ich bei Luther leider vergessen habe.

Flannery entlässt mich aus dem eisernen Griff, bevor er ein Tuch aus seiner Brusttasche zieht. »Bitte verzeih diesen unwürdigen Empfang, doch du wirst verstehen, dass wir hier unten gewisse Sicherheitsvorkehrungen treffen müssen. Seit Gerüchte über uns nach draußen gedrungen sind, verirren sich manchmal Gamer hierher, deren Absichten nicht ganz aufrichtig sind.« Während er spricht, breitet er das Tuch auf einem der Stühle aus. »Meistens sind es Newbies der großen Clans, die uns aufspüren und an die Catcher verraten sollen. Eine Art Mutprobe. Ich muss wohl nicht erwähnen, dass es bislang niemandem gelungen ist. Sehen wir in jemandem Potenzial – sagen wir, ein Talent für tödliches Eiswasser –, bieten wir ihm an, zu uns zu wechseln, sofern das Risiko tragbar ist. Bei allen anderen sorgen wir dafür, dass sie uns nie wiederfinden, geschweige denn Verrat an uns begehen können.«

Obwohl die Eindeutigkeit seiner Worte ein Frösteln unter meine Haut jagt, halte ich seinem Blick stand. »Klingt, als wäre es hier unten wirklich sicher.« *Honig ums Maul schmieren.* »Jetzt fehlt nur noch der Teil, in dem es für mich relevant wird.« *Neckend Grenzen setzen.*

Neben mir verzieht Jax den Mund, sagt jedoch nichts.

»Eine gute Schwimmerin – und schlagfertig«, stellt Flannery ungerührt fest, während er nach einer Flasche greift. »Wenn du jetzt noch aufrichtig wärst, könntest du eine durchaus interessante NoClan abgeben. Jax, würdest du kurz?« Er lässt sich das Bier öffnen. »Danke. Und jetzt lass uns alleine.«

Anscheinend bin ich nicht die Einzige, die überrascht ist.

»Ich soll was?« Jax starrt Flannery an, als wäre es das erste Mal, dass man ihn rauswirft. »Aber ich bin ihr Recruiter!«

»Und sofern Cass und ich übereinkommen, wirst du wie gewohnt ihre Einführung übernehmen«, entgegnet Flannery ruhig. »Du kannst draußen warten, bis wir eine Entscheidung getroffen haben.«

Ich überspiele jede Nervosität mit meinem geübten Platinlächeln, während Jax sichtlich angepisst aufspringt. Der Part gehört also nicht zu seiner Masche. Er stürmt nach draußen, wobei er die Tür hinter sich scheppernd ins Schloss knallen lässt.

Flannery räuspert sich. »Ich nehme an, es wird Zeit für eine Entschuldigung.« Obwohl nichts an seiner Erscheinung in diesen Raum passt, nimmt er diesen vollständig ein.

»Nach all den Jahren weiß ich genau, mit welchen Worten Jax seine Newbies ködert. Die NoKill-Regel, Freiheit vom Tracker, keine brutalen Strafen oder halsabschneiderische Regeln. Und dann kommt dieser Sprung ins Nichts. Du hast dich gerade von dem Fall erholt, bist aus dem Netz gekrabbelt, und hinter dieser rostigen Tür wartet der mit Abstand schäbigste Empfang, den du dir vorstellen kannst, von einem völlig betrunkenen Micah mal abgesehen. Du musst denken, die NoClans bestehen nur aus leeren Worten, angeführt von einem Anzugträger, der sich nie die Hände schmutzig macht. Und mit einer Sache hast du recht.« Er streift seinen Ärmel zurück. Kein Tracker. »Ich mache mir die Hände nicht schmutzig. Jedenfalls nicht in diesen abscheulichen Arenen, die einzig und allein der Unterhaltung irgendwelcher primitiver Gambler dienen. Doch ich helfe jedem, der diesem Ort entkommen möchte. Und dafür mache ich weitaus mehr schmutzig als meine Hände. Also, verrate mir eines, Cass: Möchtest du hier raus?«

Er ist gut. Besser als Luthers Freunde, die dachten, sie könnten mich mit ein paar Coins bestechen, um ihnen am Abend Gesellschaft zu leisten. Ich nippe an meinem Bier. »Wer möchte das nicht?«

»Und was wirst du tun, wenn du es geschafft hast?«

Am und Eliza suchen. Ihnen um den Hals fallen, eine Flasche Chilendra öffnen und stundenlang auf der Veranda sitzen. Reden, lachen, vielleicht ein paar Kronkorken schnipsen und spekulieren, wann es Ole endlich zu den Neutrals schafft. Leider darf keiner von ihnen hier existieren, und etwas an dieser Erkenntnis schnürt mir die Kehle zu.

»Duschen«, bringe ich eine Spur zu heiser hervor. »Eine

lange, warme Dusche und danach ein Baisertörtchen mit einem Glas Chilendra.«

»Von einer ehemaligen Gamblerin deines Standes habe ich nichts anderes erwartet. Mindestens Platin, oder?«, entgegnet er frei von Abscheu.

»Platin ist richtig.«

»Was, wenn ich dir sage, dass du weder mit der Dusche noch dem Törtchen warten musst, bis du bei den Neutrals bist? Zugegeben, die Sache mit dem Chilendra wird schwierig, doch unter den richtigen Umständen ließe sich sogar hier etwas machen.«

»Unter den richtigen Umständen?« *Wachsam bleiben.*

»Was ich über dein Potenzial gesagt habe, war nicht gelogen. Es gibt nicht viele, die sich in ihrem ersten Arctic Race so gut schlagen, geschweige denn einem Fremden das Leben retten. Ich habe nur ein Problem mit dieser Geschichte. Andere würden deinen Erfolg womöglich als Anfängerglück verbuchen. Aber die Cass, die ich heute im Arctic Race gesehen habe, kannte die Fallen. Sie wusste genau, worauf sie achten muss, und wenn ich es nicht besser wüsste, würde ich sogar sagen, sie hatte ein paar Wegbereiter in ihrem Kragen versteckt. Das war für einen Newbie sicher nicht billig. Genauso wie das Gamertag.« Er mustert mich forschend, als würde mich nur der kleinste Wimpernschlag verraten. »Wenn du ernsthaft daran interessiert bist, die NoClans besser kennenzulernen, muss ich wissen, welches Risiko ich mit dir eingehe. Wen mache ich mir zum Feind, wenn ich ihm seinen teuren Newbie stehle?«

Allmählich dämmert mir, warum Jax so auf meinen Clan gepocht hat. »Keine Feinde, nur neue Freunde«, korrigiere ich und spüle den Kloß im Hals mit Bier herunter. Dann erzähle ich Flannery alles so, wie ich es mit Yuna und Christoph besprochen haben. Ein Mann ohne Stimme, der mich gerettet hat, eine alte Frau, die unter dem Radar lebt und jungen Gamerinnen hilft zu überleben. Den Rest der Wahrheit wandle ich ab. Aus dem Club der außergewöhnlichen Ladys wird eine einzelne Freundin, die Yuna in der roten Zone aufgespürt hat und diese hin und wieder mit Suppe versorgt. Oder die Coins für ein Gamertag bereitstellt. Die Informationen über die Spiele hat Yuna jahrelangen Beobachtungen sowie Büchern zu verdanken, und Christoph ist einfach nur ein gepeinigter Red. Eine Gamblerin hätte ihre Kontakte weitaus schillernder beschrieben, um ihr Gegenüber zu blenden. Meine Version von Yuna und Christoph hingegen wirkt fade wie Leitungswasser.

»Verstehe.« Flannery nickt vor sich hin, während er meinen Tracker mustert. »Was ist mit den Punkten passiert, die du im Arctic Race gewonnen hast?«

»Ein Geschenk für Christoph und Yuna.«

»Großzügig.« Im Wechsel stellt Flannery seine Fragen, und ich nähe die Wahrheit so um, dass sie besser passt als meine Kleidung. Die Degradierung habe ich meinem Übermut zu verdanken, aus meinem früheren Leben weiß ich genug, um es zu vermissen, aber zu wenig, um in Selbstmitleid zu versinken. Ich hatte namenlose Freunde, gute Noten, und über meine Mutter weiß ich nur noch, dass sie in den letzten Jahren weg war. Am Ende habe ich so viele geliebte Menschen zu Schatten gemacht, dass es sich ganz leicht anfühlt, die alte Cassandra Pierson endgültig wegzusperren. Übrig bleibt Cass, die selbstsicher von ihrem Talent im Schwimmen erzählt. Neben meiner Abneigung gegen die Gamemaster ist es die einzige uneingeschränkte Wahrheit, die an diesem Abend meinen Mund verlässt.

»War das dann alles?«, frage ich lächelnd, obwohl mich jede einzelne Lüge ausgelaugt hat.

»Beinahe. Da wäre noch eine kleine Sache.« Flannery mustert mich auf eine Weise, die an meine Wachsamkeit appelliert. Unwillkürlich richte ich mich auf. »Wen musstest du verärgern, damit man einen Newbie in ein Labyrinth schickt?«

Einen Pfuscher wie Parker. Leider weiß ich nicht, ob ich seinen Namen bei einem erfolgreichen Reset vergessen hätte. Ich runzle die Stirn, als würde ich scharf nachdenken, Zeit schinden, um die nächste Lüge zu formulieren. »Ich glaube, ich habe die Person verletzt, die den Reset durchgeführt hat«, erwidere ich langsam. »Ein Unfall. An mehr kann ich mich nicht erinnern.«

»Hast du dich gegen die Degradierung gewehrt?«

»Nicht, dass ich wüsste.«

Flannery nickt vor sich hin. »Dann frage ich mich nur noch, was es mit einem gewissen Accessoire auf sich hat. Ungefähr so groß wie ein Coin, kreisrund, elfenbeinfarben mit einem Lorbeerkranz und für gewöhnlich zwei Initialen. Sagt dir das was?« Er lehnt sich kaum merklich vor, und ich möchte nur noch in mich zusammensinken. »Weißt du, Cass, wir haben einige Theorien aufgestellt, und ich frage mich, welche der Wahrheit am nächsten kommt. Ist es das Andenken eines verwöhnten Miststücks, das gedanklich noch in Platin lebt und gerade eine bühnenreife Show hingelegt hat, um uns an die Gamemaster zu verraten? Oder ist es der Talisman einer Catcherin, die ihre Chance wittert, befördert zu werden? Vielleicht möchtest du uns das Ganze auch als optische Täuschung verkaufen und einem meiner besten Gamer raten, sich eine Brille zuzulegen?«

Jax hat ihm alles erzählt. Galle steigt in meiner Kehle auf, während ich mich frage, welche Theorien wohl von ihm kommen. So viel zu der Behauptung, ich wäre allein wegen meines Ehrgeizes hier. *Ehrgeiz am Arsch.*

»Kein Verrat, keine Catcherin, keine optische Täuschung.« Meine Stimme ist fester, als ich erwartet habe. »Es ist eine Erinnerung. Daran, wer im Hintergrund die Fäden zieht, wer mich als Newbie durch ein beschissenes Labyrinth hat tanzen lassen, wer dafür gesorgt hat, dass ich nur aufgrund meiner *Zähne* fast vor dem ersten Spiel gestorben wäre. Oder kurz gesagt: Es ist ein Reminder, wem ich diese ganze Scheiße hier zu verdanken habe, meine ganz persönliche Motivation.«

Flannery hat ein Pokerface, um das ihn jeder Gambler beneiden würde. Quälend lange Sekunden vergehen, bis er mir ein Zucken seiner Mundwinkel gönnt. »Diese Theorie haben wir auch durchaus in Erwägung gezogen. Woher hast du die Nadel?«

»Von unserem Kontakt nach draußen«, erwidere ich unbeirrt.

»Welche Initialen?«

»Nur ein Buchstabe. Y für Youngsteen«, lüge ich in dem Wissen, wie viele den schmierigen Kerl vergöttern.

»Einer der Schlimmsten.«

»Gibt es einen, der weniger schlimm ist?«

»Nein, ich schätze, sie sind alle verabscheuenswert genug, um einen Newbie zu motivieren. Also gut, Cass.« Flannery überschlägt seine Beine zur anderen Seite. »Ich werde ganz offen sein. In ein paar Punkten bin ich mir nicht sicher, ob du die Wahrheit gesagt hast, doch ich verstehe deine Beweggründe und noch viel wichtiger: Ich sehe dein Potenzial. Hier kommt also mein Angebot.«

Ich versuche herauszufinden, welche meiner Lügen er durchschaut hat. Es ist unmöglich. Was muss wohl passiert sein, damit ein Pokerface wie Flannery hier landet? Mir fällt nur eine Antwort ein. Der eine Feind, gegen den selbst die Besten nur verlieren können: die unstillbare Gier.

»Du bekommst passende Kleidung und ein Bett in einem der Schlafsäle, in denen alle Newbies die ersten Wochen verbringen«, beginnt Flannery, sein Angebot vorzutragen. »Sie sind weder schick noch sonderlich komfortabel, aber sie sind sauber, verfügen über einen eigenen Waschraum und geben uns die Möglichkeit, einander besser kennenzulernen. Sieh dich um, nimm an den Trainings teil, bring dich in unsere Gemeinschaft ein. Sollte alles passen, werde ich deinen Newbie-Status aufheben, dir ein eigenes Quartier zuweisen und deine trackerlosen Freunde ebenso willkommen heißen.«

»Und wenn es nicht passt?«

»Nun, wir sind nicht so gut ausgestattet wie die Grenzcenter, doch für den Reset eines Implantates reicht es in der Regel. Oder dachtest du, wir würden alle Gamer umbringen, die mit den falschen Absichten herkommen?« Ein amüsiertes Schmunzeln seinerseits, von mir nur ein Schulterzucken. »Wir sind nicht die Bailish Blues. Zugegeben, der Reset ist nicht sehr präzise, aber er ist schmerzlos und gewährleistet ein sicheres Weiterleben – für alle Beteiligten. Also, Cass, bist du bereit, die NoClans kennenzulernen?«

Abgesehen davon, dass ich nicht herausfinden möchte, was ein weiterer Reset mit meinem defekten Implantat machen würde, muss ich noch diesen Pfeil aus meinem Stolz ziehen. »Wenn ich ja sage, wird Jax dann meine Einführung übernehmen?«

»Es ist bei uns üblich, dass sich Recruiter persönlich um ihre Newbies kümmern, ja. Allerdings steht es dir frei, dich an jeden anderen NoClan zu halten, sofern du die Regeln befolgst.«

»Die Regeln?«

Zur Antwort zieht Flannery ein gefaltetes Blatt Papier aus der Innentasche seines Anzugs. »Sieh es als eine Art Hausordnung für Newbies.«

Ich stelle mein Bier beiseite und falte das Papier auf. Den Anfang machen die Grundregeln, bei denen Jax nicht übertrieben hat. Keine Kills unter NoClans, keine blutigen Strafen, keine Verpflichtung, seinen Tracker zu behalten. Zusätzlich gibt es eine ganze Reihe weiterer Regeln, die nur für Newbies gelten. Darunter drei, bei denen ich länger verweile:

- Alkohol ist bis zu drei Tagen nach dem letzten Game erlaubt und ausschließlich in Maßen zu genießen. (Wird auch initiierten NoClans ausdrücklich empfohlen).
- Die Probezeit beträgt mindestens zwei Monate.
- Gänge außerhalb des Schlafsaals sind nur in Begleitung eines initiierten NoClans zu betreten. Während der Mahlzeiten ist der Bereich Küchentrakt davon ausgenommen. Ausflüge nach draußen sind ebenfalls nur in Begleitung gestattet.

Einen Wachhund, den ich mindestens zwei Monate lang an meiner Seite ertragen muss. Zwei Monate, in denen ich womöglich weder Yuna noch Christoph sehen kann. Aber schließlich tue ich es für die beiden, richtig? Ich falte das Papier zusammen, in meinen Fingerspitzen ein feines Zittern.

»Klingt fair«, sage ich schließlich. »Wo muss ich unterschreiben?«

»Keine Unterschrift, nur ein Toast. Auf unser jüngstes Mitglied und eine vielversprechende Zukunft.« Die Flasche zu mir geneigt, sucht Flannery meinen Blick. »Ich werde dich im Auge behalten, Cassandra Pierson.«

Glas klirrt gegen Glas, ein Schaudern, ein Lächeln. Hoffentlich habe ich den Ausstieg nicht wieder verpasst.

»Willkommen bei den NoClans.«

Flannery lässt mich allein mit dem Bier und meinen Gedanken. Sie springen von seinem makellosen Anzug zu den harten Augen, zu Christoph, der vielleicht immer noch da draußen steht und auf mich wartet, und schließlich zu Am, deren Abschiedsbrief in meinem Nachttisch in der Mount Park Avenue liegt. Ich lache lautlos in mich hinein. *Wie naiv von mir.* Sicher liegt längst eine neue Platin in meinem Bett und hat alles weggeschmissen, was nicht mitgenommen wurde. Nur die Vorstellung, dass Luther irgendwo in einer Absteige für Bronzene sein Schicksal erträgt, ist tröstlich.

Als ich einen Lufthauch im Nacken spüre, springe ich reflexartig auf. Der Inhalt der Bierflasche ergießt sich über meine Jacke, die Hose, den Boden. »Musst du dich so anschleichen?!«, fahre ich Jax an, der die Arme vor der Brust verschränkt.

»Verzeihung, Miss Platin, hätte ich gewusst, dass Sie in Gedanken sind, hätte ich die Tür natürlich mit voller Wucht aufgestoßen.«

Stich. »Warum probierst du es nicht nächstes Mal mit einem einfachen ›Bin wieder da‹?«, schnappe ich zurück. »Oder noch besser: mit einem Anklopfen.«

»Das war ein Scherz.«

»Warum lacht dann keiner?«

»Vielleicht weil du mich ansiehst, als wolltest du mir gleich dein Messer in den Rücken jagen?«, erwidert er trocken. »Wenn ich dir einen kleinen Rat geben dürfte: Zieh dich um. Der Gestank von diesem Zeug ist echt hartnäckig.«

»Sag bloß.« Verärgert sehe ich an mir runter und muss feststellen, dass es aussieht, als hätte ich mir in die Hose gemacht. »Leider habe ich meine Wechselklamotten vergessen. Ich war wohl gedanklich noch in Platin.«

»Falls es dich tröstet: Ich glaube auch nicht, dass das hier der richtige Ort für Glitzerkleidchen und High Heels wäre.«

Wow. »Ach warte, weil *verwöhnte Miststücke* ja auch nichts anderes tragen, richtig?« Jetzt bin ich es, die ihre Arme vor der Brust verschränkt. Dahinter mein Herz, das viel zu schnell rast.

Jax' Mundwinkel zucken nach oben. »Das hast du jetzt gesagt.«

Wie gerne würde ich ihm dieses feine, unverschämt attraktive Lächeln aus dem Gesicht schlagen, aber dann wäre mein Implantat sicher schneller resettet, als ich diese stinkenden Klamotten loswerden könnte. »Das war ein Zitat.«

»Ganz ohne Quellenangabe?«

»Soweit ich weiß, steht sie direkt vor mir.«

Anstatt etwas zu sagen, wandert sein Blick an meinen verschränkten Armen vorbei nach unten. Ein Blinzeln, und er wendet sich räuspernd von mir ab. »Ich würde dir echt gerne erklären, wie wichtig es ist, seine Quellen vorher zu prüfen, aber es kommt mir falsch vor, wenn ich dabei deine Unterwäsche sehen kann.«

»Was?« Hitze schießt mir in die Wangen, während ich meine Hose kontrolliere. *Grandios*. Kaylas Baggy ist an den nassen Stellen transparent geworden und zeichnet meinen Slip in aller Deutlichkeit nach. Leider ist er weder rot noch aus Spitze, und er hat auch keinen vorteilhaften Schnitt. Oder in Yunas Worten: Er ist einfach funktional.

»Wie schade, dass du deine Wechselklamotten vergessen hast.«

»Spar dir dein Mitleid«, erwidere ich augenrollend, was Jax natürlich nicht sehen kann, da er mir immer noch den Rücken zugewandt hat. »Flannery hat in seinem Angebot neue Klamotten erwähnt. Ich muss also nur wissen, wo ich sie finde.«

»Wenn Flannery die Klamotten erwähnt hat, hat er dir sicher auch die Regeln gegeben. Keine Newbies allein auf den Gängen, schon vergessen?«

Innerlich stöhne ich auf, aber leider hat er recht. Auch wenn es sich anfühlt, als würde ich Scherben schlucken, zwinge ich meinen verwundeten Stolz herunter. »Okay, *Gentleman*. Dann wäre es echt reizend, wenn Sie mir zeigen könnten, wo ich etwas zum Anziehen finde, das Sie nicht vom Thema ablenkt.«

Ein leises Lachen jagt Gänsehaut über meinen Körper. »Es wäre eine Schande, würde sich ein Gamer so leicht ablenken lassen. Aber da Sie so freundlich fragen, Miss Platin: Geben Sie mir Ihr Messer und ich zeige Ihnen den Weg.« Ohne sich umzudrehen, streckt er seine Hand aus. »Und falls Sie auf die Idee kommen, es mir genau jetzt in den Rücken jagen zu wollen: Ich bin schneller. Wetten?«

Allein dafür würde ich es gerne auf einen Versuch anlegen.

»Ich wette nie, wenn es nicht sein muss«, erwidere ich finster und drücke ihm das rostige Messer in die Hand. Dann binde ich mir Rains Jacke um die Hüften, straffe die Schultern und versuche, nur noch einen Gedanken zuzulassen: Ich bin drin.

KAPITEL 15

Die Gänge sind weiß und kalt und endlos. Neonröhren vertreiben die Schatten von den Wänden, geschlossene Türen laden dazu ein, über die Zimmer dahinter zu spekulieren. Manchmal liegen nur ein paar Schritte zwischen zweien, manchmal ein ganzer Gang, mal haben die Türen klassische Klinken, mal leuchten neben ihnen rote Codefelder auf.

Als wir zum gefühlt zehnten Mal abbiegen, verschwindet gerade jemand in einem der größeren Räume. Ich erhasche einen Blick auf einen ovalen Tisch, zusammengewürfelte Stühle, ein paar Leute, die miteinander diskutieren. Bevor ich mich auf eine der Stimmen konzentrieren kann, fällt die Tür zu und Gesprächsfetzen werden zu monotonem Gemurmel. Es ist eins der wenigen Geräusche neben unseren Schritten und dem leisen Surren einer Klimaanlage. Wie lange dauert es wohl, einen solch verzweigten, unterirdischen Komplex zu errichten? Still und heimlich, verborgen vor Gamemastern und anderen Clans? Ich habe nicht viel Ahnung von Architektur, aber eins ist klar: zu lange. Wahrscheinlich gab es diesen Komplex bereits, bevor die Grenzen gezogen wurden, vielleicht sogar vor dem letzten Krieg. Doch selbst dann muss Flannery eine Menge Hilfe gehabt haben, um diese Gänge in einen bewohnbaren Zustand zu versetzen.

Ich notiere innerlich jedes Detail, das für Christoph und Yuna interessant sein könnte oder mir dabei hilft, mich zu orientieren. Da es keine Wegweiser oder Exit-Pfeile gibt, klammere ich mich an den Schildern fest, die manchmal neben den Türen hängen. Darauf Namen wie *Projektor, Observatorium* oder *Labor V*. Es ist sicher kein Zufall, dass sich auf Höhe des Labors ein greller Pfeifton in die Stille mischt, der mich den Mund verziehen lässt. Ich bin kurz davor, Jax nach dem Geräusch zu fragen, aber seit wir losgelaufen sind, haben wir unsere kleine Fehde unter Schweigen begraben. Kein weiteres Geschwafel über Ehrgeiz, verwöhnte Miststücke oder Flannerys subtile Drohung, mich im Auge zu behalten.

Unwillkürlich sehe ich nach oben. Sie sind winzig und leicht zu übersehen, aber als jemand, der mit Kameras aufgewachsen ist, erkenne ich sie sofort. Die roten Leuchtpunkte, die schwarzen Flecken im Rahmen von Türen. Ob Flannery uns genau jetzt zusieht?

Wir biegen auf einen Gang ganz ohne Schilder. Dafür steht etwas direkt auf der weißen Wand: *Wohntrakt I, Westen*. Schwarze, kantige Buchstaben, die so akkurat gezeichnet sind, dass eine Schablone im Spiel gewesen sein muss.

»Am Anfang bekommst du ein paar passende Sachen von ehemaligen Gamerinnen«, bricht Jax unser Schweigen. »Später sorgt Flannery dafür, dass du eigene Klamotten kriegst.«

»Und diese ehemaligen Gamerinnen sind –«

»Tot.« Er bleibt vor einer von vielen Türen stehen. »Warte kurz hier«, weist er mich an, während er anklopft.

Keiner macht auf.

»Noch besser«, sagt Jax schulterzuckend und tippt etwas in das Codefeld ein. Es verfärbt sich grün, und die Tür gibt ein kleines, schmuckloses Zimmer frei.

Die fliederfarbenen Wände erinnern mich an Ams altes Schlafzimmer, aber da hört die Ähnlichkeit auch schon auf. Hier gibt es nur ein schmales Bett mit Kissen, dünner Decke, einen Schreibtisch mit zwei Schubladen, einen Einbauschrank, der eine ganze Wand überspannt, und eine Kiste. Selbst mein Zimmer bei Yuna hat mehr Persönlichkeit als diese sechs Quadratmeter.

Jax kniet sich vor die Kiste, deren Vorhängeschloss entweder kaputt ist oder nicht richtig zugedrückt wurde. Er greift nach ein paar Kleidungsstücken, wobei sein Ärmel nach oben rutscht. Tintenschwarze Linien, kleine Kreise. Ich muss mir auf die Zunge beißen, um ihn nicht nach der Bedeutung des Tattoos zu fragen, das sich Ole stechen lassen wollte.

»Okay. Ich habe keine Ahnung, welche Größe du hast und was du außer viel zu kurzen Jacken mit Bierflecken trägst.« Jax steht wieder auf und tritt einen Schritt zurück. »Am besten suchst du dir selbst was aus.«

»Will ich wissen, wem das gehört hat?«, frage ich, während ich mich der Kiste widme. Jemand hat die Kleidung darin mit Sorgfalt drapiert. T-Shirts, Jeans, Leggings, Unterwäsche, Westen. Nichts davon sieht wirklich alt oder so aus, als hätte es eine Gamerin bei ihrem Tod getragen. Oder die NoClans haben einen genialen Reinigungstipp für Blutflecken.

Jax lehnt mit verschränkten Armen am Schreibtisch und

schürzt die Lippen. »Ich fürchte, das wirst du bald herausfinden.«

»Die Besitzerin lebt noch?!« Mit zwei T-Shirts und Hosen in der Hand halte ich inne. »Hier bei den NoClans?«

»Ehemalige Besitzerin«, korrigiert Jax. »Seit sie eigene Klamotten hat, trägt sie die Sachen sowieso nicht mehr und hätte sie längst abgeben müssen. Also tu dir keinen Zwang an.«

Mit dem Gefühl, jemanden zu bestehlen, raffe ich die letzten Sachen zusammen. »Wo kann ich mich waschen und umziehen?«

»Wenn du mit diesem verruchten Look nicht an allen anderen vorbei möchtest, am besten direkt hier.« Jax meidet immer noch jeden Blick auf meine Hose. Ein winziger Pluspunkt für ihn, der den Pfeil in meinem Stolz trotzdem nicht auflöst. »Hinter der mittleren Schranktür ist ein Waschbecken, Handtücher sind rechts daneben.« Dann kehrt er mir den Rücken zu – und lehnt sich zurück gegen den Schreibtisch.

Ich räuspere mich. »Als ich *Gentleman* zum letzten Mal nachgeschlagen habe, durften sich Ladys noch allein umziehen.«

»Dann hast du wohl das falsche Kapitel gelesen. Das gilt nur, wenn sich der Gentleman sicher sein kann, dass die Lady nichts anfasst, was nicht ihr gehört. Handtücher und Waschbecken ausgenommen.«

»Unglaublich, wie explizit dieses Kapitel ist«, spotte ich, während ich die mittlere Schranktür öffne. Das Waschbecken ist genauso einfach wie der Rest des Zimmers. Weiß, Armaturen aus Edelstahl, beides frisch geputzt. Am Rand ein kleines Stück Seife.

»Ich war auch ganz überrascht«, erwidert Jax hinter mir.

»Es hatte übrigens die Überschrift *Wie ein Gentleman einer Lady zehn Minuten Zeit gibt, um sich zu waschen.*«

Ich verdrehe die Augen, kann mir ein Schmunzeln allerdings nicht verkneifen. »Diese Lady braucht nur fünf.«

Nachdem ich mich versichert habe, dass Jax wirklich nicht hinsieht, drehe ich das Wasser auf. Vom Rauschen übertönt, löse ich Rains Jacke von meinen Hüften und hole den kleinen Pager raus. *»Bin drin. XOXO, Cass«*, tippe ich eilig, bevor ich das Gerät zusammen mit Old Shads Anstecknadel und Flannerys Regelzettel in die Tasche der neuen Hose schiebe. Hoffentlich habe ich hier unten Empfang. Danach ziehe ich mich bis auf die Unterwäsche aus und genieße das lauwarme Wasser auf meiner ausgekühlten Haut. Die Seife riecht neutral und beseitigt die klebrigen Bierreste. Was ich leider nicht wegwischen kann, sind die vielen blauen Flecken, Schrammen und kleinen Narben. Einige sind aus der Zeit vor der roten Zone. Wie die kreisrunde Narbe am Arm, auf dem einer von Luthers Freunden eine Zigarette ausgedrückt hat, weil ich ihm kein Glück gebracht habe. Ich kann mich noch an das pinke Pflaster erinnern, das mir Mum am Abend samt Salbe auf die Brandwunde geklebt hat. Dazu ein Kuss auf die Stirn und das Versprechen, mich nie wieder mit Luther und seinen Freunden allein zu lassen. Irgendwann hat sie dieses Versprechen vergessen.

»Stimmt etwas nicht?«

Ich zucke zusammen. »Hast du mich etwa beobachtet?!«, frage ich in der Angst, Jax könnte meine Verletzlichkeit gesehen haben. Oder noch schlimmer: den Pager.

»Kein bisschen. Oder dachtest du, der Spiegel da drüben wäre echt?«

Das Handtuch gegen meinen Oberkörper gepresst, wirble ich herum. Mein Blick huscht gehetzt über die Wand neben der Tür, aber da ist nichts. »Es gibt keinen Spiegel«, spreche ich das Offensichtliche aus. Als Jax lacht, ohne seine abgewandte Haltung aufzugeben, schlage ich mit dem Shirt nach ihm. »Mistkerl!«

»Ich wollte nur sichergehen, dass du kein unüberlegtes Manöver planst.« Er zuckt mit den Schultern, bevor er erklärt: »Das Rauschen des Wassers. Es hat sich seit zwei Minuten nicht mehr verändert. Entweder hast du also etwas anderes gemacht, sagen wir, ein zweites Messer aus deiner Jacke gezaubert, oder du bist im Stehen eingeschlafen.«

»Welch meisterliches Kombinationsgeschick, Sherlock«, erwidere ich. »Aber ich muss dich enttäuschen. Ich habe einfach das warme Wasser genossen.« Und dabei viel zu lange auf meine Narben gestarrt.

»Bedauerlich. Ich hätte gerne herausgefunden, was Miss Platin im Zweikampf draufhat.« In seiner Stimme schwingt eine Mischung aus Necken und einer Herausforderung, die meine Phantasie anstachelt. Ich immer noch in Unterwäsche, er mit diesem unverschämten Lächeln, ein Angriff von hinten, ein geschickter Gegenschlag, seine rauen Finger auf meiner Haut, ein Kribbeln, das in dieser Situation völlig unangemessen ist.

Ich beiße mir so fest auf die Unterlippe, dass die Vorstellung zerplatzt. So schnell ich kann, trockne ich mich ab, wechsle den Slip und ziehe die restlichen Klamotten über. Die Besitzerin trägt dieselbe Größe wie ich, bevor ich mich Yunas Suppendiät oder Christophs Training unterziehen musste. Das dunkelrote Shirt schlabbert genauso wie die schwarze Hose, die ich mit meinem alten Gürtel festziehe. Da sich der Pager trotzdem in der Tasche abzeichnet, verfrachte ich ihn samt Anstecknadel in meinen Ausschnitt. »Fertig.«

Jax dreht sich um. Eine Sekunde lang starrt er mich an, als würde er mich zum ersten Mal sehen. »Du siehst gut aus. Also, gut im Sinne von *sauber*«, murmelt er eine Spur zu schnell.

»Pass auf, was du sagst. Sonst könnte ich noch das Gefühl bekommen, der Typ, der mich rekrutiert hat, hätte etwas für mich übrig.« Ich ergebe mich dem feinen Lächeln, das schon länger an meinem Mundwinkel zupft.

Jax funkelt mich unverwandt an, ein unvernünftiges Herztaumeln, die Frage, was wir hier gerade tun.

Ich warte auf seinen Gegenschlag. Es vergehen vier nervöse Atemzüge, bis er sich abrupt von mir abwendet.

»Zehn Minuten sind um«, sagt er und lässt die Tür mit einem Handwinken aufgleiten. »Ich muss noch zum Training.«

Autsch. Wie war das noch mal mit dem Plan, meinen Stolz zu kitten? Es sieht fast so aus, als würde ein Teil von mir darauf stehen, sich von Jax kränken zu lassen, aber das ist weder die Cass, die ich kenne, noch die, die ich sein will.

Ich sammle die dreckigen Sachen zusammen, wische mit dem Handtuch die Wasserflecken an den Armaturen weg und schließe den Schrank. Wenn ich schon jemandem die Klamotten wegnehme, dann wenigstens mit Manieren.

Auf dem Gang meide ich jeden Blick in die smaragdgrünen Augen, bevor meine Phantasie wieder zum Verräter werden kann.

»Zuerst zeige ich dir das Quartier der Newbies, in dem du die ersten Wochen verbringen wirst«, erklärt Jax, während er mich aus dem weißen Wohntrakt in einen weniger schicken Gang führt. Hier leuchten nur noch alle paar Schritte Neonröhren, und die weißen Wände werden zunehmend von Metallplatten ersetzt.

»Sobald Flannery dich als vertrauenswürdig einstuft, weist er dir ein Quartier zu, das näher an den anderen Räumlichkeiten liegt.«

»Du meinst, wenn er merkt, dass ich die Wahrheit gesagt habe und keine eurer kleinen Theorien stimmt?«

»Am Ende erwartet Flannery von den Newbies das Gleiche wie von allen anderen«, fährt er fort, als hätte er es überhört. »Etwas Unterstützung in der Küche, Einkäufe erledigen, Wunden nach den Spielen versorgen, eben alles, was anfällt, wenn man mit gut vierhundert chaotischen Gamern unter einem Dach – oder Erdboden lebt.«

Überrascht verlangsame ich meine Schritte. »Vierhundert?« Den Gerüchten nach dachte ich, es wären dreißig, vielleicht ein paar mehr Gamer, die es schaffen, den Clannamen vom Register fernzuhalten. »Wie macht ihr das?«

»Es reicht, wenn du weißt, dass Flannery von Anfang an einflussreiche Unterstützer hatte.« Jax bleibt stehen. »Wir sind da.«

Die Tür erinnert an die des Empfangsraums, rostig, fleckig, kein Codefeld, nur eine versiffte Klinke. Über dem Rahmen steht in eckigen Buchstaben: *Schlafsaal II*. Ich habe jetzt schon keine Lust herauszufinden, wie es dahinter riecht.

»Wenn du sagst, dass Flannery einflussreiche Unterstützer hat ...«, setze ich an, um meine innere Liste mit weiteren Infos zu füllen, »... dann reden wir von Kontakten jenseits der Grenzen?«

»Tu das nicht.«

»Was? Fragen über den Mann stellen, über den ich im Grunde nichts weiß, während ich vor ihm einen Seelenstriptease hinlegen musste?«

»Ihm misstrauen«, sagt Jax ernst. »Halte von mir, was du willst, aber Flannerys Ziele sind aufrichtiger als von jedem anderen Menschen, den ich kenne.«

»Und was genau sind seine Ziele?«

»Uns alle zu retten.« Dann greift Jax nach der Türklinke und lässt das rostige Ungetüm quietschend aufschwingen. »Willkommen in Ihrem neuen Zuhause, Miss Platin.«

Bevor ich etwas erwidern kann, drängen mehrere Mädchen auf uns zu. Manche sehen so jung aus, als hätten sie erst gestern ihr Startguthaben bekommen, die ältesten schätze ich auf fünfzehn. Sie haben helle und dunkle Haut, verschiedene Körperformen, lange oder kurze Haare, manchmal bunt gefärbt oder eng am Kopf geflochten, ein Mädchen stützt sich auf knallrote Krücken, das Handgelenk unter dem kurzen Ärmel nackt. Kein Tracker.

Es gibt nur eins, was sie alle gemeinsam haben: Ihre ganze Aufmerksamkeit gilt Jax. Ehe ich mich versehe, hängt eine der Älteren an seinem Arm und redet auf ihn ein: »Wie geht's dir? Wie war dein Tag? Was hat Flannery gesagt?«

Ich warte darauf, dass Jax sie abwimmelt. Aber anstatt auf sein angebliches Training zu verweisen, lässt er sich widerstandslos mitziehen. Sieht ganz so aus, als wäre ich gerade für einen Haufen Teenies stehengelassen worden.

Ich versuche, das dumpfe Ziehen in meinem Bauch zu

ignorieren, und gehe tiefer in den Saal, den Jax als *Zuhause* bezeichnet hat. Nie im Leben. Bevor ich das hier mein Zuhause nenne, muss die ganze Welt in Flammen stehen.

Es riecht ein bisschen nach Schulumkleide. Alte Wäsche, Vanilledeo und Schweiß. Zwei Dutzend Betten aus Metall stehen auf nacktem Betonboden, daneben jeweils eine Truhe für alle Habseligkeiten, die gleichzeitig als Nachttisch fungiert. Auf den meisten Truhen kleben Namensschilder aus Papier, und nur die wenigsten Betten scheinen frei zu sein. Mal sind sie von Kleidung übersät, von Büchern oder Kleinkram, mal sind die grauen Laken zerwühlt, oder jemand hat es trotz der plappernden Mädchen geschafft, früh einzuschlafen. Ich bin etwas neidisch.

Mein Blick wandert hoch zur Decke, die mindestens drei Meter über uns liegt. Falls es Kameras gibt, fallen sie hier nicht sofort auf. An der hinteren Wand reihen sich mehrere Kleiderstangen aneinander, über und über behangen mit Klamotten, darunter vollgestopfte Regalfächer und wild durcheinander gewürfelte Schuhe. Ich will mir die Sachen näher ansehen, als ich den Typ wahrnehme, der auf dem letzten Bett sitzt und liest.

»Enzo?«

Das Buch scheint ihn richtig zu fesseln, denn er bemerkt mich erst, als ich direkt vor ihm stehe. »Newbie!« Enzo klappt den dicken Wälzer so hastig zu, dass ein dünneres Buch zu Boden fällt. Zeitgleich greifen wir danach, unsere Köpfe stoßen schmerzhaft zusammen. Zischend bekomme ich die Seiten zu fassen und hebe das Heft auf. Als ich den Titel sehe, lasse ich verwundert locker. »Der talentierte Mr Ripley? Der Film war gar nicht so schlecht.«

Enzo reißt mir das Buch aus der Hand und lässt es blitzschnell zwischen den Seiten des Wälzers verschwinden. »Und trotzdem wäre mein Ruf ruiniert, wenn jemand wüsste, dass ich freiwillig lese«, raunt er, wobei Röte durch seine Haut schimmert. »Wäre nett, wenn du es für dich behalten könntest.«

»Und was ist damit?«, frage ich und deute auf den Wälzer, der um einiges anspruchsvoller aussieht als ein alter Krimi.

Zur Antwort hält mir Enzo den Titel hin. »*Memoiren eines Siegreichen. Von Percival, dem Bezwinger der finsteren Kreaturen*«, liest er vor. »Pflichtlektüre vom Großmeister. Allein wenn ich dieses affektierte Grinsen sehe, könnte ich kotzen.« Er verzieht das Gesicht, bis sich die Wimpern fast in seinem Piercing verfangen.

»Endlich mal jemand, der es ausspricht«, erwidere ich mit Blick auf das Cover, von dem mir der Vorzeigeneutral mit gebleechten Zähnen entgegenlacht. »Wenn Percival genauso furchtbar schreibt, wie er spricht, sollte man dieses Buch lieber als Feuerholz verwenden.«

Im direkten Vergleich kommt mir selbst Enzos Grinsen weniger machohaft vor, fast niedlich.

»Hört, hört, unser Newbie hat tatsächlich Geschmack. Und neue Klamotten, die nicht aus unserem üblichen Fundus stammen.« Er nickt zu den überfüllten Kleiderstangen. »Wolltest du so dringend aus den alten Sachen raus?«

»Es gab einen kleinen Unfall.« Ich hebe den Kleiderstapel an, den ich immer noch mit mir rumschleppe. Der Geruch hängt mir so hartnäckig in der Nase, dass ich die Sachen am liebsten zusammen mit Percivals Wälzer verbrennen würde.

Enzo beugt sich vor, um belustigt zurückzuweichen. »'ne Bierdusche hat Jax noch keinem seiner Newbies verpasst. Kannst dich geehrt fühlen – Sorry, dein Name war ...?«

»Cass.«

»Ach ja, genau.« Erneut schimmert Verlegenheit durch seine selbstsichere Miene. »Resetfehler«, erklärt er. »Hab's nicht mehr so mit Namen, seit die Arschlöcher mein Implantat geröstet haben.«

Wie auf Kommando beginnt mein Hinterkopf zu jucken. Schnell kratze ich über die Stelle, unter der das Implantat liegt. Auch wenn man es nicht fühlen kann, weiß ich, dass es da ist und ein ganz anderes Problem verursacht als Enzos.

»Wie lange dauert es ungefähr, bis du meinen Namen weißt?«

Enzo zuckt mit den Schultern. »Tage, vielleicht Wochen oder nie. Manchmal fallen mir ein paar Namen wieder ein, dann vergesse ich sie einfach. Ist ziemlich beschissen, aber man gewöhnt sich dran. Und was ist mit dir? Irgendwelche kleinen Fehlerchen, gelegentliche Kopfschmerzen oder so?«

»Alles bestens«, lüge ich.

»Du Glückliche.« Zwinkernd legt er das Buch weg. »Apropos Namen: Hab gehört, du hast jetzt auch ein fancy Gamertag? Und sorry, wenn ich nicht mehr darauf komme. Irgendwas mit S...?«

»Sparrow«, helfe ich ihm auf die Sprünge. »Spatzen sind meine Lieblingstiere.« *Bravo, Cass. Konnte dir keine Erklärung einfallen, die weniger nach Sechsjähriger klingt?*

»Niedlich. Sieht ganz so aus, als hätten wir beide eine Schwäche für seltene Tierarten.«

»Ach, echt?«

»Mein Gamertag? Wild *Sonic*? Sonic wie dieser Igel aus den alten Konsolenspielen? Du weißt schon …«

»Blitzschnell und ziemlich *blau*?«

»Wow!« Enzo grinst mich schief an. »Nettes Wortspiel, aber ich muss dich enttäuschen. Da mein letztes Game schon eine Weile her ist, bin ich genauso stocknüchtern wie die meisten in diesem Saal.«

»Was machst du eigentlich hier? Ich dachte, die Ehre dieser klapprigen Betten gebührt allein Newbies in der Probezeit.«

»Keine fünf Minuten bei den NoClans und schon pocht sie auf ihre Sonderrechte«, zieht mich Enzo auf. »Mein Kumpel hat dir doch sicher erzählt, wie die Dinge hier laufen, jeder trägt seinen Teil zur Gemeinschaft bei und so. Manche teilen sich den Küchendienst, andere halten die Test-Arenen in Schuss, und wir gehören seit einem Jahr zu den Recruitern. Was sexy klingt, heißt leider auch, dass wir hier Nachtwache schieben müssen. Nur für den Fall, dass unsere Frischlinge einen Albtraum haben und glauben, sie müssten schreiend einen Weg nach draußen suchen.« Er macht ein Gesicht, als würde das öfter passieren. »Falls du auch so eine bist, warn mich bitte vor.«

»Wenn ich dir verspreche, nachts brav in meinem Bettchen zu bleiben, zeigst du mir dann, wo ich diese stinkenden Sachen loswerden kann?«

»Da kann ich wohl schlecht nein sagen.« Er öffnet seine Truhe, um das Buch darin verschwinden zu lassen. »Die Platinprinzessin wünscht also eine Führung durch ihren neuen Palast. Es ist mir wahrlich eine Ehre.«

»Arsch.«

»Und zwar ein ganz reizender«, spöttelt er zurück. »Du hast Glück, Süße, denn kürzlich sind drei Plätze frei geworden. Hast sozusagen freie Wahl.« Im Mittelgang bleibt Enzo stehen. »Ganz da vorne, wo du die frischen Blutflecken siehst, schlafen ein paar Draufgänger, bei denen sicher bald was frei wird, wenn sie so weitermachen. Bis dahin könntest du direkt gegenüber ein Bett neben den Jaxies beziehen. Also, falls du dich seinem Fanclub anschließen möchtest, nur zu.«

»*Jaxies?*« Zweifelnd schaue ich zu der kichernden Gruppe, für die sich mein Recruiter alle Zeit der Welt nimmt. »Und sie wissen, dass du sie so nennst?«

»War ihre eigene Idee.«

Ich muss mir einen fiesen Spruch verkneifen. Mit dreizehn standen Am und ich total auf Keagen Wilers. Schulterlange, gewellte Haare, immer bewaffnet mit seiner Gitarre, einer umwerfenden Stimme und diesem verführerischen Lächeln. Zum Glück hat er sich die Haare abrasiert, bevor wir unserem Fanclub einen Namen geben konnten.

»Wie alt sind sie?«, frage ich nur.

»Keine älter als fünfzehn«, bestätigt Enzo meine Vermutung. »Siehst du die Kleine mit dem Afro und dem zu großen Pullover? Erst vor kurzem zwölf geworden und ein waschechter Jaxie, seit unser Kumpel sie nach dem ersten Game vor ein paar Schlägern gerettet hat.«

»Zwölf.« Ohne es zu wollen, regt sich in mir eine gewisse Anerkennung für Jax. »Dann ist dieses Mädchen eine Red?«

»Richtig. Sie kann sich natürlich nicht an ihre Eltern erinnern, aber soweit wir wissen, waren es Gamer. Und da die Kleine nicht adoptiert wurde, ist sie hier gelandet.«

»Nicht adoptiert?« In mir ballt sich etwas zusammen, von dem ich nicht wusste, dass es da war.

»Was dachtest du denn? Dass es wie in den Werbespots für jedes kleine Gamerbaby eine stinkreiche Gamblerfamilie gibt, die sich freut, es aufnehmen zu können? ... Oh.«

Mein Gesichtsausdruck sagt anscheinend alles.

»Nichts für ungut, Süße, aber diese glorreiche Adoptionsstory ist noch so ein beschissenes Märchen von den Gamemastern. Haben wir alle mal dran geglaubt.« Er klopft mir auf die Schulter, als könnte er so das Bild kitten, das gerade in mir zerbrochen ist.

In der Schule hat man uns ein *Aufklärungsvideo* gezeigt. Ich erinnere mich vor allem an die sanfte Frauenstimme, die jede Szene mit säuselnden Worten kommentierte: *Zum Schutz des Ungeborenen wird die schwangere Gamerin ab dem fünften Monat von den Spielen freigestellt und in einem naheliegenden Grenzheim untergebracht. Dort kümmert sich ein kompetentes Team darum, das Kind gesund auf die Welt zu bringen und zu versorgen. Nach der geglückten Geburt werden die Eltern informiert und können ihr neues Familienmitglied nach spätestens sieben Tagen bei sich zu Hause willkommen heißen.*

In dem Video ist *die Gamerin* eine gesichtslose Silhouette, die nur eine Funktion hat: einem kinderlosen Gamblerpaar ein breites Lächeln aufs Gesicht zu zaubern.

Ich habe Christoph nie gefragt, wie er zum Red geworden ist, da ich immer dachte, er wäre ein Kind von Bronzenen, die ihm das Startguthaben gestohlen haben. Aber wenn Enzo recht hat, könnte Christophs Mutter eine dieser Gamerinnen gewesen sein. Nur gab es keine *Eltern*, die ihn über Nacht zum Purpurnen haben werden lassen.

»Also, es gibt sicher ein paar, die Glück haben, die meisten wachsen allerdings in den Grenzheimen auf und werden mit zwölf dahin zurückgeschickt, wo sie herkommen. Der Großmeister war nicht gerade begeistert von Jax' kleinen Rekrutinnen, aber am Ende haben halt beide ein weiches Herz. Genau wie ich.« Als Enzo versucht, mir seinen Arm um die Schulter zu legen, weiche ich aus.

»Ach, und wo ist dein Fanclub?«, ertränke ich meine Übelkeit in Zynismus. Es wurde nie erwähnt, was mit den Kindern passiert, die keine Familie finden. Und wir haben nie danach gefragt.

»Gerade unterwegs«, feixt Enzo. »Ich bin für diese Hasen hier zuständig.« Er deutet auf die zerwühlten Betten um uns herum. »Hab sie zu einer extra Runde Labyrinth verdonnert, aber sie müssten jeden Moment zurückgebracht werden. Bei ihnen ist auch noch ein Bett frei.«

»Du meintest, es gäbe drei Optionen?«

»Gut, dass du fragst.« Seinem Ausdruck zufolge sollte ich mich lieber für eine der ersten beiden Möglichkeiten entscheiden. Seine Augenbrauen vollführen einen vielsagenden Tanz, mit dem er auf sein eigenes Bett deutet. »Neue Matratze, extra bequem, zwei Kissen, nächtliche Wärme inklusive und –«

»Armselig, Enzo, wirklich armselig.« Mit einem bedauernden Kopfschütteln wende ich mich ab und steuere das Bett an, das möglichst weit von Jax entfernt ist. Hoffentlich bleibt er nicht die ganze Nacht bei seinen Groupies.

Enzo holt ein Set grauer Bettwäsche aus den vollgestopften Regalen und hilft mir, mein neues Lager zu beziehen. Danach gibt er mir einen Stift, um die Truhe zu beschriften.

Obwohl mein Name kurz ist, schaffe ich nur zwei Buchstaben, bis ich von dem Quietschen der Tür unterbrochen werde. Jemand stapft herein, das Gesicht hinter der Brille zu einer wütenden Miene verzerrt.

»Jax!«, faucht Val laut genug, um es bis hier hinten zu hören. Ohne das Mondlicht wirken ihre Züge noch härter. »Wen zur Hölle hast du an meine Klamotten gelassen?«

Na klasse. Hätte ich gewusst, dass meine Kleidung diesem mordlüsternen Miststück gehört, hätte ich dankend abgelehnt. Kein Wunder, dass die Jaxies sofort zurückweichen.

Obwohl Jax auf Val einredet, lässt sie ihren Blick durch den Saal zucken wie ein Blitz auf der Suche nach dem höchsten Baum. »Du!« Gefunden. Mit ausgestrecktem Zeigefinger lenkt sie alle Aufmerksamkeit auf mich. Ich bin es inzwischen gewöhnt, dass mich Leute mit Blicken töten wollen, aber Val spielt in einer anderen Liga. Fast glaube ich, wieder das Messer an meinem Hals zu spüren. Dann dreht sie sich zurück zu Jax und bohrt ihm den Finger in die Brust. »Wer hat dir erlaubt, meine Sachen dieser Purpurschlampe zu geben!«

»Platin«, raune ich mit verschränkten Armen und sehe, wie sich Enzo ein Grinsen verkneift.

»Dafür wirst du büßen!« Mit peitschendem Zopf fährt Val herum und stürmt in meine Richtung. Erst jetzt erkenne ich, dass ihre Frisur aus etlichen geflochtenen Strähnen besteht, alle in diesem dunklen Violett.

Enzo stellt sich ihr in den Weg. »Hi, Furie«, begrüßt er sie im Plauderton. »Hast du seit zwei Stunden keinen mehr umgebracht, oder ist dir der Tequila zu Kopf gestiegen?«

»War ja klar, dass du die Purpurschlampe in Schutz nimmst!«

»Platin«, wiederholt Enzo meine Worte. »Also komm endlich runter und hör auf, so ein Drama zu machen. Du kennst die Regeln.«

»Aber die Hose habe ich von Ju-«

»Du hast sie aussortiert, Süße«, unterbricht Enzo sie ungerührt. »Also: Let it go, atme durch und geh zurück in die Hölle, aus der du gekrochen bist.«

Val plustert ihre rosa Wangen auf. Kurz sieht es aus, als wollte sie noch etwas sagen. Aber was auch immer es ist, sie scheint es herunterzuschlucken. Mit einem letzten Todesblick kehrt sie auf dem Absatz um und stürmt davon. Kurz bevor die Tür zuknallt, läuft Jax hinter ihr her. Noch ein Stich. Viel zu tief dafür, dass es mich nicht kümmern sollte, mit wem er seine Zeit verbringt.

»Kleiner Überlebenstipp gefällig?« Enzo nickt zur Tür, die gerade ins Schloss fällt. »Geh der Furie am besten aus dem Weg. Vor ihrer Degradierung hat man ihr komplettes Implantat gelöscht, und du weißt ja, was das heißt.«

Entweder war Val eine Verbrecherin, oder sie hat sich gegen ihre Degradierung gewehrt. Ich weiß nicht, ob ich sie noch mehr fürchten oder bewundern soll.

»Also, Süße, willst du direkt schlafen gehen oder möchtest du erst das Badezimmer und die Waschmaschinen sehen?«

Was für eine Frage.

KAPITEL 16

Die erste Nacht bei den NoClans erinnert mich an eine Pyjamaparty. Manche wollen einfach nur schlafen, andere wollen die ganze Nacht quatschen, und dann gibt es die Newbies, für die Enzo zuständig ist. Sie denken wohl, der Saal würde ihnen gehören. Als ich gerade im Schutz meiner Decke eine Nachricht an Yuna in den Pager getippt habe, trampeln Enzos Schützlinge rücksichtslos durch die Gänge, lachen, lallen, und ich ahne, dass sie nach der Extrarunde im Labyrinth noch einen Abstecher zum Bierkasten gemacht haben. Ohne das Label *alkoholfrei*.

Ich falle immer mal wieder in einen unruhigen Dämmerschlaf. Begleitet von Traumfetzen, die keiner Storyline folgen und nur bedingt mit meinem wahren Leben zu tun haben. Mal mischt sich Mum in die Sequenzen ein, mal Brien, meine Freunde, und sogar Rémy bekommt einen Gastauftritt. Dieses Mal ist es wirklich nur ein Traum.

Am nächsten Morgen fühle ich mich wie ausgekotzt.

Enzos Bett ist leer, obwohl es gerade mal kurz vor sechs

ist, ein paar Jaxies sitzen bereits zusammen und unterhalten sich kichernd, aus dem Badezimmer dröhnt in Dauerschleife ein Song von Michigo Six, und irgendjemand hatte Knoblauch zum Abendessen, so dass der halbe Saal danach stinkt. Seufzend raffe ich mich auf und durchforste den Fundus nach Klamotten, die besser passen als Vals. Ich brauche eine Weile, aber die Suche ist erfolgreich. Unterwäsche, schwarze Leggings, ein hellblaues T-Shirt, beige Strickjacke in Oversize, dazu Sneaker. In einem anderen Fach gibt es Handtücher.

Als ich das Badezimmer betrete, wird die Dauerschleife von Michigo Six beendet, und es läuft ein Song, den ich früher geliebt habe. Wie lange ist das jetzt her?

»Skip ruhig, wenn er dir nicht gefällt«, begrüßt mich das Mädchen, das an einem der vielen Waschbecken steht und summend seine Haare zusammenbindet. »Bin hier eh fast … oh.« Sie stockt, als sie mich sieht. »Du bist es.«

»Kennen wir uns?« Ich versuche, in ihrem blassen Gesicht etwas Vertrautes zu finden, aber da ist nichts. Dem Alter nach könnte sie eine der Jaxies sein.

»Nee, aber du bist doch die Platin.« Sie zieht das Haargummi fest und bedenkt mich mit einem beeindruckend abschätzigen Blick. »Muss echt hart hier sein, wenn man nur ein eigenes Zimmer gewöhnt ist. Hoffentlich holst du dir auf den Matratzen keine blauen Flecken. Ach, und eins noch: Lass deine Finger von Jax.« Dann macht sie die Musik aus, nimmt ihre Sachen und verlässt das Bad mit zügigen Schritten.

Ich weiß nicht, ob ich lachen oder es einfach ignorieren soll. Erst werde ich für einen Haufen Teenies stehengelassen, und jetzt verurteilt mich eine Vierzehnjährige für mein altes Leben. *Eine vierzehnjährige Red*, korrigiere ich in Gedanken und entscheide mich gegen das Lachen. Ich habe keine Ahnung, was man sich unter Reds über Platins erzählt, aber ich kann es mir ungefähr vorstellen. *Verwöhntes Miststück* ist sicher eine der harmlosen Bezeichnungen.

Ich gehe zu dem kleinen Musikplayer und schalte ihn wieder ein. Begleitet von dem Song, zu dem ich früher mit Am und Eliza durchs halbe Zimmer getanzt bin, nehme ich eine der sechs Duschkabinen in Beschlag. Das Wasser ist heiß, in den Spendern an der Wand gibt es Shampoo und Duschgel, und nach einer halben Stunde für mich allein habe ich die beschissene Nacht abgestreift.

Ich verstaue gerade meine Schlafsachen in der Truhe, als Enzo zurückkommt. Er klopft mit geschlossener Faust gegen die blechernen Wände, bis er jede Aufmerksamkeit hat.

»Newbies!«, ruft er mit einer Stimme, die kein Megaphon braucht. »Auf zum Frühstück! Und ihr kennt die Regeln: eine Zweierreihe bilden, keine illegalen Erkundungstouren!«

Ich schaue auf meinen Tracker. Kurz vor sieben. Bei Christoph und Yuna haben wir meist später gegessen, und trotzdem meldet sich mein Magen mit einem leisen Knurren. Ob alle vierhundert NoClans da sein werden? Mit einer Mischung aus Neugier und Nervosität reihe ich mich neben einem Typ ganz vorne ein.

»Guten Morgen, Süße«, begrüßt mich Enzo, während er darauf wartet, dass die restlichen Newbies nachziehen. »Hübscher Look. Wusste gar nicht, dass wir so saubere Sneaker haben.«

»Man muss nur lange genug suchen«, erwidere ich.

»Geduld ist leider nicht meine Stärke.«

»Keine Geduld, keine sauberen Sneaker.«

»Touché.« Er grinst mich an, bevor er unsere Reihe kontrolliert. »Und Abmarsch.«

Enzo ist ein deutlich engagierterer Guide als Jax. Vielleicht liegt es auch daran, dass er in mir kein verwöhntes Miststück, keine ehrgeizige Catcherin oder sonst was sieht. Er erklärt bereitwillig, welche Gänge wir gerade passieren, welcher Wohntrakt wo genau liegt, und auch wenn ich die Hälfte sicher wieder vergesse, gibt es mir das Gefühl, hier unten nicht ganz verloren zu sein.

»Und da vorne kommen wir zum Küchentrakt, Speisesäle inklusive«, erklärt er, als wir über einen der modernen Gänge laufen. Man hört bereits hier das monotone Summen Hunderter Gespräche, begleitet von geschäftigem Klappern und Scheppern.

»Säle?«, wiederhole ich.

»Es gibt drei. Die morgendliche Versammlung findet mit allen im großen Saal statt, aber fürs Essen ist er schon vor Jahren zu klein geworden.«

Wir betreten eine Sackgasse, die mit *Kuchentrakt, Süden* beschriftet wurde, und wie auf Kommando löst sich die Zweierreihe auf. Eine Gruppe Jaxies rennt an uns vorbei, um hinter einer riesigen Flügeltür zu verschwinden, der Typ neben mir lässt sich zu seinen Freunden zurückfallen, ein anderer Newbie entleert seine Hosentasche an einem Mülleimer.

»Freie Zone für Newbies während der Mahlzeiten«, erinnert mich Enzo an die Regel. »Direkt hier vorne ist die Küche.« Er steuert auf die silberne Schwingtür zu, durch die das

Klappern und Scheppern dringt. Gerade kommt eine blonde Frau heraus, angestrengtes Lächeln, gebückte Haltung, stumpfe Haare. Unwillkürlich sortiere ich sie als Bronzene ein, bis mir klar wird, dass ich weiterdenken muss. Vielleicht hatte sie mal eine aufrechte Haltung, vielleicht glänzende Haare, ausgelöscht durch eine viel zu lange Zeit in der roten Zone. Nicht einmal perlweiße Zähne sind für die Ewigkeit.

»Guten Morgen, Angela.« Enzo nickt der Frau zu, während er nach der offenen Tür greift.

Ich lächle Angela schuldbewusst zu, bevor ich an Enzo vorbeispähe. Es sieht aus wie die Großküche eines Restaurants. Alles aus Edelstahl, etliche Herdplatten, Waschbecken mit Brausen, dazwischen ein scheinbar wahlloses und trotzdem koordiniertes Treiben.

»Ah, Corvin!« Enzo winkt einem sommersprossigen Typ mit Kochmütze zu, der gerade Obst schneidet.

Corvin sieht flüchtig auf und wischt sich mit dem Armrücken über die Stirn. Kein Wunder. Da drinnen müssen gute vierzig Grad sein, die uns mit heißer Luft entgegenschlagen.

»Sorry, Enzo, heute keine Pancakes«, ruft Corvin. Er ist schätzungsweise vierzig, trägt keinen Tracker, und falls er mal ein Platin war, sieht man es ihm auch nicht mehr an.

»Aber ich rieche Porridge«, erwidert Enzo grinsend. »Bis gleich.« Er lässt die Tür wieder schwingen und setzt unsere kleine Führung fort. »Gegenüber von der Küche sind die Toiletten, unschwer zu erkennen an dem Symbol auf der Tür, hier rechts kommt der erste unserer Speisesäle. Es ist der kleinste und irgendwie nicht besonders beliebt, da es in der hinteren Ecke zieht. Angeblich.«

Im Vorbeigehen werfe ich einen Blick durch den schmalen Torbogen von Speisesaal III. Bis auf zwei Leute, die sich hinter dem Eingang unterhalten, ist er menschenleer. Weiße Wände, schmuckloser Betonboten, etwa ein Dutzend runder Tische mit vielen Stühlen. Speisesaal II liegt ein paar Schritte weiter auf der anderen Seite und könnte eine spiegelverkehrte Kopie sein, wären die Tische hier nicht rechteckig.

»Und das ist unser Herzstück«, kündigt Enzo den Saal an, dessen Flügeltür die ganze Breite der Sackgasse einnimmt. Kaum hat er eine der Seiten geöffnet, werden aus dem monotonen Summen Gesprächsfetzen, Gelächter sticht in verschiedenen Tonlagen hervor, irgendwo wird ein kleiner Ball umhergeworfen.

So viele Menschen. Ich habe keine Ahnung, ob es vierhundert sind, aber es sind so viele, dass ich vom Boden nur das Stück sehen kann, auf dem Enzo und ich stehen. Dunkle Holzdielen, an den Wänden blitzen ein paar Poster auf, die Tische hat man an den Rand geschoben, die Stühle gestapelt. Der Saal ist riesig, und trotzdem hat Enzo recht: Für ein gemeinsames Essen mit allen Anwesenden ist er viel zu klein.

Es erinnert mich an eine Hausparty mit zu vielen Gästen, überall ist es eng, laut, und es ist verflucht warm. Ich ziehe die Strickjacke aus, während ich mich hinter Enzo durch die Menge quetsche. Immer wieder begrüßt Enzo Leute, die mir zunicken, verhalten lächeln oder mich ganz ignorieren. Keiner sieht so richtig nach ehemaligem Platin oder gar Purpur aus. Ob ich diesen verräterischen Glanz auch irgendwann verliere?

Wir schlagen uns bis zu einer kleinen Bühne durch. Etwa einen halben Meter hoch, auf dem Rand sitzen Leute. Darunter die Jaxie mit den roten Krücken. Sie spielt gerade

Schere-Stein-Papier mit einem Jungen in ihrem Alter, beide mit einem konzentrierten Gesichtsausdruck.

Enzo erobert uns zwei Stehplätze am Rand, so dass ich mich gegen die Wand lehnen kann. Ein paar Sekunden später öffnet sich eine Tür auf der Bühne, und Flannery kommt heraus. Heute trägt er einen violetten Anzug aus einem schimmernden Stoff, dazu eine schwarze Krawatte auf weißem Hemd. Nur seine Haare scheint er nicht angerührt zu haben, denn sie stehen wieder in alle Richtungen ab. *Held oder Schurke?* Laut Jax ist die Antwort klar, Flannery ist der Held, der uns alle retten wird. Was auch immer das heißen soll.

Unwillkürlich halte ich Ausschau nach Jax. Seit er Val hinterhergelaufen ist, habe ich ihn nicht mehr gesehen. *Ob die beiden etwa doch ...?* Der Gedanke erstirbt in einem schrillen Pfeifton, bei dem alle zusammenfahren.

»Verzeihung.« Flannery richtet das winzige Mikrophon an seiner Wange, und das Störgeräusch verschwindet. Immerhin hat er jetzt sämtliche Aufmerksamkeit. »Guten Morgen«, begrüßt er uns mit einem gewinnenden Lächeln und zieht ein Smartphone aus dem Jackett. »Ich hoffe, ihr habt alle gut geschlafen und seid bereit für einen neuen Tag. Heute werden folgende Leute in den Arenen erwartet, ich lese vor: Um 10 Uhr gibt es ein Golfturnier mit Walter, parallel dazu findet das Morgen-Labyrinth statt, Kendra, du bist dabei.«

Neben uns stöhnt jemand auf. »Schon wieder ein Lab. Wie kreativ.« Das muss Kendra sein, die, deren Spitzenhöschen ich gestern kennengelernt habe. Hochgewachsen, schmal gebaut, platinblonde Locken, die ein sommergebräuntes Gesicht umrahmen. Nahe der Bühne erhebt sich einer der wenigen alten NoClans, die Haare so grau und der Rücken so krumm, dass ich unwillkürlich schlucken muss. Früher habe ich gegen solche Menschen gewettet – und zu oft gewonnen.

Flannery fährt fort, Namen und Spiele vorzulesen. Offensichtlich ist Yuna nicht die Einzige mit Kontakten nach draußen. Fragt sich nur, wie mächtig seine sind.

»Außerdem freut es mich, euch drei neue NoClans vorstellen zu dürfen, die gestern zu uns gestoßen sind. Könntet ihr bitte kurz die Hand heben, damit ich euch sehe?«

Auf gar keinen Fall. Ich möchte die Arme vor der Brust verschränken, als Enzo nach meinem Handgelenk greift und es ruckartig in die Höhe reißt. Vielleicht sollte ich mir von Val beibringen lassen, wie man mit Blicken tötet.

»Sorry, Süße, aber da mussten wir alle durch«, raunt Enzo mir zu, während ich versuche, mich zu wehren.

»Stimmt«, pflichtet ihm jemand von der Seite bei. Es ist Jax, der es wohl an seinem Fanclub vorbeigeschafft hat und keine Anstalten macht, mir zu helfen. Stattdessen sieht er mich belustigt an. »Die Leute warten«, neckt er, und leider freut sich ein Teil von mir über seine Anwesenheit.

Widerwillig gebe ich nach und ringe mir ein Lächeln ab. »Ihr seid so tot«, wispere ich, ohne die Lippen zu bewegen. Lächeln und winken. Noch ein Talent, das man schnell unterschätzt.

Flannery stellt uns der Reihe nach vor. Erst die beiden Typen, die gemeinsam nach einem Parcours rekrutiert wurden, und dann mich. *Das Platinkind Cass, das sich im letzten Arctic Race überragend geschlagen hat, Gamertag* Sparrow.

»Platinkind«, wiederhole ich stöhnend, während die Menge schwach applaudiert. »Ist er immer so kreativ?«

Ich bekomme keine Antwort, denn Flannery fährt bereits fort: »Mit eurer Entscheidung für die NoClans habt ihr euch für weitaus mehr entschieden als für eine Gruppe verbündeter Gamer. Ihr habt euch für die Freiheit entschieden, wählen zu können.« Flannery macht eine Pause, in der er mich ansieht, als müsste ich von seiner Ansprache beeindruckt sein. Wäre ich sogar, hätte er mir nicht diesen Spitznamen gegeben. »Wie allen Mitgliedern steht es euch frei, Punkte zu sammeln oder die Gemeinschaft auf anderen Wegen zu unterstützen. Jeder, der nicht länger an den Spielen teilnehmen will, kann sich an meine Assistenz Valetta wenden, die sich um die Entfernung eures Trackers kümmern wird. Vorausgesetzt, ihr steht heute nicht auf der Liste.«

Sie ist Flannerys rechte Hand? Val betritt neben ihm die Bühne. »Okay, Leute, da es immer wieder dieselben unnötigen Fragen gibt, machen wir es kurz. Tut die Entfernung weh? Nicht so sehr wie das nächste Labyrinth. Könnt ihr danach noch Punkte verdienen? Kein Kommentar. Kriegt ihr trotzdem Essen? Dafür sind wir NoClans da. Entbindet euch die Entfernung vom Training?« Sie gibt ein schnaubendes Lachen von sich, in dem genug Abscheu liegt, um jeden von sich fernzuhalten. »Glaubt ihr echt, wir lassen euch da draußen ins offene Messer rennen? Trainingsbeginn ist täglich um 8.30 Uhr bei eurer Gruppe – ohne Ausnahmen.«

»Danke für die Überleitung.« Abermals nickt Flannery Val zu, die wieder in der Menge abtaucht. »Valetta wird die neuen Gruppen nach dem Essen aushängen, und damit kommen wir zum letzten Punkt. Wie einige bereits gehört haben, konnten diese Woche gleich zwei meiner Lehrlinge erfolgreich ihre Prüfung abschließen und werden ab heute eigene Gruppen leiten. Um sich ganz auf ihre neue Aufgabe konzentrieren zu können, haben beide gestern Abend ihren Tracker abgelegt. Sierra und Blizz! Wo seid ihr, meine Lieben?«

Dieses Mal klingt der Applaus anders als bei der Vorstellung der Newbies. Lauter, inbrünstiger. Es wird gejubelt, gepfiffen, Füße stampfen auf den Boden, während ein Pärchen Hand in Hand die Bühne betritt. Verblüfft starre ich die beiden an. An der Seite eines blassen Typs mit blau verfilzten Haaren steht tatsächlich Elizas Schwarm. Seit ich Golden Freckles – oder Sierra – das letzte Mal auf dem Screen gesehen habe, hat sie sich kaum verändert. Das dunkle Haar trägt sie geflochten über der Schulter, ihre Sommersprossen leuchten wie ein Sternenmeer.

Sie streicht den Zopf zurück, damit Flannery einen kleinen Anstecker am Kragen ihrer Lederjacke befestigen kann. Er bedankt sich bei beiden für ihren unermüdlichen Einsatz während der letzten Jahre und entlässt sie erst nach einer Umarmung. Der Beifall schwillt wieder an. Immer mehr Leute drängen sich um das Pärchen, das Hände schüttelt und in der Menge untergeht, bis ich nur noch Blizz' blaue Haare sehe.

Enzo und Jax gehen, um ebenfalls zu gratulieren, während ich am Rand zurückbleibe. Es erinnert mich an die Abschiedspartys bei den Purpurnen. Nur dass hier keiner so aussieht, als wäre er neidisch auf die beiden. Sogar Val, die sich auf die andere Seite zurückgezogen hat, bringt eine Art Lächeln zustande. Und ich dachte, die Finsternis wäre auf ihren Zügen eingraviert.

Die Versammlung löst sich langsam auf. Flannery haut

durch dieselbe Tür ab, durch die er gekommen ist, einige nehmen den Haupteingang, andere fangen an, den Saal für das Frühstück vorzubereiten. Die Tische werden zurück in die Mitte getragen, gestapelte Stühle auseinandergezogen. Enzo steht noch mit Sierra, Blizz und ein paar anderen zusammen, nur Jax schält sich aus der Gruppe und läuft – zu mir.

»Und, Miss Platin? Wie war die erste Nacht?« Er lehnt sich schmunzelnd neben mir gegen die Wand. »Oder sollte ich lieber *Platinkind* sagen?«

Ich muss mich zusammenreißen, ihm in die Augen zu sehen, ohne mich von seinem Smaragdfunkeln aus dem Konzept bringen zu lassen. »Oder noch ein Vorschlag: Wie wäre es mit *Cass*? Dann kommen deine Groupies vielleicht nicht mehr auf die Idee, mich die ganze Zeit anzusehen, als wollten sie mich persönlich dem nächsten Hex zum Fraß vorwerfen.« Ich nicke in Richtung einiger Jaxies, die tuschelnd die Köpfe zusammengesteckt haben und immer wieder zu mir sehen.

»Warte«, Jax runzelt die Stirn, »dann bist du gar kein Groupie?«

»In deinen Träumen vielleicht.«

Anstatt zurückzuschießen streicht sich Jax durch das Haar, das sofort zurück in seine Stirn fällt, und seufzt. »Okay, Cass, es tut mir leid, dass ich dich gestern einfach habe stehen lassen.«

»Warte, welches Mal genau meinst du? Als du so dringend zum *Training* musstest und dich erst mal um die Jaxies gekümmert hast, oder nachdem mich Val fast umgebracht hätte, weil du mir ihre Klamotten gegeben hast?« Noch während ich es ausspreche, merke ich, wie viel verletzter Stolz durchschimmert. »Nein, weißt du was? Es ist egal.« Ist es nicht. Ich habe nur Angst, ihm noch mehr Wunden zu zeigen, wenn ich länger hier stehen bleibe. Ich will mich umdrehen, als seine Finger über mein Handgelenk streichen.

»Cass.« Obwohl er mich nicht festhält, reicht der Moment der Verwirrung, um mir den Weg abschneiden zu lassen. »Ich entschuldige mich nicht oft, aber wenn ich es tue, dann meine ich es ernst.« Sein Blick sucht meinen. Kein Feixen oder Necken, kein Anzeichen für eine Lüge. »Mein Verhalten war echt mies, aber als wir gestern in Vals Zimmer waren und du mich so angesehen hast ... Ich darf mich nicht ablenken lassen. Nicht noch mal.«

Warum läuft mir genau jetzt ein frostiger Schauer über den Rücken? »Nur damit ich das richtig verstehe. Du rettest mir das Leben, behauptest später, wir wären quitt, dann ziehst du deine volle Recruiter-Masche ab, bringst mich persönlich zu Flannery, und jetzt kommst du nicht damit klar, dass ich ... *hier* bin?« Ich wähle jedes Wort mit Bedacht, und trotzdem lasse ich zu tief blicken. Auf den Pfeil, auf mein taumelndes Herz, auf eine unterschwellige Hoffnung, die es nicht geben dürfte. »Oder bist du nur enttäuscht, dass Flannery dieses *verwöhnte Miststück* tatsächlich reingelassen hat, anstatt es vollständig zu resetten?«

»Enttäuscht?« Jax runzelt die Stirn. »Ich glaube, du verstehst nicht ganz. Natürlich war ich skeptisch, was ein Newbie im Labyrinth zu suchen hat, aber das heißt nicht, dass ich recht haben wollte. Und jetzt bist du hier, und ich ...« Er schüttelt den Kopf, gefolgt von einem verärgerten Schnauben. »Das Labyrinth war mein erstes Match in dieser Saison.

Ich hätte es gewinnen müssen, um mir von Anfang an hohe Wetteinsätze zu sichern, aber dann habe ich deinen Schrei gehört und ... bin stehen geblieben.«

Stich. Stich. Stich. »Dir ist schon klar, dass ich dich nie gebeten habe, deinen kostbaren Sieg für mich zu opfern?!«

»Hast du nicht, nein. Aber ich würde es jederzeit wieder tun.« Er findet meinen Blick mit einer Mischung aus Frust und Verzweiflung. »Und genau das ist das Problem.«

Vielleicht sind es nur ein paar Sekunden, vielleicht Minuten oder eine halbe Ewigkeit, in der wir einander anstarren und ich mich frage, was wirklich hinter diesem Funkeln steckt. Ist es Furcht? Eine Art *Zuneigung*?

Erst als im Hintergrund ein Gong ertönt, reißt das Band zwischen uns. Ich bin die Erste, die ihre Sprache wiederfindet. »Irgendjemand hat mal zu mir gesagt, man solle nicht in Problemen denken, sondern in Lösungen.« Es war Eliza. Bei einem völlig banalen Fashiondesaster, aber jetzt kommen mir die Worte unendlich weise vor.

»Verbündete«, sagt Jax unverwandt. »Kein Necken, kein Flirten, kein Ausheulen bei dem anderen, wenn etwas mies läuft, kein Training zu zweit und: keine waghalsigen Rettungsmanöver in den Games.«

»Verbündete?« Ich weiß nicht, ob ich enttäuscht oder erleichtert sein soll. »Du meinst so wie Val und du? Sorry, aber ich fürchte, vorher muss ich meinen Wortschatz um ein paar Beleidigungen erweitern.«

Jax verzieht keine Miene. »Ich meine es ernst, Cass.« Warum klingt es dann so, als müsste er sich selbst davon überzeugen? »Ich trainiere seit fast vier Jahren für diese Gameshow, und ich kann es mir echt nicht leisten, noch mehr

Spiele zu verlieren.« Er streckt seine Hand aus. »Also, was sagst du. Verbündete?«

»Lassen Verbündete einander einfach stehen?«

»Nur wenn es um ihren Einzug in die Gameshow geht.«

Sprinter. Ich beiße mir auf die Zunge, um es nicht laut auszusprechen, und straffe die Schultern. Jax ist ein NoClan, ich bin seine Rekrutin, und alles ist besser, als dieses seltsame Schweigen von gestern. »Verbündete.« Ich schlage ein. Leider ist die Message noch nicht in meinem Körper angekommen, der die Berührung mit einem nervösen Kribbeln begrüßt.

Zum Glück erklingt ein zweiter Gong, bevor es unangenehm werden kann. »Okay, Verbündete.« Jax tritt an meine Seite. »Als dein Recruiter sollte ich wohl dafür sorgen, dass du an deinem ersten Morgen nicht direkt verhungerst. Komm mit.«

Der große Speisesaal ist immer noch brechend voll. Auf den ersten Blick sehe ich kaum einen freien Platz und keine vertrauten Gesichter. Irgendwo weiter hinten springt ein Mädchen auf und deutet wild winkend auf den freien Stuhl neben sich. Jax schenkt ihr ein Lächeln, geht aber weiter. »Ellyn«, erklärt er. »Gerade fünfzehn geworden und eine der besten Läuferinnen, die ich je gesehen habe. Allerdings bin ich sicher, dass sie mit Carisa da drüben eine Wette am Laufen hat. Keine Ahnung, um was es genau geht, aber da Carisa einen echt beschissenen Monat hatte und jedes Mal lächelt, wenn ich Ellyns Angebot ausschlage …« Er zuckt mit den Schultern, als wäre es selbstverständlich. Leider ist er verflucht empathisch und triggert in mir die Frage, wann ich zuletzt einen Typ getroffen habe, der *wirklich* auf andere geachtet hat. »Das da hinten sind unsere Profis vom Labor. Maricruz untersucht mit ihrem Team die neusten Fallen, Joseph arbeitet an ein paar Gadgets, um das nächste Arctic Race berechenbarer zu machen.«

Ich versuche, mir so viele Namen und Gesichter wie möglich zu merken, während wir uns zwischen den Tischen entlang zum Ausgang schieben. Ganz der Gentleman hält mir Jax die Flügeltür auf.

»Da ich leider keine Zeit hatte, mir unseren Vertrag richtig durchzulesen: Darf man sich unter Verbündeten bedanken oder zählt das zu Ablenkung?«, stichle ich.

»Warte, lass mich kurz nachschlagen.« Er hält inne, um in einem unsichtbaren Buch zu blättern. »Sorry, bedanken ist nur zwischen freitags und sonntags gestattet.«

»Gelten fürs Necken dieselben Zeiten, oder hast du gerade gegen deinen eigenen Vertrag verstoßen?« Ich mustere ihn herausfordernd, bis er die Mundwinkel flüchtig verzieht.

»Das war Ironie.« Er schlägt das nicht vorhandene Buch zu und läuft weiter. »Ich nehme mal an, Enzo hat dir vorhin eine kleine Führung gegeben?«

»Hat er. Und wie es aussieht, willst du mich genau in den Saal bringen, in dem es zieht.«

»*Angeblich*«, fügt Jax hinzu und führt mich unter dem kleinen Torbogen hindurch. »Immerhin gibt es hier freie Platzwahl.«

Er hat recht. Wir steuern auf den einzigen Tisch zu, an dem ein paar vertraute Gesichter sitzen. Drei der jüngeren Jaxies, Enzo und natürlich Val, neben der wohl keiner sitzen will. Abgesehen von Jax. Er lässt sich auf den Stuhl neben ihr fallen und verwickelt sie in eine Plauderei, als hätte es ihren

Streit gestern Abend nicht gegeben. Einmal lacht Val sogar auf, ganz ohne ihr tödliches Funkeln. So viel zum Thema *Verbündete*. Selbst auf hundert Meter Entfernung könnte man sehen, dass die beiden mehr als das sind. Vielleicht Freunde, vielleicht … noch mehr?

Ich entscheide mich für den Stuhl neben Enzo, der am weitesten von Val entfernt ist. Wenn sie es jetzt schafft, mir ins Essen zu spucken, wäre es rekordverdächtig.

»Perfekte Wahl, Süße«, begrüßt mich Enzo grinsend. »Hab ich dir eigentlich schon gesagt, wie gut dir die Nachtruhe getan hat?«

»Danke, Enzo«, entgegne ich, während ich ein Stück von ihm wegrutsche. »Kann ich leider nicht ganz zurückgeben. Ich tippe auf ein, zwei Bierchen mit deinen *Hasen*?« Ich nicke in Richtung seiner Brust, auf der ein gelblicher Fleck das sonst weiße Shirt tränkt.

Enzo lässt sich das selbstsichere Grinsen nicht aus dem Gesicht wischen. »Du hast eine ganz tolle Beobachtungsgabe.«

»Und ein klasse Gehör«, füge ich in Erinnerung an das Getrampel seiner Schützlinge hinzu. »Wie war das noch mal mit stocknüchtern sein?«

»Nichts als die Wahrheit«, erwidert er und legt feierlich eine Hand auf seine Brust. »Geschworen bei meiner Ehre als Recruiter.«

Bezweifle ich.

An einem der vorderen Tische bricht Jubel los, gefolgt von einer La-Ola-Welle. Sie gilt den beiden Leuten, die einen Servierwagen in den Saal schieben und sich überschwänglich vor der Menge verbeugen. Dann nehmen sie die Tücher von den Schalen und Schüsseln, aus denen ein vertrauter Duft strömt.

Kirschkompott! Instinktiv schließe ich die Augen, um den lang vergessenen Geruch auszukosten. Es ist nur ein flüchtiger Moment, ein solcher, der kaum länger als ein Blinzeln dauert und doch hundert zerbrechliche Erinnerungen weckt. Kirschen, Sommer, Mum und die Picknickdecke irgendwo im Grünen, Kompott, eine Blume, ihr sonniges Lachen auf der Dachterrasse. Die Erinnerung liegt keine vier Jahre zurück und gibt mir das sichere Gefühl, Val und ihren *Verbündeten* in der nächsten halben Stunde ignorieren zu können.

Die Sachen vom Servierwagen werden auf dem einzig langen Tisch zu einem Buffet aufgebaut, Besteck klappert, Teller scheppern. Enzo und ich warten, bis Jax mit Val in der Schlange verschwunden ist, bevor wir uns ebenfalls einreihen. Antipathie verbindet. Wir mutmaßen, was Val gegen Jax in der Hand haben könnte, ob man sie in der Hölle wohl sehr vermisst, und reden über meine erste Nacht. Als ich mich gerade nach Ohrstöpseln erkundigen möchte, tippt mir jemand auf die Schulter. Es ist Sierra, die von nahem noch schöner aussieht. Das eine Auge ist tiefbraun, das andere strahlt in dem Türkisgrün eines weit entfernten Ozeans. Darunter tanzen die unzähligen Sommersprossen, von denen nicht alle echt sind. Einige sind passend zu ihrem Gamertag golden, entweder geschminkt oder tätowiert, andere rötlich oder braun.

»Hi, ich glaube, wir wurden uns noch nicht vorgestellt«, begrüßt sie mich mit einem Lächeln, das zeigt, warum sich jeder für sie freut. Sierra ist wie Yuna. Ohne Falschheit, ohne Gier. Und ohne Wertung, obwohl sie wissen muss, dass ich das Platinkind bin. »Ich bin Sierra, und das ist mein Freund Blizz.«

»Freut mich.« Blizz schüttelt meine Hand. Obwohl ich ihn für zu blass gehalten habe, gehört er zu den Männern, die einen mit Leichtigkeit aus dem Konzept bringen können. Und dann ist da noch der fein tätowierte Blitz an seiner Schläfe, der typisch für die Blizzard Boxers ist. »Wechsler«, erklärt er. »Sieht man hier nicht so oft, ich weiß.«

»Weshalb er es immer gerne erwähnt«, stichelt Sierra und tätschelt seine Brust. »Außerdem neigen Enzo und er dazu zu übertreiben, also lass dich von ihren Geschichten nicht zu sehr beeindrucken. Und sollten sie zu weit gehen, darfst du ihnen gerne eine reinhauen, sie sind das gewohnt.«

»Die Süße kann sich auch verbal ganz gut verteidigen«, erwidert Enzo feixend. »Außerdem muss man nicht übertreiben, wenn man mit dem besten Hacker von ganz New London befreundet ist.« Er legt einen Arm über Blizz' Schulter und grinst.

»Genau das mein ich«, raunt mir Sierra zu.

»Warte, du hattest einen Studienplatz als Programmierer?!« Jeder weiß, wie hart umkämpft die begehrten Plätze sind, und jeder kennt die Geschichten: über Studierende, die ihre ganze Karriere im Casinum für ein paar unnötige Hacks aufs Spiel setzen. »Warum schmeißt man so eine Karriere weg?«

»Wow, du hältst mich für einen dieser Casinum-Snobs?« Blizz lacht auf. »Keine Ahnung, ob mein Bruder einer war, aber er hat mir die Grundlagen gezeigt. Den Rest hab ich mir selbst beigebracht. Ohne jemandem zu schaden – soweit ich weiß.«

»Angeber.« Sierra knufft Blizz liebevoll, der ihr einen Kuss auf das seidige Haar drückt.

»Hast du eigentlich noch einen anderen Namen?«, frage ich, während sich die Schlange weiterschiebt. »Also, versteh mich nicht falsch, Blizz klingt nur so ...«

»Als hätte er ihn von seinem alten Clan persönlich verpasst bekommen?«, wirft Enzo von hinten ein. »1000 Punkte, wenn du eine Antwort kriegst, Süße. Ich versuche schon seit Jahren, meinem Kumpel seine wahre Identität zu entlocken.«

»Die Blizzard Boxers sind zwar echt ein mieser Haufen, das Gamertag habe ich aber dankend mitgenommen.« Zwinkernd schnappt sich Blizz vier Teller, um uns alle zu versorgen. »Die Antwort lautet also: Ja, ich habe noch einen anderen Namen. Und er ist gerade gut genug, um ihn unausgesprochen mit ins Grab zu nehmen.«

»Wir werden es echt nie erfahren, oder?«, stöhnt Enzo auf.

Blizz schüttelt nur den Kopf und tut so, als würde er seine Lippen für immer versiegeln.

Beim Anblick des Buffets läuft mir das Wasser im Mund zusammen. Wie lange ist es her, dass ich beim Essen eine Wahl hatte? Es gibt zwei Sorten Kompott, eine große Schüssel voll Porridge und etwas, das an Milchreis erinnert. Daneben Brot, Quark oder Frischkäse, frisches Obst, und beim Käse hat sich jemand die Zeit genommen, ihn in kleinen Röllchen zu servieren. Yuna und Christoph würden heulen, wenn sie das sehen könnten.

»Also, meine Hübschen«, Enzo drängt sich zwischen Sierra und Blizz, um seinen Teller randvoll mit Porridge zu beladen, »verratet ihr uns, welche armen Newbies ihr ab heute quälen dürft?«

»Vergiss es.« Blizz zieht Enzo den Löffel aus der Hand, bevor das Porridge leer ist. »Aber wir versprechen euch, dass es die ein oder andere Überraschung geben wird.«

Auch Sierra hüllt sich in geheimnisvolles Schweigen und erklärt mir stattdessen das Buffet. »Heute solltest du auf jeden Fall den Pfirsichquark probieren. Wenn Corvin ihn macht, ist er absolut phantastisch.« Sie deutet auf eine der vielen Schalen, aus der ich mich bediene. Gefolgt von einem angenehm belanglosen Gespräch.

Nach dem Essen verschwindet Val als Erste. Kaum hat sie den Tisch verlassen, fühlt es sich an, als würde es ein paar Grad wärmer werden. Würde mich nicht wundern, wenn gleich ein paar Vögel anfangen zu zwitschern und die Decke aufbricht, um Sonnenlicht auf ihrem leeren Stuhl tanzen zu lassen.

Kurz darauf verkündet jemand, dass die neuen Gruppen im großen Saal ausgehängt wurden. Es ist wie am Anfang eines Schuljahrs, wenn man erfährt, wer für die kommenden Monate mit wem in einem Kurs gefangen ist. Überall herrscht aufgeregtes Gemurmel, verschiedene Namen fallen, Hoffnungen werden genauso geteilt wie Ängste. Nur gibt es hier keine digitalen Listen, sondern einfache Zettel, mit denen Val die Wand hinter der Bühne tapeziert hat.

Wir kämpfen uns bis an den Rand durch, Endstation. Nur Jax schafft es irgendwie, eine Lücke in dem Gedränge zu finden und die Bühne mit einem geschickten Sprung zu erklimmen. Keine Sekunde später ist er aus meinem Sichtfeld verschwunden.

»Ist Jax schon oben?«, höre ich jemanden hinter mir fragen. Es ist Enzo, der sich mit Ellenbogen die drängende

Menge vom Leib hält. Ich nicke, während erste Freudenschreie laut werden. Andere springen frustriert von der Bühne und machen ihrem Ärger über die Gruppeneinteilung Luft.

Als Jax zurückkommt, sieht er aus, als hätte man ihn zum Newbie degradiert. Die Stirn in grimmige Falten gelegt, springt er Enzo und mir direkt vor die Füße.

»Okay, okay, Kumpel, dieser Blick ... Soll das etwa heißen, wir sind nicht mehr beim Großmeister?«, mutmaßt Enzo entsetzt. »Er kann uns doch nicht einfach rausschmeißen, nach allem –«

»Wir sind noch drin.«

»Aber?«

»Cass ist auch dabei.«

KAPITEL 17

Der Trainingsraum besteht aus nacktem Beton. Auf dem Boden verteilen sich einige dünne Matten, in einem Regal liegen lange Holzstäbe, die nichts Gutes erahnen lassen.

Ich lehne mit Enzo an der Wand und versuche, den argwöhnischen Blicken um uns herum zu trotzen. Offensichtlich hält niemand hier besonders viel von meiner Teilnahme an Flannerys Gruppe. Kein Wunder. Wenn ich es richtig mitbekommen habe, sitzen hier zwanzig Profis, die seit mindestens zwei Jahren für die Games trainieren – und ich. Der Newbie, das Platinkind, die *Ablenkung*.

Jax hat seit der Bekanntgabe kein Wort gesagt. Er konzentriert sich ganz auf sein Faltmesser, ein Balisong, das er in atemberaubender Geschwindigkeit durch die Luft sausen lässt. Anscheinend hab ich die Vertragsklausel verpasst, in der es um das Training *mit anderen* geht. Aber wenn frostiges Schweigen dazugehört, bitteschön.

Enzo ist der Einzige, der die Wartezeit erträglich macht. Bewaffnet mit einer kleinen Kugel steht er neben mir und wirft jeden ab, der sich tuschelnd darüber wundert, was das Platinkind in dieser Gruppe zu suchen hat. »Gutes Wurftraining«, kommentiert er zwinkernd, als er das Geschoss fängt, das wie ein Bumerang zu seinem Handschuh zurückkommt. »Jetzt guck nicht so, Süße, der Großmeister wird schon noch auftauchen. Ein bisschen Verspätung ist normal.«

»Oder er korrigiert einen Fehler in der Liste.« Jax lässt das Messer mit einer Bewegung zuschnappen. »Tu nicht so, als ob du nicht denselben Gedanken gehabt hättest. Sie sollte nicht hier sein.«

»Ist sie aber, und sie hört dich«, fauche ich. »Aber falls es dich tröstet: Ich habe nicht vor, gegen unseren Deal zu verstoßen, *Verbündeter*.«

Jax zuckt kaum merklich zusammen. Dann sieht er mich an, als hätte er meine Anwesenheit erst jetzt registriert. »Sorry, Cass, so war das nicht gemeint.«

»Ach, und wie dann?«

»Jax will damit sagen, dass der Großmeister nur Leute trainiert, die sich für die nächste Gameshow qualifizieren sollen.« Geschickt lässt Enzo die kleine Kugel durch seine Finger gleiten. »Und Newbies gehören normalerweise nicht dazu.«

»Du hast fünf Games überlebt, drei davon in Arenen für Newbies, die Punkte aus diesen Spielen dürften allenfalls für eine Tasse Kaffee gereicht haben«, fängt Jax an, meine letzten Monate zusammenzufassen. »Und obwohl das Arctic Race gut lief, gibt es offenbar nur einen einzigen Gambler, der glaubt, du könntest es in die Gameshow schaffen. Eine absolute Außenseiterwette, während mehr als hundert Arschlöcher davon überzeugt sind, dass du noch vor Saisonende … nicht mehr mitspielst.«

Mum und ich haben die Saisonwetten immer gemieden, und jetzt stehe ich selbst auf einer dieser beschissenen Listen. Ob Luther der eine Gambler ist, der auf mich gesetzt hat? Nein, Luther wettet nie auf hoffnungslose Fälle. Wahrscheinlich ist es einer der anderen hundert, und wenn ich nicht gleich über etwas anderes nachdenke, breche ich vor versammelter Mannschaft in Tränen aus.

»Ich wollte nicht in dieser Gruppe sein, okay?«, erwidere ich kehlig. »Ich weiß, wo ich auf der Rangliste stehe. Ich *weiß*, dass ich es nicht in die nächste Gameshow schaffen werde, also hört auf, mich anzugucken, als wäre das –«

»Das sehe ich anders.« Alle fahren herum zu dem Mann, der in der geöffneten Tür steht. Er hat keinerlei Ähnlichkeit mehr mit dem Anführenden im Seidenanzug, den ich kennengelernt habe. Der Mann vor mir trägt eine enge, von Löchern zerfressene Lederhose, dazu ein Shirt, über das sich eine Weste spannt. Seine sonst ungebändigten Haare hat er mit einem Tuch plattgedrückt. Dunkelrot, ausgefranst. Etwas an diesem Bild kommt mir vertraut vor, es ist wie ein Jucken in meinem Hinterkopf, und zum ersten Mal glaube ich, dass der Reset doch etwas von meinem Implantat gelöscht hat. Eine Erinnerung, die kein Kirschkompott der Welt zurückholen könnte.

»Team Qualified«, begrüßt uns Flannery. »Bevor ihr meine Entscheidungen kritisiert, denkt bitte kurz an eure eigenen Anfänge. Und nennt mir auch nur ein Spiel, in dem ihr als Newbie mehr als 300 Punkte erreicht habt.« Auf der Suche nach Widerworten betastet er jeden Einzelnen mit scharfen Blicken. »Keiner? Nun, dann können wir uns hoffentlich weitere Diskussionen sparen und anfangen.«

»Aber sie liegt viel zu weit hinten!«, wirft eine Brünette ein, deren Wangen hitzig leuchten.

»Also gut, Brenda, nehmen wir mal an, morgen wäre die Qualifikation für die nächste Gameshow. Möchtest du raten, wie viele der hier Anwesenden daran teilnehmen dürften? Nein? Das hatte ich auch nicht erwartet, denn das Ergebnis ist peinlich«, kontert Flannery. »Vielleicht habt ihr recht, und nicht jeder hier hat eine realistische Chance, an der nächsten Gameshow teilzunehmen. Also konzentriert euch besser auf eure eigene Leistung und beweist mir, dass ich nicht gleich mehreren Fehleinschätzungen unterlegen bin.« Damit ist auch der letzte Protest gestorben. »Ihr habt zehn Minuten Zeit, euch aufzuwärmen, danach erwarte ich euch im Depot. Ohne Ausnahme.«

Er sieht mich an. *Ich werde dich im Auge behalten, Cassandra Pierson,* höre ich seine Stimme in meinem Kopf widerhallen. Ich bin nicht hier, weil er mich für talentiert hält. Ich bin nur hier, weil er ahnt, dass ich ein Geheimnis habe. Ob ihm klar ist, dass er mich mit dieser Entscheidung den Haien zum Fraß vorgeworfen hat?

Stöhnend beziehen alle Stellung auf ihren Matten. Enzo und Jax. Brenda und ein schlaksiger Kerl, den sie mit einem Griff auf die Matte wirft. Nur um kurz darauf selbst neben ihm zu liegen. Zwanzig Gamer finden ihren Partner, ich bin Nummer einundzwanzig. *Stich.* Und zwar tief.

Du bist hier nicht mehr beim Schulsport, ermahne ich mich. *Hier wählt dich keiner, nur weil du* cool *bist.*

Nach dem unfreiwilligen Realitätscheck will ich zu Flannery laufen, als Frost durch meine Adern zieht. Eine finstere Vorahnung, die sich mit zwei Worten bestätigt.

»Hallo, Partnerin.«

Zähneknirschend drehe ich mich um. »Hallo, Val.«

Nach zehn Minuten schmerzt jede Faser meines Körpers. Nicht ein einziges Mal gelingt es mir, Val auf die Matte zu befördern, geschweige denn, ihrem Griff zu entkommen. Ich fühle mich wie eine Wespe, der man den Stachel gezogen hat, wütend und nicht besonders effektiv.

Am Ende sind es Jax und Enzo, die Val von mir wegzerren und mein Aufwärmtraining damit für beendet erklären. Leider hat der Tag gerade erst begonnen.

Was Flannery als *Depot* bezeichnet, ist ein stickiger, schmaler Raum, dessen Wände gänzlich von Regalen verdeckt werden. Darin stapeln sich deckenhoch Kisten, Kartons und Körbe, hin und wieder markieren handgeschriebene Zettel den Inhalt. Es wirkt wie die Lagerhalle eines alten Sammlers, der alles einsteckt, was ihm in die Finger fällt: Kabel, Schnüre, Haken, Kugeln.

Mit einer Mischung aus Faszination und Furcht laufe ich tiefer in den Raum. »Was ist das alles?«, frage ich über die Schulter hinweg. Enzo ist dicht hinter mir, nur Jax ist irgendwo mit Val abgetaucht. Immerhin habe ich ihn etwas zischen hören, das wie »Du sollst mit ihr trainieren und sie nicht umbringen« klang, und da ist dieser feine Hoffnungsschimmer, sie könnte auf ihn hören.

Anstatt einer Antwort zieht Enzo eine Kiste aus dem Regal und holt eine grüne Kugel heraus. Als er sie zwischen den Fingern dreht, schält sich das Bild eines sterbenden Jungen aus meinem Unterbewusstsein, begleitet von seinem gequälten Stöhnen. »Nesselkapsel«, stelle ich schaudernd fest.

Mit der freien Hand greift Enzo nach seinem Hosenbein, um es ein Stück nach oben zu ziehen. »Bingo. Ziemliche Mistdinger«, kommentiert er die Stelle, die pflaumengroß mit schwarzen Sprenkeln übersät ist. »Hatte Glück, dass vor mir jemand einen kalten Geysir ausgelöst hat.«

Unwillkürlich muss ich an die Narben denken, die meine Haut an ähnlicher Stelle zieren. Von dem Funkenschlag, mit dem mir Jax das Leben gerettet hat.

Enzo packt die Nesselkapsel wieder ein, um ein Regal weiter eine Rolle mit feinem Draht vom Haken zu nehmen. »Okay, Süße, den hier kennst du garantiert noch nicht. Aber sei vorsichtig, ist immer noch ziemlich scharf.«

Kaum hat er die Rolle losgelassen, spüre ich die haarfeinen Stacheln, die sich in meine Handfläche bohren. *Autsch.* »Will ich wissen, wofür der benutzt wird?«, zische ich und hänge den Draht zurück an den Haken. Etliche rote Punkte schimmern durch meine Haut, winzige Tropfen Blut, die ich an meiner Hose abwische. Zum Glück sind die Trainingsklamotten schwarz.

Als ich mich umdrehe, stolpere ich direkt in Enzos Arme.

»Wenn du mehr Hornhaut hast, passiert das nicht mehr«, verspricht er. Als Nächstes zeigt er mir einen münzgroßen, blauschillernden Käferbot, der sich täuschend echt auf seiner Handfläche windet. »Sag Hallo zu meinem Liebling.«

»Nimm das Ding da weg«, fahre ich Enzo an und tauche unter seinem Arm hinweg. Warum müssen es ständig Insekten sein?

»Hey, das ist wohl eine der wichtigsten neuen Minen«, erwidert er, als würde das die Sache besser machen. »Frisst sich in Sekundenschnelle durch deine Schuhsohle und ... viel weiter. Solltest du auf jeden Fall kennen.« Er hält den Käfer immer noch fest, und dieses Mal sehe ich mir das Biest genauer an.

»Und den erkenne ich da draußen wie?«

Zur Antwort zieht Enzo einen winzigen Stab zwischen den Flügeln des *Tiers* heraus, der ebenso blau schillert. »Verflucht schwer zu sehen, wird aber meistens direkt nach dem Start in der Erde verbuddelt. Sobald du den Auslöser berührst, schießt das Käferchen aus der Erde und beginnt mit seiner Arbeit. Siehst du, wie hübsch alles an ihm glänzt? Ist ein spezielles Sekret, das deine Haut betäubt. So bemerken ihn die meisten erst, wenn es schon zu spät ist. Also achte immer gut auf den Boden und deine Schuhe.«

Ein Schauer geht durch meinen Körper. Kein Wunder, dass so viele auf meinen Tod gesetzt haben. Ein clanloser Newbie hat praktisch keine Chance, all diese morbiden Erfindungen zu überleben.

Hinter mir höre ich Schritte. Es ist Val, die nachtblauen Augen so dunkel, dass sie beinahe schwarz wirken.

»Um eins klarzustellen«, beginnt sie eine Rede, auf die ich von Sekunde eins an keinen Bock habe, »ich bin hier, weil ich es Flannery schulde, und nicht, weil ich Lust habe, einem Newbie das Laufen beizubringen. Ich mach meinen Job, aber wage es nicht, in mir mehr zu sehen als deine Trainingspartnerin.«

»Und ich bin hier, weil ich gewinnen will, und nicht, weil ich Lust habe, mich als Purpurschlampe beleidigen zu lassen«, schnappe ich zurück. »Und keine Sorge, das Einzige, was ich gerade sehe, ist eine Furie, die denkt, jemand will mit ihr befreundet sein.« *Super Idee, sie zu provozieren*, schelte ich mich innerlich, während ich mein Lächeln wahre, hinter dem alles danach drängt wegzulaufen.

Val hebt ihren Zeigefinger, der zittert wie Herbstlaub im Wind. Bevor sie mir damit die Augen ausstechen kann, stellt sich Jax zwischen uns. »Es reicht«, sagt er. »Ihr benehmt euch vollkommen lächerlich. Alle beide.«

Ich öffne den Mund, um zu protestieren, doch Val ist schneller: »Geh aus dem Weg, Jax. Das ist nicht deine Sache!«

»Aber meine«, mischt sich Flannery ein, der tadelnd von einer zur anderen sieht. »Hier wird niemand gezwungen, Freundschaft zu schließen, aber hebt euch eure Energie für die Arenen auf.«

Schnaubend rückt Val ihre Brille zurecht.

»Noch ein falsches Wort, und du bist raus, Valetta«, sagt Flannery deutlich genug, um selbst Vals Widerstand ersterben zu lassen.

»Wann fangen wir an?«, murrt sie stattdessen.

»Jetzt.« Bevor sich Flannery den anderen zuwendet, schenkt er mir ein aufmunterndes Lächeln, so flüchtig, dass ich es mir nur eingebildet haben kann. »Wir alle wissen, dass da draußen nicht nur Stärke, Schnelligkeit und Geschick unser Überleben sichern. In erster Linie müssen wir die Gefahren erkennen, wenn sie vor uns liegen. Kein Hex würde euch kriegen, wenn ihr nicht stolpern würdet, eure Sehnen nicht durchschnitten würden oder euch Funkenschläge das Augenlicht raubten. Deshalb beginnen wir heute mit einer der wichtigsten Lektionen.«

Ich schaue mich in dem schmalen Raum um. Zwanzig

Gamer stöhnen auf. Alle außer Val und mir. Zwischen uns liegt immer noch dieser unausgesprochene Streit, der bereits vor der Sache mit den Klamotten angefangen hat. Und der einzige Grund, der mir dafür einfällt, steht gerade buchstäblich zwischen uns. Die Hände in den Hosentaschen vergraben, tritt Jax in den Beton, bevor er sich Enzo zuwendet und ihm etwas zuraunt, das wie *Newbiemist* klingt.

»Die meisten von euch kennen das System. Jeder hat zehn Minuten Zeit, um sich fünf Fallen auszusuchen, die er im Testlabyrinth platziert. Damit ihr nicht wisst, was euer Partner auswählt, muss einer aus jedem Zweierteam auf dem Gang warten. Ihr tauscht, sobald die Zeit abgelaufen ist«, erklärt Flannery das Prozedere.

Val wirft mir einen funkelnden Seitenblick zu, und ich weiß, dass ich tot bin. Nicht einmal die Gamemaster können sich solch grausame Kombinationen ausdenken wie eine eifersüchtige Frau.

»Sobald ich die Tür geschlossen habe, läuft eure Zeit. Denkt daran, dass es verboten ist, eine sichere Todesfalle zu wählen oder eure Auslöser so zu platzieren, dass es zu einer schweren Verletzung kommt. Sollte morgen einer von uns auf der Liste stehen, müssen wir alle spielbereit sein.«

Unwillkürlich schaue ich von Flannerys nacktem Handgelenk zu Vals und frage mich, was die beiden zu verlieren haben.

»Worauf wartet ihr noch?«

Bevor ich fragen kann, wer anfängt, läuft Val an mir vorbei. Auf den Lippen ein sarkastisches: »Viel Glück, Newbie. Pass auf, dass du dich nicht selbst verletzt.«

»Danke, ebenso«, knurre ich zurück.

Dann verlässt sie mit Jax und neun weiteren Leuten das Depot.

Wie unfair dieses Spiel ist, wird mir erst klar, als alle zielsicher auf ganz bestimmte Kisten zulaufen. Nur ich stehe orientierungslos vor dem Regal mit den Dornendrähten und versuche, mich an die Fallen zu erinnern, die ich schon kenne. Nesselkapseln, Funkenschläge, alles offensichtliche, nicht zwingend tödliche Fallen, die Val ohne mit den Wimpern zu zucken überwinden würde. Aber was dann? Sekunde für Sekunde läuft mir die Zeit davon. Während die Ersten ihre Wahl bereits getroffen haben, zerre ich ziellos eine Kiste vom Brett, auf der das vielversprechende Wort *Höllenstrick* steht. Keine Ahnung, was das ist oder wie es funktioniert, aber zu Val passt es auf jeden Fall.

»Wenn du die Furie beeindrucken willst, lass das lieber liegen«, höre ich Enzo sagen. Er steht neben mir ans Regal gelehnt, in seiner Hand fünf Fallen, von denen ich nur die Nesselkapsel zuordnen kann. »Probier es lieber hiermit.«

»Du hilfst mir?«

»Es schmerzt mich zwar, dass du so überrascht bist, aber ja.« Enzos Piercing tanzt bei seinem Grinsen auf und ab. »Außerdem warte ich seit einer halben Ewigkeit darauf, die Bestzeit der Furie zu schlagen, und bei aller Liebe, Süße: Damit würdest du ihr nur zu einem neuen Rekord verhelfen.« Er greift an mir vorbei, um die Kiste mit einem Finger zurück ins Regal zu schieben.

»Wer sagt, dass ich nicht genau das vorhatte?«

Ein vielsagender Blick reicht als Antwort. »Und jetzt pass gut auf. Erst einmal hätten wir Stolperdraht, hauchzart, tarnt sich perfekt auf erdigem Boden und ist für jemanden mit miesen Augen kaum zu erkennen.« Enzo schüttelt sein Handgelenk, an dem eine unscheinbare Rolle Draht hängt.

»Und Val wird ihre Brille freiwillig abgeben, weil …?«

»Sirene«, er lässt eine hellblau schillernde Kugel in die andere Hand gleiten, »einmal draufgetreten, sendet sie einen Mikroimpuls aus. Gefährlich für das Trommelfell, tödlich für Gläser. Kommt vor allem bei der Hunt zum Einsatz, um Kompasse zu zerstören.«

»Und Val wird nicht damit rechnen, weil …?«, hake ich weiter nach, während die Zeit verrinnt. Keine Ahnung, wie Enzo noch fünf Fallen für Jax zusammensuchen will.

»Weil sie nicht damit rechnet, dass ein Newbie solche Hunt-Methoden kennt.«

»Traurig, aber wahr. Weiter?«

»Als Nächstes mein grüner Liebling. Im Trainingslabyrinth sind die Blätter etwas heller, so dass du sie gut verstecken kannst. Am besten nah am Boden, damit die Furie direkt vom Rostband reinstolpert.«

Eine Nesselkapsel. Ich hätte Mitleid mit Val, wenn ich nicht wüsste, dass sie mir etwas viel Schlimmeres antun wird.

»Da beim Training Nesseln ohne Gegenmittel verboten sind, ist Nummer vier der kalte Geysir«, teilt Enzo das Geheimnis der blau-braunen Scheibe, die unter den Kugeln hervorblitzt. »Er wird die Folgen dieser fiesen kleinen Dinger abmildern, aber vor allem wird es Val 'ne Menge Zeit kosten, ihn zu finden, und dann – Finale!«

»Jetzt weiß ich, warum du den Mädels Angst machst«, sage ich angesichts seiner perfiden Begeisterung.

Enzo wischt den Ausdruck mit einem flüchtigen Augenrollen weg. »Sorry, aber ich meinte es ernst, dass ich seit Ewigkeiten auf diesen Moment warte. Bitte tu mir den Gefallen.«

Wenn ich nicht mit leeren Händen dastehen will, bleibt mir sowieso keine Wahl. »Wie sieht das große Finale aus? Außer klein und auffällig pink?«, frage ich und deute auf die verbliebene Kugel, die selbst jemandem ohne Brille ins Auge stechen würde.

Enzos Grinsen kehrt zurück. »Das pinke Baby ist für Jax. Du nimmst das da.« Er deutet auf ein graumeliertes Kästchen im Regal.

Fragend nehme ich es in die Hand. Sieht genauso unspektakulär aus wie die anderen Auslöser.

»Kurz vor Ende mittig vergraben und hoffen, dass Val drauftritt«, ist alles, was Enzo dazu sagt. »Sorry, aber jetzt muss ich mich echt beeilen, wenn ich Jax zum schillernden Star des Tages machen will.« Zwinkernd drückt er mir die restlichen Fallen in den Arm und rennt los.

Sirene, Rostband, Nesseln, Geysir, komisches Kästchen. Ich schaue hinab auf die Auswahl, für die mich Val mehr als hassen wird. Warum sollte es ihr anders gehen als mir?

Val ist gut. Als hätte sie noch nie etwas anderes getan, rennt sie durch das Trainingslabyrinth. Es ist kleiner als der sich ständig verändernde Albtraum da draußen, aber ebenso verwirrend. Ich sitze mit den anderen in einem Raum, der sich *Watcher* nennt. Neben ein paar abgewetzten Sofas verfügt er über eine ganze Reihe von altmodischen Monitoren. Auf jedem einzelnen wird eine andere Perspektive aus dem Labyrinth übertragen.

Meine Sirene überspringt Val mit Leichtigkeit, und auch

das Rostband geht spurlos an ihr vorbei. Erst mit der Nesselkapsel folgt sie unserem Plan. Kaum hat sie den Auslöser berührt, heften sich die schwarzen Punkte an ihr Bein, um sich durch die Hose zu fressen. Leider wird der Ton nicht übertragen, allerdings sagt ihr Mittelfinger mehr als tausend Worte. Ihr Blick zuckt hektisch hin und her, eher angepisst als panisch.

Enzo, der neben mir auf der Couch sitzt, lacht auf.

Jax wirft ihm nur einen finsteren Seitenblick zu.

»Sorry, aber das ist der beste Tag seit langem«, verteidigt sich Enzo, ohne von dem Monitor aufzusehen.

Val hat den Geysir gefunden und wischt sich mit schnellen Bewegungen die Nesseln vom Bein. Keine Sekunde länger als nötig. Bevor die Zeit nennenswert weitergelaufen ist, hat Val unsere Fallen hinter sich gelassen und überwindet auch das vergrabene Kästchen, ohne mit der Wimper zu zucken.

Eine dumpfe Enttäuschung macht sich in mir breit, gefolgt von der Angst, was Val für mich vorbereiten wird.

Die Screens werden schwarz, damit keiner sieht, wo Val ihre Fallen platziert. Ich nestle nervös mit meinen Fingern herum, während ich zusehe, wie die Minuten verrinnen. Meinetwegen können wir das Training genau jetzt beenden.

Leider springt der Monitor wieder an, und keine fünf Sekunden später stößt Val die Tür zum Watcher auf. »Du hast ihr geholfen!«, blafft sie Enzo an. »Zufrieden, Arschloch?!« Ihr Blick gleitet an der engen Kleidung hinab zu dem Hosenbein, das in Fetzen hängt, darunter schwarz gesprenkelte Haut. Flüchtig kratzt sie mit ihren Nägeln darüber.

»Erst, wenn ich dir gezeigt habe, wie es richtig geht«, erwidert Enzo feixend.

Für eine endlos lange Sekunde starrt Val Enzo an, bevor sie zu mir herumfährt. »Du bist dran, *Newbie.*«

Meine Zeit ist miserabel. Keine große Überraschung – anders als die Tatsache, dass ich unverletzt bin. Die kleine Schramme im Gesicht zähle ich nicht mit, wenn ich daran denke, was hätte passieren können. Val hasst mich. So sehr, dass sie Flannerys Regeln gebrochen und versucht hat, mich durch eine Flammenwand zu jagen. Hätte der Auslöser nicht zu spät gezündet, wäre ich bestenfalls noch als Grillbrikett zu gebrauchen. Und hätte ich das grüne Schimmern nicht rechtzeitig bemerkt, hätte mir ihre Nesselkapsel das Gesicht zerfressen. Denn statt eines kalten Geysirs schoss kurz darauf ein Netz aus den Hecken, klebrig wie Spinnweben, die immer noch an mir haften.

Fluchend reibe ich mir einige Fäden vom Gesicht, während ich durch den schmalen Tunnel zwischen Labyrinth und Watcher taumle. Auf halber Strecke kommt mir Jax entgegen, der seine Fallen als Nächster platzieren darf. In seinem Beutel lauert sicher keine tödliche Flammenwand.

»Verfluchte Scheiße, Cass!« Mit besorgter Miene streckt er eine Hand nach den Weben aus, die meine Schulter bedecken. »Du musst das sofort abwaschen!«

Es fällt mir schwer, einen klaren Gedanken zu fassen. Selbst meine Erleichterung kommt nicht gegen das Verlangen an, Vals Brillengläser zum Bersten zu bringen. Mit meiner Faust. Sofort. »Danke für den Tipp«, fauche ich und wische Jax' Hand beiseite. »Aber nächstes Mal warn mich besser vorher!«

»Ich wusste nicht –«

»Du bist ihr Freund, Jax! Du hättest wissen müssen, was

passiert!« Ich wusste immer, was meine Freunde geplant haben. Ihre Mimik, ihre Körperhaltung, sie hätten mir nie etwas vormachen oder einen fiesen Plan verschweigen können. »Selbst ich habe es gesehen«, füge ich hinzu, als feine Nadeln durch mein Oberteil stechen. Zischend blinzle ich hinab auf die Fäden, die sich nach und nach dunkelrot verfärben. *Brandfiber.* Jetzt erinnere ich mich an die Skizze von Yuna und weiß, dass ich doch nicht so unversehrt davongekommen bin, wie ich dachte. *Fuck!* Hinter meinen Augen meldet sich ein verräterisches Brennen. *Nicht heulen, Cass. Nicht hier, nicht jetzt, nicht vor ihm. Bitte.* Ich wünschte, ich wäre bei Yuna und Christoph.

Bevor einer von uns noch etwas sagen kann, wird die Tür vom Watcher aufgerissen, und Flannery kommt angelaufen. »Warum zur Hölle steht ihr noch hier rum?«, bellt er ungehalten. »Jax, ab ins Labyrinth, Cass, du gehst mit Tyson und lässt deine Wunden versorgen. Sofort.«

Hinter ihm betritt ein Mann Mitte dreißig den Tunnel, beige Haut, breite Schultern, die steril weiße Kleidung eines Medis und ein Lächeln, das behauptet, alles würde gut werden. Wie gerne würde ich daran glauben.

Jax macht keine Anstalten zu gehen. »Was ist mit Val?«, fragt er stattdessen an Flannery gewandt. »Du denkst nicht wirklich darüber nach, sie rauszuwerfen, richtig?«

»Darüber reden wir später«, erwidert Flannery knapp.

Jax nickt stirnrunzelnd vor sich hin. Als er geht, kreuzen sich unsere Blicke, und ich frage mich, wem seine Sorge wirklich gilt. Seiner Verbündeten mit der Brandfiber oder seiner Freundin, die gerade eine der wichtigsten Regel der NoClans gebrochen hat. Ich weiß nicht, ob ich die Antwort wissen will. Kaum hat er sich abgewendet, gebe ich dem Brennen in meinen Augen nach. Hoffentlich hat Tyson auch was gegen diesen Schmerz.

KAPITEL 18

Behandlungszimmer II liegt direkt neben dem Watcher, als wäre ich nicht die Erste, die in einem Testlabyrinth ernsthafte Verletzungen davonträgt. Der Raum ist schmal und funktional eingerichtet. Eine gepolsterte Liege, ein Schreibtisch, ein weißer Schrank mit etlichen Schubladen, Türen und Klappen. Tyson weist mich an, das Oberteil auszuziehen, während er in Eile die notwendigen Utensilien zusammensucht. In BH und Hose lasse ich mich auf die Liege sinken. Das Brennen der Brandfiber lenkt mich von allem anderen ab. Ich spüre nicht einmal, ob die Tränen noch laufen oder versiegt sind.

»Nicht anfassen«, mahnt mich Tyson, als hätte er gesehen, dass meine Hand gerade Richtung Gesicht gezuckt ist. Keine Sekunde später dreht er sich samt einem Spray zu mir um. »Augen zu, Mund zu und Luft anhalten.«

Gehorchen, nicht nachdenken. Die Kälte kommt so plötzlich und stechend, dass ich aufpassen muss, nicht reflexartig nach Luft zu schnappen. Ich beiße mir auf die Wangen, presse die Augen weiter zusammen. Mit jedem nicht getanen Atemzug gewöhne ich mich an den Frost, unter dem das Brennen langsam aufhört.

»Gut, du kannst wieder atmen, nur Augen und Mund sollten geschlossen bleiben, bis ich die ganze Fiber entfernt habe«, sagt Tyson, gefolgt von dem Klappern einer Schublade. »Zwei Minuten länger, und du hättest dich bei Val für ein hübsches Narbengeflecht bedanken können.«

Als ob das nicht genau ihr Plan gewesen wäre.

»Achtung, es wird jetzt noch mal etwas brennen.«

Ich verstärke den Biss auf meine Wangen, um nicht aufzuschreien. Mit einem spitzen Gegenstand, wahrscheinlich einer Pinzette, löst Tyson die vereisten Fäden von meinem Körper. Bei jedem einzelnen fühlt es sich an, als würde sich ein Stück Haut mit ablösen. Dagegen war der Funkenschlag echt ein Witz. Ich vermisse Christophs sanfte Behandlung, auch wenn sich Tyson spürbar Mühe gibt.

»Und jetzt nur noch eine.« Ein Zwicken auf meiner Wange, ein letztes Brennen, das mir noch einmal die Tränen in die Augen treibt. »Fertig.«

Ich öffne die Lider und schaue neben mich auf die Liege. Auf einem ausgebreiteten Papier liegt ein Haufen blutroter Fäden. Wie tote Wurzeln, an denen noch etwas Erde klebt. Nur ist es meine eigene Haut.

Während Tyson die Fiber in das Papier einwickelt, wird gedämpfter Jubel laut, begleitet von Klatschen und Pfiffen. Irritiert sehe ich hoch zu einem kleinen Gitter, hinter dem ein Lüftungsschacht liegen muss.

»Klingt ganz nach einer neuen Bestzeit.« Tyson schmeißt das Papier in einen Mülleimer und schraubt eine Tube auf.

»Ein Fluid speziell gegen Brandfiberverletzungen«, erklärt er, bevor er anfängt, das kühlende Gel aufzutragen. »Ich gebe dir gleich eine Packung mit. Zweimal täglich einmassieren, beim Rücken wirst du wahrscheinlich Hilfe brauchen.«

Die Aussicht, mich von jemandem aus dem Schlafsaal eincremen zu lassen, ist ähnlich verlockend wie ein Magen-Darm-Infekt.

Nachdem Tyson die Striemen eingecremt hat, gibt er mir ein zu großes T-Shirt, eine Tube Fluid, die ich in den Hosenbund klemme, und schickt mich zurück zum Watcher. Zusammen mit dem klugen Rat, gut auf mich aufzupassen.

Witzig. Nächstes Mal frage ich Val vorher, ob sie plant, mich zu grillen oder lebenslänglich zu entstellen.

Vor der Tür zum Watcher bleibe ich stehen. Früher hat es mich nie gestört, wenn mich Leute nicht mochten. Eliza, Am oder Ole waren immer an meiner Seite, es gab immer jemanden, dem ich bedingungslos vertrauen konnte. Da drinnen sitzen achtzehn Leute, für die mein Tod sicher kein Verlust wäre, ein Typ, der mich nur Süße nennt, und mein *Verbündeter*. Beim Gedanken an Jax' besorgten Blick schlucke ich gegen das innere Brennen an. Ich habe nicht einmal geheult, als ich Troy mit Heriett erwischt habe, aber seit ich in der roten Zone bin, hat mein Panzer zu viele Schläge einstecken müssen. Und diese lebhaften Erinnerungen an Mum helfen auch nicht gerade, mich emotional zu stärken. Was sie mir wohl raten würde, wäre sie hier?

Schniefend wische ich mir über die Augen und versuche, die Schwäche abzuschütteln. Ich bin vielleicht nicht mehr Cassandra Pierson, aber ich bin immer noch Mums kleine Rebellin, das Mädchen mit Kampfgeist.

Mit gestrafften Schultern möchte ich die Tür öffnen, die im selben Moment nach außen auffliegt. Reflexartig springe ich zurück und – erstarre. Obwohl es allem widerspricht, was in mir tobt, schiebt sich ein Lachen durch meine Kehle. Ein echtes, inbrünstiges Lachen, das ich nur mit Mühe zurückhalten kann.

»Was?!« Jax versucht, mich anzufunkeln, aber etwas anderes funkelt greller. Pinker Glitzer. Das Zeug bedeckt praktisch jeden Millimeter seines Körpers, jedes Haar schillert, selbst die Falten auf der gekräuselten Stirn glitzern pink vor sich hin. Er sieht aus wie die Discokugel auf Elizas Pink Malibu Party vor zwei Jahren.

»Steht dir«, stichle ich und kann nicht verhindern, dass mir ein Lachen entschlüpft. »Kannst du bitte noch mal so gucken wie gerade? Das sah irgendwie süß aus.«

»Ist er nicht Zucker?«, ruft Enzo von hinten und erscheint kurz darauf im Türrahmen. »Ich würd ihn ja glatt knutschen, aber ich hab mir sagen lassen, dieses Zeug sei echt hartnäckig. Vor allem, wenn man es über Klebefiber verteilt.« Sein Grinsen war nie so breit wie jetzt und nie so ansteckend.

»Du bist so was von tot«, knurrt Jax, die Hände zu Fäusten geballt.

»Gekillt von einem Glitzerflamingo«, feixt Enzo. »Gibt schlimmere Arten zu sterben. Apropos: Sieht aus, als hätte Tyson dich wieder zusammengeflickt. Alles okay, Süße?«

Mein Blick hängt immer noch an Jax. *Alles okay* wäre übertrieben, nachdem er Flannery praktisch gebeten hat, Val nicht zu hart zu bestrafen. Allerdings ist es schwer, auf jemanden wütend zu sein, der in einem Erinnerungen an die beste Party seines Lebens weckt. Und aus Erfahrung weiß ich, dass Glitzer eine echt nachhaltige Strafe ist, die einen monatelang an den Ursprung erinnert.

»Geht schon«, erwidere ich. »Lass mich raten: Dieses Meisterwerk hier hat was mit einer kleinen, auffällig pinken Kugel zu tun?« Grinsend denke ich an Enzos einzigen Auslöser, den er im Depot selbst behalten hat.

»Vier kleinen, auffällig pinken Kugeln«, korrigiert Enzo. »Vorbildlich getarnt hinter einem hübschen Ästchen, direkt nach einer Dusche bester Klebefiber. Ein Spektakel vom Allerfeinsten! Ich zeig dir später die Wiederholung.«

»Liebend gerne.«

Jax bemüht sich um einen finsteren Blick, der kläglich scheitert. »Meine Fallen waren echt viel zu gnädig für dich«, raunt er, und irgendwo in dem glitzernden Gesicht zuckt ein Schmunzeln. »Ihr entschuldigt mich? So gerne ich weiter hier rumstehen und mich begaffen lassen würde, ich muss duschen.«

»Kommst du mit, Süße?« Enzo lässt die Tür zum Watcher ins Schloss fallen. »Nimm's mir nicht übel, aber du könntest vor dem Mittagessen auch noch eine kleine Auffrischung vertragen.«

Ich schaue auf mein zu großes T-Shirt, die Tube im Hosenbund, auf meine geröteten Arme. »Na gut. Ich schätze, du hattest schon miesere Ideen.«

»Hatte er«, wirft Jax mit hochgezogener Glitzerbraue ein. »Und zwar eine ganze Menge.«

Als wir zu dritt den kleinen Speisesaal betreten, ist er voller als am Morgen. Überall stehen Leute herum, die uns mit tosendem Beifall begrüßen. Die einen gratulieren Enzo zu seiner *glamourös-genialen* Idee, die anderen feiern Jax dafür, dass er trotz der hartnäckigen Glitzerreste mit erhobenem Haupt durch die Menge läuft.

Als jemand seinen Stuhl für Enzo räumt, springt dieser bereitwillig darauf und bedankt sich mit einer übertriebenen Verbeugung für den Applaus. »Weil eine solch beschissene Welt nie genug Glitzer haben kann!«, erklärt er laut, während der Beifall noch einmal anschwillt, untermalt von Pfiffen und Rufen. »Jederzeit gerne wieder.«

»Wenn er das wagt, bau ich nächstes Mal echt eine dieser Schwefelbomben ein«, brummt Jax neben mir.

Ich schürze die Lippen, um nicht schon wieder zu lachen. Obwohl Jax laut eigener Aussage viermal geduscht und sich gründlich abgeschrubbt hat, schimmert er immer noch wie dieser Vampir aus Elizas Schundromanen. »Sind diese Bomben etwa genauso hartnäckig?«, frage ich.

»Sagen wir einfach, der Geruch hält sich lange genug, um Enzo zu einer Woche in Isolation zu verdammen.«

Wie auf Kommando steigt Enzo von seinem Thron und legt uns jeweils einen Arm über die Schultern. »Werden hier etwa süße Rachepläne geschmiedet?«, witzelt er. »Dann muss ich euch leider enttäuschen, denn das hier ist nicht zu toppen.«

»Hochmut kommt bekanntlich vor dem Fall«, sagt Jax nur, während wir uns zu dem Tisch von heute Morgen ziehen lassen.

Val ist die Einzige, die uns nicht applaudierend begrüßt. Stattdessen durchbohrt sie mich mit finsteren Blicken, als wollte sie so zu Ende bringen, was ihre Todesfallen nicht geschafft haben. Ich warte nur darauf, dass sich Jax wieder neben sie setzt, aber dieses Mal begleitet er mich zur anderen Seite des Tisches.

»Abgefahrene Aktion!«, begrüßt Blizz Enzo.

Grinsend schlägt Enzo in die angebotene Hand ein und zieht Blizz in eine kräftige Umarmung. »Gekonnt ist gekonnt«, erwidert er, während er Blizz auf den Rücken klopft. Dann lassen sie voneinander ab, und Enzo wirft sich schwungvoll auf einen Stuhl. Die Beine auf der Tischplatte überkreuzt, funkelt er Jax an. »Du hast da was, Kumpel.«

»Pass lieber auf, dass du nicht fällst«, kontert Jax und greift blitzschnell nach Enzos Lehne, um den Stuhl aus dem Gleichgewicht zu bringen.

Eine Schrecksekunde lang schwindet Enzos Grinsen. »Tödliche Fallen verboten!«, ruft er dann, bevor er rüber zu Val sieht. »Gilt übrigens auch für Furien aus der Hölle.«

»Hast du mir was zu sagen, Arschloch?«, giftet Val zurück.

Schulterzuckend vergräbt Enzo die Hände in seinen Taschen. »Das überlasse ich lieber dem Großmeister. Aber war mir ein Vergnügen, dich zu melden.«

Ein kleiner Funke elektrisiert die Luft, droht die ausgelassene Stimmung zu ersticken. Es ist Sierra, die mit seidenweicher Stimme die Aufmerksamkeit zurück auf ein anderes Thema lenkt. »Glitzerbomben«, sagt sie schmunzelnd. »Hast du die letzten Reste von Silvester ausgegraben, oder wie bist du an den Müll gekommen, Enzo?«

»Sorry, aber da müsst ihr schon selbst suchen«, erwidert Enzo gelassen.

»Drittes Regal, hintere Kiste«, lüftet Val sein Geheimnis. So wie sie Enzo ansieht, fange ich an zu glauben, dass sie ihm dieselben Fallen gestellt hätte wie mir.

Ein vertrautes Klirren lässt uns aufsehen. Brenda und ihr Trainingspartner schieben zwei Servierwagen herein, während sich die Schaulustigen in ihre eigenen Säle zurückziehen.

Auf dem vorderen Wagen stehen große Töpfe, die den Duft von Suppe verströmen, auf dem anderen Geschirr und Getränke. Ein paar Handgriffe später ist das nächste Buffet eröffnet.

Da man Enzo heute den Vortritt lässt, hat unser Tisch Glück und darf sich zuerst einreihen. Ich schnappe mir eine der Schüsseln, die ich randvoll mit Tomatensuppe fülle, dazu ein Stück Brot.

»Wasser oder Saft?«, fragt mich Jax, nachdem wir unser Essen auf dem Tisch abgestellt haben.

»Wasser«, antworte ich und hebe den Zeigefinger, bevor er etwas erwidern kann. »Vorausgesetzt, du versprichst mir, dass es nicht vergiftet wurde.«

Der kleine Seitenhieb zeigt Wirkung. Jax verzieht reuevoll die Lippen, was Val sichtlich missfällt. »Versprochen«, erwidert er und verschwindet noch mal Richtung Buffet.

Blizz und Sierra kommen mit ihrem Essen an unseren Tisch.

»Entschuldige, Cass«, sagt Sierra, nachdem sie sich neben mich gesetzt hat. »Ich habe dir noch gar nicht zu deinem ersten überlebten Tag in diesem Haufen von Chaosköpfen gratuliert. Wie fühlst du dich?«

»Überlebt trifft es ganz gut«, erwidere ich und denke an die rötlichen Striemen, die die Brandfiber auf meiner Wange, meinen Schultern, Bauch und Rücken hinterlassen hat.

»Keine Sorge.« Sierra schenkt mir ihr Lächeln, das selbst Sterbende aufmuntern könnte. »Das erste Testlabyrinth ist für alle hart. Aber ich verspreche dir, dass es einfacher wird. In zwei, drei Monaten kannst du locker mit den anderen mithalten.«

»Ich bin die einzige Neue in Flannerys Gruppe.«

»Na und?« Sierra bricht eine Kante von ihrem Brot ab. »Inzwischen weiß jeder, wie viele Punkte du im letzten Arctic Race erreicht und was du für Jax getan hast. Also kein Wunder, dass Flannery dich dabeihaben will. Hab ein wenig Vertrauen und ignorier das Gerede dieser Chaosköpfe.«

»Chaosköpfe?«, schnappt Enzo das letzte Wort auf, als er und Jax wieder an unserm Tisch Platz nehmen. »Sprecht ihr etwa über deine neuen Schützlinge, Sierra?«

Sierra und ich tauschen einen vielsagenden Blick. »Nicht ganz. Aber was das angeht, muss ich sagen, dass unsere Gruppen viel Potenzial haben. Richtig, Liebling?«

»Und ob«, nuschelt Blizz, den Löffel noch halb im Mund. Dann erzählen er und Sierra von ihrem ersten Tag als Trainierende, besonders guten Lehrlingen und denen, die sicher erst in ein paar Jahren zur Gameshow zugelassen werden. Ich werde den Verdacht nicht los, dass ich bei ihnen besser aufgehoben wäre.

Während sich alle mit dem Paar beschäftigen, leere ich meine Suppe und ziehe den kleinen Pager aus meiner Hosentasche. Im Schatten der Tischplatte checke ich meine Nachrichten. Auf dem schmalen Display steht nur eine Zeile: *»Pass auf dich auf, Cass. Gruß, Y.«* Sofort wiegt mein Herz wieder schwerer. Ich weiß, dass ich der Sache Zeit geben muss, bevor ich die beiden herhole, aber nach den gemeinsamen Wochen fehlen mir Yunas ruppig liebevolle Art und Christophs stilles Verständnis. Mein Finger huscht über die kleinen Tasten. 140 Zeichen. Mehr kann der Pager in einer Nachricht nicht übermitteln.

»Ein paar fiese Leute im Team, erstes Training erfolgreich, Essen echt gut, aber vermisse mein Bett und Hangman. Habe euch lieb –« ich stocke und lösche die letzten drei Worte. *»Passt auf euch auf«*, schreibe ich stattdessen. Senden. Drei Pixel blinken in einer Reihe auf, bis die Nachricht weg ist.

Mit einem tiefen Atemzug lasse ich den Pager in meiner Tasche verschwinden. Als ich aufsehe, bemerke ich Vals misstrauischen Blick. Eigentlich ist es unmöglich, dass sie etwas gesehen hat. Und wenn doch? Ich versuche, es zu ignorieren und dem Gespräch der anderen zu folgen.

In der Nacht wälze ich mich von einer Seite zur anderen. Das Kissen auf mein Ohr gepresst, frage ich mich, ob diese Leute jemals aufhören zu trinken.

»Ey, Platinkind«, höre ich jemanden rufen. »Auch eins?«

»Lasst die Süße lieber schlafen«, erwidert ein anderer, der verdächtig nach Enzo klingt. So viel zum Thema stocknüchtern.

Genervt werfe ich das Kissen zur Seite und setze mich auf. »Her damit«, fordere ich den Jungen auf, der höchstens vierzehn ist und unter seinem Bett eine halbvolle Kiste Bier gebunkert hat.

Sofort springt Enzo von seinem Platz, um sich zwischen uns zu stellen. »Ich bin hier der Einzige, der was konfiszieren darf. Und die Kiste bleibt«, sagt er. »Aber wenn du –«

»Sehe ich so aus, als wollte ich etwas beschlagnahmen?«, unterbreche ich Enzo und bedeute dem Jungen, mir eine Flasche zu geben. Grinsend zieht dieser eine aus dem Kasten.

»Geht doch«, sagt Enzo, als wäre es sein Verdienst. »Cheers, *Cass*.«

»Wow, das war mein Name«, entgegne ich ehrlich überrascht, während unsere Flaschen gegeneinanderstoßen.

»Manchmal geschehen noch Zeichen und Wunder.« Zwinkernd lässt er sich neben mir auf mein Bett fallen, das besorgniserregend quietscht.

Weiter hinten lachen einige auf. Es ist eine Gruppe, gemischt aus ein paar Jaxies und Enzos Schützlingen, darunter zwei älteren Frauen, deren Namen irgendwo in der Masse von Infos untergegangen sind. Genauso wie der Name des Jungen vom Nachbarbett, der jetzt aufspringt und zu den anderen läuft.

»Betrinkt ihr euch hier jeden Abend?«, will ich wissen.

»Du hast die Regeln doch gelesen, oder?«

»Kein Bier ab Tag vier«, zitiere ich frei. »Ich für meinen Teil halte mich jedenfalls dran.«

»Genauso wie wir alle.« Enzo streicht das Etikett auf seiner Flasche glatt, um mir den kleinen Zusatz *alkoholfrei* zu präsentieren. So kann man sich also täuschen.

»Kein Wunder, dass es so schmeckt.«

»Wie lauwarme Pisse?«

»Welch gewählte Ausdrucksweise.«

»Dann fällt dir eine bessere Beschreibung ein?«

»Keine, die du verstehen würdest.«

»Autsch.« Enzo packt sich ans Herz. »Sind alle Platins so eiskalt wie du?«

Ich verdrehe die Augen, begleitet von einem leisen Lachen. »Willst du etwa behaupten, du würdest keine anderen Platins kennen?«

»Jedenfalls nicht viele. Kommt nicht so oft vor, dass wir jemanden aus den höheren Zonen rekrutieren. Und in meinem alten Leben ...« Er zuckt mit den Schultern und ertränkt den restlichen Satz in Bier. »Keine Ahnung.«

»Weißt du noch, was du warst?«

»Rate.«

»Gold?«, necke ich, obwohl ich die Antwort dank Yuna kenne.

»Ha!« Er lässt sich gegen das metallene Fußende sinken. »Ich habe ja geahnt, dass du charmant sein kannst, aber das war etwas zu viel des Guten. Nicht, dass ich es nicht zu schätzen wüsste.«

»Verdammt.« Unwillkürlich erwidere ich sein Grinsen.

»Ich war einer dieser typischen Problemfälle, über die sie in den Nachrichten manchmal berichten. Ein *bronzenes Arschloch*, das nicht weiß, wo sein Platz ist. Hier.« Er schiebt sein Shirt hoch, gerade so weit, bis es die fleischige Narbe an seiner Taille enthüllt. »Eins von vielen Andenken aus meinem alten Leben.«

Mein Grinsen erlischt in einem Atemzug. »Wie ist das passiert?« Ich rutsche näher, traue mich allerdings nicht, seine Haut zu berühren.

»Weiß nicht mehr genau. Nach den Aufständen geben sie allen, die irgendwie daran beteiligt waren, einen kleinen Reset, aber ich erinnere mich an den Schmerz.« Er verzieht den Mund, während er über die Narbe streicht. »Die Games sind abgefuckt und trotzdem kein großer Unterschied zu Bronze. Außer du hältst dich schön brav an die Regeln, suchst dir einen miesen Job und tust so, als würdest du daran glauben, irgendwann mit den Neutrals dinieren zu können. Wusstest du, dass sich manche sogar freiwillig zum Gamer degradieren lassen? Weil sie denken, sie hätten eine größere Chance, die Gameshow zu gewinnen, als jemals so viele Coins zu verdienen?«

Er lässt sein Shirt über die vernarbte Haut fallen, das Bild bleibt trotzdem in meinem Kopf. Ich muss an die Witze denken, die ich mit meinen Freunden über Bronze gerissen habe. Die Wahrheit von jemandem zu hören, der es selbst erlebt hat, ist wie ein Schlag in die Magengrube. Ich bin wirklich naiv.

»Das tut mir leid.«

Enzo winkt ab. »Ich wette, als Platin hat man es auch nicht leicht.« Ein spöttisches Lächeln stiehlt sich auf seine Lippen. »Ich meine, der ganze Druck an den guten Schulen, immer dran denken müssen, welches coole Hobby heute auf der Agenda steht, ständig wichtige Entscheidungen treffen. Welches Kleid kaufe ich mir für die nächste Party? Satinbettwäsche in Aubergine oder Flieder ...«

»Meine Mum hat uns verlassen.« Es ist schäbig, sie zu erwähnen, aber ich weigere mich, nur an die Sonnenseiten meines Lebens erinnert zu werden.

»Wow.« Enzo findet sein vertrautes Grinsen wieder. »Du musst ganz schön unausstehlich gewesen sein.«

»Wahrscheinlich«, bringe ich leiser hervor. Er denkt, ich könnte mich nicht an sie erinnern. Nicht an ihr strahlendes Gesicht, das meinem so ähnlich war. Nicht an ihre liebevollen Küsse am Abend, an ihren Gesang, ihre Stimme, an alles, was sie für mich getan hat. Wäre sie noch da, hätte sie nie zugelassen, dass sich ihr Spatz die Flügel bricht.

Als die Tür ihr erbärmliches Quietschen von sich gibt,

schießt Enzo abrupt nach oben. Etwas von seinem Bier verteilt sich auf meiner Decke, und sofort ist dieser ranzige Gestank wieder da. Immerhin kann keiner behaupten, Enzo würde seine Rolle als Aufpasser nicht ernst nehmen.

Es ist Jax, der sich suchend umsieht, bevor er sich von seinen noch wachen Groupies heranwinken lässt.

»Kann er so was von vergessen«, sagt Enzo und schnappt sich eine zweite Flasche. »Entschuldige mich kurz.«

Ich sehe ihm nach, bis er Jax erreicht hat und diesem auf die Schulter tippt. Jax bedeutet ihm mit einer Geste zu warten, und keine halbe Minute später hat er sich tatsächlich von seinem Fanclub losgerissen. Wie Enzo so schön sagte: Es geschehen noch Zeichen und Wunder.

Seite an Seite kommen sie zurück.

»Cass?« Überrascht bleibt Jax stehen. »Du hast dich echt bei Enzos Schützlingen einquartiert? Freiwillig?«

Ich zucke nur mit den Schultern. Einen flüchtigen Moment verfangen sich unsere Blicke. Jax runzelt fragend die Stirn, als könne er so die Schatten hervorlocken, die seit dem Gespräch mit Enzo ihr Unwesen in meinem Geist treiben.

»Hast du echt gedacht, sie würde sich den Jaxies anschließen? Sorry, Kumpel, aber der Punkt geht wohl an mich.« Enzos selbstgefälliges Grinsen lässt die Schatten meiner Vergangenheit kurz verblassen.

»Der *Punkt* wollte einfach nur schlafen«, werfe ich ein. »Und wenn ich mich richtig erinnere, habe ich das Angebot abgelehnt, deine *besonders bequeme Matratze* zu teilen. Ich schätze also, dieser Punkt geht an keinen.«

»Mitten ins Herz.« Wieder greift sich Enzo an die Brust,

um sich auf das gegenüberliegende Bett fallen zu lassen. »Ich sag ja, du bist eiskalt, Süße.«

Schmunzelnd setzt sich Jax neben ihn. Als unsere Flaschen aneinanderstoßen, mustert er mich mit einem Ausdruck, der meine Knie weich werden lässt. *Nur Verbündete, Cass!* Schnell senke ich den Blick auf seinen tätowierten Arm. Auf meiner Zunge brennt immer noch die Frage nach der Bedeutung seines Tattoos, aber jetzt ist nicht der richtige Zeitpunkt. Nicht so dicht bei den anderen Newbies, die gerade wieder in schallendes Gelächter ausbrechen.

»Also, was hat der Großmeister gesagt?«, fragt Enzo. »Ist das Wunder endlich geschehen und er hat die Furie rausgeworfen?«

Falls noch Müdigkeit in mir war, ist sie gerade gewichen. Auch wenn Val gegen die NoKill-Regel verstoßen hat, war ich nicht sicher, ob es Konsequenzen haben würde. Nicht für Flannerys persönliche Assistenz.

»Val wird vom Training ausgeschlossen«, erwidert Jax. »Bis sie zwei Gamer überzeugt hat, sich unserer Sache anzuschließen. Freiwillig.«

Prustend spuckt Enzo den letzten Schluck Bier aus. »Val soll jemanden rekrutieren?!« Sein Lachen ist laut genug, um selbst die Leute in den vorderen Betten zu wecken. »Die Furie? Da draußen? Kumpel, denkst du echt, dass ich dir das abkaufe? Was hat der Großmeister wirklich gesagt?«

»Wenn du mir nicht glaubst, lass uns wetten«, erwidert Jax.

Einen Atemzug lang wirkt es, als würde Enzo über das Angebot nachdenken. Seine Finger trommeln gegen die Flasche, bis er zischend die Luft einsaugt. »Verdammt. Val unter den Recruitern. Gibt's sonst noch Anzeichen für die Apokalypse?«

Jax streicht sich über den Nacken, während er sowohl Enzos als auch meinem Blick ausweicht. »Kommt darauf an, wie ihr Apokalypse definiert.«

»Okay, Süße, bin ich der Einzige, dem dieser Ausdruck nicht gefällt?«, fragt Enzo an mich gewandt.

»Du meinst, die Apokalypse hätte längst begonnen? Raus damit, Jax. Was hat Flannery gesagt?«

In einem hörbar tiefen Atemzug setzt Jax die Flasche an und murmelt eine Spur zu schnell: »Enzo wird Vals Mentor, und Flannery übernimmt dein Training.«

»Was?!«, rufen Enzo und ich zeitgleich.

Alle Blicke fahren zu uns herum. Während Enzo aussieht, als würde er gleich aufspringen und Flannery persönlich den Hals umdrehen, versuche ich, die Info zu verarbeiten. Flannery als mein persönlicher Coach. Der Mann, der mir nicht vertraut. Der Mann, der sich garantiert an seine eigenen Regeln hält, und nicht zuletzt der Mann, der mich den Haien zum Fraß vorgeworfen hat. Sie werden sicher begeistert sein, wenn er mich jetzt auch noch persönlich unter seine Fittiche nimmt. Ich weiß nicht, ob ich lachen oder wieder losheulen soll. Ich weiß nur, dass ich vielleicht die Chance bekomme, eine Frage endgültig zu klären: *Held oder Schurke?*

KAPITEL 19

»Training mies. Vermisse Val. Nennen mich weiter Platinkind. Sonst keine Neuigkeiten. P. S. Das mit Val war ein Scherz. Hasse sie immer noch.«

Abschicken. Meine Bettdecke über den Kopf gezogen, sehe ich zu, wie die Nachricht gesendet wird. Mit jedem Atemzug wird die Luft hier drunter stickiger. Nach endlosen Sekunden verschwinden die Pixel endlich, um das Wort *übermittelt* anzuzeigen. Sofort verlasse ich das nicht ganz so geheime Versteck und atme durch. Gut, die Luft im Saal ist auch nicht viel besser. Zu dem typischen Geruch von Schulumkleide mischt sich jetzt der Duft pappsüßer Moschusräucherstäbchen, die Enzo von seiner letzten Mission draußen angeschleppt hat. Samt eines Typs, der das Bett neben mir bewohnt, in dem vor kurzem noch der Vierzehnjährige geschlafen hat.

»Drückt die Matratze, Platinkind?«, spottet der Neue, während er seine Hose über die viel zu engen Boxershorts zieht. »Frag doch deinen *Mentor*, ob er dir eine neue schenkt.«

Dass Flannery das Platinkind persönlich unterrichtet, hat sich schnell herumgesprochen. Seufzend kehre ich dem Newbie den Rücken zu. Die Decke um meinen Körper gewickelt, befreie ich meine Truhe von den paar Habseligkeiten, die sich darauf angesammelt haben. Eine Flasche Wasser, der Wälzer von Percival, immer noch ungelesen, ein ähnlich dickes Buch, das gefühlt jede Falle enthält, die je erfunden wurde, und die Kopie unseres Trainingsplans. Vier weitere, durchgetaktete Wochen. Vorbehaltlich der Teilnahme an einem Game.

Jeden Morgen verliest Flannery, wer von uns in welches Game muss, und am Abend freuen wir uns über alle, die es lebend zurück in unser Lager geschafft haben. Der Vierzehnjährige gehörte nicht dazu. Ich wische die Erinnerung an sein Gesicht weg und öffne die Truhe. Darin ein ganzer Stapel Klamotten, obendrauf eine aufmunternde Notiz von Sierra, die eine der wenigen ist, die mich nicht Platinkind nennen. Oder mich dafür bestrafen, dass ich als einziger Newbie in einer Gruppe von Profis trainieren darf. Dass ich weder darum gebeten habe, noch scharf darauf bin, mich ständig von Flannery verprügeln zu lassen, ignorieren sie.

»Keep on smiling«, steht auf Sierras kleinem Zettel, versehen mit einem Herz. Er hat letzte Woche nach einem beschissenen Game auf meinem Kissen gelegen, und obwohl der Spruch echt unkreativ ist, entlockt er mir jedes Mal ein Lächeln. Ich lege ihn beiseite und überfliege den Trainingsplan für heute, bevor ich mich für ein Outfit entscheide, das eng anliegt. Eine Hose, die mich an meine alten Yogapants erinnert, Funktionsshirt, Jacke mit Reißverschluss. Das Bündel fest unter den Arm geklemmt, angle ich nach meinem

Pager. Als ich ihn aus dem Schatten der Decke ziehe, blinken neue Worte auf dem Display auf. »*Knapp zwei Wochen durchhalten bis Wiedersehen. Yuna gibt es nicht zu, aber sie vermisst dich auch. Alles Liebe, Christoph.*«

Mit einem bitteren Lächeln lasse ich die Finger über die Tasten gleiten: »*Gebe mein Bestes, passt auf euch auf. Drück Yuna von mir, auch wenn sie es hasst. Küsschen, Cass.*«

Leider habe ich keine Ahnung, wie ich es zu diesem Treffen schaffen soll. Am einfachsten wäre es, Flannery zu fragen. Ich bin sicher, dass er mich gehen lassen würde – unter Aufsicht irgendeiner Begleitung, die dafür sorgt, dass ich keine Geheimnisse nach draußen trage. Nein, danke. Allein rausschleichen? Auch keine gute Idee. Inzwischen kenne ich mich zwar in den wichtigsten Trakten aus und weiß für den Notfall, wo drei Ausgänge liegen, aber ich habe keine Ahnung, wie ich an den Kameras vorbeikommen würde. Meine einzige Hoffnung sind Jax und Enzo. Ich habe ihnen erzählt, dass ich da draußen Freunde habe, sie wissen nur noch nichts von dem Treffen. Oder meinem Plan, mich während ihrer Nachtwache nach draußen schmuggeln zu lassen. Von ihnen.

Mit geschürzten Lippen vergrabe ich den Pager unter den anderen Klamotten, dicht bei Old Shads Brosche, die immer noch auf ihre Rückgabe wartet. Es wird echt Zeit, Jax und Enzo zu fragen.

Flannery kennt kein Erbarmen. Sobald er seine Seidenanzüge gegen die Trainingskluft getauscht hat, scheint er vierzig Jahre jünger zu sein. Präzise wie ein Raubtier führt er seine Manöver aus und befördert jeden von uns spielend leicht auf die Matte. Immerhin bin ich nicht die Einzige, die gegen ihn keine Chance hat, und doch bin ich diejenige, die am häufigsten gegen ihn antreten muss. Sein Wortschatz beschränkt sich dabei auf knappe Anweisungen: *Ducken, springen, parieren, höher zielen, nicht in die Luft schlagen, der Bo-Stab ist kein Nudelholz!* Und ich bin keine gute Gamerin.

Ein scharfes Schnipsen lenkt mich für eine Millisekunde ab, dann bekomme ich einem schmerzhaften Schlag gegen das Schienbein. »Konzentration, Cass«, ermahnt mich Flannery, der seinen Stab geschickt durch die Luft wirbeln lässt.

Ich nehme Stellung auf der Matte und versuche, den Schmerz zu ignorieren. Das glatte Holz fühlt sich ungewohnt in meiner Hand an, und meine Abwehrmanöver sind nicht ansatzweise mit denen zu vergleichen, die um uns herum ausgeführt werden. Bei Jax und Enzo sieht der Kampf aus wie eine Choreographie, schnelle Vorstöße, geschicktes Ausweichen, nächster Angriff. Ihre Stöcke treffen hohl aufeinander, routiniert, rhythmisch wie ein Song, der von einundzwanzig begnadeten Gamern gespielt wird. Und ich bin dieser eine Newbie, der selbst an der Triangel scheitert. Unbeholfen gehe ich zum Angriff über, mein Stock eine schwache Note, die sofort an Flannerys Konter verklingt, um in die Defensive gedrängt zu werden.

Reflexartig reiße ich den Bo-Stab vor mein Gesicht. Flannery holt aus, ich starre ihn an. Dann lässt er den Stab auf mich zurasen, um keinen Zentimeter vor meinem Gesicht kontrolliert zu stoppen. Mein Atem geht flacher als vor meinem ersten Labyrinth.

»Cass.« In seiner Stimme liegt ein Seufzer. »Wo sind deine Hände?«

Ich mustere meine verkrampften Finger, die erneut von den Stellen auf dem Holz abgewichen sind, die Flannery farbig markiert hat. Schnell korrigiere ich die Haltung.

»Und wo sind deine Gedanken?«

»Nicht fokussiert«, gebe ich widerwillig zu.

Immer wieder zieht es meinen Blick zu Jax und Enzo, die hochkonzentriert ihr Training absolvieren. Ob sie mir helfen werden, nach draußen zu kommen? Nur für ein paar Stunden?

»Cass!« Dieses Mal ist es ein hohles Klopfen, das mich aus meinen Gedanken reißt. »Gib mir deinen Stock.«

»Aber ich –«

»Gib mir deinen Stock«, wiederholt Flannery.

Zähneknirschend gebe ich die Waffe ab. Es ist kein Geheimnis, dass die meisten nur darauf warten, dass mich Flannery aus der Gruppe schmeißt. Wenn sie wüssten, dass ich nur hier bin, weil der Großmeister mir misstraut, würden sie mich anders ansehen.

»Habe ich gesagt, ihr sollt aufhören?«, blafft Flannery die Umstehenden an. »Konzentriert euch auf euer Training.« Kollektives Aufstöhnen enttarnt jeden, der sich hat ablenken lassen. »Und jetzt rate ich euch, mich erst wieder zu bemerken, wenn ich um eure Aufmerksamkeit bitte. Cass? Du kommst mit.« Er bedeutet mir, ihm zu folgen.

Es ist mehr als der Schmerz in meinem Bein, der meine Schritte straucheln lässt. Entweder bringt mich Flannery doch noch in eine Gruppe, die meinem Trainingsstand entspricht, oder ich bin gerade auf dem Weg zu meiner Hinrichtung. Ich weiß nicht, worüber sich meine Gruppe mehr freuen würde.

Kurz vor der Tür stellt sich Jax in unseren Weg. »Flannery? Können wir kurz sprechen?« Er sieht flüchtig zu mir. »Unter vier Augen?«

»In einer halben Stunde am Observatorium«, gibt Flannery knapp zurück, dann lässt er Jax stehen.

Im Weggehen schaue ich noch einmal über die Schulter. Jax hat sich bereits abgewandt und sein Training wieder aufgenommen. Seit dem Vorfall mit der Brandfiber halten wir uns an unseren Deal. Meistens. Wenn er Nachtdienst im Schlafsaal hat, kann es vorkommen, dass er sich bei mir über einen miesen Tag im Recruiting auslässt. Oder dass ich ihm einen Blick auf meine blauen Flecken gewähre, die ich Flannery zu verdanken habe. Es ist eine kleine, unausgesprochene Erweiterung unseres Vertrags, nur an die Sache mit dem Flirten halten wir uns leider vorbildlich. Den Rest seiner Zeit verbringt er mit seinem Solotraining, den Jaxies oder natürlich mit Val. Wann immer sie nach dem Essen zusammen verschwinden, muss ich das Stechen schlucken, das zwischen Verbündeten absolut fehl am Platz ist.

Als Jax meinen Blick bemerkt, verziehen sich meine Lippen zu einem ertappten Lächeln. Er erwidert es in aller Flüchtigkeit, bevor er Enzos nächsten Angriff geschickt pariert. Sierras Optimismus in allen Ehren, aber ich werde mehr als ein paar Monate brauchen, um mithalten zu können. Eher Jahre.

Flannery bringt mich zu einem Raum, über dem in großen Buchstaben das Wort *Observatorium* steht. Das Innere hat jedoch nichts mit einer Sternwarte gemein. Es ist ein schmuckloser Raum, der schon bessere Tage gesehen haben muss. Flecken laufen aus der Decke über die Betonwände, die Neonröhren sind kalt und grell. Außer einer Trainingsmatte gibt es nur ein Regal mit einigen Kisten, einen altmodischen Computer und einen Stuhl, dessen orangefarbene Sitzfläche aufgerissen ist.

»Fang.«

Flannery wirft mir meinen Stock zu und ist eine Sekunde später zum Angriff übergegangen. Mir gelingt es knapp, seinem Schlag zu entkommen. Ich setze sofort zur Gegenwehr an. Umkreisen, vorpreschen, Haltung korrigieren, Haltung vergessen. Immer wieder landet Flannery Treffer, während ich es kein einziges Mal schaffe, meinen Stock auch nur in die Nähe seines Körpers zu bringen. Nur einmal lässt er mich absichtlich an sich heran, blockt mich aber so geschickt, dass ich wutschnaubend meine Waffe in die Ecke schmeiße. »Das ist doch lächerlich!«

»Das Einzige, was hier lächerlich ist, ist dein Verhalten!«, Flannery hebt den Stab auf und hält ihn mir hin. »Was würden deine Eltern sagen, wenn sie dich so sehen würden?«

Ich will ihm den Bo wegreißen. Keine Chance. Flannery lässt einfach nicht locker. Seine Hand sitzt fest am Holz, sein Blick hat mich fixiert, forschend, provokant, als würde er hoffen, dass ich mich endlich verrate.

»Keine Ahnung, vielleicht sind meine Eltern ja genauso stur.« Ich halte seiner Herausforderung stand, während ich weiter an dem Stab zerre.

»Dann standen sie nicht bei jedem Schwimmturnier am Beckenrand und wollten, dass du das Beste aus dir rausholst?«

»Keine Ahnung«, wiederhole ich grimmig.

»Und was ist mit deinen Noten? Waren sie nie sauer, wenn du eine schlechte mit nach Hause gebracht hast?«

»Keine Ahnung!«

»Willst du behaupten, sie hätten ihr Platinkind nicht in die Sommerschule geschickt, um noch ein Stück besser zu werden?«

»Ich kann mich nicht erinnern!«, fauche ich schärfer als gewollt. »Wenn du mir nicht glaubst, warum zur Hölle bin ich dann noch hier!«

Er lässt meinen Stock so abrupt los, dass ich ein Stück nach hinten taumle. Anstatt etwas zu sagen, schmunzelt er. Dann winkt er mich zu dem Computer, dessen Monitor beim Näherkommen aufleuchtet. Entweder habe ich seine Prüfung für heute bestanden, oder er wappnet sich für die nächste Attacke. Es ist immer wieder dasselbe. Allmählich bin ich sicher, dass dieses ganze Theater nichts mehr mit einem Newbie im Labyrinth oder einer Anstecknadel zu tun hat. Es sind meine Erinnerungen. Ich weiß nicht, welche meiner Lügen den Verdacht geweckt hat, aber Flannerys Fragen zielen immer auf dasselbe ab: Menschen aus meiner Vergangenheit. Gefühle, Erinnerungen, eine winzige verräterische Äußerung. Bisher hat er mir keinen Grund gegeben, ihn zum Schurken zu erklären, aber auch nicht zu einem Helden, dem ich mein Leben anvertrauen würde.

»Komm noch ein Stück näher.« Flannery macht mir Platz, bevor er mit zwei Klicks ein Video öffnet, das keine zehn Minuten alt ist. Ich betrete neben ihm den Raum, fange erstaunlich geschickt die Waffe auf, die er mir zuwirft. Und dann blamiere ich mich bis auf die Knochen.

»Siehst du das hier?« Er hält das Bild an. »Hättest du dein Bo so gegriffen, wie ich es dir gezeigt habe, hätte ich ihn dir nicht abnehmen können. Oder hier.« Szene für Szene zeigt er mir die Fehler auf, an denen ich immer wieder scheitere. Am liebsten würde ich wegsehen, doch am Ende bin ich überrascht, dass es gar nicht so mies aussieht. »Und hier –«

»Hätte ich weiter unten greifen müssen«, vervollständige ich seinen Satz. »Kapiert.«

Er schließt die Aufnahme und startet eine neue. »Gut. Dann zurück auf die Matte.«

Dieses Mal lässt er mir mehr Zeit. Anstatt sofort auf mich loszugehen, wartet er, bis ich meinen Stab korrekt umfasse. Wir umkreisen einander, ein paar angetäuschte Angriffe, und dann gelingt es mir zum ersten Mal, seinen Schlag abzuwehren. Ein feines Lächeln huscht über mein Gesicht. Und schon im nächsten Moment hat mich Flannery entwaffnet und befördert mich auf die Matte. Das Ende seines Stocks presst er sanft in die Kuhle an meinen Hals. »Du wirst es nie in eine Gameshow schaffen, wenn du nicht lernst, den Bo zur Verlängerung deines Körpers zu machen. Du musst dich verdammt nochmal konzentrieren!«

»Und es gibt genau wie viele Arenen mit Stockkämpfen?«, schnappt mein verletztes Ego zurück.

»Das wüsstest du, wenn du wenigstens das Vorwort von Percivals Memoiren gelesen hättest.« Er lässt von mir ab und kehrt zurück zum Monitor.

Zweifelnd raffe ich mich auf. »Dieser schmierige Kotzbrocken hat über Stockkämpfe geschrieben? Warum nennt ihn dann keiner *Bezwinger des finsteren Bos*?«

»Weil es keinerlei Sinn ergibt und nicht ansatzweise so viel hermachen würde wie sein Sieg über diese Kreaturen. Gemeint sind übrigens die Hex. Steht ebenfalls im Vorwort.«

»Touché.«

»Und jetzt Augen auf den Bildschirm. Das da«, Flannery wiederholt meinen erfolgreichen Konter, »war ein guter Anfang. Doch das, was danach passiert, ist der Grund, warum du gegen einen *schmierigen Kotzbrocken* wie Percival nicht die geringste Chance hättest.« Er zoomt heran, um mir mein Gesicht in dem Sekundenbruchteil zu präsentieren, in dem ich meinen süßen Erfolg ausgekostet habe. Das war nicht nur ein feines Lächeln, das war ein Grinsen, als hätte ich gerade die Gameshow gewonnen.

Aus meiner Wut wird Scham, die ihre Hitze in meine Wangen treibt. »Okay, können wir das überspringen und zu dem Moment kommen, in dem ich am Boden liege?«, hasple ich. Vielleicht sollte ich mich langsam damit abfinden, dass mein Stolz nie wieder so hell strahlen wird wie in meinem alten Leben.

»Natürlich. Vorausgesetzt du versprichst mir, bis morgen den Prolog und die ersten zwei Kapitel zu lesen. Gründlich«, fügt er mit Nachdruck hinzu. »Und glaube ja nicht, ich würde es nicht merken, wenn du den Text nur überfliegst.«

Frustriert schaue ich von ihm zu dem Standbild meines triumphierenden Gesichts, das ich nie wieder aus dem Kopf kriegen werde. »Muss es denn unbedingt ein Buch sein, das dieser Kotzbrocken geschrieben hat?«

»Du glaubst wirklich, Percival hätte seine Memoiren selbst geschrieben?« Flannery wirkt belustigt, als er sich von dem Computer abwendet. »Percivals Ghostwriter war zufällig ein Angestellter des Casinums, der sein Wissen in den Text hat einfließen lassen. Woher sonst sollte ein einfältiger Typ wie Percival wissen, wie viele verschiedene Arenen es gibt? Welche Altersgrenzen für die Wettkämpfe gelten oder wie sich der Algorithmus für die Punkte zusammensetzt? Zugegeben, die Informationen sind teilweise veraltet und weder Cover noch Titel sind besonders ansprechend. Aber für Newbies ist es die beste Lektüre, um das System zu verstehen.«

»Percival hatte einen Ghostwriter? War er auf seiner Promo-Tour nicht alleine?«, erwidere ich. Die großen Werbebanner für die Show haben damals jedes Billboard geziert. Das machohafte Zahnpastagrinsen, der Titel, sonst nichts.

»Man hat die Beteiligung an dem Buch verschwiegen, um den Ghostwriter zu schützen. Leider hat es dem armen Kerl nicht sonderlich viel gebracht. Also, Cass, der Prolog und zwei Kapitel.«

Unwillkürlich male ich mir aus, was mit dem Ghostwriter passiert sein muss, als die Gamemaster ihn enttarnt haben. Wahrscheinlich wurde er wie die meisten Verbrecher zum Gamer degradiert. Ein hoher Preis für den Erfolg von jemand anderem.

»Okay, der Prolog und zwei Kapitel«, lenke ich ein.

Flannerys Antwort ist das schmale Lächeln, mit dem er die Szene schließt und meinen Stock aufhebt. »Ich werde dich nicht aus der Gruppe nehmen, doch wenn du aufholen möchtest, wirst du ab sofort in jeder freien Minute trainieren müssen. Keine Spieleabende mit den anderen, keine Gelage nach den Games. Stattdessen solltest du so oft herkommen, wie du kannst. Zeichne alles auf, jede Bewegung, jeden Fehler, jeden Erfolg.« In kurzen Sätzen erklärt er mir, wie ich die Aufnahmen machen kann. »Hin und wieder werde ich sicher Zeit finden, dich zusätzlich zum regulären Training zu unterrichten. Ansonsten denke ich, dass Jax durchaus geneigt sein könnte, dir zu helfen. Außerdem ist er einer meiner Besten.«

»Jax?« Bei dem Gedanken an ihn verfällt mein Herz in ein nervöses Rasen. Irgendwie konnte ich es immer noch nicht ganz von unserem Deal überzeugen. »Ich glaube nicht, dass er –«

»Ich bin dabei.«

Jax lehnt mit verschränkten Armen in der Tür und erinnert mich an unsere erste Begegnung. Damals habe ich ihn ignoriert, jetzt mustere ich ihn überrascht. Hat er gerade echt angeboten, mir *Privatunterricht* zu geben? Ich wette, es verstößt gegen mindestens hundert Klauseln unserer Vereinbarung.

Seine Augenbraue wandert nach oben. »Jetzt hört auf, mich so anzustarren. Zusatztraining an fünf Tagen, der Sonntag bleibt frei, mittwochs ziehe ich weiterhin als Recruiter los – und ein Gespräch unter vier Augen.« Er sieht an mir vorbei zu Flannery, der sein vertrautes Pokerface aufgesetzt hat. »Mit der Wahrheit.«

»Vielleicht hast du recht, Cass«, entgegnet Flannery trocken. »Er ist wohl doch nicht der Richtige. Lass uns weiter-«

»Ist das dein Ernst?« Jax lacht schnaubend auf. »Du hast selbst gesagt, ich wäre der Beste.«

»Einer der Besten«, korrigiert Flannery, und trotzdem scheint er darüber nachzudenken. Einen quälend langen Moment starren die beiden einander an, ein wortloses Gespräch, das ich gerne verstehen würde. Am Ende wendet sich Flannery mit einem knappen Nicken ab. »Gut. Komm nach dem Abendessen in mein Büro. Danach fangt ihr sofort an.«

»Es wird mir ein Vergnügen sein.« Jax lächelt schmal, und als sein Blick meinen streift, frage ich mich, wer hier eigentlich wen ablenkt.

KAPITEL 20

Percivals Ghostwriter ist gut. So gut, dass man jedes Wort in der vor Arroganz triefenden Stimme von Percival liest. Es ist, als würde er neben mir auf dem Bett liegen und mir mit jedem Satz zeigen, wie viel besser er das ganze System verstanden hat als ich. Bereits im Vorwort gibt er mit seinem Wissen an, im ersten Kapitel ergießt er sich in ausschweifenden Erklärungen über sein Training mit dem Bo, das er von Tag eins an meisterhaft beherrscht zu haben scheint.

Ein Klopfen gegen meinen Nachttisch lässt mich aufsehen. Sierra steht neben meinem Bett, im Gesicht ein paar frisch tätowierte Sommersprossen in gerötetem Gold. »Voll vertieft?«, fragt sie, bis ich ihr das Cover zeige. »Okay, wenn das so ist, hast du sicher nichts dagegen, wenn ich dich entführe.«

»Den Prolog und zwei Kapitel bis morgen. Anweisung von ganz oben«, antworte ich seufzend. »Und ich bezweifle, dass Flannery gerne nachverhandelt.«

Sierra nimmt mir das Buch ab, um mir ihren freien Arm

anzubieten. »Du kannst nebenher lesen, aber ich werde es nicht zulassen, dass du deine allererste Filmnacht verpasst.«

»Filmnacht?« Gespannt setze ich mich auf. Ich muss an Christophs Geburtstag denken, der eine gefühlte Ewigkeit her ist. An das Laken, das wir quer durchs Wohnzimmer gespannt haben, an den Projektor, der jedes Bild albern verzerrt hat, und Yunas gelegentliches Schnarchen. Irgendwas sagt mir, dass ein Filmabend bei den NoClans anders aussieht. »Was läuft?«

»Verrate ich dir nicht. Also, kommst du jetzt mit, oder muss ich hier stehenbleiben, bis es peinlich wird?«

»Überredet.« Ein Lächeln auf den Lippen, raffe ich mich auf und hake mich bei Sierra unter.

Der große Speisesaal ist in ein provisorisches Kino verwandelt worden. Die Tische hat man nach draußen geschafft, dafür wurden zusätzliche Stühle hereingeholt, von denen die meisten schon besetzt sind. Die Leute sitzen in ihren gewohnten Gruppen zusammen, unterhalten sich, lachen, nur in der zweiten Reihe hockt eine einsame Gestalt mit violett geflochtenen Haaren. Fast könnte Val einem leidtun, würde sie nicht jeden mit ihren tödlichen Blicken durchbohren, der ihr zu nahekommt. Warum sagt mir mein Gefühl, dass sie im vorherigen Leben nicht viele Freunde hatte?

Sierra nimmt mich mit in die Reihe, in der es sich Blizz und ein paar ihrer Schützlinge bequem gemacht haben. Die meisten nehmen von mir nur flüchtig Notiz.

Kaum habe ich mich gesetzt, wird Applaus und Johlen laut. Der Duft nach frischem Popcorn durchzieht den Raum. »Nur eine Tüte für jeden!«, höre ich jemanden rufen.

Blizz ist schneller auf den Beinen, als ich gucken kann. »Ich bringe euch was mit!«, ruft er noch, bevor er über die Stühle klettert und in der Menge abtaucht.

»Manchmal glaube ich, er liebt Popcorn mehr als mich«, bemerkt Sierra spöttelnd, während sie sich neben mich fallen lässt und mir das Buch zurückgibt. »Du hast noch etwa zehn Minuten. Und ab Kapitel fünf wird es besser.«

Irgendwie bezweifle ich das. Ich schlage die Stelle auf, an der ich aufgehört habe zu lesen, muss allerdings nach zwei Sätzen feststellen, dass ich mich nicht konzentrieren kann. Immer wieder entgleitet meine Aufmerksamkeit nach oben, mal nach links oder rechts. Wie geahnt ist es ganz anders als in Yunas Bunker, weniger privat, weniger kuschelig, und dennoch verstehe ich sofort, warum diesen Abend alle so lieben. Keiner redet über Arenen, über die Gameshow oder über irgendwelche Newbies in falschen Gruppen. Stattdessen wird rechts von uns heiß über den letzten Film diskutiert, hinter uns spekulieren ein paar Jaxies, welchen Blockbuster man heute zeigen wird. Bald gibt es kaum noch einen freien Stuhl.

Dann schält sich ein vertrautes Grinsen aus der Menge.

»Hier bist du ja«, begrüßt mich Enzo, im Arm drei duftende Tüten Popcorn. »Ich hab schon gedacht, jemand hätte dich entführt.«

»Sieht eher aus, als hättest du ein paar Geiseln zu viel genommen«, ziehe ich ihn auf. »Eine Tüte für jeden, oder wie war das noch?«

»Eine für mich, eine für dich und ... eine für mich«, erwidert er und drückt mir das randvolle Mitbringsel in die Hand. Das meiste landet dabei allerdings auf Percivals Zeilen.

Während sich Enzo auf den freien Platz neben mir quetscht, probiere ich eins der zart karamellisierten Stücke.

»Einfach perfekt, oder?«, spricht Blizz meinen Gedanken aus. Er hat sich genauso wenig an die Regel gehalten wie Enzo und verteilt die überzähligen Tüten unter seinen begeisterten Schützlingen. »Genau die richtige Mischung aus süß und salzig.«

Ich stimme ihm mit einem wohligen Schmatzer zu, bevor ich Percivals Ghostwriter eine letzte Chance gebe. Drei Sätze darüber, wie man Gegner mit dem Bo-Stab außer Gefecht setzen kann, dann wird der Saal in Dunkelheit gehüllt, als wollte das Schicksal nicht, dass ich dem Kotzbrocken noch mehr Aufmerksamkeit schenke.

Bedauernd lege ich den Wälzer unter meinen Stuhl und lehne mich bei Sierra an, in der Hand genug Popcorn für die nächsten Minuten.

Die Wand hinter der Bühne verwandelt sich in eine riesige Leinwand. Ein winziger Beamer, der aus der Decke fährt, lässt sein Licht auf weißer Fläche tanzen, erst grell und inhaltslos, dann begrüßt uns ein Junge, der für die heutige Filmauswahl verantwortlich war und uns viel Spaß wünscht. Der Applaus schwillt an, einige drohen dem Typ, bloß keinen Scheiß zu zeigen, andere pfeifen und johlen vorfreudig. Kaum, dass der Titel eingeblendet wird, fliegt das erste Popcorn, Gelächter mischt sich unter die dramatische Musik. Es ist ein alter Gangsterfilm, der mich dank Sierra sofort mitreißt. Zusammen lachen wir an den unkomischsten Stellen, kassieren dafür vernichtende Blicke von Blizz und Enzo, an dessen Schulter ich mich vergrabe, wenn die Spannung zu groß wird. Oder ich versuche, ein noch lauteres Lachen zu unterdrücken. Irgendwann verdreht Enzo nur noch die Augen, wobei mir das Grinsen in seinen Mundwinkeln nicht entgeht.

»Tut mir leid, wenn ich stören muss«, raunt jemand, bevor ich eine Hand an meinem Rücken spüre. Es ist Jax, der geduckt in der Reihe hinter uns steht. »Aber Cass und ich haben noch eine Verabredung.«

Stöhnend lasse ich den Kopf in den Nacken fallen, so dass Jax' Gesicht direkt über meinem ist. *So nah.* »Jetzt noch?«

»Jetzt noch«, wispert er zurück, während sein Smaragdgrün im Halbdunkeln aufleuchtet.

»Kopf runter, Mann!«, tönt es aus einer der letzten Reihen.

»Und es wäre klasse, wenn wir verschwinden könnten, bevor sie die schärferen Geschütze auffahren.«

Ich ziehe das Buch unter meinem Stuhl hervor und stehe vorsichtig auf. Sofort trifft mich das erste Karamellgeschoss am Kopf, weshalb ich mich runter zu Sierra ducke. »Erzählst du mir später, wie es ausgegangen ist?«, bitte ich sie im Flüsterton, während ich mich an ihr vorbeidränge.

Jax wartet draußen auf mich. Im Gehen zupft er mir etwas Popcorn aus dem Haar. »Gut, dass morgen keiner von uns beiden Putzdienst hat«, sagt er und schnipst das Geschoss Richtung Mülleimer. Treffer versenkt.

»Oh, da fällt mir ein: Du bist mir immer noch eine Antwort für meinen Kronkorken schuldig«, sage ich, während ich ebenfalls ein Popcorn versenke. Es scheint ewig her zu sein, seit wir zusammen in dem stickigen Raum Kronkorken geworfen haben, dabei sind es erst ein paar Wochen. »Allerdings würde ich meine Frage gerne ändern.«

»Lass mich raten: Du hast inzwischen rausgefunden, wer

der größere Mistkerl ist?« Er lotst mich in den nächsten Gang, und der Lärm aus dem Kinosaal wird zu einem fernen Rauschen.

»Ich habe zumindest eine Ahnung«, necke ich. Es fällt mir schwer, meinen Blick von ihm zu lösen. Die Trainingskleidung betont seinen muskulösen Körper, schwarzes Shirt, langärmlig, die markanten Züge unter seinem Bartschatten, sein feines Funkeln. Ob er das hier echt für eine gute Idee hält?

»Okay. Keine Fragen zu gelöschten Erinnerungen, ehrliche Antworten, keine Ausreden. Solange du dich an die Regeln hältst, bin ich ein offenes Buch«, lenkt er ein.

Die Einladung ist verführerisch. Am liebsten würde ich fragen, was das zwischen ihm und Val wirklich ist, aber es gibt Wichtigeres zu besprechen. Ich hasse mich schon jetzt dafür. Mit einem tiefen Atemzug ringe ich alle Bedenken nieder. »Kein Necken, kein Flirten, kein Training zu zweit.«

Jax bleibt wie angewurzelt stehen. Dieses Mal schneide ich ihm den Weg ab.

»Das waren deine eigenen Worte. Was ist passiert, dass du dich freiwillig bereiterklärst, mir Privatunterricht zu geben? Welche Wahrheit von Flannery kann *so* wichtig sein?«

Mit einem Blinzeln ist der Jax zurück, der mich an meinem ersten Abend hat stehen lassen. Verschlossener Blick, abweisende Haltung. Schweigen.

»Ehrliche Antworten, keine Fragen«, erinnere ich ihn, bevor er einfach abhauen kann. »Worum ging es in diesem Gespräch?« Ich weiß, dass ich mich weit aus dem Fenster lehne. Jax gehört zu Flannerys engsten Vertrauten. Wahrscheinlich geht es mich absolut nichts an, aber ich –

»Die Wahrheit über dich.« Es ist nur ein geraunter Satz,

sein Ton überschattet von Zweifeln. »Warum er dich so schnell aufgenommen hat, warum du in Team Qualified bist, warum er dich persönlich trainiert.«

Es sollte weh tun, aber wie könnte ich ihm diese Fragen verübeln? Es sind dieselben, die mich seit dem ersten Gespräch mit Flannery begleiten, und obwohl ich glaube, die Antwort zu kennen, stockt mein Atem. Ich brauche ein paar Momente, bis ich meine Zunge überreden kann, etwas zu sagen. »Dann hat Flannery dir die Wahrheit gesagt?«

»Du willst ehrliche Antworten, keine Ausreden?«, wiederholt Jax unerwartet scharf, sein Blick ein wildes Aufblitzen. »Okay, Cass, dann sag du mir, ob Flannery nur ein übergeschnappter alter Mann ist oder ob er mit seiner Vermutung recht hat. Kannst du dich an alles erinnern? Deine Familie, deine Freunde, an alles, was vor deiner Degradierung war? War jedes Wort darüber eine Lüge?«

Verfluchte Scheiße! Flüssiges Feuer schießt durch jede meiner Adern, ein scharfes Drängen danach, Jax die Wahrheit zu sagen. Aber woher weiß ich, dass er damit nicht sofort zu Flannery rennt? Dass sie mich nicht an die Catcher ausliefern? In dem Versuch, meine aufkommende Panik zu kontrollieren, verschränke ich die Arme vor der Brust.

»Erinnerungen sind ein Verbrechen«, sage ich ausweichend.

»Gamer ohne Tracker auch.«

»Also würde Flannery einen solchen Defekt einfach ignorieren?«

»Nein.«

»Und was würde er dann tun?«

Jax kommt so nah, dass sein heißer Atem das Feuer in

mir nur noch mehr anfacht. Dann senkt er seine Stimme zu einem Raunen mit der Macht, meinen ganzen Körper in Flammen zu stecken. »Er würde dir helfen, mit der Sehnsucht zu leben, dich vor allen beschützen, die dir deine verbotenen Erinnerungen entreißen wollen. Also sei ehrlich.«

»Warum sollte er das tun?«

»Weil er sich um die Menschen kümmert, die genauso sind wie er.«

Mein Herz füllt die Stille mit viel zu vielen Schlägen. Flannery soll wie ich sein? Wie Yuna und Rain, wie Kayla, die jetzt tot ist, weil sie sich zur falschen Zeit verraten hat?

Vielleicht stimmt es. Vielleicht kann Flannery sich an alles erinnern, an jedes Gefühl, jedes freundliche Gesicht. Vielleicht sieht er in mir jemanden, der ihn verstehen kann, der den Schmerz der Sehnsucht kennt.

Aber was, wenn ich mich irre? Wenn Flannery nur nach jemandem sucht, den er für ein paar mehr Vorräte an die Catcher verkaufen kann, für ein bisschen mehr Freiheit, für die neusten Pläne der Arenen? Ich weiß immer noch nichts über seine Kontakte nach draußen. Sind es alte Freunde, die einen Helden unterstützen, oder bestechliche Feinde, die gemeinsame Sache mit einem Schurken machen?

Jax streckt vorsichtig seine Hand nach mir aus. »Deshalb muss ich es wissen, Cass: Kannst du dich erinnern?« Anscheinend hat sich eine Strähne aus meinem strengen Zopf gelöst, die er nun hinter mein Ohr schiebt.

Meine Gedanken überschlagen sich mit jedem Atemzug, in dem ich Jax' Nähe bewusster spüre als je zuvor. Ich möchte ihm vertrauen, möchte in Flannery jemanden sehen, der mein Leid kennt, der es selbst gespürt hat. Aber dann sind da Yunas Worte, die sich fest in meinem Kopf eingebrannt haben: *Sie nehmen uns nicht einfach in Gewahrsam, sie löschen uns aus, endgültig.*

Ich spüre, wie ich den Kopf schüttle. »Es tut mir leid«, murmle ich. »Flannery irrt sich.« Ich habe lange genug unter Lügnern gelebt, um nicht dieselben Fehler zu machen wie sie. Kein Ausweichen, kein verräterisches Blinzeln.

Jax verharrt noch kurz in seiner Position, dann weicht er zurück und fährt sich mit einem schnaubenden Lachen durch die Haare. »Scheiße, Cass, du musst mich echt für ein Arschloch halten, oder? Erst werfe ich dir vor, du hättest Probleme mit Vertrauen, und dann unterstelle ich dir selbst so einen Mist.«

Alles in mir sträubt sich gegen die nächsten Worte. »Schon gut«, sage ich und winke ab. Hoffentlich sieht er das Zittern in meiner Hand nicht. »Du konntest es ja nicht wissen.«

»Nein, aber ich hätte dir vertrauen sollen.« Er atmet hörbar tief durch. »Was hältst du davon, wenn wir das Ganze hier vergessen und mit dem Training anfangen?«

»Gerne«, behaupte ich, obwohl ich weiß, dass ich nichts davon vergessen werde. Nicht seinen wilden Blick, nicht Flannerys angebliche Erinnerungen und auch nicht meine Lüge.

Mein Bo steht genau da, wo ich ihn zurückgelassen habe. Als ich ihn nehmen möchte, hält mich Jax zurück.

»Nein.« Er zieht eine der Kisten aus dem Regal. »Wir fangen ohne Stöcke an. Ich weiß, dass Flannery viel Wert darauf legt, aber am Ende wirst du deine Fäuste öfter brauchen. Weißt du, wie man Boxbandagen richtig bindet?«

In der Hand wiegt er ein schwarzes und ein rotes Knäuel.

Das rote wirft er mir zu, dann entknotet er seins. Routiniert umwickelt er seine Linke, bis es aussieht wie ein Handschuh.

Ich starre ratlos auf meine roten Bandagen. »Den Daumen durch die Schlaufe. So weit bin ich mitgekommen.«

Jax schmunzelt. Nachdem er seine Rechte genauso fachmännisch bandagiert hat, kommt er zu mir. »Es ist weniger kompliziert, als es aussieht. Hier.« Vorsichtig nimmt er meine Hand in seine, die Schlaufe der roten Bandage um meinen Daumen gelegt.

Ich beiße mir auf die Unterlippe, um mich auf das Wesentliche zu konzentrieren. Jede seiner Berührung jagt Funken durch meinen Körper. *Ablenkung, Ablenkung, Ablenkung*. Alles daran ist falsch, und trotzdem fühlt es sich richtig an.

»Erst mal ziehst du die Bandage straff, damit die Schlaufe später kein Spiel hat und dein Daumengelenk geschützt wird. Dann führst du sie hier unten durch und wickelst sie zweimal ums Handgelenk.« Als würde er ahnen, dass mir jede Konzentration schwerfällt, blinzelt er mich immer wieder an. »Jetzt über den Handrücken, um den kleinen Finger herum und zurück zum Handgelenk. Danach sind die anderen Finger dran.«

Ich folge seinen Bewegungen so aufmerksam wie möglich. Die andere Seite soll ich übernehmen. Ein Teil von mir möchte ihn bitten, mir zu helfen, allein, um seine Berührungen weiter zu spüren. Nur mein Stolz wittert seine Chance, sich endlich wieder beweisen zu können.

Ich bin nicht halb so schnell wie Jax, und einmal muss er die Führung korrigieren, aber der Rest sitzt. »Überrascht?«, stichle ich und hebe die Fäuste kampfbereit in seine Richtung.

»Dann würde ich dich unterschätzen.« Mit vielsagendem Zwinkern wendet er sich ab und bezieht auf der Matte Stellung. »Wir fangen mit ein paar einfachen Aufwärmübungen an. Ziel auf meine Handflächen. Und bitte versuch, mir nicht die Nase zu brechen. Es hat Wochen gedauert, bis ich mich von Vals Schlag erholt habe.«

»Val?« Warum sind da wieder diese kleinen stechenden Nadeln?

»Ich war ihr Recruiter. Habe ich das nie erwähnt?«

»Muss ich wohl verpasst haben.« Ich hole aus. Der erste Schlag hat etwas von einem Kätzchen, das seinen Kopf fordernd gegen eine Hand stupst.

Jax grinst. »Soll ich das kommentieren?«

Ein bitterböser Blick, gefolgt vom nächsten Schlag. Dann noch einer und noch einer. Ich stelle mir vor, wie Jax Val in einer Umkleide trifft. Wie er zu ihr rennt, weil sie so unklug war, eine Ranke im Labyrinth zu übersehen. Wie er ihr seine Hand hinhält, sie auf die Beine zieht und ihr mit dem Funkenschlag das Leben rettet. Sie lächelt ihn an. Er lächelt zurück. Meine Schläge werden härter. Die Vorstellung ist absurd, denn Val *kann* gar nicht richtig lächeln, aber es hilft mir, mich zu fokussieren. Ich denke an ihre Klinge an meinem Hals, an den winzigen Schnitt, an ihren Mordversuch im Testlabyrinth.

»Okay, okay!« Jax lässt seine Hände sinken. »Wie es aussieht, bist du warm genug. Dann versuch jetzt, mich auf die Matte zu bringen. So, wie Flannery es dir letzte Woche gezeigt hat.«

Ich rufe mir die Lektion in Erinnerung, aber die Bilder von Val möchten nicht verblassen. Während ich auf Jax zugehe, sehe ich ihre Hand auf seiner Schulter, dann wie die beiden im Speisesaal sitzen und miteinander reden, als gäbe es niemand anderen, ihre vielen gemeinsamen Ausflüge.

Mit gezielten Bewegungen versuche ich, Jax aus dem Gleichgewicht zu bringen. Er schwankt nicht im Geringsten. Seine Füße scheinen mit der Matte verwachsen, sein Oberkörper ein Felsen, der sich auch nicht drehen lässt, als ich meine Hand mit Kraft gegen seine Schulter drücke. Dann übernimmt er.

In nur zwei Zügen hat er seinen Fuß an meiner Wade verhakt und entreißt mir jegliche Stabilität. Anstatt mich widerstandslos auf die Matte befördern zu lassen, kralle ich mich in sein Shirt und freue mich innerlich darüber, dass er nicht damit gerechnet hat.

Seine Augen ziehen sich überrascht zusammen, bevor wir gemeinsam zu Boden stürzen. Es ist nicht halb so schmerzhaft wie befürchtet. Jax schafft es, seinen Sturz mit einer Hand abzufedern. Jetzt kniet er über mir, sein Brustkorb hebt und senkt sich in solch schweren Atemzügen, als wäre es eine echte Herausforderung gewesen.

Meine Lippen öffnen sich zu einem selbstironischen Kommentar, doch bevor der erste Laut erklingt, stocke ich. Jax' Gesicht ist so nah an meinem, in seinen Augen eine Frage, gestellt von einer Sehnsucht, die ich teile. Ich nicke kaum merklich, und Jax lehnt sich zu mir runter. Seine Lippen berühren meine, viel weicher, als ich sie mir vorgestellt habe. Vals Silhouette zerspringt, während die Hitze mit ganzer Kraft durch meinen Körper jagt. Ich kann nicht nachdenken, nur fühlen, nur wünschen, nur mehr sehnen. Meine Fingerspitzen verfangen sich im Stoff seines Shirts, um ihn näher an mich zu ziehen. Die rauen Härchen seines Dreitagebarts kitzeln auf meiner Haut, während seine Lippen meine Stück für Stück erkunden. Sanft und bestimmt zugleich, so vorsichtig, als könnte er mich zerbrechen, so fordernd, als hätte er seit Wochen auf diesen Moment gewartet. Ablenkung. So viel süße Ablenkung.

Ich überlasse es Jax, meine Zunge noch einmal mit seiner zu necken, bevor er sich über mir aufrichtet. »Das war … nicht geplant«, sagt er heiser, bevor er mir seine Hand anbietet. Mit einem Ruck hat er mir aufgeholfen.

»Ach nein?« Meine Beine zittern, meine Gedanken ein Meer aus Verwirrung und fragilem Glück. »Du hast deine Freizeit also nicht geopfert, um unseren sorgsam ausgefeilten Vertrag zu brechen? Oder war das hier wieder eine Klausel, die ich nicht kenne?«

»Sieht aus, als hättest du den Abschnitt *Verbündete mit Privilegien* übersprungen«, neckt er, während er seine einzeln bandagierten Finger zwischen meine schiebt. »Ein erlaubter Kuss pro Trainingseinheit, vorausgesetzt, es ist Samstag.«

»Ich sollte mir echt mal eine Kopie von diesem endlosen Regelwerk geben lassen.« Mit hitzigen Wangen sehe ich dabei zu, wie er meine Finger dazu bringt, sich intuitiv mit seinen zu verweben. »Irgendwie habe ich das Gefühl, ich würde eine Menge Fehler und Widersprüche finden.«

Er verharrt in seinem zärtlichen Spiel, um mich anzusehen. »Was ich in Whitchers Place zu dir gesagt habe, stimmt. Ich hab dich von Anfang an für ehrgeizig gehalten. Außerdem bist du schlagfertig, und du bist immer noch hier, obwohl dich die Hälfte unserer Gruppe eiskalt ignoriert. Und du hast ein verdammt süßes Grinsen. Ich mag dich, Cass. Und das macht mir eine scheiß Angst.«

»Der große Sprinter Jaxon Henderson hat also Angst davor, jemanden zu mögen?« Es klingt nicht halb so neckend, wie ich wollte. Vielleicht weil ich tief in mir eine ähnliche Angst spüre. Davor, wieder verletzt zu werden, davor, zurückzubleiben, wenn er die Gameshow gewonnen hat.

Jax nickt kaum merklich. »Ein zu langes Zögern im Labyrinth, ein falscher Zug im Eiswasser ...«

»... und die Gambler würden auf jemand anderen setzen. Was heißt, deine Chancen, es bis ins Finale zu schaffen, würden sinken«, vervollständige ich den Satz. Mein Herz will ihn bitten, diese beschissene Show wenigstens kurz zu vergessen, aber wir sind Gamer. Und wenn wir nicht für dieses Ticket nach draußen kämpfen, wofür machen wir diesen ganzen Mist hier dann überhaupt mit? In einem tiefen Atemzug kämpfe ich gegen das Ziehen in mir an. »Verstanden. Dann war das hier eine einmalige Sache?«

Dieses Mal schüttelt Jax den Kopf, seine Finger immer noch fest mit meinen verschränkt. »Ich glaub, wir brauchen nur neue Regeln.«

Die Art, wie er es sagt, stachelt eine kleine Hoffnung an. »Einfachere Regeln«, erwidere ich eindringlich. »Ohne versteckte Klauseln, Zeitfenster für ein Dankeschön oder komplizierte Kuss-Geschichten.«

»Einfach klingt gut.« Mit einem vorsichtigen Lächeln zieht er mich ein Stück näher. »Regel Nr. 1: Keine waghalsigen Rettungsmanöver in den Arenen. Daran ist nichts zu rütteln.«

»Okay. Regel Nr. 2: Küsse jederzeit, wann und wo wir wollen, solange niemand anderes in der Nähe ist. Ich habe keine

Lust, morgen mit Vals Dolch in der Brust aufzuwachen.« In Wahrheit fürchte ich mich vor der Häme, falls das hier zu Scherben zerbricht, bevor wir überhaupt wissen, was es ist.

»Wir sind erst bei der zweiten Regel und du erwähnst *Val*? Höre ich da etwa Eifersucht raus?« Er findet sein Necken wieder, während ich vehement den Kopf schüttle.

»Auf gar keinen Fall. Eifersucht steht mir nicht.«

»Ich finde, dir steht alles. Sogar dieses kleine Kräuseln deiner Nase, wenn du mich ansiehst, als wäre ich der größte Mistkerl auf Erden.«

Widerwillig muss ich lachen. »Wer sagt, dass du nicht der größte Mistkerl auf Erden bist?«

»Jetzt weiß ich, warum Enzo dich gerne als eiskalt bezeichnet.« Jax tritt einen Schritt zurück, um sich die Hand aufs Herz zu pressen, als hätte ich ihn geradewegs getroffen.

»Ich würde deinem Ego gerne schmeicheln, aber Enzo hat die Nummer noch etwas besser drauf«, feixe ich und greife nach seiner Hand. Als ich sie auf meine Hüfte legen möchte, rutscht sein Ärmel ein Stück hoch. Gerade so weit, dass ich die Ansätze der tiefschwarzen Linien sehen kann. Mein Blick verharrt auf dem Muster, während sich Jax' Körper plötzlich anspannt. Trotzdem macht er keine Anstalten, sich meiner Berührungen zu entziehen.

Vorsichtig schiebe ich den Ärmel höher. Stück für Stück lege ich die geometrischen Linien frei, die Punkte und schließlich die offenen Enden, die inzwischen bis über seinen Ellenbogen reichen. Einer der Punkte ist gerötet, als wäre er frisch gestochen worden.

»Was ist das?«, frage ich und streiche sanft über eine Linie.

Ich spüre sein Schaudern. Dann greift er nach meinen Fingern und führt sie zum Anfang des Musters.

»Eine Linie für jede Erinnerung, die mir fehlt. Ein Punkt für jedes Gefühl, das ich nicht mehr habe.«

Jetzt bin ich es, die erschaudert. »Wie meinst du das?«

Er schürzt die Lippen. »Es klingt vielleicht lächerlich, aber es gibt Momente, in denen ich ahne, *was* in der Leere sein sollte. Diese Linien hier zum Beispiel.« Er führt mich zu einer Verästelung an seinem Oberarm. »Ich weiß noch, dass ich Kapitän unserer Fußballmannschaft war. Nach unseren Matches sind wir oft etwas trinken gegangen, und da war dieser eine Abend, an dem ... Ich weiß es nicht mehr. Aber ich weiß, dass es ein besonderer Abend war, einer, der mir in Erinnerung hätte bleiben sollen.« Er lässt meine Fingerspitzen kurz über dem Punkt verharren, bevor er mich zur anderen Seite führt. »Meine Familie.« Drei Linien, drei Punkte. »Wenn ich an sie denke, sehe ich nur diesen dunklen Schleier, der über allem liegt, und trotzdem weiß ich, dass ich eine hatte. Mum, Dad, eine Schwester. Was wir für ein Verhältnis zueinander hatten? Keine Ahnung. Ob wir uns oft gestritten und wieder versöhnt haben? Ob wir eine dieser Familien waren, die man in den Spots für die Neutrals manchmal sieht? Keine Ahnung. Ich habe mich bewusst gegen einen anderes Gamertag entschieden, nur für den Fall, dass sie ... zusehen. Um ihnen zu zeigen, dass ich an sie denke. Denn alles, was ich noch weiß, ist der Spitzname, den sie mir gegeben haben. *Jax.*«

Während er mir Stück für Stück die Überreste seiner Vergangenheit zeigt, entdecke ich einen neuen Abgrund in mir, der von Undankbarkeit gezeichnet wurde. Ein Teil von mir hat es für einen Fluch gehalten, mich zu erinnern, all die

Schmerzen aushalten zu müssen, all die Sehnsucht. Aber jetzt weiß ich, dass einen das Nichts noch mehr zerstören kann. »Es tut mir so leid, Jax.«

Er lacht auf. »Warum? Es ist ja nicht so, als hättest du dieses verfluchte Teil an meinen Kopf gehalten und mein Gedächtnis zu einem Flickenteppich gemacht.« Mit einem Lächeln vertreibt er jede Sehnsucht aus seinem Blick. »Ich hasse diese Arschlöcher dafür, dass sie mir so viel genommen haben. Aber das hier hilft, es zu verarbeiten. Mir deutlich zu machen, dass mein altes Leben aus mehr bestanden hat, als aus diesen fadenscheinigen Resten.«

Die Schuldgefühle sind wie ein Riss in unserem gerade gesponnenen Band. Er hat die Wahrheit verdient, die Wahrheit über seine Eltern, über seine kleine Schwester, doch wie sollte ich ihm das alles erzählen, ohne Yuna zu verraten? *Hey, Jax, ich hab dich gestalkt und weiß Dinge über dich, die all deine Fragen beantworten könnten, aber mehr kann ich dir auch nicht sagen, da meine Kontakte unerkannt bleiben wollen, und jetzt küss mich bitte.*

Alles daran ist absurd. Ich versuche mir einzureden, dass ich mit meinem Schweigen nicht nur mich selbst, sondern allen voran Yuna beschütze, und lasse mich zurück in Jax' Arme ziehen. Sanft küsst er meinen Nacken. Einmal, zweimal, genau die richtige Stelle. Ein wohliger Schauer bahnt sich seinen Weg bis in meine Fingerspitzen.

»Regel Nr. 3: Wenn wir beim Training sind, ist mindestens fünfundneunzig Prozent der Zeit Konzentration angesagt«, knüpfe ich heiser an das vorherige Thema an. »Sonst kommt Flannery auch ohne die zweite Regel dahinter. Er soll nicht denken, dass ich dich um den Finger gewickelt habe.«

Mit einem leisen Seufzer zieht sich Jax zurück. »Er ist wirklich überzeugt von dieser Sache mit den Erinnerungen.«

»Ich weiß. Sonst würde er mich wohl kaum bei jedem Training fragen, ob meine Eltern nicht mehr von mir erwarten würden.«

Jax schürzt die Lippen. »Ich werde ein gutes Wort für dich einlegen, okay? Für dich und Yuna und …?«

»Christoph«, helfe ich ihm auf die Sprünge. »Apropos. Besteht eine winzige Chance, dass du mir demnächst hilfst, mich für ein paar Stunden nach draußen zu schleichen? Ich hab die beiden seit einer halben Ewigkeit nicht mehr gesehen und ihnen versprochen –«

»Du willst dich *rausschleichen*?« Jax unterbricht mich mit einem unterdrückten Schmunzeln. »Das hier ist weder ein Gefängnis noch hast du Hausarrest, Cass. Wenn du Flannerys Vertrauen gewinnen willst, erzähl ihm von diesem Treffen, und ich erkläre mich gerne bereit, dich zu begleiten.«

Ein Fremder in Yunas Bunker. Sie wird hellauf begeistert sein, aber noch hab ich zwei Wochen Zeit, sie davon zu überzeugen. »Das klingt so … *legal*«, murmle ich.

Jax lacht auf. »Weil du sonst so rebellisch bist?«

Augenrollend ziehe ich meine Hand aus seiner, um ihn in die Seite zu knuffen. »Absolut. Sonst würde ich mich an die dritte Regel halten, und wir würden längst weitertrainieren.«

»Weißt du, was der Vorteil ist?« Jax legt seine Hände auf meine Hüften, feine Funken jagen unter meine Haut. »Da du so ehrgeizig bist, reichen auch neunzig Prozent der Zeit, um Flannery von deinen Fortschritten zu überzeugen.« Er lehnt sich vor, bis aus dem Meer meiner chaotischen Gedanken nur noch ein einziger Wunsch hervorsticht: *Hoffentlich kann ich ihm irgendwann die Wahrheit sagen.*

Seine weichen Lippen.

Mein taumelndes Herz.

Ein bittersüßer Kuss.

KAPITEL 21

Als mich Jax zurück in den Schlafsaal bringt, ist es bis auf ein monotones Schnarchen ruhig. Wir verabschieden uns mit einem heimlichen Kuss, dann streife ich die Trainingskleidung ab und nutze die ungewohnte Nachtruhe, um meinen Deal mit Flannery einzuhalten.

Als ich das Buch endlich weglegen kann, bin ich mir sicher, dass mich Percivals Grinsen bis in meine Träume verfolgen wird. »Schlaf gut, Kotzbrocken«, wispere ich. Dann fallen mir die Augen zu.

»Es ist gut, dass Sie zu mir gekommen sind«, höre ich mich sagen. Es ist weder meine Stimme noch mein Körper, der sich eine Haarsträhne aus dem Gesicht streicht. Flüchtig blinzle ich zu der verglasten Tür. Darin spiegelt sich die Version meiner Mum, die noch keine dreißig Jahre alt sein kann. Das hier ist Mums Erinnerung, ihr Körper, ihr Bewusstsein – und irgendwo daneben ist mein eigenes. Wieder einmal unfähig, die Situation zu lenken.

Mum und ich wenden uns ihrem Patienten zu. Es ist Percival.

Seine Haare sind zerzaust, seine Zähne nicht ganz so weiß wie auf den Werbebannern, und wenn ich es nicht besser wüsste, würde ich sagen, er ist zwanzig Jahre jünger und mindestens zehn Kilo leichter. Trotzdem weiß ich, dass er es ist, der vor uns sitzt und den wir durch Mums forschende Augen mustern.

»Wissen Sie, was Sie vorhaben, ist nicht nur gefährlich, es könnte Sie am Ende alles kosten«, sagen wir.

»Mich am Ende alles kosten?« In einem kehligen Lachen lässt Percival die Schultern hängen. Entweder ist ihm sämtliche Arroganz abhandengekommen, oder er hat sie sich erst viel später zugelegt. »Medi Pierson, sehen Sie mich doch an. Wenn ich nicht sofort vergesse, was ich gesehen habe, wird er mich degradieren und sämtliche Erinnerungen aus meinem Kopf reißen! Meine Frau, meine Tochter ... Ich bitte Sie um Barmherzigkeit.«

Ich spüre Mums Widerwillen. Aber auch, dass sie seiner Bitte nachkommen wird. Mit dem Rollhocker drehen wir uns zu einem Tisch, auf dem ein Tablet liegt. Wir öffnen eine Datei namens Owen Cox. Percivals bürgerlicher Name. »Okay, Mister Cox, hier steht, dass Sie die Voruntersuchungen alle gut überstanden haben. Kräftiger Herzmuskel, keine Auffälligkeiten beim EEG, stabile Atmung ... « Wir zählen eine Reihe von Faktoren auf, bevor wir unser Resümee ziehen: »Rein physisch kann ich keine Einwände gegen den Eingriff vorbringen. Ich muss nur noch einmal darauf hinweisen, dass es selbst bei den gesündesten Menschen zu Komplikationen kommen kann. Einzelne Erinnerungsfragmente könnten lediglich ins Unterbewusstsein transferiert, andere komplett gelöscht werden, und bei einem Trauma wie Ihrem –«

»Verfluchte Scheiße, ich habe gesehen, wie Gilleroy Lèvene seine Frau erschossen hat! Jetzt machen Sie schon, Medi Pierson, oder ich gehe zu diesem Cheverton!«

Wir atmen tief durch, ich spüre Mums Nervosität. Wann hat sie ihr Studium noch mal beendet? Sie kann das hier noch nicht lange machen. »Okay«, sagen wir.

Wir tauschen das Tablet gegen das Mnestikop. Für mich ist der Name neu, für Mum genauso üblich wie die nächsten Schritte. Routiniert nehmen wir die notwendigen Einstellungen an dem Touch Display vor, bevor wir den Schutz von dem silbernen Plättchen ziehen. Als wir Percival wieder ansehen, steht ihm die Verzweiflung so deutlich ins Gesicht geschrieben, dass wir jede weitere Warnung herunterschlucken. Er wird den Schmerz aushalten, wenn er Gambler bleiben möchte.

»Okay, Mister Cox, lehnen Sie sich bitte zurück und versuchen Sie stillzuhalten. Die Gurte dienen ausschließlich Ihrer eigenen Sicherheit.« Wir fixieren ihn an dem Sessel, erst die Füße, dann die Hände, den Oberkörper und den Kopf. Nachdem wir ihm einen Knebel in den Mund gesteckt haben, rollen wir mit dem Hocker um ihn herum. Mit den Fingerspitzen schieben wir sein zerzaustes Haar beiseite und tasten die Kopfhaut ab. Zum ersten Mal kann ich spüren, was jemand fühlt, der sich hiermit auskennt. Es ist ein zartes Kribbeln, eine Art Intuition, für die man Talent braucht.

»Ich starte den Vorgang jetzt.«

Wir aktivieren das Mnestikop, das mit einem Piepton den Kontakt zu Percivals Implantat herstellt. Die ersten Sekunden sind totenstill. Dann erreichen wir die Areale, in denen das Trauma sitzt. Der Gamemaster Gilleroy Lèvene hat seine Frau erschossen. Und Owen Cox hat es gesehen. Es ist kein körperlicher Schmerz, der in Percivals erstickten Schreien zum Ausdruck kommt.

Seine Hände krallen sich in die Lehnen des Sessels, sein Oberkörper versucht sich aufzubäumen, niedergedrückt von dem Riemen, der jede Bewegung verhindert. Er will den Knebel ausspucken, um seinen Schmerz durch die ganze Praxis zu brüllen, aber wir haben ihn gut genug befestigt. Es ist eine quälend lange Tortur, die uns nicht kalt lässt. Auch wenn Mum vorgibt, die Ruhe in Person zu sein, merke ich das unterdrückte Zittern, schmecke das Blut auf unseren zerbissenen Lippen.

Als hätte jemand einen Schalter umgelegt, erschlafft Percivals Körper. Endlich kehrt die Ruhe zurück.

»Geschafft«, murmeln wir und tupfen mit einem Taschentuch das Blut von unseren Lippen. Dann legen wir das Mnestikop beiseite und fangen an, Percival von seinen Fesseln zu befreien. Wir sehen ihm ins Gesicht. Jegliche Angst, jegliche Verzweiflung ist einem Frieden gewichen, um den wir ihn kurz beneiden. Dann muss es schnell gehen.

Bevor er zu sich kommen kann, drücken wir einen Knopf. Sekunden später wird die Tür aufgestoßen, und zwei vertraute Personen schieben eine Liege herein. In der jungen Ungarin erkenne ich Julischka, die ich an meinem sechsten Geburtstag zum ersten Mal sehen und direkt wieder vergessen werde. In dem Mann den Medi, den Mum Maxim genannt hat.

Routiniert heben die beiden Percival von dem Stuhl. Wir nicken Julischka zu, dann schiebt sie den Patienten nach draußen.

»Gab es Komplikationen?«, fragt Maxim an uns gewandt.

»Nein. Er hat die letzten drei Tage vergessen und alles, was er je über dich oder mich gehört hat. Wie lautet die offizielle Version?«

»Arbeitsunfall. Er hat mit einem technischen Gerät experimentiert, das sein Implantat angegriffen hat. Leider mussten wir einen Teil resetten, um Schlimmeres zu verhindern. Seine Frau und Tochter sind bereits informiert und werden ihn morgen am Palace Hospital abholen. Dort wurde er vor einer Stunde offiziell eingeliefert.«

Wir nicken. Die Geschichte funktioniert, und wir wissen, dass Julischka sie Percival gut erzählen wird.

Dann wird Maxims Blick ernst. »Hast du herausgefunden, warum Gamemaster Lèvene ihn zu uns geschickt hat?«

Wir lächeln bitter. »Wie es aussieht, ist Lèvenes Geschichte nicht ganz richtig, was die Trennung von seiner letzten Ehefrau angeht. Er hat sie nicht zu den Neutrals geschickt. Er hat sie erschossen.«

Auch in Maxims Gesicht suche ich vergeblich nach Entsetzen. Er verzieht nur die Lippen zu einer Linie, bevor er ebenfalls nickt. »Okay. Ich werde die Aufzeichnungen wie gewohnt manipulieren. Informierst du ihn?«

»Natürlich. Danke dir, Maxim.« Wir schenken ihm unser warmes Lächeln. Das konnte Mum schon immer gut. »Sind wir dann hier für heute fertig?«

»Sind wir. Wir sehen uns bei der Spätschicht, Melody.«

»Bis nachher, Maxim.«

Nachdem er den Raum verlassen hat, wenden wir uns noch einmal dem Tisch zu und greifen nach einem altmodischen Smartphone. Nicht nachverfolgbar, *schießt es uns durch den Kopf, und es scheint uns zu beruhigen. Wir öffnen das Menü, um eine Nummer einzugeben, die wir auswendig kennen. Es klingelt nur zweimal, bis sich eine Männerstimme meldet.*

»Mister Lèvene?«, fragen wir.

»Ja, bitte?«

»Es ist erledigt.«

KAPITEL 22

Die Bilder von Percival gehen mir nicht mehr aus dem Kopf. Auch zehn Nächte, nachdem ich den verstörenden *Traum* zum ersten Mal hatte, schrecke ich manchmal hoch und sehe den sich aufbäumenden Körper vor mir. Oder ich höre die Worte, die unmöglich wahr sein können. Gilleroy Lèvene hat seine Frau erschossen. Aus den Boulevardmagazinen weiß ich, dass der in die Jahre gekommene Gamemaster kein Kind von Traurigkeit ist. Niemand hatte so viele Frauen wie er, jedes Mal ein bisschen jünger, aber nie so jung, dass es wirklich skandalös gewesen wäre. Vielmehr haben die Medien mit einem Augenzwinkern darüber spekuliert, wer die nächste Glückliche sein wird, die dann wenig später zu den Scheidungspapieren ein Ticket zu den Neutrals spendiert bekommt. Wie heißt seine aktuelle Frau nochmal? *Evangeline Lèvene*, richtig. Ein zarter, blonder Engel, der jeden Mann haben könnte und ausgerechnet den gewählt hat, der seine Frauen öfter wechselt als andere ihre Unterwäsche.

Ob es je eine seiner Frauen wirklich zu den Neutrals geschafft hat? Ich weiß nur, dass dieser *Traum* mehr war als ein Hirngespinst. Es war eine reale Erinnerung, genau wie die in Mums Büro oder von Luthers Whiskeyrunde. Allerdings war es dieses Mal nicht meine eigene. Es war Mums. Eine Erinnerung, die nicht auf meinem Implantat gespeichert sein dürfte.

Mein Kopf schwirrt. Noch vierzig Stunden, bis ich Yuna und Christoph wiedersehe und meine ganzen schreienden Gedanken jemandem anvertrauen kann. Sie aufzuschreiben ist zu gefährlich. Mit jemandem darüber reden, der nicht weiß, dass ich mich erinnern kann? Noch gefährlicher. Ich brauche Yuna, und ich brauche Christoph. *Bald!*

»Hey, Süße«, raunt jemand so nah an meinem Ohr, dass ich hochschnelle. Kopf kracht gegen Kopf, gefolgt von einem Zischen.

»Enzo!« Ich lasse mich zurück in mein Kissen sinken. Jetzt explodiert mein Schädel wirklich. »Musst du mich so erschrecken?«

»Da wecke ich dich mit meiner zärtlichsten Stimme und kassiere dafür eine Kopfnuss vom Feinsten. Das merke ich mir«, erwidert er und reibt sich die Stirn. »Aber schön, dass die Prinzessin endlich erwacht ist. Ich hoffe, Ihr Schlaf war geruhsam? Wir müssen in zehn Minuten im großen Saal sein.«

»Wo ist Jax?«

»Wow, erst die Kopfnuss, und jetzt fragt sie nach einem anderen. Wirst du je aufhören, mir gegenüber so kalt zu sein?«

»Vielleicht, wenn du dir endlich meinen Namen merken kannst.« Ich zerre die Decke enger um meinen Körper, während ich routiniert meine paar Habseligkeiten einsammele.

Früher wären zehn Minuten ein Albtraum gewesen, jetzt erkenne ich darin genug Zeit, meiner neuen Morgenroutine nachzugehen.

Als ich den Deckel meiner Truhe öffne, höre ich das Quietschen der Tür. Ein Blick zur Seite und die Härchen in meinem Nacken stellen sich auf, ein erwartungsvolles Kribbeln, das mich selbst durch den Schmerz lächeln lässt. »Jax.«

Er kommt geradewegs auf uns zu, und ich sehe ihm an, dass er mich am liebsten hochziehen und küssen würde, bis wir beide das Gefühl haben zu verglühen. Es ist nur ein feines Funkeln, das erst erlischt, als er uns erreicht. »Gut geschlafen?« Die Frage gilt uns beiden.

»Schon, wobei mir die Süße mit ihrem Schnarchen bald Konkurrenz macht«, stichelt Enzo, der sich dafür einen Schlag mit dem Kissen von mir einfängt. »Ist ja gut! Sie schnorchelt lieblich wie ein Baby.«

»Du meinst lautlos wie eine Lady«, korrigiere ich ihn mit einem verstohlenen Grinsen, das Jax erwidert. In zwölf Stunden sind wir wieder im Observatorium verabredet. Alleine. Die Aussicht vertreibt die finsteren Gedanken an Gilleroy Lèvene und Percival.

»Da mische ich mich lieber nicht ein«, sagt Jax, dann schwindet sein Lächeln. »Flannery ist mir vorhin ausgewichen, als ich nach den heutigen Games gefragt habe. Und da Cass und ich schon seit fast zwei Wochen auf den nächsten Einsatz warten, vermute ich, uns steht eine ganz schön große Scheiße bevor.«

»Du denkst …?«

Ein Nicken beantwortet Enzos unausgesprochene Frage.

Nur ich bin ratlos und habe keine Zeit, das Rätsel zu ergründen. Stattdessen wende ich mich der Truhe zu und durchwühle sie nach Klamotten, die angemessen für eine *ganz schön große Scheiße* sind.

Blutrot. Der heutige Anzug von Flannery erinnert mich an das Kleid, das ich auf dem Pre-Dinner tragen musste. Die Hose matt, die Satinjacke glänzend wie die Handschuhe, die ich vor einer halben Ewigkeit abgelegt habe.

»Heute meinen es die Gamemaster gut mit uns«, eröffnet Flannery seine Rede mit einem bitteren Lächeln, der Sarkasmus ist nicht zu überhören. »Aus unseren Reihen werden in der kommenden Nacht nur drei zu einem Spiel erwartet. Die Übrigen können sich voll und ganz auf ihre anderen Aufgaben konzentrieren.«

Gemurmel erfüllt den Saal. Es gibt nur wenige Spiele, die nach 22 Uhr beginnen, und jedes, das mir einfällt, jagt mir einen eisigen Schauer über den Rücken. Ich spüre Jax' Fingerspitzen, die im Schatten der anderen zart über meine streichen. Wir sehen einander nicht an, sondern starren zur Bühne, auf der Flannery regelrecht betroffen wirkt.

»Die Westlands erwarten folgende Gamer um 23 Uhr an Flugplatz 5. Kendra«, die hübsche Blonde erhebt sich von Micahs Schoß, »Jax und Cass.«

Cass. Das ist mein Name. Mein Name – und eines der scheußlichsten Games, das jemals konzipiert wurde. Das zu Tode verängstigte Mädchen in mir kratzt panisch an der Wand, die ich so lange um es herum errichtet habe. Der Putz bröckelt, meine Fassade kriegt Risse. Allein Jax' Finger, die sich fest um meine schlingen, verhindern, dass ich nicht auf der Stelle Reißaus nehme. Ich weiß nicht viel über die Westlands, aber für Luther waren das die besten Spiele. Mehrtägige Kämpfe, die die Wetthallen selbst nachts so gut füllen, dass sich Gambler wie er nicht einsam fühlen müssen. Trinken bis zum Rausch, Nebenwetten mit anderen. Sicher wird man Luther auch heute Nacht in einer dieser Hallen finden. Falls er noch lebt.

»Oh shit, Süße.« Enzo schiebt sich zwischen uns, so dass ich den Halt verliere. »Komm her.« Widerstandslos lasse ich mich in seine Umarmung ziehen. »Die Westlands sind eine echt dreckige Scheiße, aber ihr packt das. Jax hat den Mist schon ... wie oft überlebt?«

»Viermal«, erwidert Jax. »Bei den letzten Westlands mussten wir fünf Tage durchhalten, und Enzo hat recht, es ist eine absolut dreckige Scheiße. Aber wir haben einen Vorteil: uns.«

»Uns«, wiederhole ich fahrig und löse mich aus Enzos Umarmung.

Vorne beendet Flannery seine Rede. Kaum, dass er die Bühne verlassen hat, kommt Bewegung in die Menge. Die meisten verteilen sich an den Tischen oder strömen nach draußen, nur Blizz' blaue Haare bahnen sich einen Weg in unsere Richtung. Begleitet von Sierra, die mit sorgenvoller Miene auf mich zustürzt.

»Westlands«, sagt sie resigniert, meine Handgelenke umklammert, als wüsste sie genau, wie es in mir aussieht. »Seit wann schicken die jemanden unter achtzehn dahin? Fühlst du dich einigermaßen gut vorbereitet? Hat Flannery euch die Aufzeichnungen gezeigt? Und was ist mit den besten Verstecken? Und den Quads?«

Während sie auf mich einredet, versuche ich mich an eine

Westland Arena zu erinnern. Einmal hat sich Luther nach Hause verirrt, um das Game zu schauen, und ich habe einzelne Szenen mitansehen müssen. Vierzig Gamer auf totem Land, im Kampf mit sich selbst, Hunger und Durst. Fahrzeuge mit riesigen Reifen, Drohnen und Banditen, von denen keiner weiß, ob sie reale Personen oder Bots sind. Es ist eins der Spiele, über die Yuna und ich nie viel gesprochen haben. Denn wie Sierra gesagt hat, sind die Westlands nur für Gamer über achtzehn. Sieht aus, als wäre meine Schonfrist zu früh abgelaufen.

»Würdet ihr mich kurz entschuldigen?«, unterbreche ich Sierras Rede und mache mich von ihr los. »Wir sehen uns gleich beim Frühstück.«

Dann verlasse ich fluchtartig den kleinen Kreis und laufe los. Es ist gegen Flannerys Regeln, aber was taugen Regeln, wenn sich nicht einmal die Gamemaster daran halten? Meine Füße trommeln auf den Boden, während ich ziellos durch die Gänge renne. Yuna hat versprochen, mir alles beibringen, wenn es so weit ist, jetzt bleibt mir nur noch ein halber Tag, und sie ist nicht hier. Nein, ich sollte bei *ihr* sein, und zwar in weniger als vierzig Stunden, und jetzt werde ich das Treffen verpassen, weil ich in den verfluchten Westlands bin, die mir Yuna nicht mehr erklären kann, weil ich nicht bei ihr bin! Ich will schreien und weinen und diesen Gamemastern einen verdammt großen Mittelfinger dafür zeigen, dass sie mich mehr als zwei Monate zu früh in diese Einöde schicken.

Erst als mich vertraute Hände festhalten, bleibe ich stehen. Jax umfasst meine Taille und zieht mich so nah an sich heran, bis keine Luft mehr zwischen uns passt.

»Wir werden das schaffen, okay?«, flüstert er.

Als er sich vorbeugt, schließe ich die Augen. Seine Lippen berühren meine Stirn, hinter der es unaufhörlich pocht. Es ist dasselbe Mantra wie damals. *Ich werde sterben.* Und daneben ist Jax' zärtliche Stimme.

»Wir werden das schaffen. Kendra, du und ich.«

Noch ein Kuss.

»Flannery wird uns vorbereiten.«

Und noch einer.

»Er wird uns die Wiederholungen der letzten Westlands zeigen, die Arena, die Neuerungen. Wir werden das schaffen, Cass.«

Kein Versprechen, nur eine Hoffnung. Ich sehe ihn an und suche nach etwas, woran ich mich festklammern kann, etwas, das diese Hoffnung in mir stärkt. Was ich finde, ist sein leuchtender Kampfgeist, der alles tun wird, um diese Westlands zu überleben. Unwillkürlich denke ich an unsere erste Regel. *Keine waghalsigen Rettungsmanöver.* Warum habe ich das Gefühl, dass er sie schon bald für mich brechen muss? Und warum bin mir sicher, dass er es tun wird?

»Es wird alles gut«, murmelt er dicht an meinem Kopf.

Ich spüre, wie ich mechanisch nicke. Dann hören wir Schritte und lösen uns voneinander.

»Ah, hier seid ihr!« Sierra klingt, als wäre sie den ganzen Weg gerannt. »Flannery erwartet euch im Projektor.« Sie bemüht sich um ein aufmunterndes Lächeln, und obwohl sie ihre Sorge nicht verstecken kann, hilft es mir, meine Angst weiter zu zähmen. *Wir werden das schaffen.* Einen anderen Gedanken darf ich nicht zulassen.

Der *Projektor* macht seinem Namen alle Ehre. Neben ein paar Stühlen und einem schmalen Tisch ist das Herzstück der große Beamer, mit dem Flannery die Karte der Westlands auf die Wand projiziert. Gestochen scharfe Umrisse, etliche Schraffuren, Symbole und Piktogramme, die ich mir alle binnen weniger Stunden merken muss.

Damit wir keine Zeit verlieren, hat uns Corvin einen Wagen voll Frühstück bringen lassen. Richtig Hunger scheint keiner zu haben, denn bisher ist das kleine Buffet unangetastet.

»Was ist das da oben?«, frage ich und deute auf das eingekreiste Blatt in der Ecke der Karte.

»Natürliche Arenen, was sonst?«, ätzt Kendra gegen mich. Keine andere NoClan hat diesen geringschätzigen Blick so gut drauf wie sie. Wie eine Purpur gegenüber Bronze hat sie die Arme vor der Brust verschränkt und lässt mich mit ihrer aufrechten Haltung fast vergessen, dass sie einen halben Kopf kleiner ist als ich.

Seufzend lehne ich mich vor. »Und was ist das Besondere daran?« Jede meiner naiven Fragen muss für Kendra eine Genugtuung sein. In einem anderen Leben hätten sie und ich vielleicht Freundinnen mit einem Hang zur gesunden Konkurrenz werden können, aber hier ist sie mir zu viel voraus, um mich mit ihr messen zu wollen.

»Können wir das Platinkind nicht einfach zurücklassen?«, fragt Kendra in die Runde.

»Wir lassen niemanden zurück«, erwidert Flannery scharf. Einen Zeigestab in der Hand tritt er an die projizierte Karte heran. »Natürliche Arenen wurden nicht extra für die Spiele gebaut, sondern in einer realen Umgebung angelegt«, beginnt er mit seiner Erklärung. »Die Westlands liegen in der einzigen Wüste Europas, in der *Desierto de Tabernas*. Am Anfang wurde dieses Gelände ausschließlich von Valencia City bespielt, inzwischen werden die Westlands auch von New London und einigen anderen Städten gemietet, womit wir wieder beim Thema wären. Im Norden verlieren sich die Westlands in endloser, bergiger Weite. Flucht möglich, aber zwecklos, da ihr entweder verdursten, verhungern oder eingefangen würdet, bevor ihr die nächste Zivilisation erreichen könntet.«

Wie aufmunternd, kommentiere ich lautlos und schaue zu Jax, der die Stirn konzentriert in Falten gelegt hat.

Ein Knall lenkt meine Aufmerksamkeit zurück auf die Karte. »Aufpassen«, ermahnt mich Flannery. »Im Süden wird die Arena durch ein Geröllfeld begrenzt. Flucht ebenfalls möglich, aber zwecklos, wenn ihr nicht von Minen zerfetzt werden wollt. Zum Thema Minen«, der Stab wandert in westliche Richtung, »hier wollt ihr nur in der Mittagszeit zwischen zwölf und drei stehen, während das Minenfeld ruht. Nutzt diese Zeit, um euch eines der Versorgungspakete zu schnappen, die dort regelmäßig abgeworfen werden und euch womöglich helfen können.«

»Oder uns umbringen«, wirft Jax ein. »Letztes Mal haben sie uns freundlicherweise mit einem Sack voller Handgranaten *versorgt*. Was niemand von uns wusste: Ein paar der Dinger hatten einen versteckten Zeitzünder. Ich hatte einfach nur Glück, dass mir eine Frau den Sack abgenommen hat, bevor er keine fünf Minuten später in dem wegfahrenden Wagen explodiert ist. Von der Gamerin war nicht mehr viel übrig.«

»Tatsache, von der Neuerung haben wir zu spät erfahren«, räumt Flannery ein. »Dieses Mal sind die Updates keine zwei Tage alt. Seid trotzdem auf der Hut, konzentriert euch auf Nahrung und Wasser. Es kann sein, dass sie die Lebensmittel vergiften, aber wenn alles glatt läuft, könnt ihr einige Teststreifen schmuggeln. Probe nehmen, fünf Sekunden warten, kontrollieren. Violett lasst ihr liegen, Blau ist ungefährlich.«

»Was ist das da links?«, fragt Jax und steht auf, um näher an die Projektion zu gehen.

Flannery lässt den Stab zur genannten Stelle wandern. »Das hier sind Neuerungen, über die man mich erst mit dem letzten Update informiert hat. Türme.«

Allmählich dämmert mir, dass diese Arena ganz andere Dimensionen hat als die, in denen ich bisher gekämpft habe. Was Flannery als *Türme* bezeichnet, sind drei Punkte, so winzig, dass man sie für Fliegendreck halten könnte.

»Drei Wachtürme, jeweils ausgestattet mit einem klassischen Geschütz. Wer Hand an eins der Geschütze legt und es bis zum Ende verteidigt, erhält 300 Bonuspunkte. Kills sind wie immer 100 Punkte wert, allerdings gibt es eine weitere Besonderheit: Bringt ihr jemanden um, werden die in den Westlands erspielten Punkte des Opfers auf euch übertragen. Kurz: Je besser ihr seid, desto attraktiver werdet ihr als Ziel. Behaltet das im Hinterkopf, und macht euch nicht zu Beginn zur beliebtesten Zielscheibe. Dank dieser Regeln sind die Westlands das Game, mit dem sich die gesamte Rangliste binnen einer Woche ändern kann.«

Als Gamblerin war es mir egal, wer in irgendwelchen blutigen Ranglisten oben steht und was man dafür getan haben muss. Inzwischen weiß ich, wie viel 300 Punkte wert sind.

Und wie viel man dafür bereit sein muss zu opfern. Zum Beispiel eine junge Frau mit roten Schwimmflossen, die noch leben könnte, hätte ich mich nicht so verbissen an die Spitze kämpfen wollen. Bei der Erinnerung an die kleinen Piranhas, den Schrei, das blutrot verfärbte Wasser wird mir übel.

Jemand stößt mich unsanft in die Seite. »Zugehört?«, fährt mich Kendra an.

»Drei Türme mit Geschützen, 300 Bonuspunkte bei Eroberung, Zusatzpunkte für ... *Kills*«, fasse ich die letzten Sätze zusammen, während ich gegen die Übelkeit ankämpfe. Das Arctic Race ist so viele Wochen her, und trotzdem haben mich die Bilder eiskalt erwischt. *Es war ein Unfall*, ermahne ich mich lautlos. Es bringt nichts. Wenn ich diesen Tod schon nicht verkrafte, wie soll ich es dann schaffen, in den Westlands bewusst jemanden zu erledigen?

Flannery fährt ungerührt fort: »Im Osten wartet die einzige Stelle dieser Arena, die durch einen Zaun begrenzt wird. Elektrisch geladen, nicht tödlich, aber stark genug, um euch erst mal das Bewusstsein zu nehmen. Und damit kommen wir zum wichtigsten Punkt«, er zieht den Stab zurück, »das Team.«

Er sieht uns an, ich sehe uns an und frage mich, wo er ein Team sieht.

»Um die Spannung zu erhöhen, achten die Gamemaster darauf, nie mehr als zwei Leute eines registrierten Clans in die Westlands zu schicken. Ihr seid zu dritt und habt damit den größten Vorteil von allen. Wenn hier einer den anderen verrät, ins Messer laufen lässt oder seine Nachtwache boykottiert, kann derjenige auch direkt ins Minenfeld laufen. Wenn ihr ein Fahrzeug erobert, teilt es mit den anderen –

oder zerstört es. Wenn ihr eine Wasserquelle findet, füllt *alle* Schläuche. Und wenn Banditen auftauchen, warnt euch gegenseitig und verschwindet gemeinsam.« Er dreht den Stab in seiner Hand, ohne den Blickkontakt abreißen zu lassen. »Ihr seid eine Einheit, aus der niemand zurückgelassen wird. Kapiert?«

»Kapiert«, wiederholen wir monoton.

Entweder glaubt uns Flannery kein Wort, oder seine Art, Zufriedenheit zu zeigen, ist ein pikiertes Kräuseln in den Mundwinkeln. »Schön. Dann lasst uns über die unterirdischen Gänge sprechen, welchen Bereich ihr zuerst erobern werdet und wer eure Konkurrenz ist.«

Flugplatz 5 ist wörtlich zu nehmen. Dieses Mal warten hinter dem Tor keine Umkleiden, keine Arena mit künstlichen Fallen. Stattdessen finden wir uns auf einem riesigen, in Scheinwerferlicht getauchten Platz wieder. Darauf eine gigantische Maschine, die man kaum noch als Helikopter bezeichnen kann. Die Rotorblätter ragen über uns hinaus, obwohl wir noch einige Meter von dem Koloss entfernt stehen. Zurückgehalten werden wir nur durch ein Absperrband, auf dem in endloser Wiederholung *Vorsicht* und *Betreten auf eigene Gefahr* steht. Wer auch immer sich das ausgedacht hat, ist hoffentlich an seinem Lachen erstickt.

Nervös lasse ich meinen Rucksack mit der erlaubten Anzahl an Kleidungsstücken auf den Boden fallen. Jax und Kendra sind irgendwie auf das Thema Testlabyrinth gekommen und diskutieren darüber, ob eine Glitzerbombe eine coole Aktion oder einfach komplett unnötig ist.

Ich hingegen kann nur daran denken, dass es in den Westlands keine Glitzerbomben geben wird. Da draußen will man Blut sehen, überraschende Niederlagen und einen Triumph, der einem Tausende auf den Chip spült. Wir sind keine Menschen, von denen man zum Lachen gebracht werden will, sondern Gamer.

»Wow, Alter!« Ein rothaariger Typ drängt sich unsanft an mir vorbei zum Absperrband. Ich erkenne in ihm Red Shaggy, der vor drei Monaten aus seinem Clan geflogen ist und laut Flannery keine ernsthafte Konkurrenz darstellt.

Trotzdem jage ich ihm ein gefauchtes »Pass doch auf!« hinterher, das er geflissentlich ignoriert. Seine ganze Aufmerksamkeit gilt der Maschine.

»Ich schwöre dir, Porter, das ist ein Original Sikorsky CH-53!«

»Niemals«, erwidert sein untersetzter Freund, der sich hektisch hinter ihm durch die Menge schiebt, als hätte er Angst, den Abflug zu verpassen. Blonde Locken, rosa Wangen.

Porter, gerade achtzehn geworden, Anwärter bei den Caribbean Shippers, zu erkennen an dem dunkelbraunen Armband. Erleichtert stelle ich fest, dass etwas von Flannerys Briefing bei mir hängengeblieben ist. In keiner anderen Arena ist es so wichtig, seine Konkurrenz zu kennen.

»Die Dinger wurden schon vor Ewigkeiten verschrottet«, fährt Porter fort.

»Totaler Unsinn«, widerspricht der Rothaarige. »Die CH-53 wurde in Serie produziert. Unmöglich, dass sie alle erwischt haben, und selbst wenn – mach die Augen auf! Es ist eine. Das Teil ist einfach nur abgefahren!« Seinem Tonfall nach freut er sich, als hätte man ihm einen Freizeitflug geschenkt.

Mich lässt allein die Vorstellung frösteln, einen Fuß in dieses Ding zu setzen. Wohin auch immer es uns bringt, dort wartet der Tod, und dieses Mal reicht es nicht, ein paar Fallen zu erkennen oder andere in einen Auslöser mechanischer Piranhas zu drängen. Dieses Mal ist es nicht in einer halben Stunde vorbei.

»Hab ich da was von Sikorsky gehört?« Eine stämmige Frau mit Fliegerbrille auf dem wilden Haar taucht aus der Menge auf. Sie hat die tiefe Stimme einer Kettenraucherin, die ledrig braune Haut von jemandem, der zu viel Sonne abbekommen hat. »Wer weiß was über diese hübschen Maschinchen?« Ohne sich um die Aufschrift des Absperrbands zu kümmern, taucht sie darunter durch.

»Eine Sikorsky CH-53, richtig?«, ereifert sich Red Shaggy, während sein Freund Porter die Augen verdreht.

Die Frau stemmt die kurzen Arme in die Hüfte, während ein trockenes Lachen über ihre Lippen schwappt. »Nicht ganz, junger Mann. Meine dicke Ludmilla hier ist eine Mantile AD-5, vor zehn Jahren für Einsätze wie diesen hier gebaut.«

Stünde sie einen Schritt näher an der Maschine, würde sie garantiert die camouflagefarbene Oberfläche tätscheln.

»Nach dem Vorbild einer Sikorsky. Gut aufgepasst, Junge«, fügt sie hinzu und entlockt Red Shaggy ein triumphierendes Grinsen. »Allerdings kommt dieses Baby um einiges weiter als ihr Vorbild, transportiert locker vierzig von euch und hat 'ne Menge Komfort für den Captain. Mich.«

Als hätte sie meine Gedanken gelesen, tritt sie näher an den Rumpf und klopft so laut dagegen, dass ich zusammenzucke. Entweder sind ihre fingerlosen Handschuhe aus Stahl, oder sie verbirgt darunter Schlagringe.

Alle Gespräche ersterben. Nur Kendra muss Jax noch etwas entgegensetzen, bevor auch sie näher an das Absperrband drängen, das nach dem Tauchmanöver der Fremden noch lächerlicher wirkt.

»Jetzt, wo ich eure Aufmerksamkeit habe, möchte ich ein paar Worte sagen. Für die, die mich noch nicht kennen: Ich bin Berta Fiddigston und seit dreißig Jahren Pilotin, seit zehn Jahren Captain von der dicken Ludmilla.« In ihrer rauchigen Stimme schwingt mütterlicher Stolz. »Wenn ich meine Rede beendet habe, steigt ihr ein und sucht euch einen freien Platz. Und tut mir einen Gefallen: Spart euch dieses lächerliche *Da-wollte-ich-aber-sitzen-Gejammere*. Die Plätze sind alle gleich unbequem und ganz ehrlich? Es ist völlig egal, mit wem ihr da drinnen Händchen haltet oder versucht, geheime Allianzen zu schließen. Bei nächster Gelegenheit habt ihr sowieso ein Messer im Rücken oder könnt euer Hirn vom Boden kratzen.«

Berta schmunzelt, und in mir wächst der Drang, ihr selbst ein Messer zwischen die Rippen zu jagen. Vielleicht hat Val einfach zu viel Zeit mit Leuten wie Berta verbracht und ist deshalb zu diesem mordlüsternen Miststück geworden.

»Wenn wir gelandet sind, ist Mitternacht längst vorbei. Bis das Spiel offiziell startet, habt ihr Zeit, eure ersten Waffen zu wählen, das Terrain zu erkunden und eure Angst herunterzuschlucken. Wer nicht pünktlich zum Startschuss an der Base ist, um den kümmern wir uns. Und keine Sorge: Ludmilla und ich werden euch schneller finden, als ihr euch den Tracker abhacken könnt.« Ohne ihr selbstgefälliges Schmunzeln zu verlieren, reibt sie die stählernen Hände aneinander. »Okay, Ladys and Gentlemen. Meine Kollegen werden gleich die Absperrung entfernen, und ich erwarte einen zügiges, diszipliniertes Boarding. Wir sehen uns in der Hölle wieder.« Sie lässt die Fliegerbrille aus ihrem Haar über die Augen schnappen, bevor sie im Cockpit verschwindet.

»Wow, was für eine Zicke«, wispert Kendra neben mir, und zum ersten Mal sind wir uns einig.

Auch Red Shaggy ist das Grinsen vergangen. Er hat das Absperrband losgelassen und ist einen Schritt zurück zu seinem Freund Porter getreten, dessen Locken nicht nur vom Wind zittern. Es scheint keinen zu geben, den Berta nicht daran erinnert hat, wohin wir fliegen.

Beim Einstieg halte ich mich dicht an Jax, und der Plan geht auf. Wir erwischen zusammen mit Kendra drei der hinteren Sitze, direkt gegenüber von Red Shaggy und Porter.

Dann schließe ich den breiten Gurt über meiner Brust. Das Rattern der Rotoren wird lauter und lauter, bis ich meinen eigenen Gedanken nicht mehr folgen kann.

Jax und ich wechseln einen Blick. Im Schutz der Sitze greift er nach meiner Hand und verrät mir mit einem flüchtigen Druck, wie es in ihm aussieht. Vier Westlands und immer noch dieselbe Angst.

KAPITEL 23

Die plötzliche Stille lässt mich blinzeln. In der ersten Sekunde weiß ich nicht, wo ich bin. Dann spüre ich den engen Gurt auf meiner Brust. Der Flug muss lang genug gewesen sein, um meine Angst zu überlisten und wie die anderen einzuschlafen.

Gähnend taste ich nach der Schnalle. Am liebsten würde ich dieses benommene Gefühl festhalten, diesen Moment, in dem einem alles egal ist, weil man die sichere Bestätigung hat, noch am Leben zu sein.

»Ausgeschlafen?«, fragt Jax, als wäre er den gesamten Flug über wach gewesen. Dabei bin ich mir sicher, seinen Kopf zwischendurch an meinem gespürt zu haben, schwer wie der eines Schlafenden.

Kendra windet sich kommentarlos aus ihren Gurten. Sie zieht ihren Rucksack unter dem Sitz hervor und fängt an, darin herumzuwühlen, bis sie eine Haarbürste findet, mit der sie ihre platinblonden Locken weiter verwüsten kann. Ich würde es für unnötig halten, wüsste ich nicht, dass es da draußen genug Gambler gibt, die gerne den ein oder anderen Coin mehr auf eine hübsche Frau setzen.

Wie zufällig streift mir Jax über die Schulter. »Cass?«

Es fällt mir schwer, mich nicht an ihn zu kuscheln und zurück in den traumlosen Schlaf zu fallen. Stattdessen unterdrücke ich ein Gähnen und zucke mit den Schultern. »*Ausgeschlafen* ist das falsche Wort. Ich hoffe, wir finden schnell ein Lager.«

»Alles klar, Leute!«, dröhnt eine raue Stimme durch den Passagierraum. Berta hat sich breitbeinig vor uns aufgebaut und zündet sich eine Kippe an. Mit jedem Atemzug füllt sie den beengten Raum mit widerlichem Rauch und macht somit klar, dass sie sich alles erlauben kann. »Wir haben jetzt Punkt 3 Uhr. In den nächsten acht Stunden habt ihr Zeit, euch erste Ressourcen zu sichern, das Terrain kennenzulernen und ein Lager zu errichten. Bis der offizielle Startschuss ertönt, gilt striktes Kill-Verbot. Kapiert?« Sie hält die Kippe einen Moment zwischen den behandschuhten Fingern, während sie uns mit Nachdruck mustert. Ob sie auf dem Weg nach Hause noch beim Wettbüro hält und selbst ein paar Coins setzt? Vielleicht sieht sie uns nur an, um das größte Potenzial zu finden.

»Jungs«, die Kippe wieder im Mundwinkel nickt sie ihren Begleitern zu, »lasst unsere kleinen Vögelchen fliegen.« Dann wendet sie sich ab, um zurück in ihr Cockpit zu kriechen. Samt ihrer völlig überflüssigen Fliegerbrille.

Einer der Männer öffnet die Tür, hinter der grelles Scheinwerferlicht auf uns wartet. Beißende Kälte nimmt uns nacheinander in Empfang. Ich halte mich weiter an Jax, gefolgt von Kendra, die seltsam still geworden ist. Selbst als Jax abrupt stehenbleibt und wir beinahe ineinander stolpern, behält sie ihre bissigen Sprüche für sich.

Alle haben Angst. In keiner anderen Arena war es so deutlich zu spüren wie hier, mitten in der Nacht, umgeben von Kälte und geblendet von frostigem Licht.

»Aufstellen. Halbkreis«, bellt einer von Bertas Jungs.

Schaudernd reihe ich mich ein. Die beiden Wachen stehen gemeinsam in der Mitte, bewaffnet und mit einem Gesichtsausdruck, als würde dieser Einsatz höchste Konzentration erfordern.

»Ihr habt Berta gehört«, schnarrt der Größere. »Bis 11 Uhr, Zeitzone Valencia City, könnt ihr euch aufteilen. Wer um Punkt nicht wieder hier ist, wird von Berta persönlich einkassiert. Das Spiel ist für eine Woche angesetzt, sofern jemand so lange überlebt. Dann kommen wir wieder und sammeln euch ein. Egal ob tot oder lebendig.« Würde er sein Gesicht nicht hinter einem Visier verstecken, könnte man sicher das widerliche Lächeln sehen, das in jeder Silbe mitschwingt. Ob er das hier wirklich für ein *Spiel* hält?

Unwillkürlich balle ich die Hände zu Fäusten, darin ein Zittern, das nicht von der Kälte hier kommt. Es ist eher der Vorbote eines Bebens, eine Mischung aus der Angst, in dieser Einöde zu sterben, und der Wut auf jeden, der diese Scheiße hier belächelt oder gar feiert.

Irgendjemand wimmert leise, vielleicht Porter, der direkt hinter uns den Helikopter verlassen hat. Ein anderer summt vor sich hin, es ist eine unbekannte Melodie, die etwas sanft Säuselndes hat, wie ein Wiegenlied, das Albträume bereitet.

»Noch Fragen?«, blafft der Größere, während uns der andere taxiert, als würde er nur darauf warten, sein Gewehr einsetzen zu dürfen. »Nein? Gut, dann –«

»Ich hätte eine Frage.« Eine der älteren Teilnehmenden tritt aus der Reihe hervor. *Gigi, clanlos, irgendwie vertraut.* Wahrscheinlich habe ich sie schon öfter in irgendwelchen Spielen gesehen. Das tiefschwarze, lockige Haar hat sie mit einem gepunkteten Tuch zurückgebunden, rot-weiß wie bei den Kellnerinnen aus dem Fifties-Diner, den Eliza so geliebt hat, ihre Haut leuchtet im Scheinwerferlicht schneeweiß. »Warum gönnt ihr Wichser euch nicht den Spaß und bleibt hier?« Mit herausfordernder Miene verschränkt sie die Arme vor der Brust.

Das Wimmern verklingt, das Wiegenlied ist nur noch ein ängstliches Säuseln im Wind. Ein Blick zwischen den Wachen, dann geht alles schnell. Der eine hebt sein Gewehr, der andere ist in zwei Schritten bei der Frau, um sie an den Haaren in die Mitte zu zerren.

Gigi wehrt sich, aber sie ist klug genug, die Wache nicht zu verletzen. »Loslassen«, faucht sie, dann hämmert der Gesichtslose seinen Gewehrlauf in ihre Kniekehle, so dass sie ächzend einknickt.

Alle sehen hin, keiner hilft. Wir sind starr vor Schreck und der Ahnung, was gleich passieren wird.

»Wichser?«, wiederholt der eine. »Wo ist dein Respekt?«

»Respekt wovor?« Die Frau spuckt in den Sand, als hätte sie nicht die geringste Angst. »Ohne eure Waffen habt ihr winzig kleine Eier. Sonst würden euch die Worte einer Todgeweihten nicht jucken.«

Ich spüre Jax' Blick von der Seite, bin jedoch unfähig, meinen von Gigi zu lösen. Von der Frau, die sich auflehnt, die *rebelliert*, obwohl sie wissen muss, dass Rebellion nie gut ausgeht. Und doch scheint sie nicht ängstlich, lässt sich nicht davon beeindrucken, dass sie im Dreck kniet, während ihr die bewaffneten Männer klar überlegen sind. Wie kann man nur so lebensmüde sein – und so verdammt mutig?

Jax lehnt sich zu mir. »Flannery würde sie lieben«, wispert er, was ich bezweifle, denn auch Flannery hat bislang jeden Regelverstoß bestraft.

Die Wachen sind wohl nicht am Reden interessiert. Sie lachen Gigi verächtlich ins Gesicht – und entsichern ihre Waffen.

Gigi versucht, sich aufzusetzen, aber der Mann drückt sie zurück in den Dreck, ihr Brustkorb hebt und senkt sich schwer unter der Lederjacke. Sie hat keine Chance, und das weiß sie.

»Was wollt ihr jetzt machen? Mich vor aller Augen erschießen? Vor Spielbeginn?« Ihr Lachen klingt höhnisch. »Ihr wisst, dass das verbo-«

»Halt endlich die Schnauze!«, unterbricht sie der Typ, dessen Gewehrlauf zittert, nur wenige Zentimeter von ihrem Kopf entfernt. Er tauscht einen Blick mit seinem Kollegen, der zögert.

Als er schließlich nickt, bleibt die Zeit stehen. Gigi mustert uns der Reihe nach ohne eine Spur von Furcht, der Wachmann stößt den Lauf seiner Waffe gegen Gigis zerzausten Hinterkopf. Ein Teil von mir möchte irgendetwas tun, aber Jax hält mich fest. *Vernünftig*. Trotzdem verkrampfe ich mich unter seiner Berührung.

Anstatt die Augen zu schließen, starre ich Gigi an, sie starrt zurück. Bis sich ein schmales Lächeln auf ihre Lippen stiehlt.

»Was soll diese verfickte Scheiße hier!« Eine frische Kippe

zwischen den Fingern drängt sich Berta zwischen uns durch und baut sich vor den Wachen auf. »Rausbringen, Regeln erklären, einsteigen, Abflug. Was habt ihr Hornochsen an meiner Anweisung nicht kapiert?«

»Sie hat uns den nötigen Respekt verweigert«, erwidert der Größere und steht plötzlich stocksteif da.

Berta gibt einen grunzenden Laut von sich. »Na und? Wer von euch muss die nächsten sieben Tage um sein Leben kämpfen, und wer wird heute Nacht in Zimmer 149 eines echt schäbigen Hotels erwartet? Und zwar nicht von seiner Ehefrau?« Gleichgültig ascht sie auf den Boden. »Wenn es hier jemanden gibt, der Respekt haben sollte, seid das ihr beiden«, sie schaut über die Schulter zu der zweiten Wache, die den Lauf noch immer gegen Gigis Hinterkopf presst, »ich weiß übrigens, warum du so oft im Bronzeviertel abhängst, Reggie. Mit diesem – wie hieß er noch?«

Reggie lässt das Gewehr sinken.

Mit einem tiefen Atemzug inhaliert Berta ihre restliche Kippe und wirft diese auf den Boden. »Geht doch. Jetzt helft ihr hoch.«

Wortlos bietet Reggie der Frau seine Hand an.

»War doch gar nicht so schwer«, sagt Gigi süffisant, bevor sie sich losreißt und zurück in unseren Halbkreis tritt.

»Falls jemand von euch darüber nachdenkt, diesen kleinen Zwischenfall auszuplaudern: Wir kennen eure Trackernummern und wissen, wie stark der Stromschlag sein muss, um euer Herz anzuhalten. Also, behaltet das hier für euch, und ihr könnt so lange leben, bis ihr in eine unserer Fallen tappt. Kapiert?«, raunzt Berta, die Arme hinter dem Rücken verschränkt.

Nur wenige schaffen es, ihren Kopf zu einem Nicken zu bewegen. Ich gehöre nicht dazu. Meine Aufmerksamkeit haftet immer noch an Gigi, deren Gesichtsausdruck ich nicht interpretieren kann. Warum werde ich das Gefühl nicht los, sie zu *kennen*? Nicht persönlich, aber auch nicht aus einem Game. Vielleicht war sie in ihrem früheren Leben berühmt. Eine Schauspielerin oder Sängerin, die wie so viele abgestürzt ist.

»Alles klar. Hinter dem Scheinwerfer findet ihr Kisten mit den Startressourcen. Taschenlampen, Essen, Trinkschläuche. Sobald das Licht ausgeht, dürft ihr euch bewegen. Bin gespannt, wen ich nächste Woche wiedersehe.« Damit nickt Berta ihren Lakaien zu, die wie brave Hunde hinter ihr hertrotten.

Niemand wagt es, ihnen nachzusehen. Regungslos ertragen wir den Sturm, den die Rotorblätter verursachen, den Staub, der uns ins Gesicht wirbelt. Dann geht das Licht aus.

Früher habe ich oft mit Mum auf dem Dach unseres Hauses gelegen und die Wolken beobachtet. Manchmal so lange, bis die Sonne untergegangen ist, aber die Stadt hat ihre Lichter nie ausgeschaltet. Aus Weiß auf Blau wurde Grau in Grau, eine immer gleiche Brühe, in der es nur wenige Sterne gibt. Dieser Ort ist anders.

Abermillionen silbriger Punkte spicken ein samtschwarzes Tuch, an dem eine Mondsichel heller leuchtet als jeder fahle Vollmond über New London. Ich wünschte, ich könnte den Anblick mit Christoph und Yuna teilen. Sicher kriegen die beiden kaum ein Auge zu, weil sie sich um mich sorgen. Warum habe ich Val nicht einfach gebeten, mir diesen verfluchten Tracker abzunehmen? *Weil sie dir wahrscheinlich den ganzen Arm abgehakt hätte und du dann für immer in der roten Zone festsitzen würdest*, erinnert mich meine Vernunft. *Ohne Eliza, ohne Am oder Ole.* Mit einem Seufzer reiße ich mich von dem trügerisch schönen Sternenhimmel los.

Jax hat bereits eine Kiste geöffnet und mehrere Schätze zutage gefördert. »Hier.« Er reicht mir eine Stirnleuchte und einige eingewickelte Butterbrote.

»Kannst du fangen?«, höre ich Kendra rufen.

Ein halbvoller Trinkschlauch fliegt in meine Richtung. Ungeschickt bekomme ich ihn zu fassen und versuche, ihn an einem Karabinerhaken zu befestigen, den Flannery mir mitgegeben hat.

»Wenn du immer so langsam bist, müssen wir dich nicht lange ertragen«, sagt Kendra zynisch. Sie hat ihren unausstehlichen Tonfall also wiedergefunden, *klasse*.

Innerlich verdrehe ich die Augen. »Fertig. Wo sind die Waffen?«

»Offensichtlich nicht hier.«

»Es gibt immer Startwaffen«, widerspricht Jax und reicht jeder von uns eine winzige Klinge. »Die Guten gibt's im großen Lager, etwa einen Kilometer südlich von hier. Wahrscheinlich sind die meisten schon auf dem Weg dahin.«

Ich schaue zu den aufgebrochenen Kisten, aus denen einzelne Gamer noch Reste herausholen. Die anderen sind bereits aufgebrochen, schwarze Schemen vor dem leuchtenden Band aus Sternen. Ob Am und Eliza gerade von einer der legendären Partys bei den Neutrals kommen und zu denselben Sternen hochsehen?

Jax legt seine Hand von hinten auf meinen Rücken. »Wir

sollten auch los«, raunt er mir in einer Weise zu, die die nächtliche Kälte mit einem angenehmen Schauer überspielt. Noch kann ich lächeln und genieße den flüchtigen Moment.

Dann brechen wir auf. Anstatt uns den anderen anzuschließen, folgen wir einem unsichtbaren Pfad nach Nordost. Jax kennt den Weg, und wir stellen keine Fragen. Wann habe ich eigentlich angefangen, ihm so zu vertrauen?

KAPITEL 24

Die Nacht wird immer kälter. Begleitet vom Mondlicht durchqueren wir die Einöde, deren Böden daran erinnern, dass die *Desierto de Tabernas* bei Tag brütend heiß sein kann. Und dass wir unsere Wasservorräte gut einteilen müssen.

Nach einer guten Stunde erreichen wir einen alten Stollen. Der Eingang ist das Klischee eines jeden Westerns. Drei Holzbalken bilden den Rahmen inmitten einer Felswand, auf dem oberen Brett ist etwas in fremder Sprache eingeritzt. Wahrscheinlich Spanisch.

Jax knipst seine Stirnlampe an und betritt den Stollen als Erster. Wir ahmen wie Schatten jede seiner Bewegungen nach. Wenn er die Hand an seine Klinge legt, greifen wir ebenfalls nach unseren Waffen. Wenn er sich dicht an die kalte Wand presst, halten wir mit ihm den Atem an, und wenn seine Lampe erlischt, machen wir unsere ebenfalls aus.

Ein Labyrinth von Stollen später erreichen wir das Ziel. Mit seinem Messer löst Jax ein Brett von der Wand, das wie eine Tür aufschwingt.

Dahinter wartet ein dunkles Loch, gerade groß genug, um auf allen vieren hindurchzukriechen. Wäre Am hier, würde sie spätestens jetzt vor Panik hyperventilieren, und ich hätte eine gute Ausrede zurückzubleiben.

Kendra hingegen zuckt mit den Schultern und kriecht als Erste in den Gang. Ich folge ihr in kurzem Abstand, das Schlusslicht bildet Jax, der den Eingang wieder verschließt.

Nach einem knappen Meter biegt der Pfad scharf nach rechts ab. Flach atmend kriechen wir voran, bis der Gang höher wird und in einer schmalen Kaverne endet.

Die Wände sind mit behelfsmäßigen Regalen übersät, in denen Dutzende Waffen lagern. Schwerter, Pistolen, Messer und sogar eine Reihe von Gewehren blitzen in unserem Lampenschein auf. Dazwischen Kisten mit Granaten, Pfeilen und Drähten. Auf eine gewisse Weise erinnert es mich an das Depot. Genauso tief unter der Erde, genauso tödlich und nur noch etwas dreckiger.

»Willkommen im Lager der NoClans«, begrüßt uns Jax. »Ich denke, hier sollten wir fündig werden.«

Mit einer mir unangenehmen Faszination gehe ich die Reihen entlang und streiche vorsichtig über ein paar der Waffen, die ich bis vor wenigen Monaten nur von Bildern kannte. Sie sind nicht neu und erst recht nicht unbenutzt. Als ich getrocknetes Blut an einer Schwertspitze sehe, zucke ich zusammen. Es ist eine Sache, sich Fallen für ein Testlabyrinth zu überlegen, aber mit diesen Waffen wurde bereits getötet. Menschen, die aus welchem Grund auch immer zu Gamern wurden und die dem ganzen Scheiß genauso entkommen wollten wie wir. Ich muss ein zynisches Lachen unterdrücken. Luther hat damals gesagt, wir könnten diesen ganzen *Scheiß* mit einer Wette hinter uns lassen. Damit meinte er Seidenbettlaken, gute Schulen, den Schwimmunterricht und Sicherheit. *Ich hatte ja keine Ahnung.*

Kendras Schnauben zerreißt den Gedanken. »Wenn die uns hier erwischen, sind wir so was von tot.«

»Wer soll uns denn hier erwischen?« Jax lehnt an der Wand, als hätte er die Angst, die ich auf dem Flug gespürt habe, einfach abgestreift. Nur seine angespannte Kiefermuskulatur verrät ihn.

Kendra scheint es nicht zu bemerken. Mit einem genervten Aufstöhnen wedelt sie ihre Hand durch die Luft. »Unsere Tracker? Mal drüber nachgedacht, du Klugscheißer?« Der schwarze Reif sitzt locker genug, um ein Stück mitzuschwingen.

»Die Tracker können unsere Position auf zweieinhalb Meter genau anzeigen«, sagt Jax. »Wir sind nah genug am Hauptstollen, damit sie denken, wir hätten nach unserem langen Marsch einfach eine Pause eingelegt.«

»Und wenn sie hier nach uns suchen?«

»Du glaubst wirklich, sie würden mitten in der Nacht jemanden losschicken, der unseren Standort überprüft? Bevor das Spiel überhaupt losgegangen ist? Wahrscheinlich hat diese Berta längst ihr Luxushotel in Valencia City erreicht und schlummert friedlich vor sich hin.«

»Oder steckt sich an der Hotelbar noch eine Kippe an«, füge ich spöttelnd hinzu. »Mit einem schönen Glas Whiskey.«

»Wahrscheinlich«, gibt Kendra zu. »Also schön. Wer übernimmt die erste Wache?«

Jax meldet sich freiwillig, während Kendra und ich unsere

Rucksäcke auspacken. Unsere Schlafsäcke sind dünn, aber wir sind tief genug im Stollen, um vor der größten Kälte geschützt zu sein. Wir löschen unsere Stirnlampen. Nur Jax hat seine auf den Boden neben sich gelegt. Er sitzt mit aufgestellten Beinen neben dem Eingang und lädt den Revolver, den er aus einer der Kisten hier unten hat.

Ich drehe mich auf die andere Seite. Der Boden ist hart und uneben. Es gibt kaum einen Millimeter, an dem sich keine Erhebungen unsanft in meine Haut pressen. Es sollte mir egal sein, und irgendwo in mir lauert genügend Müdigkeit, um mich für Tage außer Gefecht zu setzen. Doch das drehende Karussell, das meinen Geist beherrscht, ist mächtiger. Sobald ich die Augen schließe, zucken Bilder durch meinen Kopf. Szenen aus Träumen, die keine sind, Szenen von Flannery in seiner Trainingskluft, die mir so bekannt vorkommt, von Mum, Luther, den roten Schwimmflossen, von Gigi und schließlich der Kaverne, in der ich liege. Wie konnten die NoClans das hier aufbauen? Über tausend Kilometer entfernt von New London? Ob Flannery nicht nur Kontakte nach draußen, sondern gar in andere Länder hat?

Ein tiefes Brummen erschüttert die Kaverne. Ich reiße die Augen auf und starre Kendra an, die mit geschlossenen Augen auf dem Rücken liegt. Sie schnarcht schlimmer als der ganze Schlafsaal zusammen.

»Wie ein Sägewerk, oder?«, höre ich Jax raunen. »Sie war der einzige Newbie, der nach drei Tagen ein eigenes Quartier bekommen hat.«

Zu Recht. Sollte da draußen wirklich jemand durch den Hauptstollen stromern, wird er denken, hinter der nächsten Ecke lauert ein Bär. Wenn nicht gar ein ganzes Rudel.

An Schlaf ist nicht zu denken. Seufzend setze ich mich auf. »Geht das die ganze Nacht so?«

Jax nickt. »Und sie würde nicht einmal aufwachen, wenn der Stollen über ihr zusammenbrechen würde.« Um die Worte zwischen den Zeilen zu unterstreichen, hält er seinen Arm auf, in seinem Smaragdgrün ein vielsagendes Leuchten.

Ich zögere nicht. Als ich mich in Jax' Umarmung sinken lasse, wird das Karussell eine Spur langsamer. Wenn man Kendra ignoriert, ist es das erste Mal, dass wir ganz unter uns sind. Kein Observatorium, an dem ständig andere Leute vorbeilaufen, kein heimliches Rumknutschen auf den Gängen ohne Kameras.

Jax beugt sich über mich und küsst mich. In aller Ruhe fährt er mir durchs Haar, ich schiebe meine Hand unter seine Jacke und taste über den Stoff seines Shirts, bis ich seinen Herzschlag spüre. Er geht genauso schnell wie meiner, ein Takt, der selbst die kälteste Wüstennacht erhitzen kann.

Seine Fingerspitzen fahren über meine Schulter hinab zu meinem Rücken. Sanft zieht er mich näher, bis ich halb auf ihm liege, ein Bein zwischen seine geschoben. Wortlos sind wir uns einig, wonach wir uns sehnen, aber Kendras Schnarchen ermahnt uns zur Vernunft. Wir belassen es bei dem Kuss, der die Müdigkeit in den letzten Winkel meines Körpers verbannt. Dann lasse ich meinen Kopf zurück auf Jax' Schulter sinken und verflechte meine Finger mit seinen. Noch sechs Stunden bis zum Start.

»Weißt du, warum ich diese Mädchen rekrutiert habe?«, fragt Jax unvermittelt.

Überrascht schaue ich zu ihm auf. Ich weiß, dass er die Jaxies meint und muss an das Gespräch mit Enzo denken, an die Grenzheime und die Gamerbabys, die nie adoptiert werden. »Weil du ein viel zu gutes Herz hast?«

Jax lacht heiser. »Glaubst du das wirklich?«

Vor ein paar Monaten hätte ich sofort den Kopf geschüttelt. Jetzt nicke ich und ziehe seine Hand zu meiner Wange, um mich in seine Berührung zu schmiegen. »Warum hättest du sie sonst rekrutiert?«

»Weil ich egoistisch bin.«

»Was?« Ich setze mich auf, um ihm geradewegs in die Augen zu sehen. »Egoistisch wäre es, wenn du nur die Besten nimmst, die möglichst viele Punkte in die Kasse der NoClans spülen. Aber doch nicht, wenn du einen Haufen wehrloser Kinder von der Straße holst.«

Er hält meinem Blick stand, was es umso schlimmer macht, weil ich seinen Schmerz darin sehe. »Weißt du noch, was ich dir über meine Familie erzählt habe? Dass ich mich an meine Schwester erinnere, ohne wirklich zu wissen, wer sie war?«

»Natürlich.« Vorsichtig strecke ich meine Hand nach seinem Arm aus, auf dem die Linien ihre Bahnen ziehen.

»Ich habe nicht alles vergessen. Sie muss jünger gewesen sein als ich, zwischen zwölf und fünfzehn Jahre alt. Ich weiß, dass wir manchmal zusammen gespielt haben und dass ich vor der Schule immer auf sie gewartet habe. Jedes Mal, wenn ich ihre Linie auf meinem Arm sehe, hasse ich mich dafür, sie vergessen zu haben.« In einem bitteren Schnauben schüttelt er den Kopf. »Ich rekrutiere diese Mädchen nicht, weil ich ein gutes Herz habe, sondern weil ich hoffe, mich durch sie wieder erinnern zu können. Dass eine von ihnen meiner Schwester ähnelt und es nur einen bestimmten Blick braucht, eine Geste, damit es sich anfühlt wie ein Déjà-vu. Oder dass eine genauso redet wie sie, mir dieselben Fragen stellt oder ... Keine Ahnung.« Er zuckt mit den Schultern. »Wenn es nur einmal Klick machen würde, könnte ich alle Antworten finden. Ob meine Eltern versucht haben, mich vor diesem Betrüger zu warnen. Welches Lied sie gesungen haben, wenn sie uns ins Bett gebracht haben, und ob sie mir gesagt haben, dass sie mich lieben.« Er lacht heiser auf. »Wow, ich beneide echt jeden, der seine Erinnerungen behalten hat! Egal, wie beschissen sie sind.«

Ich lasse mich zurück in seine Arme sinken, um ihm nicht länger in die Augen sehen zu müssen. Seine Eltern waren nicht einmal im Land, als er degradiert wurde, und laut Yuna haben sie natürlich versucht, ihn zu retten. »Ich denke, sie haben dich geliebt«, höre ich mich flüstern. Mein pochendes Herz drängt mich, ihm die Wahrheit zu sagen, über mich, meine Erinnerungen und seine Akte. Aber wenn Flannery wirklich so mächtig ist, dass er über Kontakte ins Ausland verfügt ... Mum hat einmal gesagt, das Spiel mit mächtigen Menschen wäre immer gefährlich. Die einzige Möglichkeit wäre, Jax zu bitten, es für sich zu behalten. Aber ist das Band zwischen uns stark genug, um von ihm verlangen zu können, Flannery zu belügen? Oder würde ich es allein mit der Bitte zerreißen?

»Warum bist du dir da so sicher?«, fragt Jax, während er über mein Kinn streicht und meinen Kopf zärtlich nach oben zieht. Bis ich seinem Blick nicht mehr ausweichen kann, darin eine zarte Hoffnung, die sich nach drei Wörtern sehnt.

Mein Magen rebelliert. Der letzte Mensch, dem ich gesagt

habe, dass ich ihn liebe, war Eliza. Dabei sind wir beide zerbrochen, und ich weiß nicht, ob ich bereit bin, wieder jemanden so tief in mein Herz zu lassen.

»Weil ich mir nicht vorstellen kann, dass es jemanden gibt, der diesen attraktiven Sprinter mit einem Hang zum Retten von Newbies nicht mag.« Ich ringe mir ein neckendes Lächeln ab und knuffe ihn in die Schulter.

Er ertränkt seine Enttäuschung in einem heiseren Lachen. »Du findest mich also attraktiv?«

»Sogar attraktiver als Keagen Wilers.«

»Ist das nicht dieser Sänger, der nur von kreischenden Mädchen gefeiert wird?«

»Ach, das Idol der Jaxies macht sich also über kreischende Mädchen lustig?«

»Dieses *attraktive Idol* hat ihnen trotz seiner egoistischen Ader den Arsch gerettet – und sie nicht mit seiner Stimme gequält. Da ist ein bisschen Gekreische ja wohl das Mindeste.« In seinen Mundwinkeln zuckt das Grinsen, das ich so an ihm liebe.

Ich rolle mit den Augen. »Habe ich echt *attraktiv* gesagt? Ich glaube, ich meinte *eingebildet.*«

»Meintest du nicht«, erwidert er und stiehlt sich einen Kuss.

Wir albern noch eine Weile rum, bis mich die Müdigkeit zurück in ihre Fänge zieht. »Gute Nacht, Newbie«, höre ich Jax noch murmeln, und zum ersten Mal lässt mich das Wort lächeln.

Die Westlands starten blutig. Alle vierzig Teilnehmenden sind pünktlich zurück am Startpunkt. Wir werden von einem Dutzend Drohnen umkreist, die das Geschehen live nach New London übertragen. Ich halte meine Pistole fest umklammert, Kendra hat sich neben einer ähnlichen Schusswaffe für einen Langbogen entschieden. Als der Startschuss fällt, zischt der erste Pfeil durch die Luft. Kendra ist eine gute Schützin, der hagere Junge von den Ziggs ein leichtes Opfer. So viel zum Thema, wir sollen uns nicht gleich zu Beginn zur Zielscheibe machen. Jetzt ist es zu spät. Nur mit einem Hechtsprung hinter die Startkisten können wir uns in Sicherheit bringen.

Es bleibt keine Zeit für Flüche oder Beschimpfungen, nur für einen verzweifelten Blick, den Kendra mit absoluter Selbstsicherheit kontert. Sie hat einen verdammten Menschen auf dem Gewissen, und alles, was ich in ihren Augen sehe, ist ein herausforderndes: *Unterschätze mich nicht.*

Hatte ich nicht vor.

»Bin gespannt, wie du uns hier wieder rausholst, Kendra«, zischt Jax. Sein Finger zittert angespannt über dem Abzug seines Gewehrs. Eine von dreien seiner Schusswaffen.

Erst bleibt Kendra sitzen, dann zieht sie einen Pfeil, schnellt nach oben und zielt. Ein Schrei verrät, dass sie getroffen hat. Jax gibt ihr Deckung und feuert eine Gewehrsalve ab. Es stinkt nach Schwarzpulver und Tod.

»Jetzt lasst uns hier endlich verschwinden«, sagt er und zieht mich auf die Beine.

Ich riskiere einen Blick über die Kisten. Drei weitere Leichen tränken den trockenen Boden mit Blut, einer davon fehlt das halbe Gesicht. Es grenzt an ein Wunder, dass mein Brot von heute Morgen dableibt, wo es ist.

Ohne jede Deckung laufen wir über das leere Feld. Eine

Drohne hat sich hartnäckig an unsere Fersen geheftet, als würde sie nur darauf warten, dass Kendra noch mehr explosives Bildmaterial liefert. Die Chancen dafür stehen nicht schlecht. *Je besser ihr seid, desto attraktiver seid ihr als Ziel*, hallen Flannerys Worte durch meinen Kopf. Mit ihrem Eröffnungsfeuer hat uns Kendra zur Zielscheibe für alle gemacht.

Meine Lungen brennen wie Feuer. Ich habe keine Ahnung, wie lange wir rennen, bis die Drohne endlich abdreht. Ich weiß nur, dass ich die Anstrengung nicht mehr lange durchgehalten hätte.

»Ab jetzt halten wir uns an den Plan«, knurrt Jax.

Kendra lässt die Ansage schulterzuckend an sich abprallen.

Wir bewegen uns Richtung Südwesten. Was auf Flannerys Karte aussah wie ein Katzensprung, stellt sich als ein Fußmarsch von quälenden Stunden heraus. Nur unsere Schritte auf totem Land, unser angestrengter Atem. Ein Klackern zu unserer Rechten. Wir bleiben wie angewurzelt stehen, die Waffen einsatzbereit gehoben. Es ist bei jedem Geräusch dieselbe Furcht. Ich tue zwar so, als könnte ich wie Kendra oder Jax bedenkenlos feuern, doch die Wahrheit sieht anders aus.

»Nur eine Krähe«, gibt Jax Entwarnung und nickt zu dem Tier, das unweit entfernt auf einem Stein herumpickt.

Erleichtert lasse ich die Waffe wieder sinken. Bei der ersten Unterbrechung war es ein Steinschlag, danach eine warme Windböe, die Dreck aufgewirbelt hat. Ich will nicht wissen, was es mit mir machen würde, wenn ich abdrücken müsste.

Noch mehr Schritte auf totem Land, die Nervosität in jeder Faser meines Körpers. Kendra läuft an der Spitze. Keiner wagt es, die Stille mit unnötigen Worten zu durchbrechen.

Bis sich Kendra mit einem triumphierenden Grinsen zu uns umdreht.

»Sieht aus, als wären wir die Ersten«, sagt sie und deutet über die Schulter hinweg auf einen Schatten, der sich zwischen den Felswänden am Horizont abzeichnet. Entweder hat sie deutlich bessere Augen als ich, oder es ist die Hoffnung, die aus ihr spricht.

Wenn es das ist, was ich denke, kann ich es ihr nicht verübeln. Der erste Jeep in dieser Arena. Laut Flannery steigen unsere Überlebenschancen mit jedem eroberten Fahrzeug um ein Vielfaches, und tatsächlich: Mit jedem Schritt zeichnet sich der Jeep klarer vor uns ab, oben offen, Ladefläche, riesige Reifen, die auch im tiefsten Sand nicht versinken würden. Unsere Schritte werden schneller, euphorischer. Hoffentlich ist es keine verminte Attrappe.

»B-Bleibt zurück!«, stoppt eine Stimme unseren Siegeslauf.

Kendra schnappt sich einen Pfeil, Jax und ich entsichern unsere Waffen. Dieses Mal ist es kein Fehlalarm.

Der Lauf eines Gewehrs ragt über die Tür auf der Fahrerseite hinaus. In der Luft schwebt eine Drohne.

»K-Keinen Schritt weiter!«

Die fahrige Stimme erinnert mich an jemanden. Porter? Die blonden Locken, die hinter der Waffe hervorblitzen, bestätigen den Verdacht. Dann kann Red Shaggy auch nicht weit sein.

»I-Ich bin nicht a-alleine!«, spricht Porter meinen Gedanken laut aus, und da taucht Red Shaggy hinter dem Fahrzeug auf.

»Das ist unser Jeep«, ruft Red Shaggy mit zornig funkelnden Augen. »Dreht einfach um und verpisst euch!«

»Damit ihr uns von hinten eine Kugel reinjagen könnt?«

Kendra hat recht. Selbst ich erkenne, dass es eine Pattsituation ist. Jemand wird sterben müssen.

»Wir sind in der Mehrzahl!«, brüllt Jax scharf. »Kommt mit erhobenen Händen da raus, oder wir beenden es sofort!« Er lässt eine Hand an seinen Gürtel sinken, an dem demonstrativ zwei Granaten hängen.

Entsetzen breitet sich auf Red Shaggys Gesicht aus. Ein gefundenes Fressen für die Drohne, die ein Stück zu uns runterkommt. Eine Sekunde sieht es aus, als wäre Red Shaggy vor Angst erstarrt, dann drückt er plötzlich ab. Die erste Kugel verfehlt ihr Ziel, doch sie bringt Bewegung in unsere Gruppe.

Reflexartig springe ich zur Seite. Der Rucksack verhindert, dass ich mich abrollen kann, der raue Boden schürft meine Haut auf, Steinchen bohren sich in meine Hände, die fest an der Pistole liegen. Da ertönt schon der nächste Schuss. Kendra steht immer noch an derselben Stelle, den Bogen angelegt, der Pfeil fliegt. Treffer versenkt – auf beiden Seiten. Red Shaggy geht mit der Pfeilspitze zwischen den leeren Augen zu Boden, Kendra schafft noch zwei Schritte, bevor sie in sich zusammensackt.

Während Jax zur Stürmung des Jeeps vorprescht, raffe ich mich auf und renne zu Kendra. Bauchschuss. Das Blut quillt dick und rot durch ihr Shirt. Sofort sichere ich die Pistole, werfe den Rucksack ab und lasse mich neben Kendra in den Dreck fallen.

Die Drohne kommt zu uns, um Kendras rasselnden Atemzüge aus nächster Nähe zu filmen. So nah, dass ich dem Drang widerstehen muss, sie mit einem Schuss vom Himmel zu fegen. Stattdessen bette ich Kendras Kopf auf meinen Schoß und presse mit ihr gemeinsam eine Hand auf die Wunde. »Es wird alles gut«, sage ich hastig, während ich ihren Blick einfange. Jede Selbstsicherheit ist einer Furcht gewichen, die mir den Magen umdreht. »Wir werden das wieder hinkriegen, okay?«

»Jede miese Serienmedi klingt überzeugender.« Mit einem hustenden Lachen versucht sie, das Zittern in ihrer Stimme zu überspielen. »Du weißt, was zu tun ist?«

Ich weiß gar nichts mehr. In meinem Rucksack ist ein Medikit. Desinfektionszeug, Mullbinden, Schmerzmittel. Ein Witz.

»Konzentration, Platinkind«, raunt Kendra. Dann tastet sie nach dem blutverschmierten Saum ihres T-Shirts. »Nimm sie.«

Fahrig schiebe ich ihre Hand beiseite und finde das kleine Kabel, das in den Stoff eingenäht wurde. Anders als Kendra habe ich genug Kraft, um es mit einem Ruck rauszureißen. Ich kenne es von Jax und Enzo. Damals haben sie einen Kaffee darauf verwettet, dass ich freiwillig springe. Heute tragen wir alle eins bei uns, für den Fall, der nicht eintreten sollte.

»Jetzt mach schon, Cass!«, fährt mich Kendra an und sinkt wimmernd zurück auf meinen Schoß.

Etwas Feuchtes rinnt über meine Wangen. Dann beuge ich mich so dicht über Kendra, dass die Drohne nur noch meinen Rücken filmen kann. Ich verbinde unsere Tracker mit dem Kabel und akzeptiere 1060 unverdiente Punkte.

»Jetzt deine Pistole«, wispert Kendra nah an meinem Ohr. Erschrocken will ich zurückweichen, mein Blick sucht verzweifelt nach Jax, aber Kendras Hand hat sich mit letzter Kraft in meinen Kragen gekrallt. »Ich werde nicht auf den

Tod warten.« Ihre Stimme hat etwas Bedrohliches. »Und ich werde nicht zulassen, dass du Punkte verschenkst. Also tu es, und bring danach deinen Platinhintern in Sicherheit.«

In meinem alten Leben hätte ich einen Sani gerufen, und Kendra wäre auf dem Weg ins Medicenter. Diejenigen, die dort ihr Leben gerettet hätten, warten jetzt vor ihren teuren Screens darauf, dass ich abdrücke.

»Ich wusste, dass du nicht bereit bist!«, spuckt sie mir ins Gesicht. »Du bist schwach! Und naiv!«

»Ich kann dich nicht erschießen. Ich trage die Verantwortung für dich«, zische ich, die kleine Pistole so fest umklammert, dass das Weiß meiner Knöchel durch die Haut schimmert.

»Verantwortung?! Du bist einfach nur scheißegoistisch!«

»Ich will nicht, dass du stirbst!«

»Ich bin doch längst dabei!« Kraftlos lässt sie von meinem Kragen ab. Etwas in ihrem Blick verändert sich. »Es muss nur deine Hand auf dem Abzug sein, damit es zählt.« Während sie spricht, entsichert sie die Waffe und legt ihre zitternden Finger über meine und den Abzug. »Cass?«

Ich bin unfähig, mich zu regen. Als wäre ich nicht Herrin meines Körpers lasse ich zu, dass Kendra meine Hand führt, bis der Lauf meiner Waffe direkt an ihrer Schläfe liegt. Dann höre ich ein leises Klicken und spüre, wie sie meinen Finger herunterdrückt. Der Abzug gibt nach.

Ihr Blut ist überall, meine Ohren fiepen dumpf. Der Kopf auf meinem Schoß wird schwer, die Pistole fällt zu Boden. Kendras Hand rutscht leblos in den Staub. Ihre Finger haben sich so verkrampft, dass es aussieht, als würde sie den Daumen heben, auf ihren Lippen liegt ein flüchtiges Lächeln.

100 Punkte für Kendras Tod.

300 weitere für ihre Opfer.

Mein erster offizieller Kill.

Dieses Mal hält sich mein Magen nicht zurück. Ich springe auf, um Kendras Andenken nicht zu beschmutzen, und übergebe mich wenige Meter weiter. Alles in mir brennt, so heiß, dass sich selbst die Drohne abwendet.

Ihr neues Ziel ist Jax, der seinen Gewehrlauf gegen Porters Kopf gedrückt hat und ihn um den Jeep herumführt.

Ich kämpfe mich auf die Beine. Als ich an Kendra vorbeigehe, strauchle ich. In ihrem letzten Blick lag die Ahnung der Freundschaft, die wir hätten haben können. Jetzt ist nur noch die morbide Schönheit eines gefallenen Engels übrig. Platinblonde Locken, die ihren Kopf wie einen Heiligenschein umrahmen.

»B-Bitte tötet mich n-nicht.« Porter ist auf die Knie gefallen, die Hände flehend erhoben. Sein Gesicht ist eine Mischung aus Staub, Tränenspuren und roten Sprenkeln, die vermutlich von seinem Freund stammen. Ob ich genauso aussehe?

»Wie habt ihr es so schnell hierhergeschafft?«, blafft Jax.

»R-Red Shaggy kannte diese eine Frau. Sie ha-hatte ein Quad und ha-hat uns hergefahren, damit wir uns den Jeep schnappen können.« Unter seinem dreckigen Gesicht zeichnet sich aschfahle Haut ab. Ob er gleich in Ohnmacht fällt?

»Weißt du, wo diese Frau jetzt ist?«

Porter nickt.

»Findest du den Weg zu ihr?«

Wieder nickt Porter, dieses Mal bestimmter.

»Cass? Meinst du, du kannst das Ding fahren?«, fragt Jax.

Ich suche meine Stimme, aber ich muss sie bei dem Schuss verloren haben. Knapp schüttle ich den Kopf. Es gab für mich nie einen Grund, fahren zu lernen. Wir hatten immer Brien, für dessen aufmunterndes Lächeln ich jetzt alles geben würde.

»Aber du kannst schießen«, erwidert Jax und wirft mir das Gewehr rüber, das er Porter abgenommen hat.

Dieser mustert erst mich und dann seine Waffe. Als hätte ich ihm den letzten Strohhalm weggenommen, wirft er sich in den Dreck und hört nicht mehr auf zu wimmern. Am liebsten würde ich mich einfach neben ihn werfen.

»Wir werden dich nicht töten«, sagt Jax nicht nur zu Porters Überraschung. »Meine Freundin hier wird dich im Auge behalten, während ich den Jeep prüfe. Wenn wir außer Sichtweite sind, kannst du aufstehen und dir die Pistole da hinten nehmen. Geh zu dieser Frau und hoff einfach, dass wir uns nicht noch einmal begegnen. Kapiert?«

Porter nickt heftig. Er wird sich nicht wehren.

Erleichtert lege ich das Gewehr an und spiele meine Rolle, solange es nötig ist. Dann gibt Jax das erlösende Zeichen, und wir machen uns bereit für die Abfahrt. Kendras Körper betten wir auf die Rückbank. Es wird den Gamemastern nicht gefallen, wenn wir sie wie eine Gamblerin beerdigen. Und genau diese Vorstellung ist es, die meine nächste Träne zur letzten macht.

KAPITEL 25

Ich weiß über Kendra genau drei Dinge: Ihr Gamertag war *Ruby*, sie mochte die Farbe Rot, und sie war bis zum letzten Atemzug eine Kämpfernatur. Jetzt steckt eine welke Wüstenblume in dem steinernen Grab, weit aufgefächerte, trockene Blätter, deren Farbton von der Zeit verwaschen wurde. Trotzdem kann man erahnen, dass die Blüte einmal in einem kräftigen Rubinrot geleuchtet hat, ein strahlender Fleck Hoffnung auf vertrocknetem Land. Ich brauche diese Vorstellung, um mir einzureden, dass es ein angemessenes Begräbnis ist.

Jax greift nach meiner Hand. Es scheint ihn nicht zu kümmern, von einer Drohne umkreist zu werden, die uns seit dem Aufbruch beobachtet. Wie wir die Grube erst mit Klingen, dann mit bloßen Händen ausgehoben haben. Wie wir Kendras Körper aus dem Jeep geholt und mit zahlreichen Steinen bedeckt haben. Wie ich die Wüstenblume gepflückt und das tote Gras zu einem Kranz geflochten habe, genau wie Mum es mir gezeigt hat.

Wahrscheinlich wird es keine dieser Szenen auf die Screens schaffen. Es würde uns menschlicher machen, und etwas sagt mir, dass die Gamemaster das nicht wollen würden. Vielleicht speichert man die Szenen im Archiv, vielleicht löscht man sie mit einem einzigen Klick. Flannery wird sie also sicher nie sehen und selbst wenn, läge in unserer Geste nichts Romantisches. Es ist der Halt zweier Verbündeter, die auf die härteste Weise daran erinnert wurden, wie diese Spiele laufen.

Die Zeit verrinnt ohne Gefühl für die verstrichenen Minuten. Erst als sich jedes meiner Glieder steif anfühlt, machen wir uns auf den Weg. Der Fahrtwind peitscht mir ins Gesicht und findet doch noch zwei Tränen, die wie Eissplitter über meine Haut schneiden. Ich darf nicht darüber nachdenken, dass Kendra die hereinbrechende Nacht alleine verbringen muss. Oder wie schwer sich das Gewicht der Steine auf ihrem Körper anfühlen muss. Ich beiße mir auf die Unterlippe, bis ich Blut schmecke. An unserem Plan hat sich nichts geändert. Und vielleicht ist es genau dieses Wissen, das mich nicht zur Ruhe kommen lassen wird. Es spielt keine Rolle, ob Kendra dort liegt, Jax, ich oder irgendein anderer Gamer. Das Spiel geht weiter, und die Zeit läuft gegen uns.

Die drei Türme ragen haushoch in den Himmel, gebaut aus hellem Sandstein. Diesmal sind wir wirklich die Ersten. Jax parkt den Jeep direkt neben dem rechten Turm und zieht den Schlüssel ab. Nur der Form halber – in Anbetracht der Tatsache, dass es sicher genügend Konkurrenz gibt, die einen Wagen kurzschließen kann. Immerhin kämen die Entführer nicht weit, denn der Tank ist fast leer.

Wir erklimmen die rostige Leiter bis zur obersten Ebene des Turms. Zugige Fensterlöcher, nackter Boden, das Geschütz, von dem Flannery gesprochen hat. Die kleine Plattform ist nicht komfortabel, aber es genügt, um den Knoten in meiner Brust zu lockern.

»Möchtest du was essen?« Jax hält mir eins unserer letzten Brote hin.

Ich schüttle den Kopf. Mir ist immer noch flau.

»Was trinken?«

Als Antwort löse ich meinen eigenen Schlauch vom Rucksack und nehme einen metallischen Schluck. Fast leer. Meine Kehle fühlt sich trockener an als vorher. Eigentlich hätte Kendra morgen in das Minenfeld fahren und unsere Vorräte auffüllen sollen. Sie ist – *war* – unsere schnellste Läuferin. Schnell genug, um den Rückweg auch ohne Fahrzeug zu schaffen, sollte es im Lager kein neues Benzin geben. Jetzt wird Jax diesen Job übernehmen, und ich muss mich alleine um die Verteidigung unseres Turms kümmern, so tun, als wüsste ich, wie man seinen Überlebensinstinkt übernehmen lässt, ohne daran zu zerbrechen.

Schweigend breiten wir unsere Schlafsäcke aus, die Rucksäcke verwenden wir als Kopfkissen. Jax klettert noch einmal nach unten, um unsere provisorische Barrikade an der Tür zu überprüfen. Die Stille ist purer als alles, was ich bisher gehört habe. Ich lehne mich an die Brüstung neben dem Geschütz und lasse den Blick ziellos in die Ferne schweifen. Die Nacht ist genauso klar wie die letzte, ein gleißendes Sternenmeer über hügeliger Ödnis, das mich bitter lächeln lässt. Ich war nie religiös oder konnte mir vorstellen, dass es ein Leben nach dem Tod gibt. Aber jetzt möchte ich daran glauben, dass Kendra nicht alleine dort unten liegt, sondern von all denen umringt wird, die auch zu früh gehen mussten. *Wie Mum.*

Ich höre das Quietschen der Luke, dann die vertrauten Schritte von Jax. Er bleibt dicht hinter mir stehen und legt seine Arme um meine Taille. Als hätten wir schon immer zusammengehört, lehne ich mich zurück, um in der frostigen Kälte seine Wärme zu spüren. Für eine Weile stehen wir einfach nur da und beobachten die Sterne. Bis die ersten Schnuppen vom Himmel fallen.

Jax' Lippen sind nah an meinem Ohr. »Du darfst dir etwas wünschen«, raunt er so leise, dass sich die Härchen auf meinen Armen aufstellen.

Ich schließe die Augen. Ich habe tausend Wünsche, aber nur einen einzigen, der in der friedlichen Stille schreit: *Ich möchte vergessen.* Mums Abschiedsbrief, die Trauerfeier, Luthers Gier, seinen Verrat, die Piranhas, Kendras Gesicht, die Pistole, ihr Blut an meiner Hand. Und tief im Inneren weiß ich, dass es mir nie vergönnt sein wird. Selbst wenn sie mein Implantat immer und immer wieder zurücksetzen würden, werde ich keine dieser Erinnerungen abstreifen können. Vielleicht wird die Zeit einiges blasser zeichnen, aber heute gibt es nur eins, was meinem schmerzenden Herz Ruhe schenken kann.

Ich öffne die Augen, um mich noch ein letztes Mal der Dunkelheit zu stellen. Dann drehe ich mich zu Jax und küsse ihn. Aus der zögernden Berührung unserer Lippen wird ein fordernder Kuss, ein Necken mit der Zungenspitze, in dem mein unausgesprochener Wunsch liegt.

Eine Hand in seinem Haar vergraben, taste ich mit der

anderen nach der Schnalle seines Gürtels. Zärtlich greift er nach meinem Handgelenk, die Lippen von meinen gelöst, um zu flüstern: »Bist du dir sicher?«

Einen atemlosen Moment sehe ich ihn an, bis ich in seinem Smaragdgrün etwas erkenne, das meinen Wunsch noch heißer brennen lässt. Es geht nicht darum, all diese Erinnerungen für einen Moment zu vergessen, sondern um uns. Und zum ersten Mal habe ich keine Angst davor. Ich nicke und höre auf nachzudenken. Stattdessen löse ich meine Hand aus seinem Griff, um sie unter seine Jacke zu schieben. Er zuckt kurz zusammen, dann lächelt er warm wie der Sommer und küsst meine Wange, meinen Hals, meine Schulter. Und als wir auf den Boden gleiten, bleibt endlich die Zeit stehen.

Drei Tage lang läuft alles nach Plan. Jax kommt mit frischen Vorräten, Munition für das Geschütz und einem vollgetankten Jeep aus dem Minenfeld zurück, ich muss lediglich ein paar Warnschüsse abgeben, um einzelne Gamer davon abzuhalten, unserem Turm zu nahe zu kommen. Dann können wir uns ganz in unserem Lager verbarrikadieren. Ich habe meine Stimme in Jax' Nähe wiedergefunden, so dass wir uns tagsüber damit ablenken, uns die Dinge zu erzählen, an die wir uns erinnern können. Ich versuche, so nah wie möglich an der Wahrheit zu bleiben, lasse nur die Details aus, die Jax zwingen würden, sich zwischen mir und Flannery zu entscheiden. In der restlichen Zeit zeichnen wir harmlose Kinderspiele in den Staub auf der Plattform. Einmal schaffe ich es, Jax im *Tic Tac Toe* zu schlagen, nachdem wir mindestens zwei Dutzend Runden unentschieden gespielt haben. Meine

Belohnung ist ein Kuss, der mich inständig wünschen lässt, bis zum Ende des Games einfach hierbleiben zu können.

Die Drohnen haben längst das Interesse an uns verloren. Hin und wieder taucht eine auf, als wollte sie sichergehen, dass wir noch da sind. Ein kurzes Lebenszeichen für die Gambler, die auf uns gesetzt haben. Dann drehen sie wieder ab, und wir hören manchmal stundenlang nichts von dem leisen Surren.

In der Nacht wechseln wir uns mit der Wache ab, um genügend Schlaf zu bekommen. Es ist meine Schicht, als sich im bunt verfärbten Morgengrauen die ersten Silhouetten am Horizont abzeichnen. Andere schälen sich plötzlich aus dem Schatten zweier Felsen, als hätten sie nur auf ihren Einsatz gewartet.

»Jax!« Den Schrei auf den Lippen, ducke ich mich neben ihn und angle nach einer Waffe. Die erste, die ich erwische, ist ein Gewehr.

Keinen Bruchteil einer Sekunde später ertönt irgendwo da unten ein Schuss, dicht gefolgt von einem gequälten Schrei. Während sich Jax blitzschnell aus seinem Schlafsack kämpft, wage ich es, aus meiner Deckung über die Brüstung zu blinzeln. Ich habe geahnt, was ich sehen würde, aber nicht wen.

Es ist Porter, der da unten liegt, und selbst auf die Distanz sehe ich das Rot, das sich unter seiner Kleidung ausbreitet. Ein schmerzhaftes Déjà-vu. Sein Angreifer und zwei weitere Gamer, alle aus verschiedenen Clans, rücken unaufhaltsam weiter auf die Türme zu.

»Cass, Ohren zuhalten!«, ruft mir Jax zu. Schon ist er an dem Geschütz und zielt. Schuss. Schuss. Schuss. Die Angreifer stieben auseinander, einer fällt, die anderen rollen sich ab, suchen Deckung – in unserer Richtung. Hinter den Felsen tritt eine weitere Person vor. Gigi. Mit erhobenem Revolver rennt sie Richtung Porter, lässt sich in den Staub fallen.

Déjà-vu.

Sie zieht ihn auf ihren Schoß, betastet seine Stirn, muss wissen, dass es zu spät ist. Jax lässt sie in Ruhe.

Während wir Porter dort unten sterben sehen, wird uns klar, dass die Schlacht um die Türme begonnen hat. Immer mehr Fahrzeuge nähern sich unserem bislang sicheren Hafen. Dann fliegt die erste Granate. Wir haben es nur Jax' schnellen Reflexen zu verdanken, dass wir es lebend nach unten schaffen.

Die Detonation ist heftig, aber zu schwach, um den sandfarbenen Koloss zum Einsturz zu bringen. Hoffentlich wurde wenigstens das Geschütz zerstört, bevor uns jemand damit erwischen kann. Die Explosion hallt in meinen Ohren nach, alles klingt, als wäre ich unter Wasser, und trotzdem dringt die Gefahr in ihren gedämpften Tönen zu mir durch. Rufe, Schüsse, hektische Bewegungen von allen Seiten. Ich kralle mich an dem Gewehr fest.

»Zum Wagen!«, ruft mir Jax zu und wirft mir den Schlüssel rüber, den ich mit einer Hand zu greifen kriege. »Komme gleich nach.« Er zieht eine seiner Pistolen raus und verschwindet in die Richtung, aus der weitere Schüsse kommen.

Falsche Richtung, jagt es mir durch den Kopf, mein Körper folgt stumpf Befehlen. Ich schlage einen Haken nach rechts, weiche einer Frau aus, die sich gerade auf ein anderes Ziel zu konzentrieren scheint. Als ich den Wagen erreiche, sitzt jemand in unserem Jeep und versucht, ihn kurzzuschließen.

Reflexartig hebe ich das Gewehr. »Weg von der Zündung!«, knurre ich möglichst bedrohlich. Ich komme mir vor wie ein Kätzchen, das Löwe spielt.

Nur langsam richtet sich die Frau mit dem rot-weißen Haarband auf. Es ist Gigi, die eben noch Porter im Arm hatte.

»Und jetzt die Hände hoch!«

Gigi kommt meiner Aufforderung überraschend schnell nach. Ich höre ein Klicken, sehe in den Lauf einer kleinen Pistole, nur ein Atemzug, in dem ich der nächste Kill sein könnte.

Sie drückt nicht ab. Stattdessen funkelt sie mich an, bis sie die Waffe ein Stück sinken lässt. »Porter hat erzählt, du und dein Freund, ihr hättet ihn am ersten Tag verschont und zurück zu mir geschickt. Richtig?«

Ich bin nur fähig zu nicken.

»Warum habt ihr ihn nicht getötet?«

Ich versuche, meine Kehle mit einem schweren Schlucken zu befeuchten. Gerade ist keine Drohne in der Nähe, die das Gesagte aufzeichnen könnte, und etwas an dieser Tatsache entspannt mich. »Wir sind nicht hier, um andere zu töten«, erkläre ich möglichst ruhig. »Wir wollen nur überleben.« Vielleicht ist es Naivität – oder mein verzweifelter Wunsch, dass auch andere so denken wie ich, aber ich lasse das Gewehr ein Stück sinken.

Die Rebellin zögert noch kurz, dann sichert sie die Pistole und legt diese beiseite. »Wo ist dein Freund?«

»Er wird gleich hier sein, und wenn er dich sieht –«

»Kann er sich eine Kugel einfangen oder genauso vernünftig sein wie du.« Sie zeigt keine Spur von Angst. Als hätte sie die gesamte Situation unter Kontrolle, die längst eskaliert ist.

Es scheint, als würden die Schüsse im Hintergrund gar nicht mehr aufhören – und war das eins der Geschütze?

»Wo ist dein Fahrzeug?«, frage ich. »Das Quad?«

Lachend pustet sie sich eine Locke aus der Stirn. *So vertraut*, schießt es mir wieder durch den Kopf, der plötzlich anfängt zu jucken. Genau an der Stelle, an der mein Implantat sitzt. Unauffällig kratze ich darüber. Ohne Mums Finger kann ich das elektrische Pulsieren nicht spüren, aber ich weiß, dass es da ist und dass es sich an Gigis Gesicht erinnert.

»Hör auf, mich so anzusehen, Kleines, und steig ein.« Sie greift über den Beifahrersitz, um die Tür für mich zu öffnen.

Die Entscheidung wird mir abgenommen, als Jax mit erhobener Waffe um die Ecke sprintet. »Los, los, los!«, schreit er und ist zu sehr mit seinen Verfolgern beschäftigt, um die Fremde zu bemerken, die mit einem Hechtsprung auf die Rückbank flüchtet. Wo vor drei Tagen noch Kendras Leichnam lag, geht nun Gigi in Deckung und verkriecht sich tief in dem Fußraum.

Drei Motorräder schießen hinter dem Turm hervor, gefolgt von einem Rudel Drohnen. Ohne zu zögern springt Jax ans Steuer, ich setze mich daneben, das Gewehr wieder einsatzbereit.

»Gib mir Deckung«, weist er mich an, während er mir den Schlüssel abnimmt und den Motor startet.

Ich frage nicht, was er getan hat oder warum sie hinter ihm her sind. Stattdessen konzentriere ich mich darauf, bei seinem Fahrstil nicht den Halt oder die Waffe zu verlieren.

Erste Kugeln schlagen in das Blech unseres Jeeps ein. Bei jeder zucke ich zusammen, versuche jedoch, das Ziel nicht aus den Augen zu verlieren. Ich möchte nicht töten, aber der Wunsch, an Jax' Seite zu überleben, brennt noch heißer. Mein Finger zittert über dem Abzug, ich fixiere die Reifen. Ein Schuss – daneben.

Der Fahrer des Motorrads fährt in Schlangenlinien, auf seinem Gesicht ein ausgelassenes Lachen. Er ist einer dieser Typen, die Gambler darin bestätigen, dass Gamer *Spaß* haben. Dass die Spiele nicht grausam sind, sondern ein Sport. Die Wetten auf sein Überleben müssen enorm hoch sein.

Nur dieser Gedanke lässt meine Hand für einen Moment ruhig am Abzug liegen. Schuss und Treffer. Die Kugel durchbohrt seinen Vorderreifen, so dass die Maschine filmreif zur Seite schlittert und ihren Reiter abwirft.

Damit habe ich die Aufmerksamkeit der Kameras gewonnen. Es ist ein wildes Wechselspiel zwischen Jax, den beiden anderen Motorrädern und mir. Nur unser heimlicher Gast hat sich so tief verkrochen, dass die Drohnen sie nicht einmal erfassen würden, wenn sie direkt über uns wären. Vielleicht habe ich mich geirrt, und die rebellische Gigi hat mehr Angst als wir alle zusammen.

»Kannst du mir hier mal helfen?«, fauche ich nach hinten.

Jax, der unsere Mitfahrende noch nicht entdeckt hat, fühlt sich angesprochen. Sofort greift er zur Pistole auf seinem Schoß und schaut in den Rückspiegel. »Halt mal«, sagt er, bevor er das Lenkrad loslässt.

Mein Herz setzt einen Schlag aus, als ich übernehme. Ziellos manövriere ich den Wagen durch die Steppe und sehe nur aus den Augenwinkeln, wie sich Jax halb aufrichtet und einige gezielte Schüsse abfeuert. Ich weiß nicht, was er genau trifft, aber nachdem Jax das Steuer wieder übernommen hat und ich mich umdrehe, ist nur noch eine einzelne Drohne hinter uns.

»Das war knapp«, spreche ich das Offensichtliche aus.

In der Ferne ertönt eine Explosion, gefolgt von einem ohrenbetäubenden Krachen. Unser Turm ist gefallen, und mit ihm unsere gesamten Vorräte, die Schlafsäcke, Trinkschläuche.

Sofort dreht die Drohne ab, um sich dem spannenderen Geschehen zu widmen. Kaum dass die Kameras weg sind, taucht Gigi aus ihrer Deckung auf. »Wir müssen ins Minenfeld«, keucht sie außer Atem und in einem Ton, als wäre sie es gewesen, die in den letzten Minuten den Spagat zwischen Steuern und Schießen hingelegt hat.

Ich will sie finster anfunkeln, aber Jax geht so abrupt in die Bremsen, dass ich gegen das Armaturenbrett knalle. Er reißt die Waffe hoch und stößt den Gewehrlauf gegen Gigis Stirn. »Was zur Hölle machst du hier?!«

»Ganz ruhig, Kleiner. Ich bin Gigi«, stellt sie sich vor. »Und keine Gefahr für euch. Hier.« Sie hebt ihre Hand, was Jax dazu veranlasst, den Gewehrlauf noch fester gegen ihren Kopf zu pressen.

Mit einem genervten Seufzer öffnet Gigi ihre Faust, in der zwei flache, schwarze Plättchen liegen. »Diese verfluchten Drohnen reagieren auf das Adrenalin in eurem Schweiß. Schiebt das hier unter euren Tracker, und es blockiert die Analyse der Zusammensetzung. Los jetzt!«

Das Drängen in ihrer Stimme überzeugt anscheinend selbst Jax, das Plättchen zu nehmen. Argwöhnisch dreht er es von einer Seite zur anderen, als am Horizont eine Drohne auftaucht.

Wir wechseln einen Blick und entscheiden uns, Gigi für diesen Moment zu vertrauen. Kaum dass die Plättchen unter unseren Trackern kleben, dreht die Drohne von uns ab. »Wo kein Adrenalin ist, ist auch keine Action«, fügt Gigi hinzu. Ihr Schmunzeln zeichnet die Falten an ihren Augen noch tiefer. Sie ist älter, als ich dachte. »Können wir dann los?«

»Um diese Zeit ins westliche Minenfeld zu fahren ist sinnloser Selbstmord«, erwidert Jax ohne ein Wort des Dankes.

»Nicht zwischen 9 und 10 Uhr«, widerspricht Gigi. »Und wenn ich euch angucke, habt ihr die Vorräte mindestens genauso nötig wie ich.«

»Gigi, lässt du uns kurz alleine?«, sagt Jax. Es ist keine Frage, sondern eine Aufforderung.

Schulterzuckend steckt Gigi ihre Waffe in das Holster und springt aus dem Jeep. Sie entfernt sich ein paar Meter, allerdings sagt mir etwas, dass sie schneller schießen würde, als Jax *Flucht* buchstabieren kann.

»Sie hat recht. Wir brauchen Vorräte, vor allem Wasser«, komme ich Jax zuvor. »Und was hätte sie davon, uns in ein aktives Minenfeld zu lotsen? Sie sitzt doch im selben Wagen.«

»Flannery hat nichts von Vorräten um diese Uhrzeit gesagt«, erinnert er mich. »Und ihm traue ich mehr als irgendeiner Fremden.«

Ist Gigi eine Fremde? Mein Implantat juckt unerträglich. Ich versuche noch einmal die Erinnerung herauszukitzeln, aber da ist nur gähnende Leere. Warum habe ich das Gefühl, da müsste etwas sein? Zerzauste, schwarze Locken, grimmiger Blick ... Sicherheit?

»Gigi hätte mich töten können, hat sie aber nicht. Außerdem hast du Porter doch am Jeep gehört. Er hat ihr vertraut, und etwas sagt mir, dass wir es auch können.« In Wahrheit klammere ich mich an ein inneres Jucken, das genauso gut eine Warnung sein könnte. »Gigi ist keine Selbstmörderin.«

»Und Flannery kein seniler Amateur.«

»Habe ich auch nie behauptet. Aber du hast selbst gesagt, die Granaten hätten euch letztes Mal überrascht. Woher wissen wir, dass es nicht wieder spontane Änderungen gab? Neue Zeiten, andere Vorräte? Die Gamemaster sind unberechenbar!«

Jax schürzt die Lippen, als würde er nach einem Gegenargument suchen. Am Ende findet er nur einen Satz: »Warum vertraust du ihr?«

Ich vertraue ihr nicht. Und genau deshalb überrascht mich die Antwort, die über meine Lippen kommt: »Weil ich einmal daran glauben will, dass Rebellion nicht umsonst ist.«

Jax lächelt, und ich weiß, dass ich gewonnen habe.

KAPITEL 26

Gigi lag richtig. Beim Befahren des Minenfeldes halten wir kurz den Atem an, aber nichts passiert. Dafür erwartet uns ein kleines Lager mit genügend Ressourcen, um die nächsten Tage gut überstehen zu können.

»Kontrolliert die restlichen Kisten und packt alles ein!«, ruft uns Gigi zu, während sie die ersten Vorräte auf den Jeep wuchtet.

»Alles?«, wiederhole ich zweifelnd. »Das reicht für mindestens –«

»Wir werden es brauchen. Vertraut mir.« Gigi lächelt verschwörerisch, und ich würde ihr gerne sagen, was ich denke.

Stattdessen zwinge ich meine Mundwinkel nach oben und wende mich Jax zu, der neben mir eine Kiste öffnet. »Ich gebe zu, dass sie etwas komisch ist«, wispere ich beim Anblick der Dutzenden gefüllten Trinkschläuche, die vor uns liegen. Wenn noch jemand von diesem Ort weiß, wird er bitter enttäuscht sein. Und wir können uns irgendwo in der *Desierto de Tabernas* einen privaten Pool bauen.

»Etwas?« Jax zieht einen Teststreifen aus der Jacke und öffnet einen Schlauch. »Dann fandst du es nicht schon komisch, dass sie laut Porter von Anfang an ein Quad hatte, obwohl der Jeep das erste Fahrzeug sein sollte? Oder dass sie gerade noch Porter im Arm hatte und eine Minute später bei uns im Jeep saß?«

Stirnrunzelnd nehme ich ihm einen Streifen ab, um das Wasser selbst zu prüfen. »Wenn du so viele Argumente gegen sie hattest, warum sind wir dann hier?«

Hellblau, ungefährlich.

»Neugier.«

»Du hättest dich aus Neugier in die Luft sprengen lassen?«

»Wenn du Gigi nicht die ganze Zeit angestarrt hättest, als wäre sie die faszinierendste Erscheinung seit Keagen Wilers, hättest du vielleicht gemerkt, dass ich langsamer geworden bin und mehrere Steine auf das Minenfeld geworfen habe.« Damit steckt Jax seine Teststreifen ein, nimmt einen großen Schluck Wasser und schließt den letzten Schlauch. »Vertrauen muss man sich verdienen.«

»Ist da etwa jemand eifersüchtig?«, stichle ich, um darüber hinwegzutäuschen, dass er recht hat. Ich kann diese seltsame Art von Bewunderung nicht ignorieren, die Gigis Widerstand in mir entfacht hat. Genauso wenig wie das lästige Jucken.

»Auf eine in die Jahre gekommene Frau, die rumläuft, als wären wir in einem Fifties-Diner?«

»Sie ist höchstens Mitte vierzig, und ich finde das Haarband schick. Kommt sie dir nicht auch bekannt vor?«

Jax hält inne und verengt die Augen zu schmalen Schlitzen. »Wenn du meinst, dass sie wie jemand aussieht, dem man niemals den Rücken zuwenden sollte, dann ja. Verflucht vertraut.«

Augenrollend stehle ich mir einen Kuss.

»Ich will euch nicht stressen, aber wir haben noch zwanzig Minuten, bevor hier alles in die Luft fliegt«, sagt Gigi im Vorbeilaufen. »Und ich will nichts verschwenden.« Sie trägt zwei weitere Kisten zum Jeep, auf dessen Ladefläche nicht mehr viel Platz ist.

Ob sie uns gesehen hat? Verlegen verstaue ich die Trinkschläuche, und als ich die schwere Kiste an Gigi vorbeitrage, lächelt sie mir aufmunternd zu. Sie könnte eine jüngere Version von Yuna sein, genauso unerschrocken – und gut organisiert.

Zehn Minuten später ist die Ladefläche voll, und die Zeit läuft uns davon. Wie selbstverständlich schwingt sich Gigi auf den Fahrersitz. »Tick tack«, sagt sie und stößt die Tür für uns auf.

Jax und ich schnappen ein paar letzte Brotbeutel und klettern neben sie auf die Sitzbank. Offenbar hat Jax beschlossen, ihr so weit zu vertrauen, dass er ihr den Schlüssel überlässt.

Schulter an Schulter starren wir schweigend durch die staubige Windschutzscheibe, während Gigi den Wagen über das Minenfeld peitscht. Mit jeder dahinstreichenden Sekunde werde ich nervöser. *Gigi ist keine Selbstmörderin,* rufe ich mir meine eigenen Worte in Erinnerung. Immer wieder und wieder, bis uns nur noch eine Minute bleibt. Das Ende des Minenfelds ist in Sicht. Zwei unnatürliche Felsformationen am Horizont, super auffällig, aber viel zu weit weg.

Ich greife nach Jax' Hand, die er um sein Gewehr geschlungen hat. Er lässt locker, um meinen Druck zu erwidern. Die letzten Sekunden laufen. Seit ich in der roten Zone bin, habe ich mir viele Todesarten ausgemalt. Mitten in den Westlands in die Luft zu fliegen ist neu.

Mein Körper weiß nicht, ob er schreien oder wimmern oder still bleiben und dem Unheil ins Gesicht sehen soll. Bevor er sich entscheiden kann, öffnet sich der zerfurchte Boden vor uns zu einer Rampe, die direkt in den Untergrund führt. Gigi rast darauf zu.

Mich überkommt eine seltsame Mischung aus Erleichterung und einer noch viel größeren Furcht. Wir werden nicht in die Luft fliegen, aber wir werden irgendwo unter der Erde verschwinden, keine Ahnung, ob es nur eine Kaverne ist, ein Tunnel, wohin er führt oder warum nichts davon in Flannerys Karten eingezeichnet war. So eine Neuerung entsteht wohl kaum über Nacht.

Jax reißt die Waffe hoch und zielt auf Gigi, sagt jedoch nichts. Und sie hält nicht an. Wahrscheinlich wissen beide, dass wir geradewegs in den Minentod schlittern würden, wenn sie die Kontrolle über den Wagen verliert.

Der voll beladene Jeep jagt über die Rampe, hinein in einen Stollen. Das Tageslicht wird ausgesperrt und durch die grellen Scheinwerfer ersetzt. Sie lassen Schatten über die zerklüfteten Wände tanzen, über die maroden Holzbalken, die vereinzelten Petroleumleuchten, die an Nägeln hängen. Nach vielleicht zwei Kilometern hält Gigi den Wagen an. Kaum hat sie den Schlüssel abgezogen, erlischt das gleißende Licht – und meine Augen brauchen einige Sekunden, um sich an das gedimmte Flackern der Petroleumlampen zu gewöhnen.

Mindestens fünfzehn Augenpaare blinzeln uns aus dem Halbdunkeln an. *Ach du Scheiße.* Warum hab ich das Gefühl, dass diese Leute keine Willkommensparty für uns veranstalten werden?

»Banditen«, murmelt Jax neben mir resigniert. »Ich habe mich immer gefragt, ob es sie wirklich gibt.«

Banditen. Mit dumpf schlagendem Herzen sehe ich mich in der Kaverne um, die um ein Vielfaches größer ist als das Waffenlager der NoClans. Wir sitzen in der Falle.

Nach und nach treten immer mehr Menschen aus dem Schatten und entblößen Gesichter jeder Farbe und jeden Alters. Niemand sieht aus wie ein Bandit aus einem Western. Es gibt keine Cowboystiefel, keine Halstücher, keine Hüte.

Als sich eine Silhouette aus der Menge löst, springt Gigi vom Jeep. Die Frau, die auf uns zugelaufen kommt, ist das Ebenbild von Gigi, mit den gleichen lockigen Haaren, dem gepunkteten Haarband und der abgewetzten Lederjacke. Die beiden fallen sich in die Arme. Schmerz explodiert in meinem Hinterkopf.

Ich presse meine Hand gegen das Implantat, das eine Erinnerung mit voller Wucht zurück in mein Gedächtnis katapultiert.

Ich bin gerade einmal drei Jahre alt und sitze mit meinem Lutscher auf Mums Schoß. In ihrer Hand das Foto von den identischen Mädchen. »Das sind Geneva und Geraldine«, erklärt Mum. »Es ist etwas kompliziert, aber die beiden waren wie Töchter für mich. Weißt du, meine Süße«, sie drückt mir einen Kuss aufs Haar, »sollte jemals etwas schiefgehen und du kommst in die rote Zone, hoffe ich, dass du die beiden findest. Sie sind so gute Mädchen, und irgendwann werden sie es schaffen, dieser Hölle zu ent-

kommen. Ich werde alles dafür tun, um ihnen ein neues Leben zu ermöglichen.«

»Geraldine!« Die vermeintlich Fremde drückt Gigi – oder *Geraldine* – fest an sich. »Wir hatten Angst, dass wir dich bei den Türmen verloren haben. Wo zur Hölle warst du?«

»Darf ich vorstellen?« Anstatt zu antworten, dreht sich Geraldine um und lenkt damit auch die letzte Aufmerksamkeit auf uns. »Das sind Jax und Cass. Die beiden haben mir geholfen, genug Vorräte aufzuladen, um bis zu den nächsten Westlands durchzukommen. Cass, Jax: Das hier ist meine Schwester, Geneva.«

Mir ist schwindelig. *Die beiden waren wie Töchter für mich.* Aus den beiden ernsten Mädchen sind zwei erwachsene Frauen geworden. Und Jax hat keine Ahnung, dass ich sie kenne. Dass ich mich erinnern kann.

»Ist alles in Ordnung?«, flüstert er hörbar besorgt.

Ich lasse die Hand sinken. »Nur Kopfschmerzen.«

Die Untertreibung des Jahres. Es fühlt sich an, als würde sich flüssiges Feuer von meinem Implantat durch jede einzelne Hirnwindung graben. Am liebsten würde ich Jax endlich alles erzählen. Aber es gibt sicher einen besseren Zeitpunkt, seinem Freund zu beichten, dass der Reset nicht funktioniert hat.

Geneva tritt näher. »Jax und *Cass.*« Ihr Blick ruht einen Moment zu lange auf mir. »Danke für eure Hilfe. Es ist jedes Mal ein Wettlauf gegen die Zeit.«

Ob sie mich erkennt? Soweit ich weiß, sind wir uns nie zuvor begegnet. Aber vielleicht erkennen sie Mums Züge in meinem Gesicht? Vielleicht hat Mum aber auch einen Weg gefunden, all die Jahre Kontakt zu ihnen zu halten.

»Wir sollten aussteigen«, raunt Jax.

Ich kann nur nicken. Yuna hat mir gesagt, dass ein Reset alte Erinnerungen wecken kann, aber jetzt steht der Beweis in doppelter Ausführung vor mir.

Die anderen Leute drängen auf uns zu. Darunter ein Mann mit einem Mädchen im Arm, das Geraldine *Mama* nennt und keine sechs Jahre alt sein kann. Dieses Kind dürfte nicht hier sein, genauso wenig wie die anderen, von denen keiner zu unseren Mitspielenden gehört.

»Matthias«, Geraldine übernimmt ihre Tochter und küsst den Mann auf die Wange, »sorg dafür, dass die Kisten ausgeladen und ordentlich verstaut werden. Gen, du kannst noch eine halbe Stunde bleiben. Dann musst du dich da oben wieder blicken lassen, und am besten nimmst du unsere beiden Helfenden mit. Etwas sagt mir, dass die Kameras gerne mehr von ihnen sehen würden.«

»Alles klar, Leute«, Matthias klatscht in die Hände, »ihr wisst, was zu tun ist. Wer keine dringenden Anliegen hat, die genau jetzt besprochen werden müssen, kommt mit mir. Karin, du nimmst die Kinder mit, Louise, du bereitest die Küche vor. Heute Mittag gibt es endlich wieder was Richtiges zu essen.«

Diese Menschen arbeiten nicht zum ersten Mal zusammen. Routiniert teilen sie sich in der Kaverne auf, tauchen in verschiedenen Gängen ab oder helfen Matthias dabei, die Kisten vom Jeep zu laden.

Zwei Leute drängen auf Geraldine und Geneva zu. Die Schwestern tauschen einen Blick, dann verschwindet Geneva mit den beiden in einem Gang, während Geraldine dem kleinen Mädchen noch einen Kuss auf die Stirn drückt.

»Und jetzt geh schön mit Karin spielen, okay, Süße? Mama muss sich erst mal um ihre Gäste kümmern.« Sie gibt dem Mädchen einen liebevollen Schubs in Richtung der älteren Frau, die ihre Hand einladend geöffnet hat. Ohne jede Scheu läuft das Kind auf sie zu und bleibt nur noch einmal stehen, um sich zu uns zu drehen und mit einem eifrigen Lächeln zu winken.

Sowohl Geraldine als auch Jax und ich erwidern die Geste, bis sich das Mädchen von Karin mitziehen lässt. Unwillkürlich muss ich lächeln. Ob Jax aufgefallen ist, dass uns Geraldine als *Gäste* bezeichnet hat? Und dass er der Einzige weit und breit ist, der seine Waffe umklammert, als wären wir noch in der Arena?

Mit einem Seufzer wendet sich Geraldine an uns. »So, entschuldigt den kleinen Überfall. Ich hätte euch vorwarnen können, aber etwas sagt mir, dass mir ein gewisser Jemand nicht vertraut hätte.« Vielsagend mustert sie das erhobene Gewehr.

»Wo hast du uns hier hingebracht?« Jax macht keine Anstalten, seine Waffe sinken zu lassen.

Geraldine lächelt schmal. »Ich kann dich beruhigen. Wir haben uns zwar einen Namen als *Banditen* gemacht, aber letzten Endes sind wir nur ein Haufen Desertierte. Wenn du also nicht vorhast, eine Mutter zu erschießen, die das Beste für ihr Kind will, leg die Waffe weg und folgt mir.«

»Wohin?«

»An einen völlig ungefährlichen Ort, an dem wir ungestört reden können.« Geraldine nickt knapp über die Schulter, und ich verstehe, was sie meint. Obwohl die Leute alle so tun, als würden sie sich auf ihre Arbeit konzentrieren, bleiben sie in unserer Hörweite. Eine Kiste, die unnötig nah an uns vorbeigeschleppt wird, ein offener Schnürsenkel, der keinen Meter hinter Geraldine neu gebunden werden muss.

»Okay. Vorausgesetzt, Cass und ich dürfen unsere Waffen behalten.«

»Wegen mir kannst du das Teil auch die ganze Zeit auf mich richten, wird nur irgendwann unbequem. Für dich.« Schulterzuckend wendet uns Geraldine den Rücken zu.

Ich muss mir ein Grinsen verkneifen. »Sie ist ziemlich cool, oder?«, wispere ich Jax zu, bevor ich Geraldine folgen möchte.

»Dir ist schon klar, wie ernst unsere Lage ist?« Jax' Flüstern schafft es jedes Mal, meine Haut zum Kribbeln zu bringen.

»Du meinst, ob ich weiß, dass wir in einem unterirdischen Labyrinth festsitzen und keine andere Wahl haben, als Geraldine zu vertrauen? Außer wir wollen einen Haufen Leute erschießen und dabei wahrscheinlich selbst draufgehen?«

»Dann hast du gar keine Angst?« Obwohl Jax es gut zu verbergen weiß, erkenne ich seine Furcht.

»Wir sind in den Westlands, oder?«, sage ich und drücke kurz seine Hand. »Jeder, der ein bisschen vernünftig ist, besteht hier aus Angst.« Wo mein früheres Ich sonst panisch an meinen inneren Wänden kratzte, ist es jetzt, als könnte es nicht gegen den pulsierenden Schmerz in meinem Kopf ankommen. Gegen das Feuer, das nur darauf drängt, mehr über Geraldine und Geneva zu erfahren. Ganz egal, ob ich gerade dabei bin, sehenden Auges in eine Falle zu rennen.

»Okay.« Jax lässt die Waffe sinken.

Geraldine hat uns in eine schlichte Kaverne gebracht, in der es nicht mehr als einen Tisch, vier Stühle und ein provisorisches Regal gibt.

»Ich würde euch ja Tee oder Kaffee anbieten, gehört aber beides nicht zur Standardversorgung in den Westlands. Wasser?« Sie sammelt ein paar verbeulte Tassen aus dem Regal, pustet kurz hinein und öffnet einen Trinkschlauch. »Frisch aus unserem Brunnen und abgekocht. Garantiert nicht vergiftet.« Geraldine hält Jax den Becher hin.

Ohne den Blick von ihr abzuwenden, zupft Jax einen Teststreifen aus seiner Jacke und taucht ihn in das Wasser. Fünf Sekunden später haben wir die Gewissheit, dass sie die Wahrheit sagt.

»Also, wir haben nicht viel Zeit, und ihr habt sicher tausend Fragen. Bevor ihr losschießt, lasst mich deshalb nur eins klarstellen.« Geraldine füllt einen zweiten Becher. »Das hier unten sind alles gute, unschuldige Menschen, und wir haben keine Möglichkeit, eure Erinnerung zu löschen. Wenn ihr also zurück in New London seid, könnt ihr uns entweder verpfeifen und hoffen, dass man euch belohnt, bevor man euer Implantat resettet, oder ihr schließt euch uns an und helft diesen Menschen, wieder ein ordentliches Leben führen zu können.«

»Wie?«, fragt Jax.

»Eine sehr gute erste Frage. Wunderbar.« Geraldine setzt sich uns gegenüber. »Ich fürchte, dafür muss ich ein wenig ausholen. Da unsere Mutter eine Gamerin war, sind Geneva und ich in einem Grenzheim aufgewachsen. Das *Netley Care Center*. Hässlicher, großer Kasten direkt auf der Grenze zwischen Bronze und Rot, mehr als achtzig Kinder, ein paar überforderte Medizin- und Pädagogikstudierende, die bei uns ihr Pflichtpraktikum ableisteten, und drei Medis.«

Die beiden waren wie Töchter für mich. War Mum eine dieser Praktikantinnen? Wusste sie, dass alles, was man uns über Gamerbabys erzählt, eine Lüge ist?

»Gen und ich hatten Glück. Als wir acht waren, haben wir Melody kennengelernt. Sie war eine der wenigen Praktikantinnen, die nicht so schnell wie möglich verschwinden wollten. Im Gegenteil. Nach ihrer Pflichtzeit hat sie sich entschieden, als freiwillige Helferin im Care Center zu bleiben. Sie konnte zwar nicht mehr so oft kommen wie früher, hat es aber nie versäumt, nach Gen und mir zu sehen. Sie hat uns vorgelesen, den Medis assistiert und später unsere Routinechecks durchgeführt. Manchmal hat sie uns sogar heimlich einen Lutscher mitgebracht.«

Etwas in mir zieht sich zusammen. »Erdbeer-Sahne oder Zitrone?«, höre ich mich fragen.

Jax sieht mich aufmerksam an, die Stirn gekräuselt, nur über Geraldines Gesicht huscht ein Lächeln.

»Erdbeer-Sahne.«

»Oder um es in Melodys Worten zu sagen: *pappsüß*.« Geneva steht im Eingang der Kaverne und zeigt das gleiche Lächeln wie ihre Schwester. »Matthias und ich haben drüben alles geregelt, also macht ruhig weiter.«

»Danke, Gen.«

»Wenn du mich weiter so nennst, bist du bald wieder Geri und wir wissen beide, wie ätzend du das findest.« Geneva knufft ihre Schwester in die Seite, bevor sie sich zu uns setzt. »Du erzählst ihnen also die Geschichte von Melody. Sind wir noch weit vom tragischen Wendepunkt entfernt?«

Ich zucke zusammen. Wissen sie, dass Mum nicht mehr lebt?

»Kurz davor«, erwidert Geraldine. »Als wir zwölf wurden, war es Melodys Aufgabe, unsere Implantate zu resetten und uns alle Erinnerungen an die Zeit im Grenzheim zu nehmen. Es ist wohl überflüssig zu erwähnen, dass Melody andere Pläne hatte. Anstatt uns als unwissende Reds in die rote Zone zu entlassen, hat sie uns gezeigt, wie wir mit einem kleinen Hack die Identitäten auf unseren Trackern vertauschen können. So konnte Geneva die Games übernehmen, die ihr liegen, und ich konnte für sie bei allem einspringen, was mit Wasser oder Höhe zu tun hat. So lange, bis Melody eine Möglichkeit findet, uns da rauszuholen. Das war der Plan.

Für Erste sollten wir bei einem Clan unterkommen, dessen Leitende uns mit offenen Armen empfangen hat. Wie alle anderen haben wir an den Spielen teilgenommen, mit unseren Punkten der Gemeinschaft gedient und jede noch so grausame Regel der Gamemaster befolgt. Immer darauf wartend, dass uns Melody ein Zeichen schickt. Doch es kam kein Zeichen. Erst war es nur ein Jahr, dann zwei, fünf, irgendwann zehn. Und dann ist die Clanleitende gestorben.« Geraldine macht eine Pause, in der Geneva nach ihrer Hand angelt. Sie sehen einander an, und allein das feine Glänzen verrät ihren ungetrübten Schmerz über den Verlust.

»Der tragische Wendepunkt«, erklärt Geneva bitter. »Kurz darauf haben Matthias und Carl die Leitung übernommen. Keiner von beiden kannte Melody oder wusste gar von ihrem Vorhaben, uns aus der roten Zone zu befreien. Matthias' und Carls Hoffnung war, über die Gameshow zu entkommen, und beide hatten ihre ganz eigenen Methoden, um uns so weit zu bringen. Während Matthias das Vermächtnis der alten Leitung mit ebenso viel Vertrauen fortführen wollte, hat sich Carl für eine Verschärfung der Regeln eingesetzt. Härteres Training, höhere Abgaben, gnadenlose Spielweise. Immer mehr Clanmitglieder haben seine Methoden akzeptiert, und als dem Ersten von uns für ein absolut lächerliches Vergehen die Stimmbänder verätzt wurden, wussten wir, dass es Zeit war zu gehen.«

Was sich vorhin in mir zusammengezogen hat, ballt sich jetzt regelrecht zusammen. *Christoph*. Es kann nur ein Zufall sein, aber hat Yuna nicht erwähnt, dass irgendein Schwein namens Carl für die Verstümmlung verantwortlich war? Christoph hat mir so viel über seine Zeit in den Clans erzählt, allerdings hat er nie Namen genannt.

Geraldine fährt fort: »Auch wenn sich Melody jahrelang nicht bei uns gemeldet hat, haben wir die Hoffnung nie aufgegeben und noch einmal versucht, sie zu kontaktieren. Ein zerknüllter Zettel, ein bestechlicher Fahrer, ein großes Risiko für uns alle. Aber wir hatten Glück. Zwei Tage später kam die Antwort, und in der Woche darauf haben wir sie wiedergesehen. In *Hope's Home*. Wie ein Engel saß sie da in dieser abgeranzten Anlaufstelle, und obwohl sie keine Ähnlichkeit mehr mit der schüchternen Jungmedi hatte, wussten wir, dass sie uns nie vergessen hat. Umgeben von ihrer Eskorte war es kaum möglich, ein vertrauliches Gespräch zu führen. Aber etwas konnte sie uns doch geben: neue Hoffnung. Ihr habt schon mal von der Underground gehört?«

Ich nicke. Selbst wenn man einige Geschichtsstunden geschwänzt hat, kennt man das riesige unterirdische Streckennetz, das sich bis ins 21. Jahrhundert unter Old London ausgebreitet hat. Bis die Tunnel zum Einsturz gebracht und in alle Richtungen versiegelt wurden.

»Melody wusste genau, wo wir einen verbliebenen Eingang finden. Den idealen Ausgangspunkt, um die Tunnel wieder freizulegen und uns einen Weg nach Bronze zu bahnen. Allerdings war uns allen klar, dass wir ohne Hilfe nicht weit kommen würden, also haben wir ihr von Matthias und ein paar vertrauenswürdigen Freunden erzählt. Es war nicht leicht, Melody davon zu überzeugen, das Geheimnis zu teilen, aber am Ende war sie einverstanden. Sie hat uns die gesamte Karte der Underground implantiert und sich verabschiedet. Als sie aufgestanden ist, haben wir ihren gewölbten Bauch gesehen und wussten, dass es unser letztes Treffen in der roten Zone sein würde.«

Mum war hier. Sie hat nicht nur geahnt, wie das Elend in der roten Zone aussieht, sie war selbst da, hat es mit eigenen Augen gesehen, und doch war sie keine Gamerin. Sie konnte kommen und einfach wieder gehen, ohne Gameshow, ohne freigekauft zu werden. Mit einem Kind im Bauch – *mir.*

Tausend Fragen schießen durch meinen Kopf, und ich traue mich nicht, auch nur eine davon zu stellen. Dabei ahne ich längst, worauf dieses Gespräch hinauslaufen wird.

»Wie ging es weiter?« Jax hat sein Wasser noch nicht einmal angerührt. Die ganze Zeit sitzt er da und starrt die Frauen mit einer Mischung aus Faszination und Argwohn an. Ich kann es ihm nicht verübeln. Er kennt die Protagonistin der Geschichte nicht so wie ich, weiß nicht, dass Mum genau so etwas getan hätte. *Und dass sie eine Menge Geheimnisse hatte.*

»Wir haben den Clan mit Matthias und ein paar anderen verlassen, um diesen alten Eingang zur U-Bahn zu suchen.

Dank der Karte in unserem Kopf war es ein Leichtes, und wir haben angefangen, uns dort etwas aufzubauen, weit weg von unserem alten und allen anderen Clans, die inzwischen fast alle ihre Regeln verschärft hatten.

Aus Schrott haben wir Werkzeuge gebaut, aus zerrissenen Laken wurden Hängematten. Es war dreckig, staubig, schäbig, aber es hat seinen Zweck erfüllt. An den Spielen mussten wir natürlich trotzdem teilnehmen. Bis die Ersten die Doppelbelastung nicht mehr geschafft haben. Die erspielten Punkte haben kaum noch gereicht, um alle zu ernähren, viele haben es nach den nächtlichen Tunnelarbeiten einfach nicht mehr geschafft, und dann wurde ich schwanger.

Das war das zweite und letzte Mal, dass wir Melody kontaktiert haben. Wie befürchtet kam sie nicht noch einmal persönlich, sondern hat uns die Lösung von einem rauchenden Teufel überbringen lassen. Berta Fiddigston.«

»Berta gehört zu euch?«

»Absolut nicht.« In einem schnaubenden Lachen rümpft Geneva die Nase. »Berta ist sich selbst am nächsten, aber offenbar hat Melody ihr mehr als einmal den Arsch gerettet, und es ist ihre Art der Wiedergutmachung, ein Auge auf uns zu haben. Sie hat uns damals vor den ersten Westlands abgefangen und uns den riskanten, aber einzigen Plan erläutert, den es gab. Matthias und Geraldine sollten offiziell in den Westlands sterben. Ein Steinwurf ins Minenfeld, ein paar geschickt platzierte DNA-Fetzen, gekappte Tracker. Aber diesen Teil kannst du besser erzählen, Schwesterherz.«

Geraldine schmunzelt flüchtig. »Es war nicht ganz so einfach, wie Berta es uns verkauft hat, aber wir haben es geschafft. Bevor die Drohnen unsere Spur aufnehmen konnten, haben wir Zuflucht in diesen alten Stollen hier gefunden, in denen sich während des Dritten Weltkriegs Hunderte verschanzt haben. Die meisten Mechanismen hier unten, wie die Rampe oder der Brunnen, waren noch intakt, und da sich die Westlands in ganz Eurasien großer Beliebtheit erfreuen, werden wir regelmäßig mit Nahrung und zusätzlichem Wasser versorgt – auf Kosten der Regierung. Solche Teststäbchen«, sie deutet auf Jax' hellblau verfärbten Streifen, »bekommen wir immer noch von Berta, wobei nicht jedes Land darauf steht, seine Gamer an etwas Banalem wie einem vergifteten Brot sterben zu lassen.

Wie dem auch sei. Nach zweiundzwanzig Wiederholungen haben die Valencianer unseren kleinen Trick leider durchschaut. Anscheinend kann kein Geier der Welt so viele Überreste fressen, um die geringen Mengen an DNA zu erklären, die sie im Minenfeld gefunden haben. Zum Glück bringt das Gerücht von den *Banditen der Westlands* mehr Coins ein als das öffentliche Eingeständnis, dass ausgerechnet in ihrer Arena einige New Londoner entkommen konnten. Also lässt man uns hier in Ruhe, solange wir das Spiel hin und wieder aufmischen und sich uns keine weiteren Desertierten anschließen. Heute sind Geneva und ich die Verbindung zwischen denen, die noch in New London sind, und uns hier unten. Hin und wieder tauschen wir die Plätze, um den Informationsfluss nicht abbrechen zu lassen und trotzdem bei denen sein zu können, die wir lieben.«

»Wie weit seid ihr mit dem Tunnel in New London?«, fragt Jax, als würde ihn der Rest der Geschichte kalt lassen.

»Woher willst du wissen, dass wir weitergegraben haben?«

»Weil ihr sonst keinen Grund hättet zurückzugehen.«

Dieses Mal wechseln Geneva und Geraldine einen Blick, in dem eine stille Übereinkunft liegt.

»Es stimmt«, bestätigt Geraldine. »Wir haben in den letzten sechs Jahren weitergemacht. Wenn alles nach Plan läuft, stoßen wir bald zu Bronze durch und werden mit Melodys Hilfe ein echtes Leben führen können. Mit Chip, neuer Identität und einer Möglichkeit, alle aus den Westlands zu befreien.«

Sie wissen es nicht. Die Erkenntnis brandet so scharf in meinen Magen, dass ich mich verschlucke. Jax streicht mir besorgt über den Rücken, aber ich schüttle nur den Kopf, während ich um Luft ringe.

Dann wendet sich Jax den Schwestern zu. »Eine korrupte Medi, implantierte Karten und kooperative Valencianer. Eine echt spannende Geschichte.« Seine Zweifel sind kaum zu überhören. »Ich weiß nur nicht, warum wir euch ein einziges Wort glauben sollten.«

Mir ist schwindelig. Jax mustert die Zwillinge, aber ihre Aufmerksamkeit gilt allein mir. Sie müssen nichts sagen, damit ich die Aufforderung verstehe. Ich soll eine Wahrheit aussprechen, die Jax' Besorgnis in Enttäuschung oder gar Wut verwandeln könnte, jedes zärtliche Flüstern in meiner Nähe in Schweigen, jedes Streicheln, jeden Kuss in Leere. *Und wenn er es versteht?*

Geraldines Hand zuckt zu meiner, doch sie wagt es nicht, mich zu berühren. »*Cassandra*?«

Sie wissen nicht, dass Mum tot ist, aber sie wissen genau, wer ich bin. Sie wussten es ab dem Moment, in dem mich Geraldine am Jeep gesehen hat. Vielleicht seit der Sekunde, in der wir gemeinsam am Flugplatz standen.

Ich wage es nicht, Jax in die Augen zu sehen, auch nicht Geneva oder Geraldine. Denn die Worte, die sich kratzig ihren Weg auf meine Zunge bahnen, werden nicht nur meine Welt erschüttern: »Sie sagen die Wahrheit.«

Ein fragendes Funkeln von der Seite.

»Ich weiß es, weil ...« Ich stocke. Obwohl Jax schweigt, hallen all seine Worte in meinem Kopf wider.

Deshalb muss ich es wissen, Cass: Kannst du dich erinnern?

Scheiße, Cass, du musst mich echt für ein Arschloch halten, oder?

Ich hätte dir vertrauen sollen.

Wow, ich beneide echt jeden, der seine Erinnerungen behalten hat!

Egal, wie beschissen sie sind.

Wie soll er mich nach dem hier nicht hassen? Ich bin versucht, eine weitere Lüge zu spinnen, die alle einwickelt. *Nein, meine Kleine, du musst es ihnen sagen.* War das Mums Stimme? Nur für einen winzigen Moment war es, als hätte sich ihr Bewusstsein in mir gemeldet, ein winziges Blitzlicht, das mir die nächsten Sätze auf die Zunge treibt.

»Ich weiß es, weil ich Melodys Tochter bin. Melody ... meine Mutter ... sie hat sich vor fast vier Jahren umgebracht.«

Für einige Sekunden, in denen ich spüre, wie mir alles entgleitet, herrscht Stille. Es ist so leise, dass ich glaube, die splitternden Welten um mich herum hören zu können. Die Scherben von Geneva und Geraldine, die alle Hoffnungen in eine Medi gelegt haben, die längst tot ist. Die Bruchstücke von Jax, der mir vertraut hat, den ich belogen habe – *weil du es musstest!*

Ich presse die Lippen zusammen und wage es, ihn anzusehen. Sein Smaragdgrün ist von solch tiefen Schatten gezeichnet, das es beinahe schwarz wirkt. *Bitte sag etwas*, flehe ich ihn wortlos an. *Bitte sag, dass du es verstehst.*

Er öffnet die schmalen Lippen, starrt mich an. »Wie lange schon?«

Die Welt schwankt.

»Wie lange schon, *Cass*?«

Jede Zärtlichkeit ist aus seiner Stimme gewichen. Ich sehe das Beben in seinen Schultern, die Bestätigung meiner Ängste.

»Wie – lange?«

Ich schlage den Blick nieder und höre mich flüstern: »Von Anfang an.«

Das Beben hört abrupt auf. Er springt von dem Stuhl, nickt den Schwestern zu und verschwindet in der Dunkelheit. Keine Frage, warum ich es getan habe. Keine Chance, die Scherben für ihn zu sortieren.

KAPITEL 27

Wir betrachten den Mann, der vor uns im Stuhl liegt. Obwohl seine Augen geöffnet sind, gibt er keinen Ton von sich, starrt ins Leere, als hätten wir ihm gerade alles genommen, für das es sich lohnt, eine Empfindung zu zeigen. Nein, er sieht nicht nur so aus, wir haben ihm alles genommen. Wir blinzeln hinab auf das Mnestikop, das in unserer Hand liegt, und ich spüre Mums Abscheu, die tief hinab in unseren Magen fährt, um dort in einer latenten Übelkeit zu enden. Ohne das Mnestikop loszulassen, legt Mum ihre Hand auf den Bauch. Noch ist nichts zu spüren, aber wir wissen, dass bereits ein neues Leben in uns heranwächst, noch nicht größer als eine Murmel, und trotzdem haben wir schon einen Namen im Kopf: Cassandra.

Langsam verflüchtigt sich die Übelkeit, und wir können uns wieder der Arbeit widmen.

Wir rollen hinüber zu dem metallenen Tisch, um das Mnestikop zu desinfizieren. Dieses Mal haben wir keine Eile. Der Mann, der Braxton Whitworth heißt, wird nie wieder einen Ton von sich geben, geschweige denn sich an irgendetwas erinnern, was heute oder an einem anderen Tag seines Lebens geschehen ist. Braxton Whitworth ist hirntot – wegen uns. Es interessiert uns nicht, welche Geschichte sich Maxim dieses Mal ausgedacht hat, um die Wahrheit zu vertuschen, wichtig ist nur, dass Braxton niemals wieder zu sich kommt. Noch mag es außer uns niemanden geben, der seine Erinnerungen hätte wiederherstellen können. Aber die Gefahr war zu groß, dass es irgendwann jemandem gelungen wäre und wir alles hätten verlieren können. Wieder zuckt unsere Hand zum Bauch. Ich spüre, wie uns das Streicheln beruhigt, genauso wie die leise Melodie, die wir auf den Lippen haben. Es ist nur ein gewispertes Summen, mit dem wir alle Spuren des heutigen Tages beseitigen. Routiniert verstauen wir das Instrument in dem Koffer, reinigen alle Oberflächen, die heute nicht mehr gebraucht werden. Dann wenden wir uns wieder Braxton zu.

Bei seinem Anblick möchte ich schreien oder wenigstens in mir zusammensinken, aber in Mums Körper sitze ich aufrecht und kann nichts anderes empfinden als ihre hauchfeine Abscheu, die sich an die Oberfläche kämpft. Uns ist klar, dass wir das Richtige getan haben, auch wenn Braxtons Familie es sicher anders sehen wird.

Maxim und Julischka lassen sich Zeit. Sie wissen genauso wie wir, dass es keine Rolle spielt, ob wir Braxton jetzt oder in fünf Minuten ins Medicenter bringen oder wann wir seine Ehefrau und die beiden Kinder informieren. Etwa drei Wochen werden sie noch in Unsicherheit leben, darum bangen, dass Braxton wie durch ein Wunder zu sich kommt, dann wird man ihnen nahelegen, die Maschinen abzuschalten. Immerhin wird das Erbe ausgesprochen üppig ausfallen, wie der violette Schimmer in Braxtons Handfläche verrät.

»Melody.«

Wir heben ruckartig den Kopf. Wir haben nicht mitbekommen, wie Maxim hereingekommen ist.

»Ist alles in Ordnung?« Er mustert uns mit seinen fast schwarzen Augen, in denen wir uns jedes Mal zu verlieren drohen. Nur der Gedanke an Luther hält uns davon ab. »Du weißt, dass du das nicht hättest tun müssen.«

»Und du weißt, dass ich keine Wahl hatte.« Ich spüre, wie sich Mum zu einem bitteren Lächeln zwingt. »Immerhin weiß ich jetzt, wie wir den Mädchen helfen können.«

Maxim zieht sich den zweiten Rollhocker ran, um sich neben uns zu setzen. »Du nennst sie immer noch Mädchen«, stellt er fest und schmunzelt flüchtig. »Sie werden bald fünfundzwanzig.«

»Ich weiß. Aber so ist das mit Kindern. Auch wenn sie erwachsen sind, werden sie für dich immer die kleinen Nervensägen bleiben, die sich einfach nicht in den Schlaf lesen lassen.« Mums Hand hat einen festen Platz über ihrem Bauch gefunden. Ich spüre die Liebe, die sie schon jetzt für mich empfindet, und ihre Liebe für Geraldine und Geneva.

»Du bist ein guter Mensch«, sagt Maxim unvermittelt.

Unser Blick flieht zu Braxton, und wir müssen schlucken. »Ich gebe mein Bestes.«

»Also, wie sieht der Plan aus? Wusste er von der Karte?« Maxim mustert uns mit unverhohlener Neugier. »Und gibt es ihn wirklich? Diesen Eingang?«

Vor fünf Jahren sind wir zum ersten Mal auf die Gerüchte gestoßen, es gäbe noch einen Zugang zu dem alten Tunnelnetz unter New London. Wir haben den Gamemastern nichts davon erzählt, aber wir haben Nachforschungen angestellt, Erinnerungen in etlichen Implantaten getriggert und uns bis zu Braxton Withworth durchgearbeitet.

Wir nicken. »Es gibt ihn, Maxim.« Die Erleichterung, die uns bei diesen Worten überrollt, ist stark genug, um unseren Herzschlag stolpern zu lassen. »Ich weiß jetzt, wo wir die Karte und den Eingang finden, und ich weiß auch, wie wir den Mädchen diese Informationen zuspielen können.«

Maxim lehnt sich vor, die Ellenbogen auf seine Knie gestützt.

»Wir werden dafür ein anderes Geheimnis opfern müssen. Erinnerst du dich noch an diese blonde Frau, die Informationen über einen Gambler hatte, der illegale Verbindungen zu einer Red unterhält? Wir werden Shadrick erzählen, Braxton sei dieser Gambler gewesen, weshalb wir sein Implantat zur Sicherheit liquidiert haben. Shadrick wird darauf bestehen, diese Red ausfindig zu machen. Und da komme ich ins Spiel.« Wir wollen nach dem Mnestikop greifen, aber Maxim kommt uns zuvor.

»Nein. Du wirst auf keinen Fall –«

»Ach, Maxim.« Mit einem Seufzer entwinden wir uns seinem Griff und legen unsere Hand auf seine. »Es ist okay. Ich werde Shadrick anbieten, mich der Sache persönlich anzunehmen. Wie ich ihn kenne, wird er mir eine Eskorte zur Seite stellen und dafür sorgen, dass mir in der roten Zone niemand ein Haar krümmt. Ich werde reingehen, den Mädchen die Karte implantieren, dieser Red ihr Gedächtnis nehmen und mit dem beruhigenden Wissen zurückfahren, dass meine Mädchen es eines Tages aus dieser Hölle rausschaffen. Ganz ohne die Qualen einer Gameshow.«

Maxims Hand verkrampft sich unter unserer, aber wir wissen, dass er nicht widersprechen wird. »Okay.« Seine Brust hebt sich in einem tiefen Atemzug, bevor er uns ansieht. »Sei vorsichtig, Melody.«

»Bin ich immer.« Mum beugt sich vor, um ihm einen Kuss auf

die Wange zu hauchen, dann stehen wir auf. »Ich muss jetzt nach Hause. Luther hat sicher schon gekocht.«

»Natürlich. Ich werde mich um alles Weitere kümmern. Wir sehen uns bei der Frühschicht.«

»Gute Nacht, Maxim.«

Ich schrecke hoch. Bis auf das Dröhnen der Rotoren ist es in der Maschine totenstill. Nur hier und da schnarcht jemand in seinem Sitz vor sich hin. Von allen, mit denen wir vor einer Woche hergeflogen sind, haben nur sieben überlebt. Vier Fremde und wir. Jeder Einzelne hat Blessuren davongetragen, manchmal sind es nur Schrammen, manchmal schwerere Verletzungen, und nicht alle sind für das Auge sichtbar. Körperlich hat es den jungen Mann mir gegenüber am schlimmsten erwischt. Ihm fehlt die linke Hand, deren Stumpf mit etlichen Tüchern umwickelt wurde, durchtränkt von Blut. Seiner kalkweißen Gesichtsfarbe nach müsste er nach der Landung sofort in ein Medicenter, fragt sich nur, wie spendabel sein Clan ist.

Geneva hat bei dem Versuch, sich unbemerkt zurück ins Spiel zu schleichen, einen Streifschuss abbekommen. So nah an ihrem Kopf, dass ihr der obere Teil des Ohrs fehlt. Jetzt ist es leicht, sie von Geraldine zu unterscheiden.

Als sie meinen Blick bemerkt, blinzelt sie mich durch das Halbdunkel an. Obwohl sie erst vor wenigen Tagen erfahren hat, dass ihre einzige Hoffnung auf Freiheit gestorben ist, schenkt sie mir ein aufmunterndes Lächeln. Ich würde es erwidern, wäre da nicht dieser dumpfe Hall an der Stelle, an der bis vor kurzem mein flatterndes Herz geschlagen hat. Das ist eine der unsichtbaren Verletzungen. Wenn man mich mustert, würde man nur die Schwellung an meinem Fußgelenk bemerken, die ich von einem ungeschickten Fluchtmanöver davongetragen habe. Mit etwas Eis und Ruhe wird es heilen, aber ein Bruch in der Seele ist nicht so leicht zu behandeln. Fahrig greife ich in die Leere neben mir. Keine Kendra, kein Jax. Während ich die eine in dem steinernen Grab zurücklassen musste, sitzt *er* fünf Plätze weiter, das Kinn schlafend auf seine Brust gesunken. Bei seinem Anblick bildet sich ein Kloß in meinem Hals, zu dick, um ihn zu schlucken.

Ich weiß es, weil ich Melodys Tochter bin. Vielleicht hätte ich andere Worte wählen oder einfach schweigen sollen. Vielleicht hätte ich mich in seine Umarmung flüchten und behaupten sollen, ich wüsste nicht, wovon diese beiden Frauen sprechen. Ich hätte weiter so tun können, als hätte der Reset funktioniert, als wäre ich von ihrer Story schockiert und hätte keine Ahnung, dass meine Mum eine der besten Mnestika New Londons war. Dann hätte mich Jax in seine Arme gezogen, mir seine beruhigenden Küsse auf das Haar gedrückt, und wir hätten gemeinsam versucht, es zu verstehen. Und irgendwann hätte er mir die nächste Frage gestellt. Wie gut ich mich noch an meine beste Freundin erinnern kann. Ob ich noch weiß, wie es war, zum ersten Mal verliebt zu sein oder mit jemandem zu schlafen. Und ob ich glaube, dass er eine liebevolle Familie hatte. Es wäre immer so weitergegangen, und vielleicht hätte ich sogar zu der Cass werden können, die ihre Lügen selbst glaubt. Zu einer Version, die mit Jax glücklich geworden wäre.

Jetzt weiß er von meinem gescheiterten Reset, und auch wenn er es nicht offiziell beendet hat: Er ist einfach gegangen. Kurz dachte ich, ich hätte wieder Tränen übrig, aber es war nur ein Brennen, dem ich nicht nachgeben konnte. Denn zehn Minuten später mussten wir zurück ins Spiel, zurück in die Westlands, in denen ich mich Jax noch vor wenigen Nächten näher gefühlt habe als jedem anderen Menschen auf dieser beschissenen Welt. Wir haben uns auf das Spiel konzentriert, Jax hat knappe Anweisungen gegeben und jeden Blickkontakt gemieden. Wenn ich ihn in der Nachtwache ablösen musste, hat er sich wortlos zum Schlafen umgedreht. Nur mit Geneva hat er hin und wieder gesprochen wie der alte Jax.

Jetzt ist das Brennen wieder da, und trotzdem kommen keine Tränen. Ob er es Flannery erzählen wird? Und wenn er es tut, wird mich Flannery dann noch behalten? Geschweige denn Christoph und Yuna einen Platz anbieten? *Christoph und Yuna.* Ich presse die Lippen zusammen, bis es schmerzt. Selbst wenn Jax es für sich behalten sollte: Die Wahrscheinlichkeit, dass er mich jetzt noch zu dem geplanten Treffen mit den beiden begleitet, dürfte gegen null gehen. Oder würde er trotzdem mitkommen, nur um herauszufinden, ob ich noch mehr verschwiegen habe?

Es sind nur ein paar von zu vielen quälenden Fragen. Da Geneva und Geraldine nicht einmal wussten, dass Mum tot ist, konnten sie mir nichts Neues mehr erzählen. Mum war erst Studierende, dann Medi, hat sich hochgearbeitet, irgendwann einen Mann namens Luther kennengelernt, wurde schwanger und war offensichtlich im Besitz vieler Geheimnisse. Nur ein Satz der Schwestern nagt an mir: *Wenn Melody Pierson tot ist, muss jemand dahintergekommen sein, was sie für die Reds getan hat.*

Weder Geraldine noch Geneva glauben an Mums Selbstmord. Ich hingegen habe ihren Tod nie hinterfragt. Man hat uns erzählt, Mum hätte eine Operation an einer jungen Patientin geleitet, die schiefgelaufen ist. Da es ihre Schuld war und sie nicht mit der Bürde leben konnte, für den Tod eines Mädchens verantwortlich zu sein, das genauso alt war wie ihre eigene Tochter, soll sie sich entschieden haben *auszusteigen*. Mum war immer ein solch liebevoller und mitfühlender Mensch, dass es nicht schwerfiel zu glauben, sie hätte mit dieser Schuld nicht weiterleben können. Ihr Vermögen, das vorerst komplett auf Luther überging, hat uns prompt zu Platins gemacht.

Über Nacht hatten wir all die Privilegien, die Mum sich immer für mich gewünscht hat. Eine neue Schule, in der ich mich ganz auf das Schwimmen konzentrieren konnte, ein größeres Zimmer und bessere Kontakte, mehr Chancen für die Zukunft. Es war, als hätte sie alles geopfert, um wenigstens einer Vierzehnjährigen ein perfektes Leben zu ermöglichen.

Jetzt weiß ich nicht mehr, was ich glauben soll. Die Melody, die sich vorhin in meinen Schlaf gestohlen hat und fest entschlossen war, Geraldine und Geneva zu retten, hätte keins ihrer Mädchen einfach im Stich gelassen. Sie war sogar bereit, einen Mann für die Zwillinge zu opfern, und alles, was sie dabei empfunden hat, war *Abscheu*. Kein abgrundtiefer Selbsthass, kein Motiv, sich in ihrer Praxis zu erhängen. Entweder hat sie einen Teil ihres eisernen Willens über die Jahre verloren und ist wirklich an dieser OP zerbrochen, oder die Zwillinge haben recht. Aber wer hätte einen Grund gehabt, sie umzubringen?

Unter dem Kloß in meinem Hals regt sich ein lautloses Lachen. Nach allem, was ich bisher weiß, sollte die Frage eher lauten: Wer hätte keinen Grund gehabt, sie umzubringen? Eine Medi, die jungen Reds geholfen hat, die wusste, dass Gilleroy Lèvene seine Ehefrau getötet hat, und die dank Braxton Whitworth im Besitz einer Karte der Underground war. Mit jedem neuen Puzzleteil wird die Frau, die ich immer nur als *Mum* kannte, mehr und mehr zu einer Fremden. Und mit jeder neuen Wahrheit wird die Angst größer, mehr zu erfahren – oder darüber, was sie mit meinem Gedächtnisimplantat gemacht hat.

Eine raue Stimme blafft uns durch die Lautsprecher an. »Okay, meine Häschen, wir setzen in fünf Minuten zur Landung an. Bleibt angeschnallt und macht keinen Scheiß. Ich hab keine Lust, dafür verantwortlich zu sein, wenn die Überlebenden auf den letzten Metern doch noch krepieren.« Berta zieht hörbar an ihrer Zigarette, bevor sich der Lautsprecher mit einem Knacken ausschaltet.

Jetzt schläft keiner mehr. Sieben Gamer sitzen hellwach in ihren Sitzen, und einer von ihnen starrt konsequent geradeaus. *Jax*. Sein Name schwebt auf meinen zitternden Lippen, aber ich würde es nicht ertragen, wenn er mich wieder ignoriert. Klanglos lasse ich die Silbe fallen, um mich auf das Rattern der Maschine zu konzentrieren. Ich versuche, die Umdrehungen zu zählen, was natürlich unmöglich ist, also suche ich nach einem Takt, der meine Gedanken übertönt.

Nach der Landung verabschieden wir uns von Geneva. Jax klopft ihr freundschaftlich auf den Rücken, dann wendet er sich ab, ohne auf mich zu warten. Der gesamte Inhalt meines Magens scheint sich zu einem Tanzabend verabredet zu haben.

»Hey, Cass.« Geneva schiebt sich vor mich, um mütterlich meine Schultern zu umfassen. Ihre Stimme ist nur ein Wispern. »Ich weiß zwar, dass ihr zu diesen NoClans gehört, aber wenn ... wenn du willst, weißt du, wie du mich erreichst.«

Sie meint die Pagernummer, die sie mir in den letzten Tagen eingetrichtert hat. Ich nicke. Wenigstens in diesem Punkt habe ich mir nichts zuschulden kommen lassen. Es war Jax, der Geneva von unserem Clan erzählt hat, bevor sie uns bitten konnte, uns den Undergrounds anzuschließen.

»Auch wenn Melody nicht mehr da draußen auf uns wartet, werden wir einen Weg finden, ein neues Leben zu beginnen, sobald wir den Durchbruch geschafft haben. Und wir hoffen, dass uns Melodys Tochter dann begleitet.« Ihre Augen glänzen verräterisch, während sie mich ansieht. »Du musst nur zur Highgate Station.«

Dann ziehen wir einander in eine Umarmung, von der ich nicht weiß, wie lange sie dauert. Ich muss ein Wimmern unterdrücken, und auch Geneva verrät mit einem Schaudern, wie schwer es ihr fällt, nicht zu schluchzen. Es wird dauern, bis sie den Verlust meiner Mum verkraftet hat. *Unserer Mum*, korrigiere ich mich. Irgendwo in mir pocht die Frage, ob uns diese Verbindung zu einer Art *Schwestern* macht, aber es ist zu kompliziert, um jetzt darüber nachzudenken. Ich will sie näher kennenlernen, so viel steht fest. Aber erst muss ich herausfinden, welche Konsequenzen meine Lügen haben.

Wir lösen uns voneinander, bevor wir doch noch heulen müssen.

»Pass auf dich auf, Cass.«

»Und du auf dich.«

Sie drückt meine Hand, dann verschwindet sie in den dreckigen Gassen. Es ist so verlockend, ihr einfach zu folgen, nicht nach hinten zu sehen, nicht darüber nachzudenken, wie Flannery reagieren wird. Aber Jax ist nicht der einzige NoClan, der mir ans Herz gewachsen ist, und ich bezweifle, dass ein altes U-Bahn-Netz ein geeigneter Ort für Yuna und Christoph wäre.

Seufzend schlage ich den Weg Richtung NoClans ein. Der Fuß schmerzt bei jedem Schritt, nur ein Humpeln bringt Entlastung.

Jax wartet hinter der nächsten Kreuzung auf mich, eine Geste von Verbündeten, nicht von Liebenden. Ich habe noch nicht ganz aufgeschlossen, als er zielstrebig weiterläuft.

Kurz flackert mein alter Stolz auf. Wenn er denkt, ich würde wie ein treuseliger Welpe bis zu den NoClans hinter ihm herhinken, kennt er die Cass nicht, die nie jemandem nachgelaufen ist. Den Schmerz in meinem Knöchel ignorierend, stapfe ich an ihm vorbei, versuche, die smaragdgrüne Ablehnung zu ignorieren, die sich in meinen Nacken bohrt. Das tut eindeutig mehr weh.

Den Gestank von New London habe ich in den Westlands nicht vermisst. Genauso wenig wie die alkoholgeschwängerte Luft bei den NoClans.

Enzo hält Wache, er ist der Erste, der uns bemerkt. »Jax und die Süße sind zurück!«, brüllt er in sein Funkgerät, während er die Tür öffnet.

Er ist einer dieser Menschen, wegen denen ich zurückgekommen bin und von dem ich mich jetzt in eine Umarmung ziehen lasse.

»Wir hatten echt Schiss, dass wir dich da draußen verlieren. Als der Turm gefallen ist, dachten wir, ihr hättet es nicht gepackt«, sagt Enzo dicht an meinem Ohr, bevor er mir einen Kuss auf die Stirn drückt.

Normalerweise würde ich die Augen rollen, aber jetzt bin ich ihm dankbar für die Nähe. Als ich mich von ihm löse, bemerke ich das feine Kräuseln in Jax' Mundwinkeln.

Schnell sieht er weg.

»Und mit *Wir* meinst du genau wie viele NoClans?«, spöttle ich heiser.

Enzo muss nichts sagen, denn in diesem Moment wird die Tür aufgerissen, und drei weitere Leute stürmen in den Raum.

Val läuft auf Jax zu, um ihn kurz, aber überraschend herzlich in ihre Arme zu ziehen. Als sie ihm etwas zuflüstert, bin ich es, die ihre Mundwinkel verzieht. Getrieben von einem Stich in den düsteren Fleck Herz, der übrig geblieben ist.

»Cass!« Die anderen beiden kommen auf mich zu. Bevor ich etwas erwidern kann, finde ich mich in der Mitte der beiden Menschen, die mich von Anfang an herzlich aufgenommen haben. Blizz und Sierra drücken mich, bis mir die Luft wegbleibt.

»Schön, euch zu sehen, Leute«, bringe ich gepresst hervor.

»Du warst phantastisch!«, sagt Sierra begeistert und lässt von mir ab. »Wir haben jede Sekunde des Spiels im großen Saal verfolgt.«

»Phantastisch?« Zweifelnd runzle ich die Stirn und frage mich, ob sie den peinlichen Streifschuss meint, den ich gestern einem grinsenden Mistkerl verpasst habe, oder meinen Versuch, den Jeep selbst zu fahren.

»Absolut«, pflichtet ihr Blizz bei. »Alle haben gesehen, was du für Kendra getan hast. Sogar Val war beeindruckt.«

»Wenn ich beeindruckt war, dann von Kendra, weil sie das Platinkind hat schießen lassen«, schnaubt Val. Im Gegensatz zu ihren Worten wirkt ihr Blick weniger verächtlich als sonst. Ich glaube sogar, ein Lächeln zu erkennen, bevor sie sich umdreht und verschwindet.

»Ich sage doch, sie ist beeindruckt«, neckt Blizz.

»Und es gibt da noch jemand anderen, der seit kurzem von deiner Loyalität überzeugt ist. Bereit, in die Geheimnisse der NoClans einzutauchen?« Mit verschwörerischer Miene bietet mir Sierra ihren Arm an.

»Ihr meint …?«

»Der Chef will dich sprechen. Und ich bin zwar kein Fan von Spoilern, aber es sieht ganz so aus, als dürften wir heute Abend mit einer *initiierten NoClan* dinieren«, gibt Blizz die erste Antwort, die Leben zurück in mein Herz pumpt. »Ach, Jax?«

Jax hält inne. Sein Blick ist frostig, als wollte er das bisschen Leben sofort wieder einfrieren.

»Dich möchte der Chef auch sehen. Kannst uns gerne direkt begleiten.«

»Danke, aber ich kenne den Weg.« Dann wendet sich Jax ab und verschwindet hinter Val.

»Wow, was ist dem denn für eine Laus über die Leber gelaufen?« Sierra hat ihren Arm unter meinen geschoben.

Ich bringe nur zwei Wörter raus: »Lange Geschichte.«

KAPITEL 28

Wir müssen vor Flannerys Zimmer warten. Erst versuchen Sierra und Blizz, mich noch mit einigen Anekdoten aus der letzten Woche zu unterhalten, dann sehen sie ein, dass ich nicht einmal das kleinste Lachen zustande bringe. Stattdessen zücke ich im Schatten meines Körpers den Pager, den ich auf dem Weg geholt habe, und informiere Yuna und Christoph in wenigen Zeilen über die Westlands. *»Kendra ist tot, haben die Banditen getroffen, Geneva und Geraldine, kannten beide meine Mum. Wir müssen reden.«*

Als sich die Tür endlich öffnet, stürmt Jax aus dem Zimmer, dicht gefolgt von Flannery, der jedoch im Rahmen verharrt. Er trägt seine Trainingskluft mit dem roten Tuch, das seine wilden Haare am Ansatz plattdrückt, auf seinen trockenen Lippen liegt ein zufriedenes Lächeln. »Cass, wie schön, dich wohlbehalten wiederzusehen.« Er spricht mit der beinahe väterlichen Stimme, die er mir gegenüber sonst nur an den Tag legt, wenn uns beim Training keiner zuhört. »Kommt doch rein.«

Das Zimmer ist etwa so groß wie Yunas Küche, allerdings sieht es nicht so aus, als wäre hier irgendetwas aus den Trümmern der alten Welt geborgen oder gar provisorisch zusammengebaut worden. Der Schreibtisch wirkt nagelneu, auf Hochglanz poliertes, massives Ebenholz, das man selbst bei Goldenen nur selten findet. Zwei Wände werden von Regalen in der gleichen Farbe verdeckt, auf den Brettern etliche Bücher, ein kleiner Globus und anderer Krimskrams. Auf einer Anrichte mit geschwungenen Beinen steht eine Flasche mit bernsteinfarbener Flüssigkeit, daneben ein Set Whiskeygläser.

»Bitte setzt euch«, Flannery deutet auf die beiden Ledersessel gegenüber seines Schreibtischs.

Blizz bleibt bereitwillig stehen, so dass Sierra und ich uns setzen können. Seit meiner Zeit als Gamblerin habe ich nicht mehr auf etwas so Bequemem Platz nehmen dürfen. Unwillkürlich entspannen sich meine Glieder, das dumpfe Pochen in meinem Knöchel wird weniger, als ich die Beine überschlage. Mit einem Mal fühle ich die Müdigkeit, die sich während der vergangenen Woche immer tiefer in meine Knochen gestohlen hat. Ich muss aufpassen, mich nicht einfach in einen langen, traumlosen Schlaf fallen zu lassen.

»Nun«, Flannery setzt sich uns gegenüber, »ich bin kein Freund davon, lange um die Dinge herumzureden. Obwohl offensichtlich war, dass Kendra dich nicht ausstehen konnte, warst du in ihren letzten Minuten für sie da und hast ihr einen zähen, qualvollen Tod erspart.«

Wieder blitzt ihr Gesicht in meinem Geist auf, der Schuss, das Klingeln in meinen Ohren.

»Am Ende hat sie uns allen zu verstehen gegeben, dass sie

dir vertraut, und ich kannte Kendra lange genug, um zu wissen, dass sie so etwas nie leichtfertig zeigen würde. Nicht einmal im Angesicht des Todes.«

Das Blut, ihr seliges Lächeln, der erhobene Daumen, den ich für einen Krampf gehalten habe.

»Außerdem hast du dich in den vergangenen Wochen wie erhofft in unsere Gemeinschaft eingebracht, die Regeln befolgt und dich beim Training bemüht. Nach eingehender Beratung mit dem engsten Kreis haben wir beschlossen, dir einen dauerhaften Platz bei den NoClans anzubieten. Vorausgesetzt, du möchtest bleiben.«

Sierra greift nach meiner Hand, auf ihrem Gesicht ein sonnenwarmes Lächeln.

Nur langsam verflüchtigt sich Kendras Bild, um Platz für die beiden Menschen zu machen, wegen denen ich ursprünglich hergekommen bin. Ich sehe Christophs mit Zuckerguss verschmiertes Grinsen, Yunas mildes Schmunzeln. Nach allem, was ich über die NoClans in Erfahrung gebracht habe, hätten sie hier die Chance auf ein gutes Leben. Es gibt nur eine Person, bei der ich mir immer noch nicht sicher bin, welche Absichten sie wirklich hat: Flannery. Dieser Anzug, dieses ausgefranste Tuch, dieser Blick. Bei Geraldine hatte ich mit der Vermutung recht, dass ich sie irgendwoher kannte. Bei Flannery bin ich immer noch nicht dahintergekommen, was mir dieses Jucken in meinem Hinterkopf sagen möchte. Held oder Schurke? Ich wünschte, ich könnte es mit Gewissheit sagen.

»Oh, du musst noch nichts entscheiden«, kommt er jeder Reaktion zuvor. »Tyson müsste jeden Moment hier sein.«

Zweifelnd blinzle ich zur Tür, die keinen Atemzug später geöffnet wird. Tyson trägt wie immer seine weiße Kleidung, heute hat er außerdem einen kleinen silbernen Koffer dabei.

»Pünktlich auf die Minute«, freut sich Flannery und steht auf, um Tyson mit einem Handschlag ins Zimmer zu ziehen. »Wie ich sehe, hast du alles dabei.«

»Hallo, Cass.« Tysons Lächeln kann einen jeden Schmerz vergessen lassen. Nur meine Verwirrung kann es nicht beseitigen. »Schön, dich einmal halbwegs unverletzt zu sehen.«

»Geht so«, erwidere ich und lasse meinen geschwollenen Fuß auf- und abwippen.

Tyson verzieht den Mund. »Gut, das schauen wir uns später an. Hat Flannery dir bereits gesagt, um was es geht?« Er legt den Koffer auf die Anrichte und lässt die Schnallen aufspringen. Als ich sehe, was er rausholt, quält sich eisige Kälte durch meine Adern.

Ein weißer Stab, daumenbreit, die Spitze gebogen mit einem Silberplättchen. Ein Mnestikop. Den Namen kenne ich nur aus Mums Erinnerung, gesehen habe ich es allerdings schon mit eigenen Augen. Zuletzt bei diesem Pfuscher Parker.

»Nein!« Reflexartig entreiße ich Sierra meine Hand. Ich springe auf, möchte wegrennen, aber ich weiß nicht, wohin. Blizz steht vor der verschlossenen Tür, Flannery mustert mich erwartungsvoll. *Nein, nein, nein.* Mit gehetztem Blick sehe ich mich nach einer Waffe um – müsste ich nicht noch eine Klinge am Fußgelenk tragen? Und dann? Vielleicht würde ich es schaffen, Sierra die falsche Besorgnis aus dem Gesicht zu schneiden oder Flannery das wissende Funkeln, aber viel weiter käme ich nicht. *Verfluchte Scheiße!* Was hat

Flannery noch mal am Anfang gesagt? Der Reset wäre nicht so präzise, aber er würde *reichen*. Reichen wofür? Um mich lange genug außer Gefecht zu setzen und mich doch noch an die Gamemaster zu verkaufen? Oder an einen Catcher?

»Cass, es ist alles gut«, raunt Sierra, während sie wieder nach meiner Hand angelt. »Meine Güte, Tys, leg das Ding doch endlich weg! Siehst du denn nicht, dass Cass panische Angst davor hat?«

Meine Muskeln sind zum Zerreißen gespannt, und trotzdem schafft Sierra es irgendwie, mich an sich zu ziehen. Warum vertraue ich ihr noch?

»Es ... es tut mir leid«, stammelt Tyson sichtlich perplex. »Normalerweise muss ich erst mal erklären, was ein Mnestikop überhaupt ist, und ich wusste nicht, dass sie –«

»Cass kann sich an alles erinnern, richtig? An jedes Detail aus ihrem alten Leben, an ihre Degradierung und den vermeintlichen Reset.«

Da ist er wieder. Der Flannery, dem ich beim ersten Mal begegnet bin, der mächtige Mann, der Seltenes nicht einfach so loslässt. »Ich hatte den Verdacht von Anfang an, aber ich muss gestehen, du warst für Jax' Charme weniger offen, als ich gehofft habe. Ich hatte mit drei, höchstens vier Wochen gerechnet, bis du dich ihm gegenüber verrätst. Nun, so kann man sich irren, nicht wahr?«

Jax hat es ihm erzählt. Am liebsten würde ich Flannery auf die Schuhe kotzen, aber ich halte seinem Blick stand, versuche mich an einem wütenden Funkeln, um meinen Schmerz zu überspielen. Was habe ich auch erwartet? Jax hat es mir damals selbst gesagt, als wir zum ersten Mal miteinander trainiert haben. Er hat gesagt, welchen Verdacht Flannery hat, und er hat mich gebeten, ihm die Wahrheit zu erzählen. Wie lange hat er meine Lügen geglaubt? Einen Tag, eine Woche, vielleicht einen Monat? Warum habe ich nicht gemerkt, als aus seiner Zärtlichkeit ein Schauspiel wurde, gut genug, um darüber nachzudenken, ihm alles anzuvertrauen?

»Stimmt das?«, höre ich Sierra neben mir fragen.

Mechanisch bewege ich meinen Kopf auf und ab, und trotzdem lässt mich Sierra nicht los. Anders als Jax nimmt sie mir meine wochenlangen Lügen nicht übel. *Anders als Jax wurde sie nicht auf dich angesetzt, um die Wahrheit herauszufinden,* ergänzt eine zynische Stimme.

»Keine Angst, Cass.« Flannery lehnt sich mit verschränkten Armen gegen seinen Schreibtisch. »Du bist nicht die Einzige, die sich erinnern kann. Sag mir, was war es bei dir? Ein Fehler der Mnestika? Lag es am Instrument, oder war es wie bei mir – und man hat dir deine Erinnerungen absichtlich gelassen?«

Flannery gibt es also zu. Was keine hohe Kunst ist, wenn man ein Mnestikop besitzt, mit dem man mich in fünf Minuten alles vergessen lassen könnte, was er gerade sagt.

»Keine Ahnung«, raune ich.

»Weißt du es wirklich nicht, oder mangelt es an Vertrauen?«

»Wie wäre es mit beidem?«

»Na schön.« Flannery neigt den Kopf von einer Seite zur anderen. »Ich könnte behaupten, es würde mich enttäuschen, dass du uns nach all den Wochen nicht vertraust. Allerdings wärst du dann nicht die kluge junge Frau, für die ich dich halte.« Ein schmales Lächeln, und er winkt Tyson mitsamt des Koffers herbei. »Du kennst dieses Instrument wahrscheinlich von deinem Reset. Es nennt sich Mnestikop, und es kann weitaus mehr, als Menschen vergessen zu lassen. Richtig angewendet kann es einen fremde Erinnerungen durchleben lassen, wie eine Art Film, nur dass es sich anfühlt, als wäre man mittendrin.«

Ob es das ist, was Mum mit meinem Implantat gemacht hat?

»Da du Worten allein offensichtlich nicht vertraust, würde ich dir gerne etwas zeigen. Die Wahrheit über die Gameshow und das Ziel der NoClans. Danach kannst du dich entscheiden, ob du bei uns bleiben möchtest oder in das Leben als gewöhnliche Gamerin zurückkehrst. Wie gesagt: Unser Reset wäre nicht perfekt, aber präzise genug, um dir nur die letzten Monate zu nehmen.«

»Klingt nach einem klassischen *Nimm die blaue oder die rote Pille*«, zitiere ich Elizas Lieblingsfilm mit meinem verbliebenen Sarkasmus.

Flannery schmunzelt. »Sozusagen. Nur, dass wir dir vorher zeigen, worauf du dich mit der roten Pille einlässt. Was sagst du?«

Erst mal gar nichts. Ich sehe von Flannery zu Tyson, zu dem Mnestikop, mit dem ich nichts als Kälte und Erinnerungen verbinde, die ich nie haben wollte, dann zu Blizz und Sierra.

»Du wirst es nicht bereuen«, sagt sie ermutigend. »Es kribbelt zwar ein bisschen, aber das ist es wert. Vertrau mir.«

»Dann hast du …?«

»Alle NoClans, die nach ihrer Probezeit geblieben sind, kennen die Wahrheit«, antwortet Flannery an ihrer Stelle. »Das sind wir euch schuldig. Pass auf, Cass, der Deal ist einfach. Entscheidest du dich, die Wahrheit anzunehmen, bist du raus aus der Probezeit. Wir weisen dir dein eigenes Zimmer zu, lockern die Regeln, und lassen bis Neujahr zwei weitere Räume für deine Freunde herrichten. Wegen ihnen bist du doch hier, oder?«

Yuna und Christoph. Mein Herz sticht beim Gedanken an sie. »Bis Neujahr sind es noch mehr als vier Wochen.«

»Wenn du nicht darauf hoffen willst, dass zwei andere NoClans bald sterben und ihre Zimmer frei werden, musst du mir Zeit geben. Also, Cass, was sagst du?«

Vielleicht bin ich gerade dabei, den größten Fehler meines Lebens zu machen, aber welche Siebzehnjährige hat noch nie etwas Unvernünftiges getan? Und vielleicht ist es meine einzige Chance, endlich herauszufinden, wer Flannery wirklich ist.

»Okay«, höre ich mich sagen. *Für Yuna und Christoph. Und um Jax gewaltig in den Arsch zu treten.*

Tyson bereitet das Mnestikop vor. Mit jedem Schritt in meine Richtung schlägt mein Herz schneller, auch wenn Sierra meine Hand hält und eine unglaubliche Zuversicht ausstrahlt.

»Gut, Cass, versuch, dich zu entspannen. Es wird sich etwas unangenehm anfühlen.« Mit seinen rauen Fingern streicht Tyson durch mein Haar, bis er die Stelle findet, die Mum unzählige Male ertastet hat. Er setzt das Mnestikop an, ich spüre das kalte Silberplättchen auf meiner Kopfhaut.

Ein leiser Piepton zerreißt die Stille, dann explodiert der Schmerz heftiger als je zuvor. Ich höre einen unmenschlichen Schrei, der aus meiner Kehle zu kommen scheint, spüre mehrere Hände, die mich in den Sessel drücken.

Jemand fragt, was los ist, jemand antwortet, dass er es nicht weiß, dass alles richtig eingestellt ist.

Dann verschwimmen Flannerys Konturen, ich stoße noch einen letzten Schrei aus und werde in die fremde Erinnerung gezerrt.

KAPITEL 29

Mein Name ist Drey. Es ist wichtig, dass mir das bewusst ist. Drey, nicht mein wirklicher Name, nur mein Gamertag. Ich stehe auf einem Paradewagen und starre stoisch geradeaus, als würde ich die Menge nicht bemerken, die unten steht und mich bejubelt. Immer wieder schreien sie unsere Namen. Meinen und die der anderen vier Siegreichen, die neben mir auf dem Wagen stehen. Sie haben sich in Schale geworfen, die beiden Frauen in paillettenbesetzten Kleidern, in denen sich die Sommersonne funkelnd bricht, die beiden Männer sehen noch lächerlicher aus. Ihre Anzüge funkeln in grellen Farben, als wären sie auf dem Weg in ein Varietétheater.

Ein helles Lachen reißt mich aus meiner Starre. Nur flüchtig sehe ich hinab in die Menge, um das Mädchen zu mustern, das mir mit einem stolzen Grinsen seine Actionfigur entgegenstreckt. Eine Actionfigur von mir. Das Haar wild zerzaust, es ist vor einer Weile ergraut, aber das stört mich nicht, denn es verleiht mir nur mehr Autorität. Ein dunkelrotes Stirnband presst den Haaransatz platt, es ist ausgefranst, dazu trage ich eine lederne Hose, ein Shirt, eine Weste darüber.

Ich bin Drey, Favorit seit meinen ersten Spielminuten, jetzt stolzer Überlebender der 79. Gameshow. Jeder Gambler kennt mein Gesicht, und ich will gar nicht wissen, wie viele tausend Coins ich am gestrigen Abend auf die Chips dieser jubelnden Wichser im Publikum gespielt habe. Obwohl ich meine Hände seit gestern etliche Male gewaschen habe, spüre ich noch immer das Blut, das an ihnen klebt. So unendlich viel Blut von anderen Gamern, und niemand scheint sich dafür zu interessieren. Mein einziger Trost ist die Gewissheit, dass ich bald bei den Neutrals sein werde, weit weg von allem, was mit diesen beschissenen Spielen zu tun hat.

Der Festzug endet in einer ausschweifenden Party mitten im Casinum. Hochrangige Gambler in makelloser Abendgarderobe prosten mir zu, als würden sie mich kennen, einige versuchen, mich in ein Gespräch zu verwickeln. Die Einzige, der ich nicht sofort ausweiche, ist die Frau von Gamemaster Coon. Taylor, eine versoffene Schnapsdrossel mit opulent aufgetürmtem roten Haar und einer Stimme, als ernähre sie sich seit Jahren von Nikotin. Sie hat schon einiges intus, als sie sich neben mich gegen das Piano lehnt.

»Was für ein Kriecher«, raunt sie und nickt in Richtung ihres Mannes. Richard Coon balanciert gerade ein Tablett mit zwei lächerlich kleinen Häppchen zu seinem Kollegen Youngsteen. Dem Aushängeschild der Gamemaster.

»Sind ihm die Bediensteten ausgegangen?«, spotte ich.

»O nein, er mag es nur, seine Spezialkreationen persönlich zu überbringen.« Taylor verdreht die Augen. »Richie behauptet gerne, er würde selbst in der Küche stehen. So was von absurd, aber du wirst entschuldigen? Muss da noch was klären.« Ein Fingerzeig, der ziellos wirkt. »Alles Gute in der weißen Zone.«

»Danke.«

Kaum ist Taylor torkelnd in der Menge verschwunden, ist der Moment gekommen. Youngsteen wird ein winziges Mikrophon gereicht, das er noch kurz von sich weghält. Erst als er Coons Häppchen heruntergeschlungen hat, steckt er sich das empfindliche Gerät ins Ohr.

»Ich bitte um einen großen Applaus für unsere fünf siegreichen Gamer!« Er winkt uns in die Mitte des Saals, wo mehrere Kameras auf uns warten. »Gleich werden wir sie in ihr neues, absolut verdientes Leben entlassen. Das ist also Ihre letzte Chance, noch einmal einen Blick auf unsere fünf Stargäste zu erhaschen. Wobei, wer weiß?« Youngsteen steht direkt neben mir, und sein Grinsen ist nicht zu überhören. »Vielleicht dürfen wir einen von ihnen schon nächstes Jahr zur Eröffnung der neuen Gameshow begrüßen?«

Uns wurde beim Bankett etliche Male gesagt, was wir zu tun haben. Lächeln, winken, voller Begeisterung erzählen, wie sehr wir uns über diesen Sieg freuen. Einen Sieg, für den andere ihr verdammtes Leben verloren haben.

Die Siegerin Busy Bee – alberner Name – gluckst die ganze Zeit vor sich hin, und ich frage mich, wie sie diese Scheiße überhaupt überleben konnte. Geschweige denn gewinnen. Offensichtlich denkt sie, die ganze Welt würde ihr zu Füßen liegen. Bereitwillig beantwortet sie jede Frage, verteilt Luftküsse oder flirtet mit einem Interviewer. Würde mich nicht wundern, wenn man sie wirklich nächstes Jahr als Aushängeschild der Neutrals einlädt.

Mich wird sicher keiner einladen. Ich will nicht reden oder lachen oder eine Freude mimen, die ich vor langer Zeit verloren habe. Ich starre weiter mit unbewegter Miene in das Blitzlichtgewitter, auch wenn die Fotografierenden ihr Bestes geben, mich zur Kooperation zu zwingen. Irgendwann lassen sie es sein. Noch ein

Blitzlicht und der Abschied ist da. Unter tosendem Applaus und mit beschwingter Musik werden wir von Youngsteen persönlich aus dem Saal geleitet. Im Flur übergibt er uns dann an eine Eskorte aus vier Wachen.

»Ich wünsche Ihnen alles Gute.« Er lächelt sein charmantes Fernsehlächeln, das wir in der roten Zone oft genug auf den Screens sehen mussten, und schüttelt unsere Hände. Es ist ein kurzer, fester Druck. »Auf Wiedersehen.«

Ich sehe ihm nach, bis er wieder im Saal verschwunden ist. Die Regie hat uns erzählt, dass wir das Casinum nach dem Pressetermin durch einen Hinterausgang verlassen werden. Dort wartet ein Wagen auf uns, der uns in unser neues Leben bringt.

Erst einmal geht es tiefer in das Casinum herein. Treppen herunter, ein abschüssiger Gang, noch mehr Treppen, tiefer und tiefer. Wo zum Teufel liegt dieser Hinterausgang? Meine Hände ballen sich zu Fäusten. Irgendetwas stimmt hier nicht. Flüchtig werfe ich einen Blick über die Schulter, mustere die Eskorte. Die Männer sind schwer bewaffnet und sehen ehrlich gesagt nicht so aus, als würde sie uns beschützen, sondern vielmehr bewachen. Mein Blick gleitet zurück zu den anderen Siegreichen. Sie machen einen entspannten Eindruck. Busy Bee kichert mal wieder, der Mann neben ihr stimmt heiser in das Lachen ein. Beide haben genug getrunken, um sie mit einem Schnipsen gegen die Stirn außer Gefecht setzen zu können. Bleiben noch die anderen beiden. Das pinkfarbene Kleid der zweiten Gamerin ist bis zu den Knien so eng geschnitten, dass sie nur in Trippelschritten mithalten kann. Natürlich hat sie sich nicht selbst dafür entschieden, es wurde ihr vom Stylingteam der Gamemaster aufgedrängt, so wie sie mich in einen grünen Aufzug stecken wollten. Ich hatte genug Durchsetzungsvermögen, um den grässlichen Aufzug zu vermeiden, aber die Gamerin wirkt recht zufrieden mit ihrem Gefängnis in Kleiderform.

Der Letzte im Bunde ist Ricky G., ein arrogantes Arschloch, aber verdammt gut mit den Fäusten. Allein in den Westlands hat er sechs Spielende mit bloßen Händen in den Tod befördert, was ihm eine noch beliebtere Actionfigur eingebracht hat als mir für mein brutales Manöver bei der Hunt.

»Nach rechts«, blafft uns eine der Wachen an.

Spricht man so mit jemandem, der gerade die größte Show des Landes gewonnen und alles erreicht hat, was man erreichen kann?

Busy Bee schwenkt zufrieden in die angesagte Richtung, ihr Begleiter und die andere Gamerin stolpern hinterher auf eine riesige Tür zu. Nur Ricky G. und ich werden langsamer, unsere Schritte weniger zielstrebig. Ob er auch bemerkt hat, dass hier irgendetwas faul ist? Meine Handflächen schwitzen, mein Puls geht schneller.

Hinter der Tür gibt es keinen Gang mehr, nur einen nackten, finsteren Raum mit einem großen Gitter am Boden. Wie ein Abfluss, schießt es mir durch den Kopf, und mit dem Gedanken kommt die Gewissheit, dass mich meine Instinkte nicht getäuscht haben.

Als ich mich umdrehe, sehe ich, wie die letzte Wache die Tür hinter sich schließt. Mit einem Klicken der Endgültigkeit rastet der eiserne Riegel ein. Vier bewaffnete Leute – und wir.

»Sorry, ich glaube, wir sind hier falsch«, lacht Busy Bee und streicht sich nervös das blonde Haar aus der Stirn. Der Alkohol hat ihre Instinkte gelähmt, aber sie wird sicher nicht mehr lange brauchen, bis sie es ebenfalls kapiert.

»Halt dein Maul!« Eine der Wachen tritt vor, um ihr den Gewehrlauf gegen die Stirn zu schlagen.

Ihre Haut platzt auf, die Augen weiten sich vor Schreck, dann *stürzt sie benommen zu Boden. Ihr Glucksen verklingt, jetzt ist es für einige Sekunden totenstill.*

Wir sehen einander an, Ricky G. und ich versuchen es mit einem wortlosen Dialog, den nur diejenigen beherrschen, die man von einem Game ins nächste geschickt hat, ohne sich je darum zu scheren, dass es echte Menschen sind. Seine kommunikativen Fähigkeiten sind zwar begrenzt, aber sie genügen, um zu verstehen, dass er dasselbe denkt wie ich. Es sind nur Pulsschläge, in denen wir die Endstation unserer Reise gescannt haben, die fensterlosen Wände, die fahle Glühbirne, das mit Blut verkrustete Abflussgitter, die Wachen mit ihren erhobenen Gewehren, darauf wartend, uns das einzige Ende zu bereiten, dass Gamern in ihren Augen zusteht.

Irgendwo über uns knackt ein Lautsprecher. »Liebe Siegerinnen und Sieger der diesjährigen Gameshow«, ertönt eine verzerrte Stimme, die nach diesem Schwein Youngsteen klingt. In mir kocht Hass hoch, der neue Kraft durch jede Faser meines Körpers jagt. »Willkommen in der weißen Zone.«

Das Licht geht aus, ich stürme los, Schüsse knallen.

»Ich glaube, wir verlieren sie.«

»Fuck.«

Die Fortsetzung
»Gameshow – Das Versprechen von Glück«
erscheint im Herbst 2023.

DANKSAGUNG

Dankbarkeit ist oft der erste Preis, den die Gier fordert. Umso wichtiger ist es mir, dieses Buch mit ganz viel Dankbarkeit abzuschließen. Denn es gibt eine ganze Reihe wichtiger Menschen, ohne die »Gameshow« nie zu dem Debüt geworden wäre, das ihr gerade gelesen habt.

Fangen wir mit dem Team vom Fischer Verlag an, das sich so viel Mühe gegeben hat, die Geschichte um Cass in die Welt zu tragen. Ein besonders großer Dank geht hier an Antje Keil, meine wundervolle Lektorin. Du hast es geschafft, dass die Überarbeitung eine der spannendsten Zeiten war, in der ich meine Charaktere noch mehr lieben gelernt habe.

Ohne meine wunderbare Agentin Friederike Belder hätte ich Antje vielleicht nie kennengelernt. Vielen Dank, dass du bei jedem Schritt den richtigen Rat für mich hattest, dass du mit mir gebangt und mit mir gefeiert hast!

Tamara Nahm, hättest du den Stein damals nicht ins Rollen gebracht, lägen Exposé und Manuskript noch heute in meiner Schublade. Vielen Dank für den liebevollen Schubser.

Dasselbe gilt für Katharina Seck. Wer hätte damals gedacht, dass aus Schreibbuddys mal enge Freundinnen werden, die sogar gemeinsam den Schritt in die Selbständigkeit wagen? Danke, dass du jeden Selbstzweifel geduldig erträgst, immer die richtigen Worte für mich hast und dir Zeit für mich nimmst.

Simone Walleck, ich glaube, mit niemandem rede ich so intensiv über meine Plots wie mit dir! Auch du bist in den letzten Jahren zu einer so engen Freundin geworden, die es in jeder Lebenslage schafft, mich mit ihrer Art aufzumuntern.

Julia Niederstraßer, vielen Dank, dass du jede meiner Fragen zum Thema Ableismus so geduldig beantwortet und mir geholfen hast, gute Alternativen zu finden.

Eine große Umarmung geht auch an: Charly Kopka, Anne Bittner, Eva Lina Wange, Christine Vu, Antonia Cossu, Melanie Busch, Nathalie Hölterhoff, Marcus Wohlgemuth und Dennis ter Horst. Als Testlesende habt ihr mir den Mut gegeben, den ich brauchte, um den nächsten Schritt zu gehen.

Kommen wir zu meiner Familie. Es ist ein großes Privileg, Menschen wie euch zu haben, die mich von Anfang an unterstützt haben. Das gilt sowohl für meinen Ehemann Daniel als auch meine Eltern, Geschwister, Groß- und Schwiegereltern, (Paten)Tanten und Onkel. Vielen Dank für euer Interesse, eure aufbauenden Worte und euer offenes Ohr in jeder Lebenslage.

Und dann gibt es euch: meine Lesenden. Ihr nehmt mir die Furcht, dass meine Geschichten für immer ungelesen bleiben. Dafür gebührt euch ein Dankeschön, das aus dem tiefsten Autorinnenherzen kommt.

In diesem Buch geht es um ein Spiel auf Leben und Tod, folglich enthält es Themen, die triggern können. Diese sind: Spielsucht, Gewalt, Blut, Tod, Verlust sowie Suizid. Wir haben uns größte Mühe gegeben, alle potenziellen Trigger aufzuführen. Da Lesende jedoch genauso individuell sind wie unsere Geschichten, können wir leider nicht gewährleisten, dass diese Aufzählung vollständig ist, und bitten dafür um Verständnis.

Der New-York-Times-Bestseller: spannend, actionreich und witzig

Tyler, frisch ausgebildeter Musterschüler der besten Space Academy der ganzen Galaxie, freut sich auf seinen ersten Auftrag. Als sogenannter »Alpha« steht es ihm zu, sein Team zusammenzustellen – und er hat vor, sich mit nichts weniger als den Besten zufrieden zu geben. Tja, die Realität sieht anders aus: Er landet in einem Team aus Losern und Außenseitern.

Doch das ist nicht Tylers größtes Problem. Denn er hat ein seit 200 Jahren verschollenes Siedlerschiff gefunden. An Bord 1.000 Tote und ein schlafendes Mädchen: Aurora. Vielleicht hätte er sie besser nicht geweckt. Ein Krieg droht auszubrechen – und ausgerechnet sein Team soll das verhindern. Ouuups. Don't panic!

Amie Kaufman / Jay Kristoff
Aurora erwacht
Aus dem amerikanischen
Englisch von Nadine Püschel
496 Seiten, Klappenbroschur

Weitere Informationen zum Kinder- und Jugendbuchprogramm der S. Fischer Verlage finden Sie unter *www.fischerverlage.de*

AZ 7373-5670/1